女帝

卷十

第一章　人言籍籍

事情總算是往好的方向發展，董氏也能鬆一口氣，整個大都城都隨著女帝三日後成親而忙碌了開來。

女子學堂裡呂寶華聽說了女帝三日內要成親，是因蕭容衍病重，頗為錯愕。

聽一旁的女生員都在議論說女帝重情重義之事，呂寶華便想起曾經和柳若芙在長街見到白卿言與蕭容衍並肩而行的模樣，那個時候呂寶華便覺得白卿言與蕭容衍十分登對。

後來白卿言登基，她還猜測過，白卿言是否還會和這個商人成親，畢竟蕭容衍是個商人身分，而皇夫這個位置同皇后一般，多是皇家聯姻穩固兩國盟約，或是穩定前朝，獲取朝中重臣支援的籌碼……哪裡需要有什麼真感情。

沒想到如今蕭容衍病重，白卿言竟還是要與蕭容衍成親，且給蕭容衍如此尊貴的皇夫之位。

呂寶華因為柳若芙的關係，也曾怨懟過白卿言，聽到這件事反倒是對白卿言改觀了些。

元和初年八月十三，登州刺史董清嶽之母董老太君及董清嶽的夫人崔氏，抵達大都城，大周太后與女帝在宮門處相迎。

太后董氏見到董老太君已是淚眼汪汪，而得知白卿言要在八月十五成婚的董老太君更是大為震驚，畢竟從登州出發時還未曾聽說，沒想到剛一到這外孫女兒後日便要成親了，若是他們再晚一些，連女帝大婚都趕不上。

董氏同董老太君解釋是蕭容衍病重的緣由後，與董司徒扶著董老太君入宮，董老太君又忍不住說起董長瀾已經一歲半的那對兒龍鳳胎，安哥兒和葆姐兒。

提起兩個孩子，白卿言的二舅母崔氏便笑得合不攏嘴，之前小崔氏未有身孕可愁壞了崔氏，沒想到這一來就來兩個孩子，且是兒女雙全，這怎能讓她不高興。「若非是路途太遠，我真想將那兩個心肝兒肉帶在身邊。」崔氏與董氏說著眉目間全都是喜意。

董長元跟在崔氏身側，視線朝陪伴董老太君和崔氏一路往宮內走的白卿言望去，心中百般滋味，他知道表姐如今已經是女帝，他與表姐地位懸殊，或許有些事情輪不上他來操心，可……蕭容衍病重，表姐此時還堅持同蕭容衍成親，想來蕭容衍的病症已經到了太醫都束手無策的地步。

表姐情深義重自然不假，可日後……那位蕭先生若是沒了，不知表姐要如何傷心。

元和初年八月十五，大周女帝同大燕富商蕭容衍成婚，立蕭容衍為皇夫。

因蕭容衍身體孱弱，為了照顧其身體，柳如士去掉了很多繁瑣的流程，大婚一切從簡。

白卿言與蕭容衍接受百官恭賀之後，隨後便是宮宴。

這是蕭容衍入宮之後，頭一次同白卿言相見。

太后董氏下了命令，要蕭容衍好好養病，大婚之前不允許白卿言和蕭容衍見面，兩人有錯在先，不敢再惹董氏不高興，這三日蕭容衍真的就在宮中養病，白卿言亦是專心朝政。

蕭容衍這病裝的極像，臉色蒼白到毫無一絲血色，需要被月拾攙扶著才能勉強站立，但……那通身的威勢倒是未曾因為疾病，而減弱半分，竟宛如是天神般高高在上之人一般。

白卿言身著帝服，隆重而肅穆，蕭容衍為皇夫頭戴進賢冠，身著金凰龍紋錦袍，腰束玉帶，與白卿言叩拜天帝敬香之後，兩人並肩立於鋪著紅氈毯的香鼎前，接受百官叩拜。

西方天際，烏金緩墜，流霞暮紫，極盡最後一絲熱烈的殘陽映照著整個大都城皇宮，流雲翻滾的天際之下，重簷巍峨的殿宇西側被照得暖光熠熠，白玉石階、金漆柱基，目光所及都成了暖金色，勾勒著那紅氈毯上身著禮服的一對璧人。

百官叩拜，三呼萬歲。

兩人並肩而立接受百官和官員家眷叩拜，蕭容衍不動聲色悄悄攥住了白卿言玉管似的指尖，低聲道：「累嗎？」

「還好……」白卿言還是那副莊重的模樣，聲音壓得極低，「就是耽擱這一天，奏摺又不知道要堆積多少。」

蕭容衍垂眸心疼的搓了搓白卿言的指尖，本想說一會兒回去後他先幫白卿言將奏摺整理出來，一想到之前太后曾說不允許他插手朝政，蕭容衍不想讓太后不高興，便道：「這次雖然我不能幫阿寶分憂，但阿寶可以讓呂太尉和司徒、司空一同前來處理奏摺。」

「說到這個……」白卿言身體輕輕朝著蕭容衍的方向側了側，低聲說，「大燕還有無姬后遺留下來的書籍？我還想看看，總覺得讀完你送來的最後一卷書後，好像姬后未曾將書寫完。」

「是還有，只是……母親曾言後來她所寫的那些，對如今這個時代來說太超前了，不會被皇室所接受，便全都封存了起來，若是你想讀……回頭我派月拾給你送過來。」

白卿言點了點頭：「好！」

有官員看到女帝和皇夫兩人頭微微湊在一起，正在低語，感慨女帝和皇夫兩人感情是真的不錯，又不免擔心起蕭容衍那身子，不知道能不能撐過去。

也有大都城貴女們悄悄往高階上的女帝和蕭容衍看去，曾經蕭容衍還是商人的時候，就那一身的儒雅風度和淵博的學識，還有那英俊的容貌已讓不少貴女傾心，若非身分是個低賤的商人……

也不失為一個好夫君。誰知曾經在身分上讓她們卻步的蕭容衍，如今竟然成了高高在上的皇夫。

這夜，龍鳳紅燭高照。白卿言同蕭容衍規規矩矩坐在龍鳳床上，走完了禮節，佟嬤嬤上前行禮道：「大姑娘和姑爺想來定然乏了，老奴這就帶人下去為大姑娘和大姑爺備水……」

佟嬤嬤說著再拜行禮，轉身視線一掃立在大殿之中的婢女們，清了清嗓子往外走，婢女們會意行禮後紛紛退下。春桃眉目間掩不住笑意，她帶著春枝將被金鉤勾在大殿兩側的垂帷紗帳一層一層放下，輕輕退出大殿。

聽到關門聲，蕭容衍忙取了一個隱囊安置在白卿言腰後，解開進賢冠的系帶，將進賢冠放在一旁，蹲下幫白卿言脫鞋履，又攥著她的雙腳在床邊坐下，將她雙腳擱在腿上，替她揉捏：「怎麼樣？有沒有不舒服？」

蕭容衍記得曾經嫂嫂有身孕時，兄長說嫂嫂根本就站不得太久，久了……腳都是腫的，每日夜裡兄長都會為嫂嫂揉捏緩解。

白卿言攥著隱囊的手一緊，面頰上有些許紅暈……隔著薄薄一層足衣，蕭容衍掌心灼人的溫度傳來，讓白卿言不自覺想將腳縮回來，心跳也跟著快了起來。

或許，他們二人還沒有到老夫老妻，兩人親密……白卿言還是會覺得緊張。

白卿言被蕭容衍揉捏的全身不自在，忙將腳縮回衣擺之下，眼底有笑：「你別捏了，很癢……」

瞧著白卿言的腳並未有異，蕭容衍這才放心，望著今日已經成為他妻的白卿言，低聲道：「雖然用的是蕭容衍的身分，可我們成親……我很高興，阿寶……以後你就是我妻了。」

搖搖曳曳的紅燭映著白卿言的側臉，蕭容衍朝白卿言挪近了些許，雙手撐在白卿言身側，緩緩靠近白卿言，想要與白卿言親吻。

與蕭容衍對視，看著蕭容衍英俊的五官越靠越近，她心跳也跟著越來越快。

瞧見白卿言眉目流露羞赧的模樣，蕭容衍也無法再克制自己的動情，輕輕親吻白卿言額頭，靜靜望著白卿言瞧著白卿言的反應，視線又落在唇角，炙熱的吻落在她的唇角。

蕭容衍又朝著白卿言挪近了一些，行動時衣裳發出窸窸窣窣的聲音，讓她耳根發燙。

「陛下……」

不等蕭容衍深吻，秦嬤嬤的聲音陡然從殿外傳來，驚得白卿言忙推開蕭容衍。

「秦嬤嬤進來吧！」白卿言顧不上蕭容衍，穿上鞋履規規矩矩坐在龍鳳床邊，一副端莊持重的模樣，耳朵卻紅得一塌糊塗。

蕭容衍也只能跟著規規矩矩坐好。

秦嬤嬤獨自一人端著給蕭容衍的安神湯進來，穿過一層紗一層織錦的紅色垂帷進來，朝白卿言和蕭容衍見禮，見兩人衣裳端正這才笑著道：「這是夫人讓老奴來給大姑爺送安神湯。」

蕭容衍一聽是董氏送來的，忙起身道謝從秦嬤嬤端著的黑漆描金方盤中端起翠玉盞，仰頭一口飲盡，退後一步，朝秦嬤嬤一拜：「請嬤嬤替衍謝過母親。」

秦嬤嬤瞧著蕭容衍沒有絲毫遲疑的模樣，心中十分滿意，點點頭後又笑著道：「如今大姑娘是雙身子的人，這頭三個月又是最為要緊的，夫人擔心大姑娘和姑爺年輕沒有經驗不知輕重，所以特派老奴前來叮囑姑爺……千萬要讓大姑娘好生歇著，姑爺身子不爽利也應當早些歇息。」

白卿言這才明白，阿娘是擔心他們兩個人情動難以自持，乾脆讓秦嬤嬤端了碗助眠藥來，讓蕭容衍用了早些睡下。

明白了阿娘的用意，她耳朵更紅了。如今她在阿娘心裡，約莫也不可信了。

「母親說得是！衍必定萬事以阿寶和孩子為重，還請嬤嬤讓母親放心。」蕭容衍對秦嬤嬤再拜。

秦嬤嬤點了點頭，對蕭容衍行禮：「那奴婢就先告退，大姑娘、姑爺好生歇著。」

白卿言頷首：「嬤嬤叮囑阿娘也早些歇息。」

「哎！」秦嬤嬤見兩人並未有不滿的模樣，這才高高興興應了聲，從大殿內退出來。

蕭容衍回過頭瞧著坐在床邊眉目如畫，恬靜又美好的白卿言，眼底也染上了笑意。

那夜，蕭容衍頭一次將此生摯愛擁在懷中而眠，雖然未行夫妻之禮，他心中也是無比歡喜的，從母親過世之後，他還從未睡得如此香甜過……

白卿言亦是如同蕭容衍一般，睡得極好。

第二日，一向勤勉的大周女帝未曾早朝，朝臣們反倒各個喜氣洋洋，盼望著大周女帝早日誕下皇嗣。皇嗣亦是國事，而女子一生的子嗣有限，女帝又是個子嗣緣淺薄的，朝臣們如何能不著急，恨不得今日成親，明日女帝便有皇嗣。

大周女帝一連歇朝兩日，人人都在感歎女帝與皇夫感情深厚，然而……讓人始料未及的是，這位身分低賤的皇夫，與大周女帝成親不過短短十天，便在當月二十六日夜間離世，舉國哀。

大周女帝悲痛欲絕，幾度昏厥，大周太后擔心女帝身子，命洪大夫從當日起不離女帝左右。

《周書》有載，大周女帝於蕭氏病重之際立蕭氏為皇夫，而天不予壽，於元和初年八月二十六離世。

慕容衍是隨大燕來辭行的使團一同離開的，儘管心中有不捨，更放下不下白卿言和白卿言腹中的孩子，但他不得不走。

送走慕容衍之後，戎狄的鬼面王爺也入宮辭行。

在白卿言將大殿中太監宮婢都遣出去之後，白卿瑜視線不免落在白卿言的腹部，他克制著自己的視線，垂眸低聲問：「阿姐對這慕容衍是真的有情？」

白卿言凝視阿瑜，她如何能不明白……若是今日她說一個是字，日後阿瑜為了不讓她傷心，定會對慕容衍手下留情。

「我同慕容衍的情，是私情！公私不能混為一談，他是我的愛侶，也是我們大周的對手。」白卿言帶著笑意，「我們都是軍人，都明白遇到值得尊重對手，拼盡全力才是最大的敬意。」

聽阿姐如此說，白卿瑜心裡這才鬆了一口氣，至少阿姐沒有被感情沖昏頭，他點了點頭，說起正經事：「阿瑜懂了，阿姐放心！李之節已三番兩次來找過我，要同戎狄結盟以抗強國大周和大燕，我已答應李之節今日入宮向女帝辭行，而後回戎狄與戎狄王商議，派遣使臣入西涼。」

「如此一來……阿姐派遣三哥前往西涼定盟的結果未曾傳回來，與戎狄定盟又是未知之數，李之節想來不會輕易離開大都。」

白卿言點了點頭，阿瑜考慮的極為妥當，這個時候……也應該是阿瑜回戎狄做準備的時候了。

當日，慕容衍從大都皇宮離開回到驛館，燕國九王爺和燕使們便收拾行裝折返回國。

而此次前來求親的燕國鎩羽而歸，這讓燕國更多人對九王爺慕容衍多了幾分忌憚，心中暗暗揣測……應當是九王爺不允許大燕新帝慕容瀝得到大周的支持，故而特意攪黃了聯姻之事。

元和初年九月初六，白錦桐抵達大都城。白錦桐是晝夜不歇趕回來的，根本就來不及派人提前送信回來，她手持白卿琦給她的權杖，一路暢通無比入宮……

白卿言正同呂太尉、沈司空、董司徒、還有六部尚書一邊用午膳，一邊商議朝政，就見魏忠匆匆而來。

魏忠邁著碎步走至白卿言身側，掩著唇低聲同白卿言道：「三姑娘回來了，正在殿外。」

白卿言攥著筷子的手一緊，忙擱下碗筷，用帕子擦了擦嘴角，同幾位大人道：「諸位先商量著，我去去就回。」

呂太尉忙帶著幾位重臣朝白卿言行禮。

見白卿言匆匆離去，董清平心裡打鼓：「這是怎麼了？」

「您是陛下的親舅舅，您都不知道我們就更無從得知了。」沈司空笑著道。

「我們先用膳，用完了後商量商量，拿出幾個對策，一會兒供陛下選一選……」呂太尉說著率先坐下，拿起碗筷用膳。

如今的兵部尚書張端寧捧著碗筷，不免感慨：「咱們這位女帝可真是不拘一格，我還是頭一次……遇到這種陛下和朝臣商討國事，一邊吃飯一邊商討的。」

聽出張端寧並非不滿，只是覺得稀奇，刑部尚書呂晉道：「陛下幼時同長輩出征，戰場之上時間緊迫，打仗又是個體力活，鎮國王、鎮國公與諸位將軍便是這樣，一邊用膳，一邊商討擬戰！咱們陛下不拿架子，與咱們這些朝臣一同用膳，這是陛下並未忘記初心。」

張端寧點點頭：「曾經我堂兄還在時，每每聽堂兄提起陛下，都是讚不絕口，敬佩不已。」

白錦桐在偏殿，面色凝重坐立難安，也未曾顧得上梳洗，一身風塵僕僕，還是男裝就來見長姐。瞧見長姐跨入偏殿，不知為何白錦桐陡然眼眶一紅，疾步朝著長姐的方向奔去：「長姐！」

白卿言也向前迎了兩步，瞧見白錦桐雙眼烏青，人瘦了一圈，眼部輪廓和面頰都瘦的凹陷下去，她心疼不已，用力將白錦桐擁入懷中。

春桃跟在一旁看得心驚膽戰，生怕白卿言有什麼閃失，畢竟白卿言現在可是雙身子。

「長姐……」白錦桐緊緊抱著自家長姐鼻音濃重，差點兒她以為自己這輩子都再見不到長姐了。

「讓你受苦了！回來就好！回來就好！」白卿言輕撫著白錦桐的脊背，柔聲安撫。

「三姑娘！」春桃笑中帶淚，也朝著白錦桐行禮。

白錦桐笑著朝春桃點頭：「春桃……你家表哥讓我給你帶了信回來，三哥吩咐你表哥去辦一件極為要緊的事，所以此次沒有能同我一起回來。」

春桃耳根一紅，忙道：「為三姑娘和三少爺效命是表哥應該應分的，春桃曉得輕重！」

白錦桐頷首。「長姐，我在南疆……見到他們了，他們還活著……我們白家的兒郎還有活著的！」白錦桐淚水如同斷線的珠子。

白卿言鬆開白錦桐，牽著她的手往軟榻旁走，又吩咐春桃去給白錦桐取熱茶和點心：「見過三嬸兒了嗎？」

「還未曾見過母親！我著急著回來，是有要事……」白錦桐一想起正事，忙擦去眼淚，道，「長姐，我回來時西涼女帝已經派人前往天鳳國求援了。」

白卿言示意白錦桐坐下，她知道天鳳國也是從白錦桐的信中聽說的，後來她專程找了輿圖。天鳳國有很多東西都讓白卿言十分感興趣，比如可以讓兵器更加銳利堅韌無堅不摧的墨粉。

「我記得你在信裡說……天鳳國就在戎狄和西涼相接，且無人能翻越過的那座雪山之後？」

春桃端著茶點上來，上了茶後，又帶人出了偏殿，在外面候著。

白錦桐點頭，用手指在茶水裡蘸了蘸，在沉香木小几上大致畫出戎狄、西涼和那座雪山，還有天鳳國的位置。「天鳳國就在這裡，位置可謂是得天獨厚，以雪山隔絕……對西涼和戎狄來說，雪山神聖不可侵犯，深覺雪山便是天際的盡頭！而雪山那頭的天鳳國亦是如此以為，並不知道那雪山之後還有別國！」

白錦桐在雪山旁又圈出一個位置，用手指點了點：「而雪山向南的盡頭便是沙漠，就在西涼，沙漠戈壁更是無人敢去！我僥倖……發現了一條路，可以來往天鳳國和西涼之間，再從西涼輾轉可以將天鳳國的貨物送往大周和大燕，還有之前的大魏、大樑！因此獲利不少，但……糟糕的是在西涼時，我為了儘快取得西涼八大家族的支持，不得已將這條路也告知了他們，此路險峻，但並不嚴寒，故而人並非不能通過。」

白卿言心中陡生警惕：「你仔細同我講一講這個天鳳國。」

「初到天鳳國之時，我覺得很多東西都讓人深覺不可思議，象這種巨型動物在樑國也算是少見了，可天鳳國的象……卻隨處可見，且體型要比大樑的象更為巨大，天鳳國將象稱作大客、大獸，此國人口比不上大周和大燕，因而他們的軍隊人數不多，但卻能以象為軍。」

「他們將軀體魁梧龐大的象訓練做象軍，如同我們的騎兵一般，比起騎兵……象軍跋山涉水如履平地，象身配鐵甲，將士騎於象背指揮戰鬥，而行軍途中……象軍還可以起到運送糧草輜重之用，我到天鳳國的時間太短，還未有幸見過象軍參加到戰爭之中，可日常在天鳳國……百姓生活也離不開象。」

白錦桐帶著紅血絲的眼仁定定望著白卿言：「聽當地百姓說，曾經有兩萬人之眾的軍隊前來天鳳國生事，象軍出動……滋事的軍隊幾乎全軍覆滅，自此以後近五十年，再無人敢挑釁天鳳國！」正是因為如此白錦桐才日以繼夜趕回來，她低聲同白卿言道：「雖然我以為天鳳國不是好戰之國，或許不會助西涼捲入到戰爭之中，但……若是西涼許以重利，不見得天鳳國的君主不會同意，可我思來想去也不知道西涼還有什麼能給天鳳國的！天鳳國地理位置優越，西涼沒法給天鳳國足以打動天鳳國君主的利益，想來天鳳國也不會為了西涼勞師動眾。」

「即便是如此，還是不得不防，三哥說他留在南疆，準備隨時應戰。」白錦桐道。

象這種動物白卿言並非沒有見過，其體型巨大，若是真的投入到戰爭之中，數量足夠的話，必定勢不可擋，其破壞力可想而知。

「天鳳國的象軍有多少，你清楚嗎？」白卿言問。

白錦桐搖頭：「不清楚，不過陳慶生同肖若海兩人奉三哥之命，已經前往天鳳國，一來……打探天鳳國的象軍，二來也是為了打探……看天鳳國是否會同西涼定盟。」

「你三哥可將符節給了肖若海和陳慶生？」白卿言問。

白錦桐連連點頭：「三哥是將長姐給他的符節交給肖若海和陳慶生，三哥說……若是實在不行，可提出相互貿易來往，商定盟好，總之給天鳳國示好，天鳳國總會三思而後行。」

「長姐……」白錦桐輕輕喚了白卿言一聲，「說句不好聽的，雖然現在不知道象軍的數目有多少，可是……天鳳國到處都是馴象師，就是將百姓平日裡用來馱運貨物的大象集合起來，數目就足夠龐大了。」

白卿言緩緩坐直身子，手指來回摩挲著，半晌之後：「我記得你上次信中說，是從關平出海……海上迷途一路摸索找到了天鳳國，是走的哪一條線？」

白錦桐又用手指蘸了蘸茶水，重新描畫水漬已經乾了的雪山，又畫了曾經大樑的沿海，和遠離大樑的島國，她點了點島國：「我從這裡裝滿貨物出發，在海裡漂泊摸索到了這裡……」

她指著雪山之後，隨意畫的那片土地：「後來我派人勘察之後，猜測這裡就是戎狄和西涼視為神聖的雪山背面，算起來大約就是快到戎狄和西涼雪山交界的地方，我們從這裡入河，隨著河流而行……穿過草原，然後便發現了天鳳國。」

白卿言垂眸凝視白錦桐用水畫的地圖：「這麼說天鳳國離西涼最近？」

「應當是，不過我只能給出大概位置，具體的……還需要長姐乳兄肖若海去一趟，才能描繪出更為精準的位置。」白錦桐說。

白卿言點頭。

「另外，還有西涼的情況……」白錦桐將西涼八大家族之亂，還有西涼女帝是如何以凌厲手段按壓住了八大家族，也說了肖若海帶人將八大家族糧倉盡數燒乾淨，造成如今西涼缺糧之事，還有白卿琦的謀算。

但……若是西涼轉而去向天鳳國求援，而非燕國，也不知白卿琦曾經謀劃之事還能否成功。

「好，此事我知道了。」白卿言見白錦桐憔悴疲憊的模樣心疼不已，將自己未動的茶推到白錦桐面前，「先用點兒點心，去見過三嬸兒，洗個澡好好睡一覺，等你睡醒我們再談……」

疲憊不已的白錦桐將重要的事情同白卿言說完，的確已經撐不住，點了點頭，起身對白卿言一拜：「聽魏忠說，長姐正同呂太尉他們在談正事，長姐先忙，等長姐閒下來錦桐再同長姐細說。」

白卿言頷首。

「對了長姐，在西涼找到了闕將軍！」白錦桐險些忘了這件事。

「闕章寧……闕將軍？」白卿言扣著小几的手一緊，問，「是五叔身邊的闕章寧闕將軍？」

「對！」白錦桐頷首，「之前在信中同長姐說過，西涼女帝好似在組建一支同我們白家軍虎鷹營相似的軍隊，這支軍隊叫做火雲軍，就是闞章寧將軍訓練出來的，闞章寧將軍在南疆一戰失去了記憶，被雲家人欺騙……以為自己是雲家人，所以這幾年便留在了西涼。」

「除了失去記憶，可還受了別的傷？」白卿言關切問道。

白錦桐搖頭：「長姐放心，闞將軍舊傷已經痊癒，身上也沒有什麼大傷，所以還好，長姐放心！就是闞將軍回來之後，心中多有不服氣，一直想要回西涼，將火雲軍帶回來……」

白卿言點了點頭：「只要人沒事就好。」

白錦桐此刻才認認真真看著長姐身上的衣裳，她眉目含笑對白卿言再拜：「還未恭喜長姐終於做到了曾經所想！」

長姐登基之日錦桐雖然未曾趕回來，但白錦桐的心一直都同白家在一起的。

曾經在長姐同她說要她為白家留後路的時候，她便知道長姐定會反，卻不知道長姐竟然在短短幾年便推翻了晉朝，以女子之身登上帝位。

白錦桐心中有丘壑，白卿言知道當初她選擇最先對白錦桐說那一番話，便知錦桐懂她，笑著道：「快去吧！三嬸兒看到你不知道該多高興。」

「長姐……」白錦桐又喚了白卿言一聲，低聲說，「蕭先生……大姐夫的事情，節哀。」

白錦桐回來的路上聽說白卿言因為蕭容衍病重，所以同蕭容衍成親了，又聽說蕭容衍還是沒有能挨過，已經離世，白錦桐生怕長姐將心思全然藏在心底不表露，久而久之反而將人憋出心病來。

白卿言同白錦桐笑了笑道：「先去休息，這件事等回頭長姐再同你說……」

看著白錦桐隨魏忠離開，她又對春桃道：「讓人給錦桐備水，準備雞湯麵，等錦桐沐浴完，看著讓她吃點兒東西再睡。」

「大姑娘放心，奴婢這就去辦。」春桃行禮後匆匆離開。白錦桐回來，春桃心裡也高興。

白卿言在偏殿廊下立了片刻，喚了聲魏忠。

魏忠連忙上前：「陛下……」

「你派人快馬加鞭前往韓城，去查大象這種動物……怕什麼。」白卿言想了想又道，「最好是能帶回來幾頭大象。」即便大象體型龐大，看似無所畏懼，但總歸是動物，是動物就有弱點和懼怕之物，有備無患總是沒錯，應當多瞭解一些。

白卿言正要回到殿中，就見洪大夫和銀霜正立在一旁候著她，見她轉過頭來這才上前，朝白卿言一禮：「大姑娘！」

臉上還沾著點心碎屑的銀霜也有模有樣朝著白卿言行禮，乖乖喚道：「大姑娘！」

「洪大夫……」白卿言瞧著銀霜的眼底有笑，將帕子遞給銀霜，指了指銀霜的嘴角。

見洪大夫轉頭朝她瞅來，銀霜連忙用帕子拍了拍自己嘴角的點心渣子：「我沒偷吃！」

洪大夫歎氣轉過頭來，對銀霜說：「去吃吧！吃吧！」

銀霜一聽這話，眼睛一亮，歡快應了一聲，撒腿就跑，像生怕好吃的點心跑了一般。

「大姑娘……」洪大夫同白卿言說，「大姑娘您這成親已經有一月了，也該表現出來一點兒懷孕的徵兆，好將有孕的事情公布於眾，最好是在呂太尉他們都在的時候，更為妥當。」

洪大夫這意思，就是今天這個時候最合適公布白卿言有孕之事，讓白卿言裝裝樣子……至少表現出懷孕的反應。

大約是自懷孕至今，白卿言身體並未有什麼特殊的反應，比如噁心、嘔吐或者是嗜睡這些懷孕時會有的症狀，她全都沒有，也沒機會當著朝臣的面兒傳洪大夫。

「好……我知道，洪大夫放心。」白卿言道。

回到殿內，此時呂太尉幾人已經正在商議朝政奏摺，見白卿言進來，忙起身行禮。

「幾位大人坐……」白卿言擺手。

如今大周已經在為來日與西涼一戰做準備，原本呂太尉、沈司空和董司徒還有六部尚書不贊成此時與西涼開戰，但白卿言與幾人分析過如今天下格局，幾人也明白為來日一統，西涼是必須要拿下的。畢竟，西涼人一向都是被打怕的時候服軟，可總喜歡好了傷疤忘了疼，嗜戰好殺……以致大周邊塞百姓與西涼人不共戴天。

曾經的大魏、晉國、大燕……哪一國百姓不曾遭受過西涼的屠戮，殺人屠城，其罪……罄竹難書。即便如今距離白卿言要同西涼開戰的時間還早，幾位大人已經開始做準備。

糧草、兵力調遣，還有對燕國的布防，這些都要詳細謀劃。

白卿言又將西涼要同天鳳國定盟之事告訴幾位大人，大周需要早做防備。

與諸位大人商討起朝政來，白卿言又將洪大夫的話拋在腦後，以為和白卿言套好了詞，在外面整裝等候的洪大夫，從天亮等到天黑……也未曾見魏忠派人前來宣他進殿為白卿言診脈，就連銀霜都趴在桌子上睡著了。

洪大夫歎了口氣，只好自己背起藥箱，走到大殿前，同魏忠道：「魏公公，煩勞通報大姑娘一聲，老朽奉大夫人之命照顧大姑娘身體，本應午膳後診脈已拖到現在，實是不能再拖了。」

魏忠回頭朝著燈火通明的大殿內瞧了眼，幾位大人此時不知道商量什麼意見不合，吵吵嚷嚷的聲音極高：「洪大夫稍後，老奴進去同陛下通報。」

魏忠跨進大殿，沿著檀木漆柱後方，一路碎步疾行，輕手輕腳走至白卿言身邊道：「陛下，洪大夫奉太后之命照看陛下身體，早就到了該診脈的時間，可陛下一直忙著，洪大夫這會兒還在殿外候著呢。」

白卿言這才反應過來，她將診脈公布有孕的事情給忘了，她不自在的清了清嗓子，故作鎮定視線掃過還在爭論的柳如士同沈天之，道：「請洪大夫進來……」

很快洪大夫背著藥箱同魏忠進來，動作十分靈活將藥箱放在一旁，坐於小太監鋪在白卿言身邊的軟墊上，拿出脈枕，為白卿言診脈。

柳如士見狀，同沈天之爭執的聲音都小了些。

只見洪大夫摸了半天脈，突然挺直腰脊朝著白卿言一拜，高聲道：「恭喜陛下！陛下有喜脈了！」

呂太尉聽到這話，驚喜不已，忙朝著白卿言一拜：「恭喜陛下！」

董清平喜不自勝，忍不住笑出聲來，亦是朝著白卿言一拜：「恭喜陛下！若是如此……咱們別在陛下這裡吵吵嚷嚷了，讓陛下好生歇著，剩餘的事情我們商量出章程，呈報陛下，由陛下定奪。」這樣，就能給白卿言騰出更多休息的時間。

柳如士手心一緊，心……提了起來，不免憂心白卿言的身體，但也未曾在白卿言身上瞧出異樣，他記得女子懷孕……似乎會噁心嘔吐的。

白卿言點點頭：「籌備軍糧之事還需抓緊，如今西涼求援天鳳國，我們還需謹慎對待！」

「陛下放心！」呂太尉長揖行禮，示意沈敬中等人收拾收拾先走。

很快，大周女帝有孕的消息傳遍大周，之前還在為皇夫離世的消息替女帝擔憂的官員也好百姓也罷，聽說這個消息都歡欣鼓舞，想著大周女帝即便因為皇夫離去再傷心，為了孩子也必定會振作起來。

白錦桐睡了一天一夜醒來，滿宮裡都是女帝有孕的消息，還以為自己沒睡醒，昨天她一回來就去見了長姐，全然沒有察覺長姐有身孕。一時間，白錦桐竟不知該喜還是該憂。

同董氏和母親李氏請了安，白錦桐便急匆匆前往正殿求見。

白卿言早有交代，白錦桐睡醒後若是過來了不必通報，直接讓人進來，故而白錦桐一進門就瞧見自家長姐坐在成堆的奏摺裡，春桃和春枝跪坐在白卿言兩側，一個在給白卿言搧扇子，一個在給長姐磨墨。

「三姑娘！」春桃忙對白錦桐行禮。

春枝也趕忙放下手中的扇子，規規矩矩行禮：「三姑娘。」

「錦桐來了……」白卿言擱下筆，從一旁的黑漆描金方盤中拿過帕子擦了擦手，「坐吧！」

「奴婢和春枝去給三姑娘泡茶，端點心。」春桃笑著起身，帶著春枝行禮後退下。

白錦桐跪坐在白卿言對面，擔憂望著白卿言：「長姐，你……有孕了？」

白卿言頷首，將韓城快馬送回來的消息遞給白錦桐：「這是小四和蔡先生派人送回來的消息。」

白錦桐接過細細流覽：「之前是大樑附屬國的那個海島小國，派人去大樑上貢，小四讓大樑三皇子前去接待了，這個海島小國我去過，彈丸之地……比當初蜀國還不如。」

白卿言點了點頭，將擦手的濕帕子放在一旁又道：「這海島小國是不足為懼，蔡先生估計……

想著既然大樑沒了，便臣服大周，想來大周上貢，他以為……此次可以順理成章讓韓城王陪著這上貢的使臣來大都城，再將韓城王留在大都，如此那些還企圖恢復樑國的宵小才會消停。」

聽完白卿言的話，白錦桐點了點頭，仔細將手中的密報讀完，就聽白卿言道：「錦桐，長姐想讓你去燕國……」

白錦桐抬頭望著白卿言：「長姐明言。」

「那位天下第一富商蕭容衍，便是大燕的九王爺……慕容衍。」

白錦桐臉色一變，視線下意識看向白卿言腹部。

「我們大周和大燕的治國理念不同，我們二人有言在先，大事面前不言私情，長姐要你記住……大燕和慕容衍是值得當成敬畏的對手。」白卿言鄭重提醒白錦桐，「大燕和大周因為國策上的不和，將來大燕必定會是一統大業的最大阻礙，你絕不能掉以輕心。」

白錦桐見長姐言語鄭重，挺直腰脊：「錦桐明白了！」

聽到長姐這麼說，白錦桐心中陡然鬆了一口氣，也明白了為何蕭容衍成親後離世，這不過是他遁走的一種方式，如此她便不怕長姐將傷痛憋在心裡。好歹長姐傾心的人沒有死。但，白錦桐也明白，長姐既然能如此同她說，必然是有著堅定的決心，公事不論私情，白錦桐也自當如此。

「如今，你的優勢便是大燕和慕容衍並不知道你的身分，你依舊可以用崔鳳年的身分行商，來往燕國，燕國之前我們已經稍作部署，回頭我將人都交給你……但不必全都歸入到崔氏商行！」白卿言語速沉穩交代，「自然，慕容衍曾經以商人的身分，在列國之間穿梭，為燕國建立情報網，對商人自然會查的格外嚴格些，你一定要慎之又慎！」

白錦桐點頭。

「我們人送消息回來，燕國雖說不是特別缺糧……但百姓的口糧依靠著南燕和大魏也只是剛剛夠。」白卿言定定望著白錦桐，「西涼雖然說已經去天鳳國求援，但遠水解不了近渴，糧食的問題總要解決。」

白錦桐再次點頭。

「所以你可以用糧食……打入大燕。」白卿言低聲同白錦桐說，「價一定要高，做足商人逐利的姿態。」

「長姐放心，錦桐明白！」白錦桐頷首。

「你剛剛回來，其實不應該辛苦你走這一趟……」

「如今大周正是用人之際，好歹我這崔鳳年的身分有點兒用，能為大周天下一統之路出力，錦桐很高興！」白錦桐唇角帶著笑意，想到在南疆的白家子，眼眶一紅，「能看到哥哥他們活著，能和自家人一同完成白家志向，錦桐就很滿足了！」

白卿言抬手摸了摸白錦桐的髮頂，對於白錦桐白卿言沒有任何不放心的。

「今日好好陪陪三嬸兒，明日出發，糧食我會讓人給你備好，還有曾經風靡大樑的雲霧茶，和其他一些大燕沒有的貨物。」她柔聲對自家三妹道。

「嗯！」白錦桐應聲。

元和初年九月初八，剛剛回大都城的白錦桐，再次以崔鳳年的身分出發前往大燕。

元和初年九月二十，高義郡主白錦稚獨自一人快馬回都，趙勝將軍率部疾行還未抵達大都。

在韓城時，白錦稚便聽說長姐登基那日，三哥白卿琦、七哥白卿玦和九哥白卿雲都回來了，得到消息時白錦稚將自己關在房間裡泣不成聲。後來，二姐白錦繡一到，白錦稚當晚便耐不住快馬往大都城而來，連趙勝都沒有等，叮囑蔡先生同趙勝一同帶兵回大都。

白錦稚回來的轟轟烈烈，當日一入城……白錦稚想著白卿言腹中有了自己的小外甥或者小外甥女，作為四姨她總不能不準備見面禮。入城後便去給長姐腹中的孩子挑選禮物，巧不巧遇到了幾個出言嘟囔不滿如今女子也能讀書科舉的男子，白錦稚氣得同那群男子理論，約莫是讀書不多……遇到的還是滿口之乎者也的腐儒，白錦稚抽出鞭子就是一頓抽，驚動了巡防營。

如今領巡防營的不是別人，正是盧平……

盧平帶著巡防營的人到的時候，看熱鬧的百姓圍的裡三層外三層，見自家四姑娘帶回來的護衛將店門口圍住，他們家四姑娘站在店內，堵著門口，把鞭子舞的虎虎生威，將那幾個腐儒困在店中，鞭子看似綿軟繞過漆柱精準無比抽上了那幾人的臉。

盧平感慨這四姑娘的鞭法更加精進的同時，連忙上前去攔。

好說歹說，將白錦稚給攔住，白錦稚氣呼呼用鞭子指著那個捂著傷，痛呼的腐儒，道：「幹啥啥不成，還敢嫌東嫌西的！憑什麼就只有男人能當官？那你們怎麼不說只有男人能打仗呢？打仗的時候躲在後面，該拼命的時候躲在後面，我長姐定了天下……女子都能當皇帝，當個官兒怎麼了?!有種去考功名將女人給比下去！別給女人當官的機會啊！」

「好了四姑娘！我們先去見大姑娘吧！」盧平壓低了聲音勸道，「您對百姓揮鞭，小心大姑娘家法處置！」

白錦稚：「……」

平叔這是哪壺不開提哪壺，不過頭既然已經開了，話還是要說完的。

白錦稚懼怕家法，聽從盧平的話收了鞭子，喊道：「以後少在這兒說什麼不屑同女人同朝為官的話，別說你們現在還沒有入朝為官，真有能耐……等你成了貢生，考到殿試第一名當著女帝的面兒說這話，我白錦稚就相信你們是有種的！光在嘴上逞能那是孬種！」

那些東躲西藏被白錦稚鞭子抽得抱頭鼠竄的男子這才堪堪從高几後露出腦袋，瞧見身著官服的盧平正攔著白錦稚，這才大著膽子高聲道：「大人，你快管管這個瘋婆子，我們幾人正在說話，這瘋婆子上來二話不說就用鞭子抽我們！我們可都是有功名在身的，就是府衙我們見了青天老爺也不必下跪，不能用刑！這瘋婆子居然敢對我們用鞭子！」

「就是！堂堂大都，天子腳下！大人您可不能不管！」

本來已經將鞭子收起來的白錦稚，揚手又是一鞭，精準無誤抽在那叫嚷的男子嘴上。

盧平聽到「瘋婆子」三個字已經不高興了，這次白錦稚用鞭子抽人也沒攔著，乾脆讓到一旁將門口堵住，理了理袖口四平八穩立在一旁：「你等三人，出言非議女帝新政已經有罪，又對高義郡主出言不遜，高義郡主寬宏大量，賞你們幾鞭子……未曾將你們送官法辦已是格外容情。」

白錦稚一聽盧平幫著自己說話，那鞭子揮得更歡快了，滿室都是劈里啪啦的聲音，水光油亮的紅木小几被白錦稚的鞭子抽得飛出去老遠。

這三人一聽眼前的是高義郡主，頓時想起曾經大都城人稱「俠女」的白家四姑娘白錦稚，那可是連勳貴家的公子哥兒都敢抽的，更別說他們這些人。

約莫是隨著白家逢難，隨後又舉家遷回老家朔陽，這些年白錦稚不在大都城，眾人也都逐漸遺忘了這個大都城內風風火火一身俠氣，一身臭脾氣的白家四姑娘。

如今，這位白家四姑娘又回來了……

外面看熱鬧的百姓議論紛紛，但大多都對這位白家四姑娘回來之事頗為高興，這位四姑娘承襲白家風骨，十分護民，多次揮鞭也是為民做主，從不做坑害百姓之事，百姓如何能不高興？

再說，白家四姑娘小小年紀，征戰沙場保家衛國，更是滅櫟的大功臣，怎能不讓人敬畏。

鋪子裡的慘叫聲持續了一段時間，盧平瞧著差不多了，低聲喚道：「四姑娘！四姑娘……差不多了！讓這幾個人長了教訓也就是了，大姑娘還等著呢……」

聽到這話，氣喘吁吁的白錦稚這才收了鞭子掛在腰後，道：「以後再敢非議女帝新政，敢對本郡主出言不遜，挨板子事小……非議新政影響新政推行，可要受牢獄之災，你們既然是讀書人就應該知道，非議新政影響新政推行日後連考功名都要受影響，本郡主念在你們是讀書人，不忍心斷你們前程，也是為了給你們個機會證明你們寒窗苦讀十幾年，是比女子強！可千萬別讓本郡主失望了！」

白錦稚一番話，倒是讓盧平刮目相看，以往的四小姐只會風風火火揮鞭子，哪裡會說出這麼多有理有據的道理。

「明年春闈……你們三個人！本郡主等著瞧，看看你們是否真要比女子強！」

外面不知是誰聽到這話，突然叫了一聲好，白錦稚這才神清氣爽轉身朝著鋪子外走去。走出鋪子，白錦稚才反應過來，還未曾給自己的小外甥或外甥女挑選好禮物，眉頭一皺轉過頭……

那三位剛被白錦稚抽了一通，又在得知白錦稚身分後膽戰心驚怕連累家裡的公子，嚇得三人湊在一起連連向後退，生怕白錦稚又提鞭進來。

白錦稚頓時失去了挑禮物的興致，想著回頭等遇到了合適的機會再給小外甥、小外甥女挑選也一樣。白錦稚瞧了眼牽著馬等她的玄衣勁裝男子，唇角勾起淺淺的笑意，眼底透出些許甜蜜之意，面色微紅，姿態爽朗一躍上馬，扯過韁繩道：「走吧！去見長姐！」

那玄衣男子恭敬頷首，垂下頭也未曾掩住唇角的笑意。

盧平瞧出些不同尋常的意味，不動聲色打量著那玄衣勁裝以黑色緞帶束髮的男子，看來……得查一查這小子的身分，可別將他們家單純的四姑娘騙了才是。

皇宮白錦稚不是沒有來過，可從未有一次腳步如此輕快過，她著急見自家長姐，一路走得飛快，守在大殿門外的魏忠老遠看到拾階而上的白錦稚，眉目間露出笑意，連忙迎上前：「四姑娘……」

「魏忠？」白錦稚約莫是沒有想到祖母身邊的魏忠如今會伺候在白卿言身邊，錯愕一瞬後道，「我來見長姐！」

「陛下已經知道了，說四姑娘來了不必通稟，可排闥直入……」

白錦稚笑著取下自己腰間的鞭子丟給魏忠，快步小跑到大殿外，先是將殿門偷偷推開一條縫隙，朝著裡面望去……

瞧見自家長姐正坐在沉香木几案上批閱奏摺，還未開口就聽長姐的聲音傳來：「這一入大都城風風火火的掄鞭子，這會兒倒老實了？」

白錦稚聽到這話，嘿嘿一笑，進門將殿門關上，小跑到白卿言身邊，行了禮在白卿言對面坐下：「本來是去給未來的小外甥、小外甥女挑選見面禮的！誰知道被攪和了……一肚子的火！」

看著這滿桌子的奏摺，白錦稚又道：「長姐！你現在是有孕在身的人，怎麼能這麼勞累呢？」

白卿言用毛筆蘸了蘸墨水，乾脆直接將筆遞給白錦稚：「你來替長姐分擔……」

白錦稚張了張嘴，訕訕笑著：「那還是算了吧！不是我不願意替長姐分擔，帶兵打仗……小四當仁不讓，可要是提筆桿子這事兒，我不能昧著良心說我在行啊！」

白卿言被白錦稚逗笑：「那你昧著良心和我說說，怎麼就將趙將軍甩下一人先回來了？」

「長姐，我甩開趙將軍是有原因的。」白錦稚神容難得一見的鄭重起來，「長姐可記得二姐剛剛嫁給二姐夫時，在秦府我曾揮鞭教訓秦家那兩個姑娘，攔住我的那個秦家護衛？」

白卿言聽到這話，將手中的筆放下，望著表情鄭重的白錦稚：「有些印象，你說……」

若是白卿言記得不錯，那護衛接住了白錦稚的鞭子，她曾草草看了一眼，如今留下印象最深的約莫就是那護衛的眼睛，眸色銳利。

「這個護衛名叫孫文遙，聽說是在二姐嫁去秦府沒多久便離開秦府去從軍了，而此次平定韓城之後，韓城勳貴生亂，這孫文遙便對我有了救命之恩……」白錦稚刻意強調了救命之恩這四字，並不像感激涕零的模樣。

「這位孫文遙是故人，曾經是小小護衛便敢和我動手，我想著是個鐵骨錚錚的漢子，便將人放在了身旁，也可以時時與他比試較量。」

白卿言一副洗耳恭聽的模樣。

白錦稚抿了抿唇說：「之前大樑的宗室之人聲稱上繳了全部家財，想要給全家求一條活路，再加上韓城王求情，我便應允了，後來就是這位孫文遙查出來，那些勳貴宗親離開韓城時，竟是在夜裡大箱小箱子往外運，請我前去將人攔下來！」

白卿言聽到這裡，瞇起了眼。

「蔡先生的意思是，我去警告一番，睜一隻眼閉一隻眼放過他們已經運出韓城的家產，扣下還在韓城沒有運出去的，以此來先穩定住大樑，待到以後徹底將大樑掌握在咱們大周手心裡之後，再秋後算帳不晚。」

白錦稚手肘擔在桌几上靠近了白卿言一些，繼續道，「我深以為蔡先生說得對，畢竟現在特殊時期，剛剛打過……大樑大多又都是歸順長姐的，我們當用懷柔手段安撫人心。」

白錦稚能說出這樣的話，倒是讓白卿言刮目相看了。

「我將這些人攔下來後，本打算按照蔡先生所言收了這些人的家產，嚇唬嚇唬放人，當時是讓這位孫文遙將人帶走先帶回各自府中，暫時不許出城……」白錦稚聲音極低，「後來，不知道是怎麼回事兒，還未出城的兩個大樑勳貴宗親，在上交家財時，送家財的僕從們竟然都是頂尖殺手，一個個朝著我殺來！」

「這孫文遙替我擋了一刀，那兩個宗親高呼說我食言要取他們一家老小性命，不得好死天打雷劈，便都死在了這個孫文遙的刀下。」白錦稚語聲深沉。

「後來，其他勳貴見狀都乖乖將家財交了上來，匆匆離開韓城！蔡先生也覺得孫文遙當時不該直接殺了那兩個大樑宗親，應當問問……何以他們都認為我要他們一家老小的性命。」白錦稚說到這裡眸色越發冰冷，「我便裝作惱火至極的樣子訓斥了蔡先生，稱孫文遙是我的救命恩人！質問蔡先生是否懷疑孫文遙，若是蔡先生懷疑孫文遙就是懷疑我。」

白卿言唇瓣微張，望著白錦稚的目光越發柔和，白錦稚所表現的倒是和她之前的性子無差別，重情重義衝動易怒。

「私下裡我又囑咐蔡先生去查孫文遙將那些宗親送回各自府上之後，都說了些什麼做了些什麼，後來查出來孫文遙雖然什麼都沒有做，可是孫文遙的下屬私下裡卻議論說，高義郡主在榨乾他們這些大樑勳貴宗親的家財，而後將他們處置乾淨，聽到這話……那被扣府中的宗親才設法傳出消息，才有了這場亂事。」

白卿言點了點頭。

「而後，等孫文遙傷口逐漸恢復，我這才去問孫文遙，為何要對大樑宗親痛下殺手……」白錦稚冷笑，「那孫文遙竟然說，因為他無法看著有人對我動手，因為他對我動了情，但自知身分低微不敢表露，此次宗親刺殺我，他才實在是忍不住了。」

看白錦稚這樣子，便知道白錦稚一個字都未曾相信。「然後呢……」白卿言問。

「然後我自然是將計就計啊！」白錦稚伸手將白卿言手邊喝了一半的茶拿過來，咕嘟咕嘟喝了幾口，「真當我蠢沒腦子呢！喜歡一個人是什麼樣子，那雙眼睛是藏不住的！我就算是沒有經歷過，又不是沒有見過！」

白錦稚將茶杯放在一旁：「再說了，若是真的覺得自己身分低微，憋著別說啊！最好就是憋一輩子！幹什麼這個時候說出來？想幹什麼？救命之恩加上心悅……不就是想讓我對他另眼相看麼，不就是想要脅恩圖報麼！糊弄誰呢！」

白卿言點了點頭：「我們小四長大了……」

白錦稚下巴輕輕揚了揚，笑著道：「我將這事私下裡告訴了蔡先生，蔡先生讓我將計就計，看看這孫文遙到底是想要做什麼，若是有了我的庇護，孫文遙定然會更加肆無忌憚，才會暴露目的，最好讓我裝作對這孫文遙有了旁的心思的模樣，另一頭蔡先生已經派人去查這個孫文遙。」

「回來時，不是我昧著良心要撇下趙將軍，而是這一路回來，要在各個城池重新布防，我不想讓這個孫文遙知道，就裝作忍不住，帶人先回來了！」白錦稚又伸手去端茶杯，看著茶杯空了，孩子氣道，「長姐我這說了半天了，也讓春桃姐姐給我上杯茶啊！」

白卿言被白錦稚逗笑，對外喊了一聲：「魏忠，給高義郡主上茶！」

魏忠聞言，匆匆端著雲霧茶和白錦稚喜歡的冰鎮酸梅湯進來，而後又十分恭敬的退下。

「哎呀！這個酸梅湯一嘗就是春桃姐姐的手藝！」白錦稚端著酸梅湯小口小口喝著。

「春桃知道你要回來，這會兒人在小廚房給你準備你愛吃的點心呢。」白卿言道。

「還是春桃姐姐疼我！」白錦稚一口氣將酸梅湯喝完，放下玉碗又道，「長姐，這個孫文遙如今我已經帶回來了，我若是猜的不錯，回到大都城會更加肆無忌憚……」

「這小子，約莫是見回來的路上沒有了蔡先生也沒有了趙勝將軍這兩位長輩，覺得我腦子簡單可以任他擺弄，行事越來越放肆，打著我的旗號先斬後奏！有幾次氣的我差點兒直接宰了他！」說到這個白錦稚就氣得不行，「雖然說……都不是什麼大事，但我也能看出來，他那是在不斷試探我的底線，還敢干涉我的行進速度，有意試探能對他縱容到何種地步。」

「後來我一想，不就是演戲！梁王那麼能演，我也得學啊！我就沒管他，裝作我也傾心他，就一直縱容，就等著將他縱容到底，我倒要看看，他最後想做什麼！」白錦稚唇角勾起，「長姐，我覺得此人或許是他國之細作，只要能查出到底是哪一國的人，或許……還可以利用利用。」

將白錦稚獨自一人放在外面，白錦稚的成長的確是出乎白卿言意料之外的。

白錦稚一直未曾忘記，曾經有人在白府門前鬧事，長姐訓斥她時……說的外方內圓四個字，不失了曾經旁人以為她風風火火沒有腦子一味只知道衝動的作風，內裡做到心中有數。

這是她揣摩到的所謂外方內圓，三姐曾經說……只要她能做到這一點，以後便大有可為。

「如今你回來了，就住在宮裡，這個叫孫文遙的……我會派人去盯著，你不必再費心！」白卿言想起三嬸來，叮囑白錦稚，「多陪陪三嬸兒！」

「哦，對了！那個孫文遙這會兒還在武德門外等著呢，說什麼仰慕長姐的風采，只是未曾能在長姐麾下與長姐一同征戰……那意思分明就是告訴我他想見長姐，我聽出意思，便說一會兒見了長姐同長姐提一句，讓長姐見見他！」白錦稚瞇了瞇眼道，「我的意思，長姐就讓他在宮門外好好曬曬太陽，我就說我被母親罰了，讓他站上個一天一夜，曬成傷脫層皮，然後我再派人讓他回去！也算是解了這一路讓他將我當成傻子的心頭之恨！」

這種無傷大雅的小事白卿言也就由著白錦稚了，她點了點頭，眼底帶著寵溺：「好，給我們小四出出氣。」

「陛下……」魏忠在殿外喚了一聲，「老奴遠遠瞧見三夫人來了。」

白錦稚一聽自家娘親來了嚇得一哆嗦，忙問自家長姐：「長姐，我是不是又黑了不少?!」

「沒有！我們家小四……還是很漂亮！」白卿言倒沒有說假話，囑咐魏忠一會兒三嬸兒到了請三嬸兒直接進來。

如今的小四已經是大姑娘，個子長高了不少，已顯出女兒家的玲瓏體態，加上在韓城養了一段時間，恢復了不少，如今若是不說話靜靜坐在那裡，便是活脫脫一個美麗恬靜的少女。

「一會兒三嬸兒一到，你規矩行禮，別咋咋呼呼，三嬸必定會欣慰……」白卿言笑著道。

即便是白卿言，剛才聽白錦稚說了那樣一番話，心中很是欣慰，曾經衝動易怒的少女，已經會利用自己曾經的個性，來謀劃了。

白錦稚忙拽著蒲團，在白卿言高高堆著奏摺的那一側規規矩矩坐下來。

三夫人李氏拎著裙擺，扶著嬤嬤的手疾步走上高階，魏忠就迎了上去，李氏忙道：「你不必通傳，我就在外面候著，等一會兒小四和阿寶正經事說完了，我再進去……」

「陛下吩咐了，三夫人來了……讓老奴將三夫人迎進去，想來正事已經說完了。」魏忠道。

李氏連連點頭：「好好好！只要沒打擾兩個孩子說正經事兒就好！」

聽到白錦稚回來的消息，李氏在宮中左等右等的坐不住，好嘛……等來了白錦稚一回大都城，就在大都城揮鞭子打人的事兒，李氏險些被氣暈過去，乾脆直接過來想著在殿外等著。

她生氣歸生氣，趕過來也是太想女兒了……

白錦稚出去這麼久，也不知道現在黑成什麼樣了。

如今女兒的年紀也大了，李氏少不了要為女兒的婚事操心。李氏的母家已經入了大都城，帶著白錦稚的表兒，意思是想要讓白錦稚見一面，若是覺得行……就將兩個孩子的親事定下來。

誰知道這孩子一回大都城就用鞭子抽人，即便是李氏的母親再疼外孫女兒，也定然更疼愛自己的孫子，得知白錦稚如今還是未改脾氣，如此彪悍……少不了會擔心自家孫子吃虧。

李氏歎氣……

罷了罷了，若是真的不成就不成吧！大不了招婿入贅也是一樣的！怎麼說現在白錦稚的長姐都是女帝，還不知道有多少人眼巴巴的等著白家的姑娘招婿呢，李氏如此安慰自己。

李氏扶著胡嬤嬤的手一進門，就瞧見自家女兒規規矩矩在白卿言身旁坐著，見她入殿，白錦稚起身向前迎了兩步，朝李氏長揖一拜：「女兒見過母親，女兒不孝……韓城歸來本應先去向母親請安，可奈何公事要緊，不敢耽擱，只得先來正殿與長姐商議公事，讓母親受累前來，女兒愧疚於心。」說著，白錦稚更是撩開衣裳下擺，規規矩矩對李氏跪下叩首。

李氏一怔，扶著胡嬤嬤的手向後退了兩步，回頭和胡嬤嬤對視一眼，今兒個這小四是吃錯什麼藥了？還……還喚她母親！

李氏又抬眼朝白卿言看去，見白卿言忍住笑意起身朝她行禮：「三嬸兒……」

女兒這副樣子，李氏明顯不適應，忙道：「你先起來！」

「母親不原諒女兒，女兒就長跪不起！」白錦稚再次叩首。

「好了好了！你快起來！」李氏說。

白錦稚聽母親這麼說，抬頭瞧著母親嘿嘿直笑：「這麼說，娘不會用戒尺打我了？」

胡嬤嬤被白錦稚逗得掩唇笑了一聲：「夫人，咱們四姑娘沒變……還是原來的四姑娘！」

李氏瞪了白錦稚一眼：「快起來！」

「好嘞！」白錦稚笑著站起身。

見女兒陡然長高不少，如今竟然比她還要高一些，李氏眼眶立時就紅了。

李氏望著女兒，上前摸了摸女兒的小臉兒，又捏了捏女兒的肩膀和手臂，笑中帶淚，哽咽開口：「長高了不少……看來娘給你做的衣裳都穿不上了！」

「可不是，女兒自從出去打仗，每天飯吃得多，活動的也多，這個頭想不高都難，這不是爹爹說的嘛！」白錦稚一臉得意的模樣，「再給我半年，我肯定要比長姐還高！」

「你個小沒良心的！剛回來就又想出去野！全然不顧娘想不想你！」李氏裝作生氣嗔道。

白錦稚當著長姐的面兒也不嫌害臊，挽住李氏的手臂，將頭在李氏肩膀上蹭了蹭：「我不在……不是就沒有人惹娘生氣了，而且娘還是惦記我，多好呀！」

李氏用手指戳了一下白錦稚的腦袋：「你呀！什麼時候能長大！哪怕就學到你長姐的十分之

——……阿娘也不會這麼操心！」

「三嬸這話，阿寶便不能同意了，我們小四……性子活潑跳脱，咱們白家若真都是穩重的，可不要少了很多歡聲笑語麼！」白卿言笑著説。

「就是就是！」白錦稚連連點頭。

「你慣是個會順杆子爬的！」李氏又戳了一下白錦稚的腦袋，「好了好了！正事和你長姐説完了，就別在這裡淘氣了，你長姐現在是雙身子的人，你得給你長姐幫忙別給你長姐添亂！娘見過你了……你就在這裡幫你長姐整理整理奏摺！陪陪你長姐！也盯著你長姐……半個時辰後一定讓你長姐起來歇一歇！」

「三嬸兒，讓小四回去陪你吧！我這兒再忙一會兒保證好好休息！」白卿言笑道，「估摸著最多半盞茶的時間，五嬸兒就遣翟嬤嬤帶著小八過來了……」

自打白卿言有孕後，這幾位過來人的嬸嬸，成日裡掐著時間派人來提點她要歇著了，派來的還都是身邊得力的嬤嬤……不是帶著湯羹就是帶著點心，還要看著白卿言乖乖聽話用完了，起來動彈動彈這才回去覆命。

這幾位嬤嬤都是看著白卿言長大的，對白卿言來説如同長輩一般，哪裡有敢不從命的，只得用過點心站起來活動，更別説還有個洪大夫和小銀霜時時刻刻盯著。

白卿言話音才剛落，果不其然翟嬤嬤就牽著小八白婉卿來了。

一進門，翟嬤嬤朝著李氏、白卿言和白錦稚行了禮，又笑著同白婉卿説：「八姑娘，這就是你四姐……」

白錦稚瞧著紮著兩個小福包，佩戴紅寶石項圈兒，妃色雲絹交頸儒衫，霜色的羅裙，一雙黑葡萄似的眼睛眨巴著，活脱脱一個小福娃，十分惹人喜愛。

白錦稚彎腰摸了摸白婉卿的髮頂：「小八，我是你四姐啊！」

「四姐！」白婉卿甜甜喚了一句，便撒開翟嬤嬤的手，拎著羅裙吧嗒吧嗒朝白卿言跑去，吐字還不清晰，軟軟糯糯喚著，「長姐，長姐不許批閱奏摺啦！該鬆快鬆快啦……」

瞧見小不點兒熟門熟路跑到白卿言身邊，又從白卿言胳膊下爬到白卿言懷裡一坐，有模有樣學著白卿言的樣子翻開竹簡閱覽，若不是拿倒了……還以為這小不點兒真的能看得懂。

許是這樣的畫面見多了，倒也沒有人呵斥小八，白卿言隨手將竹簡放在一旁，拿出一副空白竹簡，任由小八抓著毛筆一通亂塗亂畫，還誇讚小八畫的真好，喜愛縱容之情絲毫不掩。

「小八這小不點兒出生的時候難看的和小猴子一樣，如今都這麼好看了！」白錦稚說。

李氏立刻在白錦稚胳膊上擰了一下，疼得白錦稚驚呼一聲，人家翟嬤嬤還在這裡呢，說的這是什麼話！

「娘你掐我幹什麼！」

「你才是猴子！現在也是個猴子！又黑又瘦，還好意思說小八！」

翟嬤嬤笑盈盈道：「小孩子出生都是皺皺巴巴的，也難怪四姑娘如此說……長開了就好啦！八姑娘和五爺簡直是一個模子刻出來的。」

白錦稚皺眉瞅了瞅白婉卿，分明覺得白婉卿和五嬸更像，指著小八張口就來：「哪裡就像五……哎喲！娘你掐我幹什麼！」

「別在這裡吵你長姐了，先和娘回去，你聞聞你這一身汗氣，先去沐浴……」李氏扯住白錦稚的手臂就要往外走。

「三嬸慢走……」白卿言將白婉卿放在一旁，起身朝李氏行禮。

「你快坐下！雙身子的人這是幹什麼呢！」李氏忙對白卿言擺手。

「長姐我先走了，沐浴之後我就過來……」白錦稚忙道。

白卿言對白錦稚擺了擺手，心想白錦稚至少到明日怕是都過不來了，三嬸兒瞧著白錦稚黑了不少，一定會在白錦稚沐浴之後，給白錦稚塗各式各樣的香膏，想讓白錦稚白回來。

畢竟，小四的外祖母和舅父、舅母帶著自家次子來了大都城，準備要給兩個孩子相看的事情，白卿言心裡是知道的，也不知道小四要是聽說這件事兒……會不會急得和三嬸兒翻臉。

翟嬤嬤畢恭畢敬送走了李氏和白錦稚，這才拎著黑漆描金的食盒快步走到几案旁，拿出裡面的湯盅和一碟子精緻的點心：「大姑娘您嘗嘗，這是五夫人新做的燕窩金絲糕，和紅棗湯……」

「讓五嬸費心了！」白卿言說完，就瞧見白婉卿瞅著那燕窩金絲糕流口水，扯了扯她的衣袖。她笑著拿了一塊兒送到白婉卿的嘴邊：「吃吧！嬤嬤給小八準備一碗牛乳……」

「大姑娘就是這麼慣著八姑娘！」翟嬤嬤嘴上這麼說，心裡卻是極為高興的。

而那位此次同白錦稚一同回來，名喚孫文遙的玄衣男子，一直立在武德門外的太陽之下，等到暮色四合宮中也沒有遣人出來喚他進宮。

孫文遙手心緊了緊，終於還是於夜色降臨時離開了武德門，神色鬱鬱，又像是鬆了一口氣。

孫文遙牽著馬，走在大都城的紅燈長街之上，若是真的見了白卿言，難不成他真要一刀結果了這位女帝嗎？且不說……這位女帝自登基之後，推行的新政都是利國利民之策，除了是個女子之外……分明就是明君！孫文遙發自內心不願意這麼做，可上命不能違。

此時的白錦稚也正如白卿言所預料一般，被李氏按著塗了一層又一層不知道名字的香膏，早就將孫文遙拋在了腦後。

好不容易歇下來泡個腳喝涼茶的呂太尉，聽說了白錦稚入城鬧出的動靜，放下茶杯拿起蒲扇搧了搧，歎氣道：「這高義郡主風風火火的個性，和白家人也算是南轅北轍了，就是不知道日後誰家這麼倒……」話到嘴邊，呂太尉陡然改了口：「誰家會這麼有幸，能得高義郡主這麼一位性子耿直的佳媳。」

陪著老父親一起泡腳的呂錦賢笑了笑，端起涼茶杯說：「不論是誰家……這都是天大的榮幸，都得高高興興接著，這不……聽說白三夫人的母親帶著自家嫡次孫來了，估摸著是知道了高義郡主要回大都城的消息，想來是有意親上加親。」

呂太尉點了點頭，悠哉悠哉搖著蒲扇，反正他們家也不貪圖和天家結姻親，只要不是他們家的就好，畢竟他們家有一個讓人頭疼的呂元鵬整天「翁翁……翁翁」的，翁翁得呂太尉腦瓜子直「嗡嗡」，再來一個高義郡主他這個老命實在是吃不消。

「說起來，陛下這幾位妹妹……除了已經嫁給秦朗的白家二姑娘之外，白家三姑娘、四姑娘和五姑娘、六姑娘大約都到了年紀了，我們也要在朝中為陛下這幾位妹妹也留心一二，畢竟陛下和自家姊妹的關係都親近！」

「父親，您說咱們家琅姐兒配白家的三公子如何？」呂錦賢打起了白卿琦的主意，這白卿琦可是白家那一眾兒郎裡最穩重的一個，「不如改天同陛下提一提！這三公子也到了年紀了，咱們琅姐兒絕對是個賢內助，即便是不能同陛下那樣的女子比，可稱是女中諸葛也不能算錯啊！」

見自家父親不吭聲，似若有所思，呂錦賢又道：「爹，不是我自誇，就琅姐兒那心性，您想想……咱們琅姐兒要是嫁給了白家三公子，是不是也就能替陛下分憂了！」

「琅姐兒是個有志氣的孩子，如今陛下開了女學，又給了學子們格外優待，真正有才學的學子每月可參加考試，在明年二月前拿到春闈資格，她卯著勁兒想要與父兄們一同入朝為官，不會願意此時嫁為人婦的！等等看吧！孩子們的緣分……老天爺說了算！著急不得……」

呂太尉老神在在，總覺得這個世上是自己的姑爺或媳婦兒跑也跑不掉，不是的求也求不來！

九月二十九，韓城王與趙勝將軍攜東夷國的使臣抵達大都城，面見大周女帝上貢。

東夷國使臣，與燕國使臣如出一轍，搬出曾經對樑國上貢之時，兩國有世代姻親通好之美傳，如今臣服大周，亦是希望大周女帝能延續美傳，請公主下嫁東夷，而如今白卿言膝下無女，但卻有妹妹，故而東夷使臣特來為他們太子求一側妃。

不等白卿言開口，柳如士便笑著上前道：「之前燕國曾以后位為聘，想要與我大周聯姻，陛下都未曾同意，小小東夷附屬之國，竟然求我大周女帝的妹妹為太子側妃。」

白卿言眉目含笑，緩緩開口：「不論是后位還是太子側妃之位，朕的妹妹……和我大周的女子，是絕不會外嫁和親，絕無例外！並非針對東夷，還請使臣回去轉告貴國國君。」

如今大周有這個底氣，絕不和親。自古和親的女子遠離親友，遠離故鄉，一旦遠嫁……即便是能夠得到夫君的尊重，一輩子也無法如同在自己父母近處那般過的舒暢，所以大周絕不和親。

白卿言這話，讓朝中多少大臣鬆了一口氣，一般來說若是皇帝膝下無女或者不願意自家女兒遠嫁，都是封了大臣或是宗親家的女兒，給了體面讓替皇家女出嫁，可誰家真的願意讓自家女兒遠嫁啊……

重視骨肉親情的會怕女兒遠嫁受苦，重視利益的……也明白女兒遠嫁，至少在當時的朝局無法為家族助力。

柳如士硬邦邦的話讓東夷國使臣汗顏，白卿言的話也算是給足了東夷國面子，東夷國使臣連忙應聲稱是，順從的退下。

可東夷國使臣的話，卻激起了千層浪，反倒是白卿言的各位嬸嬸，和大都城的親貴人家動起了心思，畢竟白家的兒郎和白家的女兒家都已經長大了。

男大當婚女大當嫁，自古如此。白卿琦和白卿玦、白卿雲，還有小五、小六、小七都不在還好，這剛剛回來的白錦稚可不就成了香餑餑，人人都盯著……

這不，被自己娘親帶著同自家表哥見完回來，立刻跑到白卿言這裡來，求白卿言趕緊將她指派到南疆去，她要去找自家哥哥和妹妹們。

「長姐，你瞧瞧我娘給我打扮的！」白錦稚來回在白卿言的几案前走動，她看了眼白卿言懷裡的白婉卿，抖了抖自己頸脖上的紅寶石項圈，又指著白婉卿道，「我都快和小八一樣花枝招展了！」在軍營，白錦稚總是一身勁裝，早就習慣了，如今讓她穿上少女裙裝，頭上戴著這麼多的髮飾不說，脖子上還要戴這麼重的項圈，簡直是受刑！

白婉卿不大高興了，撅著嘴，水汪汪的大眼睛瞪著自家四姐：「四姐猴子！四姐花枝招展！小八好著呢！」小丫頭吐字不清，但可記仇著呢！全然沒有忘記之前白錦稚說她像猴子的事情。

「我們小八好著呢……最漂亮了！」白卿言摸著白婉卿的腦袋。

小丫頭笑咪咪蹭了蹭白卿言的掌心，瞅了眼白錦稚，拿著毛筆坐在白卿言懷裡畫畫。

白錦稚也沒和自家八妹生氣，在白卿言几案對面跪坐下來：「長姐，你可得給我想個法子！我真不想在大都城待了，讓我回軍營吧！」

白卿言被白錦稚的模樣逗笑，卻也認真思慮起白錦稚的終身大事：「長姐問你，大都城這麼多好兒郎，你可有中意的？」
「這大都城哪裡還有什麼好兒郎！好兒郎都在戰場呢……就是那呂太尉家整天招貓逗狗的呂元鵬，現如今都比這些在大都城兒郎有出息，好歹人家還知道上戰場保家衛國呢！」
白卿言垂眸瞧著白婉卿在竹簡上的胡亂塗鴉，漫不經心道：「這麼說你中意的是呂元鵬了？」
「長姐你別逗了，我只是說如今大都城這些兒郎還不如呂元鵬，誰中意呂元鵬了！毛都沒長全臭小子！除了敢從軍且不怕吃苦這一點外，就沒有一點兒我能看上眼的！」白錦稚連忙否認。
「這樣，你再留半月，多陪陪三嬸兒，半個月後你去南疆……」白卿言笑著道。
「長姐……」白錦稚一臉委屈，想了想一本正經同白卿言講條件，「咱們一人退一步，七天怎麼樣！」
「那個孫文遙是否有再找過你？」白卿言轉移話題問道。
白錦稚在自家長姐面前毫不設防，很容易就被帶跑偏了：「我一直被娘押著到處相看，哪裡有時間，只聽說孫文遙回來後一直在軍營裡。」
這個白卿言是知道的，自打小四同她說了這個孫文遙之後，盧平也在她面前提了一嘴，言語中多有擔心白錦稚的意思，她便順勢囑咐盧平派個人去看著。
這孫文遙倒是乖順，每日在軍營中照常訓練，也不生事，要麼就是和白錦稚帶回來的將士們三五湊成團吃吃大都城有名的吃食。後來趙勝將軍帶趙家軍和安平大軍回來，孫文遙便歸隊了。
「陛下，盧統領求見……」
白卿言拍了拍小八的小屁股，對魏忠道：「有勞你將小八送回到五嬸那裡去。」
「長姐！小八不走！」白婉卿一把揪住白卿言的衣角，眼巴巴望著白卿言，「四姐在，小八也在！小八最愛長姐……」

肉嘟嘟白嫩嫩的小不點兒，用那雙水葡萄似的大眼睛對著白卿言笑，這誰受得了？

白卿言捏了捏白婉卿的小臉，讓魏忠請盧平進來。

一進門，盧平瞧見姐妹三人都在，行了禮起身後道：「大姑娘，那位叫孫文遙去見了秦府的那位二姑娘……」

白錦稚微微錯愕，轉頭朝著白卿言看了眼。

白卿言手指在桌几上點了點：「聽說，這兩位姑娘……在大周年號確立，定下登基大典之後，就很是鬧騰，後來便悄無聲息了……」

盧平頷首：「屬下留心探聽了一二，秦府這兩位姑娘也算是奇人了，曾經對咱們二姑娘動手，因此秦府和白家撕破了臉大都城無人不知無人不曉，這兩位姑娘在知道大姑娘即將要登基之後，竟然到處說……同咱們二姑娘姑嫂情誼如何深厚堪比親姐妹，還稱……大姑娘待她們也和親姐姐一般，後來在董家表小姐生辰宴時不請自去，厚顏登董司徒府的大門，口稱董夫人為大舅母、董家表小姐為表妹，硬是擠進了董府。」

董葶珍生辰的時候，白卿言人在洛鴻城，自是不知道大都城發生的事情，因為這些都是微末小事，董清平也好，宋氏或者董葶珍也罷，誰會拿這件事兒來同白卿言說嘴，白卿言這一日忙的和什麼似的。

盧平朝著白卿言看了眼，接著道：「這位秦家二姑娘更是膽大妄為，擅自離開宴席，追上了董家表少爺董長元，將人攔住，表白心意，說想要嫁於長元表少爺為妻，被長元表少爺拒絕，便哭鬧不休，引得不少人來看熱鬧，大罵表少爺負心……」

「好生不要臉！」白錦稚沉不住氣罵了一句，氣得心口起伏劇烈，「這是要往長元表哥身上潑髒水啊！」

「長元表少爺也未曾客氣，稱頭一次和這位秦家二姑娘見面，不知道這位秦家二姑娘何以要栽贓他一個負心之名，舉頭三尺有神明……秦家二姑娘如此能睜眼說瞎話，長元表少爺就是今日蒙了汙名此生不娶，也絕不娶這位秦二姑娘！更別說……秦二姑娘曾經對白家二表姐動手，險些致白家二表姐殞命，真要計較起來……董家表少爺與秦家二姑娘不共戴天！」

「說得好！」白錦稚鬆了一口氣，她生怕生得如此好看的董長元面軟心軟。

盧平被白錦稚那模樣逗笑，接著道：「而後秦二姑娘的名聲就更不好了，好像是聽說回秦府後便懸梁自盡，結果被人救了下來，自此之後如同變了一個人，倒是不生事了一直安安分分。」

孫文遙去見舊主倒也沒什麼可稀奇的，說明這孫文遙是個念舊的人……

可這孫文遙在小四身上做文章這事，讓白卿言十分介懷，正如白錦稚懷疑的那樣，白卿言也在懷疑這孫文遙如此費盡心機，是否是敵國細作，又想利用小四做什麼？亂大周安寧嗎？

「兩人是通過什麼或是透過什麼人送信約見的？」白卿言問。

「派去看著孫文遙的人，實在是不知道兩人怎麼約見上的，正是因為存疑覺得蹊蹺，所以屬下才來同大姑娘稟報一聲。」盧平道。

「平叔，還是讓人看著此人，但不必太費心思！至於這個秦家二姑娘……」白卿言思索了片刻道，「派個人盯著秦家也就是了。」

「是！」盧平對白卿言抱拳稱是。

「陛下！」魏忠又從殿外進來，行禮後低聲道，「陛下，董長元與李明瑞稱有要事求見。」

白卿言將懷中的白婉卿遞給白錦稚：「讓他們進來。」

白錦稚在白卿言身邊坐下，抱住肉嘟嘟沉甸甸的白婉卿，奶香奶香的十分好聞，白婉卿倒也沒使小性子，乖乖坐在白錦稚的懷裡，一雙黑亮的眸子瞅著門口。

一身官服的董長元和李明瑞並肩進門，朝白卿言和白錦稚、白婉卿行禮後，就聽白錦稚喚了一聲：「長元表哥！」

董長元再次朝白錦稚長揖行禮，而後才同李明瑞道：「李大人，還是你來同陛下說吧！」

李明瑞知道董長元這是不欲搶功，感激頷首後，同白卿言說：「陛下，新法中有鼓勵寡婦再嫁的律法，微臣得到消息，如今有人在外傳風言風語，說……說白家一門皆是寡婦，卻不見太后和白家諸位夫人再嫁，亦不見……陛下再嫁，這新法分明就是針對他們老百姓，而非勳貴家！」

白錦稚一聽便一腦門子的火：「我伯母、嬸嬸和長姐嫁不嫁的關他們什麼事，新法是鼓勵寡婦再嫁，又沒有逼著寡婦再嫁！我娘要是想要再嫁……我白錦稚第一個舉雙手贊成！」

「你小心三嬸兒聽到這話抽你……」白卿言雖然嘴裡訓斥白錦稚，心裡卻十分欣慰，對於已經長大的子女，母親再嫁或父親再娶，心裡多多少少都有些疙瘩，不論是為自己的名聲，還是為自己的感情。

而白錦稚能如此想，證明是真真兒將自己娘親的感受放在了第一位，她很高興妹妹的孝順。

她想起當初提出這新政，與阿娘用早膳時說起，阿娘就曾有這樣的顧慮，擔心這新法的矛頭會指向白家。

「陛下，高義郡主如此想乃是人之常情，但若是生了對抗新法心思之人，利用這一點生事，不許寡婦再嫁，又稱是寡婦不願再嫁，動輒拿皇家說事，怕是會將剛剛出現的良好局面打破……」

李明瑞是真的擔心。

「哪裡放出的風聲……」白卿言問。

李明瑞此人，若是沒有得到確鑿的消息，是絕不會扯著董長元來白卿言面前說此事的。

尤其是經過了前朝左相李茂之事，白卿言不計前嫌提拔李明瑞推行新法，李明瑞慣是個會抓住機會的，斷沒有讓他自己在白卿言這裡無的放矢自毀前程的道理。

「微臣費了些周折，已經查清楚，消息最初是從秦府出來的……」李明瑞道。

這倒是巧了……白卿言手指摩挲著沉香木桌几，先是這秦府的護衛接近小四，而後又是這秦府的二姑娘同這孫文遙相見，緊接著李明瑞便查到了這風聲是從秦府出來的。

就秦家那兩個姑娘白卿言並非沒有見過，斷沒有這樣的心思和手腕兒，這背後怕是有人指點。

「依你二人看應當如何處置……」白卿言抬眸朝著董長元和李明瑞看去。

李明瑞朝著董長元瞧了眼，這才猶猶豫豫開口：「若是陛下的嬸嬸有人願意再嫁，或是……陛下能夠再立皇夫，或許能夠緩解一二。」

董長元眉心緊皺，這是下下策……可如今他也想不出更合適的解決方法，若是真讓流言愈演愈烈，勢必會對整體新政推行造成阻礙。且在鼓勵寡婦再嫁上，堅決不可服軟，一旦有一條服軟了，旁人便會揪著不放來攻訐新政，尤其是那些勳貴。

「李大人答的這般沒有底氣，想來也是下策。」白卿言笑著道。

「微臣慚愧不能替陛下分憂，正是微臣同董大人商議不出一個法子，又覺得事態嚴重，這才前來將此事告知於陛下。」

「其實，若是陛下能再立皇夫最好不過……」董長元是白卿言的表弟，這話自然要比李明瑞敢說，他怕說到白卿言的傷心處，忙朝白卿言一拜，「陛下因為皇夫離世傷心，微臣明白！與皇夫感情深厚，微臣也明白，但陛下是皇夫的妻，更是大周的皇帝，總得為皇室開枝散葉，子嗣越多越好，微臣所言……若有冒犯之處，還請陛下海涵。」

能聽得出董長元的確是為她這位表姐好：「長元表弟不必如此謹慎，你的話我明白。」

董長元忙長揖行禮，雖然白卿言稱呼他為表弟，可李明瑞在……他可不能亂了君臣之禮。

「陛下也勿憂，若是陛下覺得此法不可行，微臣和董大人定會竭盡所能將這流言壓下去！」

李明瑞咬了咬牙，流言向來是不好壓制的，輕不得重不得，分寸十分不易拿捏。

「防民之口，甚於防川，此事想要解決，倒也並非登天難事，還有十天便是高義郡主的生辰，在此之前……兩位大人當竭盡所能推波助瀾。」

董長元和李明瑞一臉錯愕。

「大周朝重新法，設學堂使更多百姓讀書，廣開言路，為的就是使百姓知政，論政，古言道……理不辯不明，這條新政好不好對不對，勳貴說了不算，百姓說了算，既然是為寡婦立的新法，自然是那些失去丈夫的寡婦說了算！」

李明瑞明白了白卿言的意思，朝著高義郡主瞧了眼：「陛下的意思要在高義郡主生辰時，再處置這件事兒？」

「白家子嗣的生辰多在十月，就趁著高義郡主生辰辦一場與民同樂的熱鬧，若是真有人打算生事這不就是最好的時機！如此……倒是可以當著百姓的面辯上一辯，屆時讓高義郡主請了柳大人，柳大人辯才無礙無人能敵，又詞鋒犀利。」白卿言想了想又道，「另外，可以將最近已經嫁人的寡婦請來，也同百姓們講一講這守寡時，同嫁人後的不同。」

董長元沒想到白卿言竟然有如此之心胸，敢讓百姓來議政論政。

「百姓淳樸，尤其是未曾讀過書的百姓，多需要引導……將道理掰開了揉碎了講給他們聽，等他們看到其中的好處，也就明白新政的好處。」白卿言瞧著董長元的模樣輕笑，「我知道長元表弟素來高潔，總是埋頭做事不喜歡誇誇其談，但我希望長元表弟明白，能夠引導百姓的言論，新政推行便會事半功倍！堵不如疏，人言可畏……但人言也可敬，端看朝廷如何引導。」

白錦稚轉頭看向自家長姐，就像當初……長姐不厭其煩在百姓面前細數白家功績，將白家聲譽推至頂峰一般。

想到那時百姓南門相迎白家忠魂，長街跪送白家英靈的場景……

白錦稚拳頭緊了緊，這個她得牢記於心！

「盧平……」白卿言朝著盧平望去。

「屬下在！」盧平應聲。

「將那個孫文遙帶來，我要見他。」白卿言笑著說。到底是這個孫文遙聽命於秦家的那位二姑娘，還是秦家的二姑娘聽命於孫文遙，她猜應當是後者。倒是有意思……

事情既然都已經定下，李明瑞與董長元便跟隨領了差事的盧平一同告退。

懷裡抱著白婉卿的白錦稚在白卿言對面跪坐下來：「長姐讓我十五日之後再走，是想給我過生辰！」

「自從白家逢難之後，長姐總是讓你東奔西跑的，還未好好給你過過一個生辰，原本是想留你在大都城多些日子，好給你過生辰，也讓你好好陪陪三嬸，沒想到此次怕還得利用你生辰這個名頭……」

「長姐！什麼利用不利用的！只要是對大周有利！就是要了小四的命小四也在所不惜！」白錦稚語聲鄭重。

「說的什麼混帳話！有長姐在……誰也不能傷了你！」白卿言眉頭緊皺訓斥道。

白家絕對不能再有一個人出事了。

「要命也在所不惜！」白婉卿瞧著自家四姐的模樣，也有樣學樣對白卿言道。

白卿言被奶聲奶氣的白婉卿逗笑，抬手捏了捏小丫頭肉嘟嘟白嫩嫩的小臉兒：「你知道什麼意思嗎就跟著學？」

白婉卿懵懵懂懂，兩個黑葡萄似的眼珠子一轉，咧開嘴笑跟著學最後四個字道：「在所不惜！」

白錦稚也跟著被逗笑，摸了摸自己四妹的小腦袋：「我們小八有骨氣！是我們白家的好姑娘！」

「只是長姐，到時候能辦個什麼與民同樂的？本來秋獵倒是個不錯的主意，可卻非與民同樂。」白錦稚垂眸靜思片刻，抬頭望著白卿言，「不若在郊外辦個風箏大賽如何？以我的名義來辦！奪得魁首的彩頭長姐出……」

「好，此事你來張羅，等風箏大賽的事情結束，晚上回來我們一家人好好吃一頓飯。」白卿言笑著說。

「好嘞，長姐放心！」白錦稚笑著應下。

「一會兒那個孫文遙要過來，你帶著小八先走……」白卿言同白錦稚道。

白錦稚有些不放心：「長姐……」

「沒事，平叔在，他翻不出什麼大浪來！」

第二章　寡婦再嫁

在軍營中正操練的孫文遙陡然聽說陛下傳召，心頭一驚。

想到自己利用了那個單純張揚的少女心裡頓時過意不去，想來白錦稚一定是同女帝說了他們兩情相悅之事，所以女帝才想要見他。氣喘吁吁的孫文遙忙朝著盧平長揖一禮：「小人一身汗，請大人容小人換一身衣裳，如此去見女帝才不算失禮。」

盧平握著腰間佩劍淡淡點頭，瞧著孫文遙跑遠，瞇眼瞧著豔陽之下正在操練的安平大營將軍柳平高，忙走過去抱拳笑著打招呼：「柳將軍好久不見！」

「盧大人！」一身勁裝的柳平高用汗巾擦了擦汗，隨手丟給手下的小兵，一邊拱手一邊疾步朝著盧平走來。

兩人曾在戰場上同戰，自然情誼非比尋常。尤其是盧平出身白家軍，後來是因為受傷才退了下去在白府當護衛，如今恢復了在戰場上可謂是所向披靡。

「柳大人，盧平朝您打探一個人，那個孫文遙柳大人可知道？」

柳平高略微想了想，隨即反應過來，笑道：「知道啊！救了咱們高義郡主那個娃子！這小子不錯……是個當兵的料！還是個熱血漢子，戰場上絕不捨棄同袍！」

盧平聽到戰場上從不捨棄同袍，若有所思。

孫文遙擰了個帕子擦乾了臉上和脖子上的汗，換了一身黑衣，摸了摸腰間的奪命天絲……覲見女帝必然不能佩戴利器，可他將天絲藏於腰間，天絲細如棉線……便沒有人可以察覺。

但……孫文遙對於上頭命他殺了女帝的命令，其實內心還有遲疑。

他是晉國皇室暗衛，原先被安排在朝中大臣忠勇侯府之中，是為了替皇帝監視朝中重臣，後來……忠勇侯死後，他又被安排入安平大營但沒有給具體的任務。

再後來，鎮國公主就反了……登基成為如今的大周女帝。

就在他以為晉國皇室已經完了，他從此也不再是暗衛時，他的隊長又找到了他，說他們皇室暗衛這輩子沒有能死在晉國皇帝之前就是不忠，愧對暗衛的身分，他們沒有能護住陛下的性命，但如今太子還在……

太子被大周女帝送往曾經的大樑，一同被送往大樑的還有小皇孫，他們現在沒有兵權，只能在大周生亂，破壞大周新政，使大周不安穩，才能給太子創造重新奪回帝位的機會。

孫文遙更是被委以重任，隊長讓他接近白錦稚，一定要取得白錦稚的信任，通過白錦稚見到大周女帝，然後殺了大周女帝！

孫文遙從出生起就是皇家暗衛，只有完成任務……才算是沒有辱沒「暗衛」這個稱號，即便是死才能算死得其所。他們這些暗衛從小所接受的教育便是忠於皇室，為了皇室肝腦塗地絕不惜命，一日復一日的在這種環境下長大，忠於皇室似乎已經浸潤了他們的骨髓，成為他們的本能。

但是，這一次……孫文遙卻有些動搖。

因為他看到了大樑將軍們一個一個臣服，看到晉國民不聊生……是大周女帝改變了這個現狀，更是看到了如今大周女帝推行新政，切切實實給百姓帶來了實惠和好處，他覺得……白卿言是一個好皇帝。

「孫文遙，怎麼還在這裡呢？」

孫文遙軍中的同伴手裡端著個水盆進來，瞧見孫文遙換好了衣裳杵在那裡出神，笑著將帕子搭在自己肩膀上：「盧大人等很久了，也不知道叫你去幹什麼，但我想肯定是好事兒！」

「嗯，回來再同你說！我先走了……」孫文遙說著走出大帳。

孫文遙隨盧平到武德門時，已是暮色四合。他畢恭畢敬跟在盧平身後，被簡單搜身之後，隨盧平拾階而上，低垂著眉眼瞅著腳下被夕陽映成茶漬色的漢白玉石階。

孫文遙心中正天人交戰，越發顯得沉默。直至聽到盧平與魏忠說話，勞煩魏忠同女帝稟報時，孫文遙這才回神，抬起頭來看向這氣勢宏偉的重簷殿宇。

霞光暮紫，天際的餘暉，照亮殿宇雕工精湛的紅漆隔扇。孫文遙的心卻陰沉沉的。

他規規矩矩跟在盧平身後跨入大殿，他低垂著眸子不敢亂瞅，只盯著光可鑒人的地面，自然也就瞧見了自己灰敗的臉色，他想到了白錦稚……

今日，若是他在這殺了那明豔張揚少女的長姐，不知道她該多難過，會不會恨他利用了她。

「見過陛下！」孫文遙叩拜。

白卿言從孫文遙進門便打量著孫文遙，她並未喚孫文遙起來：「聽說你在韓城救過高義郡主……」

「末將應該應分的。」孫文遙道。

「你倒是沒了之前那一身傲骨，記得在秦府初見的時候……你可是攥住了小四的鞭子，那模樣我要是再去晚一步，你怕是要同小四動手。」白卿言伸手接過魏忠給她更換的紅棗茶，將甜瓷寬口的茶杯端在手中，用杯蓋有一下沒一下撥著茶杯裡的紅棗，語聲清冷，「如今又是為了什麼目的，伏低做小？」

全然沒料到白卿言會如此問，孫文遙調整呼吸，沉穩回答道：「孫文遙不敢對陛下不敬。」

立在白卿言身旁的魏忠耳朵動了動，用手掩著唇，低聲在白卿言耳邊道：「奴才瞧著像是皇家暗衛的呼吸吐納法子，晉朝皇家慣有安插暗衛在朝中大臣府中的習慣。」

但白家，因為晉帝忌憚白威霆，也因為白家的護衛都是從白家軍上退下來的，所以沒有給晉帝留有空隙。

白卿言不動聲色打量著老老實實跪在地上的孫文遙，又道：「如今，晉朝太子已經被送走，你莫非真以為……以你們這些上竄下跳的作為，能撼動大周。」

白卿言在詐孫文遙，孫文遙手心驟然收緊，連呼吸也跟著亂了起來。

從孫文遙救小四利用小四，到後來孫文遙與這位秦家二姑娘相見，而後出了風言風語……用新法針對白家諸位嬸嬸和她母親，若說這背後沒有一條線，白卿言不信。

前朝餘孽這種事情，在建立新朝初期都有，但她並不懼怕。

見孫文遙不說話，她便明白自己猜測的恐怕是真的……

「你是皇家暗衛，對晉朝忠心，我敬你，可你不該利用高義郡主的女兒家情腸，這樣的作為……令人不恥。」

孫文遙脊背塌了下去，對白錦稚他心中更多的是愧疚，只是上命難為。

「用寡婦再嫁這條新法來攻訐白家的法子，是你教給秦家二姑娘的？」白卿言又問。

此時孫文遙才知道，他竟然一直在白卿言的監控下，但約莫白卿言還不知道其中詳情。

可不知道為何，孫文遙反倒是鬆了一口氣，他叩首後同白卿言道：「我的確是舊朝的皇家暗衛，早年被安排在忠勇侯府，也是我教秦家二姑娘用這個法子來攻訐白家的，我全都承認，沒有能死在主子前面，孫文遙一直有愧於心，請女帝賜我一死。」

沒有機會近白卿言的身，他又被發現了身分，沒有得手正常，他不算背叛主子。

「看來，你想護住剩餘的皇家暗衛……」白卿言將手中的甜瓷茶杯擱在桌几上。

孫文遙手心收緊：「沒有其餘的皇家暗衛，只有我一人！」

「那麼，秦家二姑娘昨夜出城也是受了你的囑咐去買通那些再嫁寡婦的？」白卿言又問。

魏忠唇角含笑，大姑娘又在詐孫文遙了，昨個兒秦家二姑娘好好在秦府待著何曾出過城。

孫文遙手心收緊，猜想是不是隊長越過他去見秦家二姑娘了，畢竟攻訐白家都是寡婦的主意，便是隊長出的，隊長背著他去找秦家二姑娘完全在情理之中。

為了護著自家隊長，全都應承了下來：「是……」

「孫文遙，你以為秦家二姑娘會和你一般護著前朝的皇家暗衛嗎？你在秦家那麼久應當知道秦家二姑娘是個什麼樣的人。」白卿言眉目含笑，「我再給你最後一次機會，說出其餘暗衛在哪兒，我饒你們不死，廢了武功送到前朝太子那裡去，也算是你們為晉朝盡忠了。」

孫文遙猛然抬頭朝著白卿言望去：「陛下……不殺我們？」

「你們想要復國，也要看前朝太子願不願意，前朝太子如今沒有了那個心性，你們再努力也是枉然……」白卿言回答的很坦然，「廢了武功，你們就是尋常人，好好活著比什麼都重要。」

這話若是別人說出來，孫文遙不信，可白卿言出身白家，自然的孫文遙便會信幾分。

遲疑間白卿言低笑：「這位魏公公曾經也是皇家暗衛，皇家暗衛聯絡的法子還是有的，你若不說……魏公也能將人找出來，不過那個時候就不是廢武功這麼簡單了你可明白？」

孫文遙對白卿言一叩首：「陛下……可否讓罪人去見他們一面，勸他們來降。」

「此事我不想耗費精力。」白卿言說著看向魏忠，「魏公公，這事你去辦吧！將孫文遙帶下去。」該知道的都已經知道，白卿言便沒必要再耗費時間。

「陛下！」孫文遙忙叩首，「求陛下念在我等從小被灌輸要忠於晉朝皇室，並無選擇餘地上，讓我見他們一面，否則……他們定然會以死相拼，我們都是暗衛……最不怕的就是死，可我不想……再死人了！」

孫文遙算是暗衛之中的異類，暗衛除了忠心之外不該有別的感情，甚至必要時候連自己的同袍都會殺！可在安平大軍之中的那些日子，看到軍人們同袍之間的感情，孫文遙在悄無聲息中被改變，不知不覺已經更像軍人，而非暗衛，所以他很珍惜同袍情誼。

「倒是不像個皇家暗衛……」白卿言這話是對魏忠說的。

魏忠忙面向白卿言的位置弓著腰，笑道：「陛下說的正是呢。」

盧平抱拳同白卿言道：「陛下，屬下跟著去吧！若是能說服最好，孫文遙若是說服不了便直接拿下以免後患。」

盧平的意思是給他們見面的時間，但不給讓人溜走的餘地，處置這件事不能心慈手軟，否則後患無窮。畢竟那些皇家暗衛從不培養同袍之間的感情，或許孫文遙去勸降，反而會被殺。不過，孫文遙能為這些彼此都未曾說過幾句話的同袍求生路，盧平還是很欣賞的。

魏忠瞧見孫文遙似乎在想，便笑著同白卿言說：「陛下，老奴斗膽有話想問一問這位，不知可否？」

「問吧……」

魏忠朝白卿言致謝行禮後，才轉而看向孫文遙：「不知道在暗衛所時，你選哪三樣武器？」

「劍……玄玉刀，還有……天絲。」孫文遙頭低的更低了。

魏忠看向盧平，盧平會意上前從孫文遙的腰間果然搜出了天絲，連忙上前交給白卿言。

白卿言正要伸手去接，魏忠連忙阻止。魏忠用帕子墊在掌心中，小心翼翼接了過來捧在手心給白卿言瞧：「陛下，這東西厲害著呢，細細一條鋒利無比，且一般都是淬了毒的。」

白卿言現在是雙身子，魏忠對這些白卿言想碰的東西都十分謹慎。

玄玉刀雖然是暗器，可必定能被搜出來，不如天絲這般容易藏在身上。

她瞧了眼魏忠手中的天絲，果然發著幽綠之光。

「這麼說，你接近小四是為了殺我？」白卿言笑著問，似乎並不懼怕。

孫文遙唇瓣緊抿著，沒有承認也沒有否認。

盧平拳頭收緊道：「是與不是都不重要，有屬下和魏公公在，他別想碰陛下一根寒毛！」

盧平心裡對這個孫文遙立時不喜，原本因為柳平高的話盧平對他還有幾分欣賞，可利用女子的感情……還利用到他們四姑娘頭上，這堅決不能忍！

白卿言頷首：「那就辛苦盧平將軍，帶著這孫文遙走一趟。」

盧平帶著孫文遙離開後，魏忠將天絲收了起來，問白卿言：「大姑娘，那位秦家二姑娘要處置嗎？」

「先留著吧，到底是秦家人，若是孫文遙這些人處理乾淨後，她能安分守己這件事也就過去了，若是……她還要生事，也算是給秦朗留足了面子。」白卿言說著，將手邊的竹簡展開，不欲再談這件事。

魏忠對白卿言行禮後，也退出了大殿，他正要派人將手中的天絲處理了，就見被派去伺候全漁的小太監氣喘吁吁的朝大殿方向跑來。

魏忠忙將天絲用帕子包好揣進衣袖裡，朝著那小太監的方向走了幾步，白卿言對這個叫全漁的小太監很是看重，魏忠是知道的。

「魏公公！」那小太監跑過來，對魏忠行禮。

「別多禮了，可是全漁又出了什麼事兒……」魏忠問。

那小太監眉目帶笑，抬頭望著魏忠用衣袖擦了把汗道：「全漁公公沒事兒，這段日子吃的也多了，似是想開了，讓奴才前來同魏公公說一聲，想要請見女帝，當面叩謝女帝救命之恩。」

魏忠有些意外，自從這全漁腿沒了之後養好傷就一直是意興頹廢。

哪怕白卿言登基後這麼忙，也抽空去看了全漁兩次，但都是悄悄在窗外看了眼未曾進去。

魏忠開始還以為全漁可能是因為白卿言讓人斷了他的腿記恨白卿言，後來全漁兩次留信尋死，信中都是對白卿言的感激之情，只是不願意成為一個廢人。

如今這全漁要來見白卿言，想來是已經想通了。

「好……我去同陛下說一聲。」魏忠應聲道。

白卿言聽了全漁要見她的事情，心裡總算是鬆了一口氣，她對魏忠道：「你親自去一趟，接全漁過來。」

「是！」魏忠領命。

全漁再次出現在白卿言面前時，整個人瘦得顴骨突出，眼窩凹陷，原本圓潤的雙頰也凹陷了下去。這段日子以來，全漁一直計畫著要來見白卿言，有好好吃飯，也有好好練習用拐杖走路，為的就是見到白卿言時狀態好一些，也不枉白卿言救了他一命。

大殿內，燭火搖曳。全漁堅持跪在大殿中央，將今日魏忠帶去大太監的服飾擱在正前方，對白卿言三叩首，謝白卿言的救命之恩。

「好了……」白卿言眼眶微紅，示意魏忠將全漁扶起來。

全漁忙對魏忠擺手：「我還有話，要同陛下說！」

「起來再說……」她道。

「還是跪著說吧！」全漁眉目含笑，「大姑娘……其實，全漁很想伺候在大姑娘左右，但如今……全漁沒了一條腿，實在是……沒有這個能耐再伺候大姑娘了！所以……這大太監的位置，全漁實是不敢領受。」

他最終喚了白卿言大姑娘，覺得這個稱呼更親切些。

全漁說著，泛紅的眸子就含了淚，哽咽開口：「大姑娘如今貴為女帝，應當讓更有能耐如同魏公公這樣的人物伺候在大姑娘身邊，對大姑娘更好！」

白卿言靜靜望著全漁，未曾吭聲，全漁眼淚就掉了下來，再次叩首：「全漁想向大姑娘求個恩典，想出宮回故里，買一個小院子，侍弄花草，為大姑娘……為大周祈福，度過一生，還請大姑娘允准。」

半晌，白卿言頷首：「你執意如此，我便讓人安排。」

「多謝大姑娘！」全漁再次叩首，「望大姑娘保重，全漁此生必不忘大姑娘之恩。」

全漁不知道太子還活著沒有，這也是他不能伺候白卿言的原因。

按照常理，白卿言新帝登基建立新朝，舊朝的廢太子……定然是不能留下來的。

晉朝廢太子對全漁有恩，白卿言對他也有恩，所以他不敢問。

白卿言不說，是怕全漁現在的身子跟著廢太子得不到好的照顧，曾經全漁給過白家善意，她心裡對全漁便存了分感激。

「全漁告退……」全漁行禮後，用拐杖撐著，十分艱難才站起身來。

他深深瞧了眼如今已經坐在帝位的白卿言，身體依著拐杖，眉目含笑……

其實全漁明白，白卿言坐上這個位置，比太子坐更合適。

他更相信總有一天，他能看到大周一統天下，白家大姑娘將這大周建立成……海晏河清天下太平的模樣，他相信此生他必能看到這一天。

全漁走後，白卿言囑咐魏忠：「派幾個人去全漁的故里給全漁買個小院子，買幾個僕從丫頭照顧著他……」想了想白卿言又補充說：「再給他置辦一些田地和商鋪，如此……便能保全漁後半生無憂。」

「陛下仁善！」魏忠頷首，「老奴必定辦妥！」

當天夜裡，白卿言就寢之前，盧平回來覆命：「大姑娘逃走了一個，聽孫文遙說，那位便是他們暗衛隊的隊長，為了不驚擾百姓，屬下已經命巡防營的人暗中搜尋，但屬下想著約莫會在秦府附近。」

「嗯……」白卿言點了點頭，「倒不必再追這個逃走的，晉朝皇家暗衛都是死忠自己主子的，自晉朝皇帝死後，那暗衛無主，自然還是會一心為主子報仇，回頭在小四生辰舉辦的風箏大賽上捉住就是了！」

「平叔，另外……再放出風聲，風箏大賽那日，我同白家諸位夫人都會到場。」白卿言說。

盧平點了點頭：「屬下明白了，可……風箏大賽那日大姑娘還是不要去了吧！如今大姑娘有孕在身，可不能有半點馬虎。」
「那日再看，先將消息放出去！」
「是！」盧平應聲離開。

十月十七高義郡主生辰，皇家要在大都城郊外舉行風箏大賽與民同樂，去參賽的多是官宦人家，但百姓也可去湊熱鬧，不似往日百姓都被攔在賽場之外。

而宮中更是以高義郡主的名義，廣邀大都城內守寡後再嫁的寡婦一同前往參賽，魁首可得百金，還可得陛下賞賜的彩頭。大多數再嫁寡婦家中也都不是太富裕，聽到有百金自然是躍躍欲試，郊外早早就已經有人開始練習放風箏，只等十月十七一舉奪魁。

商販們最先動了心思，有人早早便去看位置，打算占一個好攤位。

心存歪念的人，此時自然也開始早早做準備。

如今大都城內，關於新法鼓勵百姓中寡婦再嫁，卻不許勳貴人家寡婦再嫁的消息愈演愈烈，甚至已經有人在酒館裡議論，既然寡婦再嫁有這麼多好處，為何不見太后和白家諸位夫人再嫁。

柳如士本就被董長元和李明瑞託付在風箏大賽那日去當評判，若是有人生事鬧事，請柳如士幫扶一二，千萬不能在新政推廣時出岔子，柳如士聽到如今大都城的風言風語，自然是惱火不已，去找呂晉抱怨。

呂晉給柳如士稍作分析，柳如士便明白……原來此次高義郡主邀請再嫁的寡婦一同參加風箏大賽，又與民同樂，是存了與這些造謠生事，預備拿太后和白家諸位夫人未曾再嫁說嘴的人……辯一辯的意思。

柳如士當下便從呂府告辭，回去做準備。

方氏在屋內也是坐立不安，來回在屋內走著，直到透過雕花窗櫺瞧見身形纖細穿著石綠短襦，石青下裾的蒲柳回來，這才吩咐屋內伺候的婢女先出去，拎著裙裾在臨窗的紅木軟榻上坐了下來。

蒲柳打簾進門，白淨尖細的下巴帶著些汗，用帕子擦了汗，繞過屏風穿過垂帷，上前同方氏行禮後道：「夫人，信已經派人送出去了，奴婢叮囑了……夫人著急，讓人儘快送到方家。」

方氏又問：「去送信的人可靠嗎？」

「夫人放心，是讓葉婆子兒子去送信的，這小子腳程快，葉婆子也最忠心不過。」蒲柳道。

儘管蒲柳如此說，方氏還是在心中暗暗祈禱葉婆子家的小子能快些將信送到兄長手中，不論如何都要在十月十七趕到大都城。

「夫人，可是出了什麼事？」蒲柳倒是沒有好奇那信中都寫了什麼，可瞧著方氏這坐立不安的模樣，有些不放心，低聲問，「要不要奴婢幫著夫人參詳參詳？」

話都要衝出方氏的口了，又咽了回去。

她倒不是信不過蒲柳，只是這事兒說出來蒲柳定然要阻她，蒲柳一向膽子小。

如今白家宗族那起子人都在盤算各自利益，拿大都白家那一門寡婦說嘴的人越來越多，都說……皇家應當起表率作用，若是鼓勵寡婦再嫁，也應當是皇室帶頭。

一想到白家的諸位夫人要再嫁，或許白卿言還要立皇夫，再想到能娶太后……誰能不動心？

白卿言立皇夫之事就不說了，可白家的其他夫人呢？還有太后呢？

白氏宗族的人已經得到消息，此次風箏大賽上有人要藉機生事，若是真的將白卿言逼的不行，白家的寡婦夫人們，保不齊會為了保證白卿言的新政順利推行，稱她們願意再嫁……

白氏宗族的人覺得讓白家的幾位夫人嫁給外人，還不如嫁給白家宗族的人，白卿言一向尊重自己的諸位嬸嬸，誰家能娶到白卿言的嬸嬸，白卿言就算是看在自家嬸嬸的面子上也會幫扶！

再者，白家的這幾位兒媳婦樣貌也都是拔尖兒的，畢竟這幾位都是當初大長公主精挑細選的兒媳婦兒，而且……她們的嫁妝也極為豐厚。

還有人把腦筋動到了董氏的頭上，這要是娶了董氏……那可就是大周女帝的繼父了！誰若是有了這樣的身分還不得在大周為所欲為，即便是大周女帝白卿言也得恭恭敬敬的孝順這個繼父。

白岐禾聽說了這件事後，沒有耽擱已經先行進宮，要將此事先告知白卿言，而後與白卿言商議後解決，畢竟現在是白卿言推行新政的關鍵時候，他怕自己冒然處置宗族的人，會給旁人留下什麼口實來攻訐新政。

方氏今兒個偷聽到了這事兒，便也動了心思，讓人給自家年前剛剛喪妻的兄長去信一封，只要能達到目的，大不了……再用些齷齪手段，成事就好。到時候眾目睽睽之下出了事情，白卿言即便是為了她那些嬸嬸和母親的名節，也沒法阻止她母親和嬸嬸再嫁！

方氏盤算的好，到時候多花些銀子，即便是撈不著白卿言的母親，也能撈著白卿言那幾位嬸嬸其中一位，省得好處都讓白家宗族的人搶完了。

見方氏不願意說，蒲柳也沒追問，朝方氏行禮道：「奴婢先回去換身衣裳，然後再來伺候夫人。」

瞧見蒲柳鬢角有汗，方氏點了點頭：「你回去歇著吧！辛苦你了。」

正如白岐禾所得到的消息一樣，白氏宗族的主意已經打到了白卿言幾位嬸嬸，和太后董氏的身上。正如同方氏一般，他們聽說高義郡主生辰那日，白家幾位夫人也會去風箏大賽，他們正想著怎麼做個局，能套住一個是一個……

有人同方氏一樣，動了使用齷齪手法的念頭，不過這種不光彩的法子自然是關起門來自家人商議，也有人已經派人去提前布置了。

而此時皇宮內，聽白岐禾說完白氏宗族的打算，白錦稚氣得差點兒忍不住提著鞭子去將白氏宗族的人好好教訓一頓。

「之所以還未做什麼處置，是擔心陛下這邊有安排壞了陛下的事，所以進宮來同陛下商議一下，若是無關大計，回去後……我便要用族長的身分處置這些族人了！」白岐禾道。

「還商議什麼，有一個是一個，全都族法處置！」白錦稚胸口起伏劇烈，聲音也不住拔高。

「小四生辰那天，我不想白氏宗族的人添亂，有勞族長回去全都處置了！否則……還不知道那些心存妄念的族人要使出什麼骯髒法子，總不能在那樣的場合讓百姓看到白氏族內一團汙穢。」白卿言語聲慢條斯理，「族長可以轉告這些族人，最好安分守己，否則別怪我不念同宗之情，不但要依族規處置，更要依國法查辦！」

「是！」白岐禾對白卿言行禮後告辭。

白卿言卻陷入了深思之中……

自古以來針對女子的骯髒法子，不過就是壞女子名節！她鼓勵寡婦再嫁，若是寡婦不願意以致有人貪圖寡婦美色或是家財，使用了汙糟手段，便能夠逼得寡婦不得不嫁。

如此，白卿言就只有將新法中，奸淫婦女的罪罰加重，如同姬后書卷中所寫，要為民開智……尤其是要為被男尊女卑壓迫數百年的女子開智，讓她們學會為自己抗爭。

此事……急不得。

「氣死我了！」白錦稚在白卿言身邊坐下，「宗族這些人幹啥啥不行，鑽營是頭名！還總用這種烏七八糟的手段，長姐……咱們真的跟宗族的人是同宗嗎？」

「前任族長領族數十年，其立身不端，族人自然是影難直，老一輩受影響最深，恐難改已經形成的本性！如今換上白岐禾……小一輩還是可以掰直的，多些耐性。」白卿言說。

白錦稚點了點頭，視線又落在白卿言的肚子上：「長姐這肚子裡的小娃娃可真是懂事！記得五嬸當初懷小八的時候，頭幾個月都吐的下不來床。」

提到孩子，白卿言眉目間有了笑意，垂眸輕撫著腹部笑道：「是啊，就連洪大夫都說，這孩子知道心疼人，來日必然是個懂事的！」

白錦稚瞧著長姐眉目含笑的模樣，抿了抿唇……

回來到現在白錦稚從未在白卿言面前提起蕭容衍，就是害怕引起白卿言的傷心事，但瞧著白卿言似乎真的不傷心的模樣，白錦稚又擔心自家長姐將傷心藏在心底藏的太過好，反倒傷到了自己。

「長姐，蕭先生……」白錦稚望著白卿言，「長姐若是想哭，小四陪著長姐，以後小外甥或者小外甥女出生，小四會好好疼愛的！一定不會讓孩子感覺到沒有父親陪伴孤單！」

白卿言抬頭瞧著白錦稚一臉擔憂的模樣低笑一聲道：「傻丫頭！沒事的，他……沒死。」

「沒死?!」白錦稚睜大了眼，「那他……」

「這件事比較複雜，回頭長姐定會與你細說。」白卿言道。

見白卿言的模樣不像是作假，她這才放心。

「對了長姐！」白錦稚挪到白卿言身邊，壓低了聲音問，「大伯母，見過五哥了嗎？」

白錦稚在韓城時就想著長姐登基大典，五哥肯定會到……

後來白錦繡到了韓城，從白錦繡的嘴裡聽說戎狄的鬼面王爺的確來參加了長姐的登基大典，白錦稚高興的不行，若是大伯母看到五哥活得好好的不知道該多高興。

白卿言點了點頭。

白錦稚唇角笑開來：「雖然現在五哥遠在戎狄，可是……總有一天我們一家人會團聚的！」

她笑著看著自家眼眶發紅的四妹：「這是自然！一家人本就應該在一起！這天不會太久的……」

白錦稚點頭。

「剛才白氏族長來報的事情，辛苦你去同幾位嬸嬸說一說，讓她們那天千萬小心，雖然有禁軍在旁護著，也要防著些，不要著了道，那日不要同宗族的人接觸。」

「好，我這就去！」白錦稚起身對白卿言長揖一禮匆匆離開。

元和初年十月十七，高義郡主生辰，於大都城郊外舉辦風箏大賽，奢華的榆木馬車和青錦畫輪的牛車絡繹不絕從南門而出，前往金輝山方向。

金輝山漫山都是銀杏，一到金秋時節，金燦燦一片，十分好看。

沿途皆是青布短衣挑著扁擔叫賣的小販，追逐嬉戲的總角小兒追著推著推車賣糖糕的布衣老漢，只等老漢停下來後，買糖糕解饞。

金秋時節，晴空萬里無片雲，正是放風箏的好時候。

勳貴人家爭相參加，早早過來試風箏，或和此次的評判柳如士打招呼，而被邀參加風箏大賽的那些新嫁寡婦們原本摩拳擦掌，可此時瞧見那些勳貴的架勢，倒是有些露怯。

「聽說今兒個陛下也會來！」有人低聲議論。

「可不是！聽說今兒個有人要在這裡質問女帝，為何只鼓勵百姓間的寡婦再嫁，皇家人卻不以身作則。」

月拾原本奉命來給白卿言送姬后的書簡，結果人還沒入大都城，便聽人說……高義郡主今日生辰在金輝山舉辦風箏賽與民同樂，就連白卿言和白家諸位夫人也會去。

月拾還有一封主子的親筆信要給大姑娘，所以沒直接入城前往皇宮，而是來了金輝山。

沿路去的時候，月拾想到了白家暗衛，想著一會兒有機會能同幾位白家暗衛見面，便買了些肉乾吃食和蜜漿帶上，與他們分食。

雖說是與民同樂，可到底尊卑有別，百姓們還是被一層又一層的禁軍攔在外面，不過……即便是在外面，也能夠看見飛到天上的風箏，又想著能夠有機會一睹女帝風采，便都聚集於此。

還好月拾是蕭容衍身邊護衛之事謝羽長、符若兮等人都知道，在他們早早過來安排布防時瞧見了月拾，忙讓人將月拾帶了過來，問月拾這段日子去了哪裡。

月拾朝兩位大人行禮之後笑著道：「回了一趟大魏國，走之前陛下吩咐我將主子的書籍整理好送過來，這不……聽說今日陛下要到這裡來，我就沒進宮跟過來了！」

「我派個人送你去涼棚下休息一會兒，等會兒陛下來了，我同陛下說一聲！」符若兮拍了拍月拾的胳膊，心裡想著等回頭和白卿言說一聲，這月拾身手不錯，等回頭安頓好蕭家的事情，讓月拾留在軍中任個一官半職的。

怎麼說都是蕭容衍最貼身的護衛，他們陛下已經與蕭容衍成親，那這月拾怎麼也算得上是他們陛下的下屬了，只要陛下念著和蕭容衍的舊情，這月拾留在大周一定前途無量，說不定來日還會成為白卿言腹中皇嗣的護衛。

正如符若兮所想，蕭容衍的確是動了將月拾放在白卿言身邊保護白卿言和孩子的念頭，可一來因為白卿言身邊不缺高手，二來……是怕太后董氏會覺得他將月拾留在白卿言身邊另有所圖，所以未敢這麼做。

不多時，大周女帝、太后的車駕浩浩蕩蕩而來，禁軍先行將百姓攔在道路兩側。

玄色滾金邊的黑帆白蟒旗在前，隨風獵獵招展，一千黑甲鐵騎在後緩慢依序而行，步伐一致，著實讓百姓們震撼，佩刀護衛緊隨其後，羽扇和層層疊疊的寶幡華蓋之後，便瞧見衣著華貴的太監和挑著嫋嫋蓮花香爐的宮婢……

其後奢華耀目的馬車一駕接著一駕，甲冑鮮明的禁軍齊整護於車駕兩側，靴聲震撼人心。

跪於外側的百姓有膽大的偷偷抬頭，想一窺坐於馬車內的女帝，或白家女眷，卻只能看到精緻馬車四周搖曳的紗帳。場內，按照官位大小，和同女帝遠近親疏分別安排在女帝涼棚兩側的官員家眷，紛紛從涼棚下走了出來迎接女帝。

白岐禾亦是帶著白氏宗族之人從涼棚下出來，瞧見女帝的車駕，率先帶白氏族人恭敬跪下。

那日白岐禾從宮中出來回府之後，將已經在大都城安頓下來的白氏族人全都叫了過來，幾個動了白家幾位夫人心思的，不但被白岐禾打折了腿……還除族以儆效尤。

此次白岐禾的手段著實是凌厲，也的確威懾住了這些白氏宗族之人，如今他們倒是歇了骯髒念頭，可白岐禾的妻室方氏卻還是一門心思的想要自家兄長，能攀上白家哪位夫人。

方氏的兄長聞訊趕來，不僅帶了自家親族未成親的兒郎，還帶了族中幾個長相可人也還未說親的妙齡少女，想著趁此機會……能給這些孩子們相看相看。

他的心不大，未敢想攀上白家的夫人，只是想藉由和白家的姻親關係，好讓方家的後輩在這大都城占一席之地罷了。只要能借著白家的勢，攀上大都城的勳貴，往後生意也好做一些。

再者，從白卿言登基到現在，還未曾封賞爵位給白氏族人，可見對白氏族人還是多有不滿，只要方氏不行差踏錯，等到過年大節慶的時候，白卿言必定會進行封賞，白岐禾身為族長……爵位定不會低，那時方氏就是誥命夫人，為這個方氏也應當三思而後行。

這話他同方氏說了，可方氏卻在心裡抱怨兄長太過膽小，打算自作主張瞞著兄長行事。

她思來想去覺著這皇家女眷總要去解手更衣，即便是不去她也有法子逼著她們去！

她幾乎掏空了自己的私房花出去大量銀子，相信肯定能成事，到時候只要白家女眷兒這邊兒哪位夫人有動靜，她就讓人先拉著兄長去一旁說話，總能將兩人湊在一起。

方氏最想讓兄長得手的便是白家的四夫人王氏，王氏一向膽小又懦弱，不似白家其他幾位夫人那般潑辣，將來真的嫁給她兄長更容易掌控一些。

且方氏也查過，這王氏的嫁妝比起其他幾位夫人可謂是絲毫不遜色，好拿捏……嫁妝又豐厚，若是方家有了王氏嫁妝的助力，那生意必定會越做越大。

選了王氏對方氏來說還有更大的好處……

之前都傳白卿言不能有孕，方氏還想著自己的兒子白卿平有機會，誰知道後來白家有幾個回來了。再後來，這外面傳不能有孕的白卿言也懷孕了，這讓方氏如何能不意外。

方氏也瞧了，如今白家回來的兒郎裡，也就王氏的兒子白卿玦是個囫圇個，若白卿言那腹中的孩子出了什麼意外，或者是個女娃子，她就不相信白卿言這個不能生的還能這麼走運再懷上一個！

到時候這皇位多半是要給這王氏的兒子……

如此，她的兄長就如同太上皇一般，那她這個促成此事的人……難不成兄長會虧待她？

方氏也是下定了決心，連蒲柳都瞞著，用的也都是當初她從娘家帶來的忠僕。

白卿言本就修長纖瘦如今還不是特別顯懷，行動靈活，加之衣裳寬鬆的緣故，倒是瞧不出有孕在身。董氏與白卿言，還有白家諸位夫人落坐後，眾朝臣才都紛紛回了自家的涼棚。

涼棚面對金輝山而立，落坐後能瞧見那金輝山，位置是極好的。

天空湛藍，萬里無雲之下，是黃燦燦的峰巒起伏，藍是藍，金是金，秋意盎然。

各家涼棚下的桌几都擺著秋季豐收的瓜果點心，眾人寒暄說笑，討論著此次誰家的風箏能奪魁，倒是熱鬧。許是各家男子都覺這放風箏是女兒家平日裡遊戲的消遣，都端著不肯參加，有那些想在女帝面前出風頭的人家，一聽那些勳貴人家的兒郎都不參加，也就歇了這個心思。

這不，往那場上一瞧……大多都是女兒家，一個兒郎也不見。

兒郎們都同自家父親、或是兄長、親友聚在這涼棚下，談詩論學。

未曾上場參賽的女眷亦是聚在一起，有已經去了學堂的年輕女子……說著去了學堂學了學問，年長的女眷湊在一起談論著誰家的姑娘出色，或是誰家的兒郎優秀。

秦家的兩位姑娘到底是秦朗的妹妹，白錦繡的小姑子，這一次也來了。

秦家大姑娘穿的十分豔麗，打扮的也格外精緻，一心想要瞧一個好郎君嫁了。

高義郡主白錦稚作為此次舉辦風箏賽的東道主，一身勁裝快馬而來，宣布了風箏賽開始，一個時辰之後，誰家的風箏最高誰就是獲勝者。白錦稚一聲令下，纏著束袖和襻膊的各家千金手持風箏線，各個歡聲笑語往前奔跑，拉扯著風箏，希望自己風箏飛得更高。

涼棚下，有閨中密友參賽的千金，揪著帕子高聲喊著讓自家閨友加油。

而那些新嫁的寡婦也都是卯足了勁兒，畢竟魁首的獎勵豐厚，她們如何能不動心。

董氏瞧著初秋金光之下，奮力拼搏向前衝，滿面笑容歡聲的女子們，眉目間也盡是明媚的笑意，這世道對女子極為苛刻，講究沉穩端莊，很少能見到女兒家能這般爽朗肆意的奔跑歡笑……

這樣多好啊，董氏想天下的女兒家都能這般暢快奔跑，如同兒郎一般發自內心的開懷大笑。

「太后，陛下……白氏族長之妻，送來了石榴汁，說是……朔陽老家的石榴成熟了，昨日剛送來，她知道今日要舉行風箏大賽，特意做了桂花石榴汁，來給太后、陛下……還有諸位夫人嘗嘗鮮。」秦嬤嬤上前笑著說，「老奴瞧著這族長夫人準備了不少呢。」

在外人面前，白家的忠僕還都是稱呼白卿言陛下，董氏太后的。

白卿言見方氏畢恭畢敬立在涼棚之外，身後跟著抬著冰桶的僕從，頷首示意魏忠請方氏進來。

方氏拎著裙裾上前，規規矩矩叩首行禮後道：「給太后、陛下請安，雖說已經入秋，可這天氣還是有些熱的，正好昨日朔陽老家的石榴送到了，民婦便準備了些朔陽老家的桂花石榴汁，特拿來給太后、陛下還有諸位夫人嘗嘗。」

「族長夫人有心了！」董氏笑著頷首，「那就嘗嘗吧！別白費了族長夫人這分兒辛苦。」

「多謝太后、陛下！民婦這就伺候太后和陛下用一點。」方氏笑著，示意僕從將冰桶抬上來。

白卿言不動聲色，望著方氏，心中猜測這方氏如此般伏低做小是曲意逢迎，還是另有所圖。

方氏淨了手，用雕工精湛的白玉盞盛了桂花石榴汁，又十分謹慎用銀針等物什兒試毒之後，才先往董氏面前擱了一碗，又從另一個冰桶裡盛了一碗重複試毒流程擱在白卿言面前：「給陛下的是剛剛冰了一小會兒的不會那麼涼，又加了些酸梅，想來更合適陛下的口味。」

白卿言垂眸看了眼白玉盞裡漂浮著的桂花，還有沉在白玉盞清亮紅湯下面的青梅，笑著道：「族長夫人有心了。」

方氏行禮後，按照順序……給二夫人劉氏、三夫人李氏都盛了。

方氏盛了一碗，邁著碎步要送到王氏几案上時，腳下突然踩到裙擺，那一碗桂花石榴汁就朝著王氏潑去，王氏被嚇了一跳躲閃不急，只抬起衣袖擋住了臉，被那桂花石榴汁潑了一身，玉碗也撞在桌几邊緣碎了一地，白玉飛濺。

方氏一臉驚駭，差點兒哭出來，顧不上自己的一身狼狽，爬起身奔到王氏身邊用帕子替王氏擦著：「四夫人！四夫人沒事吧！可有被碎玉傷到？」

五夫人齊氏，忙轉頭：「去拿個披風過來！」

李氏忙放下手中的玉盞，掏出帕子遞了過去：「可有傷著？」

「沒事，沒事！沒有傷著，就是將衣裳弄髒了……」王氏先用帕子擦自己手中的佛珠，生怕佛珠被桂花石榴汁給弄髒了，隨後才拍了拍衣裳上濕答答的桂花。

王氏身邊的關嬤嬤接過五夫人派人送來的披風，道謝後用披風將四夫人王氏裹住。

「夫人，我們先去換一身衣裳吧！」關嬤嬤道。

方氏也連忙扶住王氏起身，淚眼汪汪開口：「都是民婦不好！四夫人，民婦陪您去換一身衣裳吧！否則民婦於心不安。」

王氏一向是個心軟的，瞧見方氏這於心不安的模樣，便點了點頭：「那就辛苦族長夫人了。」

白卿言瞅著四嬸這邊兒動靜，視線落在方氏身上，見方氏正看向立在涼棚外的一個嬤嬤，那嬤嬤對方氏頷首，她轉而叮囑魏忠：「遠遠跟上去瞧著，護好四嬸兒……」

魏忠頷首：「陛下放心！」

前腳方氏和關嬤嬤扶著裹著披風的王氏剛走，後腳魏忠就跟了上去。

「這族長夫人還是挺有心思的，桂花石榴汁冰鎮之後，放在這個白玉碗裡，倒是別有一番風味！」二夫人劉氏嘗著很喜歡，「味道也不甜膩，還帶著桂花的芬芳，著實不錯……」

「二嬸兒要是喜歡，回頭讓羅嬤嬤去跟著族長夫人學一學。」白卿言說。

太監們十分利索將碎片收拾乾淨，好似剛才什麼都沒有發生一般。

白卿言喝了一口這桂花石榴汁就放下了，董氏瞧見問：「一直瞧著你不喜歡酸的，這酸甜口味的也不喜歡嗎？」

「嗯……都不大喜歡。」白卿言說，倒是最近很喜歡吃一些鮮辣的東西。

雖然古語有言，酸兒辣女，董氏瞧著白卿言這懷孕後無比靈活的模樣，又覺得是個哥兒，一時間還真不知道如何給即將要出生的小孫準備什麼衣裳了。

秦嬤嬤用帕子掩唇笑了笑：「太后可是操心，該給還未出生的皇嗣準備什麼樣的小衣裳。」

「前頭那幾匹鮮亮的尺頭怕是用不上了，換一些素色，不論男女都能用得上！」董氏笑著道。

如今董氏滿心裡都是白卿言肚子裡這個孩子，眼巴巴盼著孩子出生呢！

董氏笑著摸了摸白卿言的肚子，視線看向外面尖叫嘻嘻的少女們，有人風箏纏繞在了一起，眼看著飛不高……只能退出，又嚷嚷著讓自家表姐爭口氣。

「陛下……」符若兮快步從鋪著紅氍毹的木質臺階下上來，單膝跪在涼棚外同白卿言道，「陛下，皇夫身邊那個護衛月拾來了，說是奉陛下之命將皇夫的書籍整理好送了過來。」

董氏聞言朝著白卿言看去，想著是不是慕容衍藉由這個說頭來給白卿言送信。

白卿言沒想到月拾來的如此快，頷首同符若兮道：「讓月拾過來吧！」

「是！」符若兮應聲去喚月拾。

不多時月拾便來了，他同白卿言行了禮後，開口道：「陛下，我們家主子的書籍月拾都已經整理好給陛下送來了，月拾還帶來了主子的侄子給陛下的家信，請陛下御覽。」

月拾彎著腰上前，將懷中的信雙手遞給白卿言。

侄子？白卿言不動聲色接過信，看來……在蕭容衍死後，天下第一富商蕭容衍的侄子就要接手蕭容衍的生意了。

「春桃，賜座……」白卿言一邊拆信一邊道。

春桃應聲給月拾送來了軟墊，讓月拾跪坐。

慕容衍在信中問了白卿言和孩子是否安好，又同白卿言說起西涼已經遣使入燕國求糧食的事情，燕國準備用高於市價數十倍的價格賣給西涼。

順便也說了他已經讓人將姬后的全部書籍都整理妥當，此次一卷不剩全都讓月拾帶來了，他叮囑白卿言……就連姬后都說這些治國之道太過超前，不建議他們兄弟翻看研習，所以他認為白卿言看過也就是了，其實並不具有參考價值。

再後面，便是慕容衍訴說對白卿言的思念，讓白卿言千萬保重之語，又表達了深切的愛意。

白卿言看的耳尖略有些發紅，看完後將信重新疊了起來，抬眼瞧著正襟危坐的月拾，笑道：「這樣，我給皇夫的侄子回信一封，還有勞你帶回去。」

「月拾定不辱命。」月拾挺直腰脊抱拳道。

方氏和嬤嬤扶著王氏離歡鬧的聲音越來越遠，方氏同嬤嬤說：「嬤嬤……勞煩您先去馬車上給四夫人取衣裳，我扶著四夫人先去更衣的帳篷，省得一會兒四夫人著涼了，若是如此民婦就真的罪該萬死了。」

嬤嬤瞧了眼方氏，心中生疑，卻聽王氏道：「嬤嬤將我那套銅綠色的衣裙拿來……」

「是！」嬤嬤還是不大放心，囑咐靈雲和靈秀照顧好夫人便去取王氏的衣裙了。

方氏瞧著嬤嬤離開，又笑著道：「四夫人一會兒要穿銅綠的衣裙，那瞧著就同頭上的首飾不是特別搭配，正巧我那兒帶了一套首飾，還請四夫人不嫌棄收下！」

「不必如此……」四夫人寬和道，「族長夫人也不是有意的！」

方氏頓時眼中含淚：「求四夫人還是收下吧！不然……民婦回去定然要被族長責怪的！民婦

心中也愧疚不安，一套首飾值不了幾個錢，怕是都頂不上民婦毀了您這一套衣裳的銀錢，卻能讓民婦心安，還請四夫人成全。」

王氏只得應下，想著回頭找個機會賞這族長夫人套首飾，加倍還回去就是了，省得讓族長夫人心裡總記掛這件事兒，心裡不安。

方氏忙轉頭笑著道：「那就辛苦二位姑娘哪一位，去我那涼棚下找一個叫蒲柳的婢女，讓她將我帶來的那一套白玉鑲綠寶石的頭面拿來！」

靈秀瞧了眼靈雲：「那奴婢去吧！靈雲你照顧好夫人……我馬上就來！」

「辛苦姑娘了！」方氏笑著道。

在偏僻處搭建的幾個臨時帳篷內，鋪著細軟的五福氈毯，供貴人們更換衣裳用……

再往後，便是貴人們小解更衣用的帳篷，這裡安排的護衛並不多，禁軍也都離得遠，方氏早早就安排了人在這兒等著，如今王氏身邊只剩下這麼一個柔柔弱弱的婢女好對付的很。

方氏扶著王氏剛進入更衣的大帳，跟在兩人身後的靈雲只覺頸脖一疼，人便暈了過去。

方氏往後瞧了眼，見靈雲被拖走唇角勾起極為清淺的笑意，她扶著王氏坐下，視線落在小几上鎏金三腳瑞獸香爐，和甜瓷茶壺上。

「我去給夫人倒一杯茶！」方氏說。

王氏點了點頭，解開披風系帶，隨手將披風搭在一旁問：「怎麼不見這裡伺候的婢女和嬤嬤？」

方氏笑著為王氏倒了一杯茶，說：「可能去哪兒躲懶了，不過沒關係，民婦來伺候夫人，夫人不要同民婦見外，本就是民婦的錯，民婦能有機會彌補很是高興。」

「你並非有意，不必如此介懷。」王氏將手中的佛珠纏在細腕上，接過方氏遞來的茶杯抿了一口。

香爐中白霧嫋嫋，帶著甜膩的脂粉味，並不像平日裡動貴人家用的香料……

方氏在王氏身旁坐下，用帕子沾了沾唇角，不動聲色輕輕掩住鼻息。

不多時，王氏上下眼皮打架，只覺得睏倦無比，只來得及將手中的甜瓷描金的茶杯放在小几上，人便眼前一黑暈了過去。

方氏用帕子掩著鼻子，連忙打開瑞獸香爐的蓋子，用茶水將香爐澆滅，又將香爐裡的香灰倒了出來用帕子包好，潑了茶壺裡的茶，這才高呼：「來人！」

很快，外面進來了幾個孔武有力的婆子。

方氏問道：「快！趁著那個嬤嬤和丫頭還沒有回來，將人帶到馬車上去！」

「是！」幾個婆子應聲上前。

方氏心跳極快頗為緊張，想到了自己的兄長，又忙問：「舅老爺過去了嗎？」

「夫人放心，舅老爺已經過去了！」

王氏纖瘦，幾個婆子用麻袋將王氏套裝起來，扛在肩上，裝作在搬挪重物從帳篷裡出來，誰知道這幾個婆子扛著王氏剛出來，就瞧見大帳外立著一排佩刀禁軍，嚇得一動不敢動……

白卿言身邊的太監魏忠正抱著拂塵，笑咪咪立在中間。

那幾個婆子不明情況，更是不敢上前，你看我我看你……

方氏處理好裡面要出來時，瞧見那幾個婆子還堵在門口未動，眉頭緊皺，一邊往外走一邊壓低了聲音呵斥：「你們還立在外面幹什麼，還不趕緊把人抬走！」話音一落，方氏就瞧見了外面的禁軍和魏忠，她一顆心頓時提到了嗓子眼兒，緊緊攥住自己的衣擺。

如今方氏已經是騎虎難下，若是讓魏忠發現那麻袋裡是四夫人，她就是長一百張嘴也說不清了。她強迫自己露出笑顏，上前幾步同魏忠行禮：「魏公公……四夫人還在裡面換衣裳，是陛下不放心派您前來的嗎？」

不等魏忠回答，方氏又笑著道：「這兒一切都好，闞嬤嬤去取衣裳了，四夫人剛打翻了茶水，這幾個嬤嬤捲了毯子，正要去換呢！也沒什麼大事兒，魏公公回稟陛下不必憂心，我定會照顧好四夫人，還請您轉告陛下放心。」

魏忠笑著彈了彈身上並未有的灰，語調輕緩：「去……派個婢女進去瞧瞧，再將這幾個婆子扛在肩上的麻袋打開，讓老奴瞧一瞧。」

方氏揪緊了衣裳，臉色大變，連忙出言攔住：「魏公公，這四夫人衣裳都髒了正在裡面候著呢，您有什麼話可以吩咐民婦去傳，且……民婦是白氏族長的夫人，難不成還照顧不好四夫人嗎？」

魏忠笑著朝方氏一頷首，道：「族長夫人這話……倒是說對了，夫人照顧四夫人，陛下還真是不放心！」

方氏一怔，不成想魏忠一個太監而已，竟然也敢這樣同她說話。這時她心裡的壓力更加深了，咬著牙不知如何是好。

秦家二姑娘今日打扮的極為素淨，一直坐在涼棚下，安靜的像是不存在一般，她那位大姐倒是想和別的貴女湊在一起，可別家貴女也只是礙於白錦繡的面子和秦家大姑娘頷首打個招呼，並沒有帶著秦家大姑娘一起談笑說話的意思。

偏那秦家大姑娘也是個不識趣兒的非要杵在那裡，聽到貴女們的笑聲，自己也用團扇擋著嘴笑。

有刻薄的貴女瞅了眼跟著一起笑的秦家大姑娘，似笑非笑道：「秦家大姑娘這是笑什麼呢？我們說的是那日呂家姐姐生辰宴上的事情，秦家大姑娘又未曾去，不知其中緣由，跟著我們笑什麼？」

呂寶華眉頭一緊，用團扇輕輕拍了一下說話的貴女，示意她不要那麼刻薄。

秦家大姑娘自覺被傷了臉面，露出難堪的神情，許是見呂寶華有意護著她，便淚眼汪汪瞅著呂寶華道：「呂家姐姐若是設宴，能請我一同前去熱鬧熱鬧，我也不至於什麼都不知道了。」

呂寶華被秦家大姑娘委委屈屈的話說得一怔。

黃太醫家的小嫡孫女兒阿蓉和白錦稚交好，一向都是個有話直說的性子，對著一臉委屈的秦家大姑娘翻了個白眼兒：「你難不成還是在怪呂家姐姐沒給你下帖子不成?!哪有你這樣厚顏無恥的人，你說你平日裡也未曾與呂家姐姐有什麼來往，人家生辰叫的都是手帕交，你臉多大啊……憑什麼呂家姐姐生辰還得想著你！」

秦家大姑娘聽到這話挺直了腰杆子：「我兄長如今得陛下重用，我嫂子可是輔國君！」

「喲，這秦家大姑娘約莫是忘了當初輔國君剛同你兄長成親，還未熬到回門就差點兒死在你們姐妹手中的事情?你的親生母親……對待原配嫡子，使盡了齷齪的捧殺手段，又將手伸到兒媳婦的嫁妝裡！都說龍生鳳生鳳，什麼的種會打洞……」
那貴女的話還沒說完，就瞧見一身勁裝的白錦稚抬腳朝她們這涼棚走來。
「高義郡主！」「高義君！」
貴女們連忙起身朝白錦稚行禮，有人稱呼白錦稚高義郡主，有人稱呼白錦稚高義君，紛紛賀白錦稚生辰。
秦家大姑娘也起身，一直用帕子抹淚。
白錦稚裝作沒瞧見，擺了擺手：「都起來吧，我過來不是為了打攪你們，阿蓉……」
黃家阿蓉一聽白錦稚叫她，臉上露出太陽花似的燦爛笑容，應了一聲拎著裙擺，拿起桌几上的團扇就朝白錦稚走去。
「你們玩兒吧！」白錦稚一把牽住黃家阿蓉的手，拽著黃家阿蓉就往外走，低聲問黃家阿蓉，「出什麼事兒了，老遠就看到你怒目橫眉的！」
「你是沒瞧見那秦家大姑娘的做派，氣死我了！」黃家阿蓉將剛才涼棚裡的事情說與白錦稚聽，剛說完就瞧見秦家二姑娘正朝白卿言的涼棚方向走去，她忙扯住白錦稚的衣袖，「你瞧！你瞧！一個在這裡埋怨人家呂家姐姐不叫她去參加生辰宴，還拿自己是錦繡姐姐小姑子說事兒！那一個估摸著也要以錦繡姐姐的名義去同陛下套近乎了！不信你就看著！」
黃家阿蓉就是看不慣秦家姐妹這做派。
白錦稚腳下步子一頓，豔陽下眯著眼，瞧見那秦家二姑娘正穿過風箏場地，在長姐的涼棚外跪下，叩拜行禮。
「噹——」一聲鑼響，風箏大賽的時間到了。

小太監們從各家千金和受邀來參賽的寡婦手中接過了風箏線，各家千金和參賽的寡婦也都忙立在了白卿言的涼棚之下。

被禁軍攔在外面的百姓聽到鑼聲，也都紛紛停下了手中的活計，往天上看去。更有膽子大的小兒，不顧母親訓斥的聲音，手腳極快爬上了樹，往場內眺望，給樹下的百姓說著內場的情況。

秦二姑娘這是掐好了時間過來的，為的就是所有人的目光聚集在這裡時，將這件事挑出來，總能讓白家人喝一壺的。

如今的秦二姑娘已經不是從前的那個秦二姑娘了，她都是死過一次的人了，還有什麼可害怕的？正如那位大人所言，既然要死……何不在死前給白家人添堵，能讓白家人不痛快她也算是為母親報仇了！

白錦稚拉著黃家阿蓉繞過賽風箏的場地，朝著白卿言的涼棚跑去，剛一到就聽那秦家二姑娘高聲道：「故而，還請皇家做出表率，如此鼓勵寡婦再嫁的新法才能順利實行，否則，百姓難免揣度鼓勵寡婦再嫁……是只對百姓不對清貴，覺得這鼓勵寡婦再嫁並無好處，否則為何皇家和親貴家的寡婦不搶著嫁出去。」

所有人都正眼巴巴瞅著白卿言涼棚的方向，等著看誰是此次風箏大賽的獲勝者，誰能想到就聽到秦家二姑娘說了這麼一通。

大家伙屏息，朝著白卿言、董氏和白家其他幾位夫人看去。

董氏倒是不見絲毫慌亂，搖著團扇似笑非笑瞧著秦家二姑娘，轉而看向神色緊繃的二夫人劉氏和冷笑一聲的三夫人李氏，還有一臉鎮定自若的五夫人齊氏：「瞧瞧，這是算計著我們來了，想拿我們做筏子攻擊新法呢……」

五夫人齊氏倚著隱几，有一下沒一下搖著象牙團扇：「這秦家二姑娘可真操心的多啊！也不知道這背後受了誰的指使！」

秦家二姑娘已經視死如歸，朝著白卿言和董氏的方向叩首道：「太后、陛下明鑒，絕無人在背後指使，這些都是我的肺腑之言，一切也都是為了大周！」

秦家二姑娘低垂著眉眼，按照那位大人教他的話說：「如今陛下許女子科考，也許女子為官，我雖然不才，卻也想替陛下出力，平日裡見不著陛下，只能趁今日這個機會向陛下提出此事，請陛下以新政大局為重，准許白家諸位夫人再次成親。」

「這話我就聽不懂了！」五夫人齊氏冷冷笑著，「請陛下准許我們再次成親，說得好似陛下不允許我們成親似的。」

柳如士經過呂晉的點撥，已經知道白卿言的意思，拎起衣裳下擺朝著白卿言的涼棚方向走來，先對董氏和白卿言行禮後，這才開口：「早就得到消息，說有人意圖在今日高義君舉辦的風箏賽上……拿鼓勵寡婦再嫁的新法生事，我還當誰有這麼大的膽子這麼大的能耐，不成想……原來是差點兒害死輔國君，又常以輔國君小姑子自居的秦家二姑娘。」

秦家二姑娘跪在那裡，倒是也不懼這大都城裡嘴巴出了名毒辣的禮部尚書柳如士，抬頭朝著柳如士看去：「我這怎麼能算是生事？如今此事在大都城傳的沸沸揚揚，大都城內平常百姓人家的寡婦倒是一個接一個都嫁了，可白家這幾位夫人哪一位又不是寡婦呢？為何如今還不嫁？就不怕惹人非議嗎？」

前幾日白岐禾將對白家夫人動了歪念的白氏族人除族了，故而今日來這裡的白氏族人早就歇了要娶大都白家這些寡婦夫人的念想，誰知這秦家二姑娘倒是膽子大竟然當眾提出這件事兒，做了他們原本打算做的事情……

如此，若是白家的夫人們被逼得不得不嫁，那他們是不是就有機會？好歹他們都是白氏族人，讓這幾位白家夫人嫁給白氏宗族的人，也算是肥水不流外人田。

想到這裡，白氏族人在心底已經開始盤算……

「如今外面都是如此說的，幾位夫人守寡而不嫁，是皇室也深覺寡婦再嫁敗壞門風，對自家沒有好處……所以才不允許白家的寡婦再嫁。女帝新政強令百姓的寡婦再嫁！只顧皇室的面子，不管百姓的尊嚴，小女子不服！」秦二姑娘說得義正言辭。

已經準備好的柳如士正要開口，就聽五夫人齊氏喚住了他。

「柳大人……」五夫人齊氏扶著翟嬤嬤的手站起身，對董氏行了禮，笑道，「大嫂……既然秦二姑娘話裡話外直指我們白家的寡婦，那我作為白家的寡婦……我想由我說幾句是最合適不過的。」五夫人以白家寡婦自居，眉目風淡雲輕，自有一股風骨在。

董氏知道自己這位五弟妹可是不遜色於柳大人的，點了點頭：「五弟妹請……」

「五嬸兒……」白卿言眉頭一緊，她已經知道五嬸要說什麼，她不願為了新法推行順利讓五嬸自損名譽。

五夫人齊氏對白卿言笑了笑，搖了搖頭示意白卿言安心。

董氏拍了拍白卿言的手，示意白卿言安心。

柳如士也站在一旁，靜靜候著，若是五夫人齊氏說不到點子上他再補充也是一樣的。

魏忠匆匆而來，抬手掩著唇在白卿言的耳邊低語了一會兒，做出敬聽吩咐的模樣。

「你先將族長請過來，我隨後就過來……」白卿言對魏忠說完，又道，「讓洪大夫去瞧瞧四嬸兒。」

「是！」魏忠應聲退下去請白氏族長白岐禾和洪大夫。

「你四嬸兒怎麼了？」董氏問。

「沒事兒，阿娘不必憂心。」白卿言笑著道。

五夫人齊氏搖著團扇，在眾人的注目之下，走到這位秦家二姑娘的面前笑著道：「你可知，我們白家的妯娌們，為何不願意再嫁嗎？」

秦家二姑娘不知道五夫人齊氏這是打的什麼主意，索性不開口。

五夫人齊氏卻笑著道：「我們是不願意再嫁啊……」

「五夫人這麼說，就不怕被百姓質疑鼓勵寡婦再嫁的新法？皇家人都不願意以身作則……如何能讓百姓們服氣？」秦二姑娘一拜，道，「為新法……幾位夫人還是嫁了的好。」

二夫人劉氏聽到這話，正要起身怒罵這秦家的二姑娘，卻被三夫人李氏攔住，對她搖了搖頭。劉氏早就對秦家的這兩個姑娘滿肚子的火，早就想罵了，但三弟妹既然勸她……她還是忍了下來。

齊氏還是那副風淡雲輕的從容模樣……

「我等不願再嫁，並非是身為皇家人不願意以身作則，而是作為寡婦，我總得判斷如何選擇對我是最好的！」五夫人齊氏在涼亭木階上踱著步子，搧扇子，「若我嫁的是平常百姓家，丈夫沒了……為著我那孩子，為了有男人撐腰的舒坦日子，自然也是要再嫁的，可我嫁的是白家……從先前的鎮國王府，到如今的皇家！是托了我這侄女的福！我如今是女帝的嬸娘，這個世上誰有皇帝的腰杆子硬？」

白卿言聽到五嬸的話，垂下含笑的眉目。

「陛下是個重情重義之人，又是女子，明白我們這幾個白家媳婦兒的苦楚，把我們當做親娘一樣照顧，如今我住的是皇宮，但凡是貢品只要太后有的，絕對少不了我們這些嬸娘的，甚至太后沒有的我們這些做嬸娘的也有。我的女兒……成日在她長姐身旁，姐妹感情甚深，陛下幾乎將我那女兒當做自己孩子照顧，而我的母家齊家，也因為我如今的身分，得到我侄女的照拂，這些話我可有一字說錯？」

那秦家二姑娘沒想到這五夫人齊氏如此不要臉面，竟然如此敢將利字放在前頭說，震驚的瞪大了雙眼。

可旁人聽到五夫人齊氏的話，倒是未覺得五夫人逐利，反倒覺得這五夫人是個實誠人，說得……都是大實話。

「普通百姓家的寡婦改嫁，是為了活路，為了……能多一個人幫忙養活孩子，又或者是覺得這無數個寂寞的日子日夜難熬！若是我是尋常人家的寡婦，自然也會改嫁。可如今我這日子過的如此逍遙，白家妯娌都是一同攜手大風大浪裡過來的，感情勝似親姐妹，沒有勾心鬥角，只有相互扶持，每日湊在一起都捨不得分開！這樣清明乾淨的家風……旁人家不一定會有！」

說著，五夫人齊氏視線朝在場勳貴家的涼棚掃視一圈：「至少我目前沒有發現……能適合我再嫁的男子，且其後宅又能夠如同白家一般，沒有勾心鬥角。一旦再嫁……我怕啊，怕便要搬出皇宮，捲入到後宅爭鬥之中！」

「想當初我們二姑娘嫁過去……也是一團汙穢，婆母朝著兒媳嫁妝伸手，小姑子聯手謀害新嫂性命，令人不恥！」五夫人又看向這秦二姑娘，目光冷肅，「若是嫁入了好人家也就罷了！若是嫁到……如同你們秦家一般繼婆母汙穢小姑子無恥的人家，那可真是給自己尋了一條死路！」

「既然如此，我們又……為何要給自己找麻煩再嫁？」五夫人搖著團扇，「而尋常百姓的寡婦和我們又不同，她們那些寡婦，沒有同我夫家侄女一般爭氣且孝順的侄子、侄女！且大多寡婦得不到家族照顧，若是身旁沒有孩子傍身，或者是只有一個女兒，家產被族中奪去的更是比比皆是，或是寡婦一人獨自無法撫養孩子，被逼著帶孩子一同尋了短見的也不在少數！」

白氏族人聽到這話，臉上火辣辣的。

「新法之中，鼓勵寡婦再嫁，是為了向百姓傳達一個十分明確的觀念，那便是大周女帝治國，力求男女平等！」五夫人齊氏聲音高了起來，「男子喪妻之後可以續弦，而女子喪夫之後便要孤單終生，這是何其不公平？所以……男子可以娶續弦，寡婦也可以再嫁！這有何不對？」

在場女子紛紛跟著點頭，五夫人齊氏這話說到了她們的心坎兒上。

「再說新法為何鼓勵寡婦再嫁……」五夫人齊氏條理分明，「鼓勵寡婦再嫁，也是為了增大大周的人口，就說尋常百姓家，多一個孩子就多一個勞力，孩子只要長大一些便能為家裡出分力，幫扶家裡！勳貴人家……多一個孩子，將來兄弟姐妹間就多一個人幫扶！新法說到底……是為了民富，因為只有民富……才能國強！女帝為何推行新法，為的不就是讓百姓過上好日子，使我大周強盛他國不敢來犯！」

許多人聽完五夫人齊氏的話，紛紛跟著點頭，又不免想起國子監時女帝那一番話，頓時心頭生熱血。

柳如士望著五夫人，心中陡然對這位五夫人生了敬佩之情，他原以為白家就只有陛下是個滿腹才華，有經天緯地之才，沒成想這位五夫人也是心有丘壑。

「而不論是太后也好，還是白家的二夫人、三夫人……四夫人都好，孩子不在了……也沒有心思再生孩子，而我……在生白家八姑娘的時候，更是傷了身子無法生育！既然現在的日子如此舒心，侄女們又都爭氣給我們撐腰，將我們當做親娘，且大侄女已經是皇帝之尊！我們或是不想或是不能再產下子嗣……為何還要再嫁？」

五夫人齊氏似乎並不在意外面如何說道自己的名聲，搖著團扇，語調輕緩，一副不緊不慢的模樣：「天下熙熙皆為利來，天下攘攘皆為利往，我等白家的夫人不嫁，是因為如今不再嫁的生活於我們而言十分舒坦，又對我們母家有利！改嫁必定不如現在過的好！」

「同樣的道理！大周新法是給了寡婦們選擇嫁與不嫁的權利，不至於讓寡婦被迫抱著貞節牌坊孤獨終老！我們守寡的寡婦們這麼大歲數了……難道不會自己衡量利弊得失？」五夫人齊氏掃了眼在場神色各異之人，「新法一直都是鼓勵寡婦再嫁，而並非是強迫寡婦必須再嫁！我選擇不嫁……因為對我有利，而那些選擇再嫁的寡婦，自然也是覺得再嫁對自己有利！我這話可有說錯？」

眾人紛紛跟著點頭，新法從頒發到現在，的確一直是強調鼓勵寡婦再嫁，並未做勉強。

三夫人李氏也搖著團扇開口：「可不就是這個道理……」

正埋頭吃點心的白家八姑娘白婉卿，抬頭，白嫩嫩肉乎乎的小臉兒上還沾著點心渣子，就奶聲奶氣開口：「阿娘說得對！」

李氏被小不點兒逗笑，用帕子替白婉卿擦了擦臉上的點心渣子：「哎喲，我們小八吃的這滿臉都是……」

小不點兒仰著頭，乖乖等著李氏給她擦乾淨了臉，又奶聲奶氣道：「謝三伯娘。」

李氏笑著摸了摸白婉卿頭上的小包包，這才將手中的團扇擱在一旁，端起茶盞，似漫不經心道：「我聽説今日高義君的生辰，邀請了不少再嫁的寡婦，再嫁……對她們這些尋常百姓的婦人來説好與不好，不妨在柳大人公布此次魁首之前，讓她們來同秦二姑娘説説，她們會不會因為我們這些白家的寡婦不嫁，便對陛下的新政產生了疑心，畢竟新法便是為她們設立的。」

那些剛剛新嫁不久的寡婦，哪裡會覺得新政不好？哪裡又會產生疑心，她們各個都對白卿言這個鼓勵寡婦再嫁的新政感激不已，覺得白卿言的確是為她們辦了大好事！誰要是和這條新政作對……那就是和她們的好日子作對，這誰能忍？

畢竟能最先邁出那一步出嫁的寡婦，那性子都是要強的。

聽到白家三夫人李氏的話，有膽大的寡婦已站了出來，跪地叩首高喊道：「民婦就是此次再嫁的寡婦，民婦從心底裡感激陛下能專門為我們寡婦設立新法，鼓勵我們再嫁！沒有當過寡婦的人……怎能知道我們尋常百姓家的寡婦日子有多難熬？都是站著説話不腰疼！民婦不會説話……可打從心底裡感激陛下，若是誰敢拿新法説事，要和陛下的新法作對，民婦第一個不答應！」

「民婦也不答應！」又有寡婦站出來，跪在涼棚前。

不多時，接二連三的新嫁寡婦都跪上前，稱新法救了她們的命，讓她們過上了好日子。

有看不慣這秦家姐妹倆做派的貴女冷笑：「這鼓勵寡婦再嫁的新法，是為著這些守寡的婦道人家設立的，秦家二姑娘分明就是個在室的姑娘，又不是個寡婦，竟然好意思站出來非議鼓勵寡婦再嫁這新政！説出來也不怕人笑話！瞧瞧，人家守寡的婦人都説這新法好……不知道她出的什麼么蛾子！」

「這秦家兩位姑娘做派可真是……讓人不恥！突然跳出來公然和陛下的新政作對，不就是為了博人關注麼！」

「可不是！陛下新政為國為民……曾親自去國子監同學子們辯過，就連國子監的生員都說不出一個不是來！她倒是臉大的很，竟然用新政逼著白家諸位夫人改嫁！」

「對啊，這陛下新政……許守寡女子改嫁，意在提高咱們女子的地位，她倒好……身為女子，不幫忙也就罷了，為了出風頭還在這裡拖後腿，如此自甘下賤，簡直丟了我們女子的臉！」

「得了吧！這秦家的姑娘還要什麼臉啊！她那親娘在兒媳剛進門就敢將手伸到兒媳嫁妝裡，她們兩個先是差點兒要了輔國君的命，後來竟然還敢恬不知恥給自己臉上貼金，和陛下攀扯關係……」

「有這個閒心操心別人家夫人再不再嫁，怎麼不操心操心她那被關起來又守寡的母親，怎麼不關心關心自己那名聲還有沒有人敢娶，真是狗拿耗子！」

「秦家這般家風……出了秦家姑娘這般人物，還知道要臉？怕都不知道臉是何物！」

秦二姑娘跪在那裡，聽到旁人的議論紛紛，拳頭用力收緊，臉色十分難看，雖然她已經視死如歸看淡生死，不惜捨命也要給白家人添堵，可她還沒有到全然不要臉面的地步，被人這樣說……她簡直羞憤欲死。

「若是真的知道臉面是何物，也不會在險些害死我家錦繡之後，又對外稱和我家錦繡關係親如親姐妹，竟然還恬不知恥說我們家阿……」劉氏差點兒順嘴說了白卿言的乳名，話到嘴邊立時改口，「我們家陛下把她們二人也當做親姐妹，小小年紀便如此做派，這以後可得了啊！」

劉氏心裡痛快的想多吃幾碗飯，總說人在做天在看呢，這不……秦家這兩個姑娘的名聲，如今也算是讓她們自己作賤完了。她們既然敢和新法作對，以後也就不要想再扯著她女兒錦繡和阿寶的大旗，在外面耀武揚威，招搖撞騙。

「我好歹還是輔國君的小姑子，二夫人如此羞辱我……就不怕我與哥哥告狀嗎？」秦二姑娘雙眸發紅，說完眼淚吧嗒吧嗒往下掉。

劉氏本就是個脾氣火爆的，聽到這話更是來氣，直接從桌几後出來，立在這秦二姑娘面前：「你還好意思提我那可憐的女婿，你捫心自問……我女婿對你們這同父異母的弟弟和妹妹如何?!我那女婿的名聲……先是被你母親惡意捧殺，後又被你們姐妹倆作踐，你也不想想為何秦朗和錦繡去韓城，帶走了家裡的二哥兒，卻不帶你們姐妹倆！」

「爹……」那秦二姑娘臉面都不要了，放聲大哭，仰頭望天，「你都聽見了嗎？秦朗故意不帶我和姐姐！秦朗這是要害死我們姐妹，讓我們姐妹活不下去啊！我們姐妹沒了爹爹……沒了娘親照拂！就沒有人管了！」

白卿言抬眸瞧著那裝腔作勢哭喊的秦二姑娘，緩聲開口：「既然……這秦家兩位姑娘說無親娘照拂，那就派人送秦家的兩位姑娘去尋她們的母親吧！」

秦二姑娘忙著哭天喊地，秦家大姑娘聽到這話膝蓋一軟，她娘可是待罪之身，終生都不能再出來了，她連忙跪下膝行上前：「陛下饒命啊！我什麼都沒有做啊，是二妹她鬼迷了心竅，聽從別人教唆來對抗新法的，全都是二妹的錯，我什麼也沒做啊！」

聽到秦家大姑娘的話，白卿言也從几案後站起來，喚道：「呂晉大人……」

呂晉應聲上前：「陛下吩咐！」

白卿言定睛望著哭喊不休，卻支起耳朵的秦家二姑娘似笑非笑，慢條斯理說：「你可聽到了，這秦家大姑娘說，有人教唆秦家二姑娘……這秦家二姑娘我就交給你了，務必要查出是誰，在背後教唆秦家二姑娘意圖阻撓新法，定要依法查辦！」

這呂晉可是刑部尚書，曾經還是大理寺卿的時候，那審犯人的手段便是五花八門讓人求生不得求死不能，她哪裡能吃得了那樣的苦？還不如現在就殺了她！

秦二姑娘被這麼一嚇，眼淚懸在眼睫上，屏息不敢哭出聲，正猶豫要不要求饒，她低垂的視線下意識在尋找著誰，不知看到了誰……她目光一定，抬頭露出求救的目光。

白錦稚已經按住了腰後的鞭子，見秦家二姑娘視線瞅著那一個小廝裝扮的男人，抽出鞭子就朝那男人抽去。

那男子反應速度極快，幾乎在鞭子破空聲響起的那一瞬，便一躍躲開了白錦稚的鞭子，袖中暗器射出，朝白卿言的方向射去。

「護駕！」盧平捨身衝向白卿言的方向時，月拾已經拔劍朝白卿言衝去。

盧平拔刀擋住暗器，那淬了毒的釘子卡在盧平的刀身，離盧平的眼睛只有半寸，幽光森森。

符若兮和謝羽長、楊武策也都先護在了白卿言所在涼棚之前。

「阿寶！」董氏驚得起身，面色蒼白，忙慌亂將懷著身孕的白卿言護住，視線又朝著董家的涼棚看去，瞧見董老太君被嫂子、弟妹和兄長扶著，董長生、董長元和董長慶也忙護在妹妹和長輩面前，這才放心。

禁軍紛紛拔刀，將涼棚內的白家諸位夫人，和各位重臣家涼棚守住，以防不測。

「沒事阿娘！」白卿言眸色冷清，反而攥住董氏的手，將董氏護在身後，語聲鎮定從容，「拿下！」

隨著白卿言一聲令下禁軍和白家護衛出動，圍剿那一人，顯然輕而易舉。

今日此人要生事原本就在意料之中，白卿言早就通知了白錦稚和幾位武將將軍，他們早早在等晉朝皇家暗衛中逃走的那位……孫文遙的隊長，跳出來。

這人約莫是教唆秦二姑娘到白卿言的涼棚前生事，他好找時機趁亂對白卿言下手，卻沒有想到五夫人起身走到了白卿言案桌前面，搖著團扇來回走動，他這才不敢冒然下手，畢竟他只有一人勢單力薄，如果一擊未中，就再也沒有下手的機會了……

而白錦稚和符若兮、謝羽長還有楊武策、盧平，在看到這秦家二姑娘過來時，就已經開始防備。沒想到這個前朝皇家暗衛還真是視死如歸，真敢在重兵把守的地方下手。

白卿言眸色冷清，眼看著那如同困獸的前朝皇室暗衛被團團圍住，卻還在垂死掙扎，不過是幾息的功夫，那前朝暗衛終於還是倒下，楊武策剛制住那暗衛，就見那暗衛口吐鮮血直愣愣倒地。

「陛下！這廝應當是咬破了藏於口中的劇毒！」謝羽長轉過頭來，對白卿言高聲喊道。

這個魏忠同白卿言說過，也說了……孫文遙想來是因為一直藏在暗處，未曾回皇家暗衛處領任務的緣故，所以手上沒有能藏於口中即刻發作的毒藥……

而孫文遙更是瞧著晉國已經沒了，想給他的那些兄弟們爭一條活路，所以那日被認出身分，不曾自我了斷，而是想先行去勸一勸那些暗衛。

秦家二姑娘瞧見一直給自己出謀劃策的大人已經死了，整個人跌坐在地上，臉色煞白。

「這人……可是秦家二姑娘帶進來的？」白卿言視線轉回秦家二姑娘身上。

「秦二姑娘心很大啊，不但要阻礙新法，還想要行刺陛下！」白錦稚手裡攥著鞭子，都不屑用自己的鞭子抽這位秦家二姑娘，慢條斯理將鞭子纏了起來，掛在腰後，高聲道，「來人，將秦家姑娘抓起來，好好審問審問，是否還有行刺陛下的同謀！」

秦家大姑娘腦袋嗡嗡直響，行刺皇帝……這可是株連九族的死罪，她哭著手腳並用向前爬，用力叩首：「陛下！陛下我什麼都不知道！這一切都是二妹妹自己做下的和我無關啊，求陛下看在輔國君的分兒上放過我！我真的什麼都不知道！」

白卿言轉而看向呂晉：「呂大人，就交給你了，將人帶下去別影響此次風箏大賽……」

「陛下，出了這行刺的事情，況且您還有孕在身，還是先回宮吧！」呂晉忙勸道。

「無妨，呂大人不必太小心謹慎！既然說好了與民同樂，便沒有因為一兩個宵小掃興的道理！再者……我問心無愧，又有諸位在身邊相護，我和孩子，自是什麼都不怕的！」白卿言笑著道。

滿大都城的百姓都看著，若是因為此事匆匆中斷行程，反倒讓百姓胡亂猜測，且盧平那日抓人也就逃走了這一個，現下已經抓住，死了這一個……禁軍加強戒備，就算是有人還有什麼旁的心思，也都起到了威懾作用，不敢妄動……

此時反倒是最安全的，她心裡有數。

「陛下放心！」呂晉招手，示意將秦家兩位姑娘拖下去。

很快，哭喊著的秦家大姑娘和面如死灰的秦家二姑娘被拖了出去，柳如士也將此次風箏大賽的前三甲都給評判了出來。

頭三名竟然都是根據此次新法再嫁的婦人，這也不算是意料之外，這些婦人成日裡做活計不論是體力還是耐力都要比清貴人家的姑娘更好一些，她們在最開始放風箏的時候就憑藉體力搶占了先機，後面自然是能穩穩領先。

但清貴人家的姑娘目的也不全在奪得魁首，獎賞對她們來說珍貴，卻也並非太缺，可這些對普通人家的婦人來說可以算得上是鉅資了。

白卿言親自將頭三名的獎品給了她們，囑咐她們回去要好好過日子，又給此次參賽的所有人都賞了一些小巧玩意兒，都是女孩子家和夫人們喜歡的首飾，做工極為精緻難見，一看便不是尋常之物。

不過一會兒滿場都是放風箏的姑娘們，到處都是歡聲笑語，好似剛才秦家兩位姑娘鬧出的風波不復存在。

白卿言因為身懷有孕，要去帳篷裡歇息，瞧著白卿言一走之後……這些貴女們就玩兒的更歡脫了，那笑聲歡快，無憂無慮的，好聽極了。

有些新嫁的守寡婦人手中是有些手藝的，用那草葉編出螞蚱或是鳥雀，引得這些貴女們一個個都驚喜的不得了，主要這些來自百姓家的普通婦人面對貴人都謹慎謙卑，又不曲意逢迎，貴女們就算是為了給新政面子，也十分願意同這些婦人接觸一二。

第三章　象軍軍團

白卿言說著去歇著，實際上此時白家四夫人王氏正躺在帳子裡，隔著垂下的紗帷和八寶屏風，方氏和她的兄長被太監押著跪在外面全身哆嗦，她心中飛快盤算著，看起來白卿言早有防備卻沒有將事情鬧大。

沒有鬧大好，沒有鬧大說明白卿言顧及她四嬸兒的名聲，都說投鼠忌器，白卿言定然不敢殺她，否則……鬧大了在旁人那裡說不出一個一二三四來，還得連累她四嬸兒。

最多……就是讓白岐禾休了她出一口惡氣罷了，但是現在白卿平兄弟倆都是正在說親的時候，女兒也漸漸大了，老大不爭氣，可白岐禾看在白卿平和女兒的面子上，定然會求白卿言緩一緩這件事……

只要白卿言允准了緩一緩，她總能設法重新挽回白岐禾的心，到時候要是能懷上個孩子，白卿言總不至於連白氏一族的血脈都不顧了！

到底她那個四嬸兒油皮也沒傷著一塊，且她那個四嬸兒又不姓白……而她只要懷上孩子，那可就是正兒八經的白氏宗族血脈。

方氏腦子轉得飛快，白岐禾身體僵直立在那裡，拳頭緊握，面色慘白。瞧見白卿言進門，白岐禾已經無顏面對白卿言了，他忙對白卿言跪下叩首，可一個字也說不出來。

他防了白氏族人，卻沒有能防住自己的枕邊人，他還以為方氏這段日子沒有作怪，是因為學乖了，知道怕了……所以白岐禾看在兒子白卿平能幹孝順的分兒上，也願意為了兒子包容方氏。

他實是沒有想到方氏竟然敢如此膽大妄為，連白家的四夫人都敢算計！

是他的錯，他不該心軟，不該害怕休了這賤婦無顏面對兒子女兒，經此一事，本就對白家宗族沒有什麼情分的陛下，怕是更厭惡白氏族人！

而他阿平那麼好一個孩子，和陛下的情分……和前途都讓這賤婦給耽誤了！

「夫君！夫君救命……」方氏看到白卿言綴著南珠的履靴終於怕了，帶著哭腔喚白岐禾，膝行上前想要拽白岐禾的衣角，卻被太監死死按住，讓她動彈不得。

「夫君……」方氏低聲哭著。

「妹夫！妹夫你看在阿平的面子上，救救我們……你向陛下說說情，妹妹是一時糊塗啊！」方氏的兄長也忙道。

白岐禾聽到這兄妹倆的話，並無動容。

「白岐禾……對不住陛下！管束了族人，卻沒有能管束好自家妻室，不但不能為陛下分憂，反而險些讓這賤婦釀成潑天大禍，不配為白氏族長！」白岐禾重重叩首。

白卿言望著哆哆嗦嗦的方氏兄妹倆，那兄長已經怕的不行了，撐在地上的手臂都在抖。

她看了眼白岐禾，輕聲道：「族長先起來！」

說著，白卿言就在桌几前跪坐下來，白岐禾稱不敢起身，膝行轉挪身子始終面向白卿言跪著。

方氏抖如篩糠，聽到白卿言讓白岐禾起來，想著白卿言到底還顧念著白岐禾的族長身分，忙哭著求白岐禾：「夫君你為了阿平和女兒……你也替我求求情啊，我是一時豬油蒙了心，都怪……都怪……白氏族人先動了這個念頭，我這才如同著了魔一般啊！」

「方氏兄妹二人，合謀害我四嬸兒，想汙我四嬸兒清白……逼我四嬸兒下嫁，這本就是死罪，誰求情都沒有用！」白卿言語調平淡，卻莫名透著股子殺意，「還是你以為事情沒鬧大，我就打算輕輕放過你們兄妹倆？」

方氏陡然被看破心事，全身哆嗦的更厲害了。

「我想要你們死，方法多的是……悄無聲息就讓你們消失在這個世上，或者是病死在這個世上，十分容易……」

方氏不懷疑白卿言這話是嚇人的，皇權君威……只要皇帝有這個念想，幫著辦事兒的人海了去了，她就是有一百條……一千條命，也不夠死的。

那一瞬方氏心中百轉千迴，頓時淚流滿面。

「陛下！陛下……我兄長什麼都不知道！」方氏忙對白卿言叩首，眼淚吧嗒吧嗒往下掉，「之前同我兄長說這件事時，我兄長是不同意的，還勸我安分守己，今日也是我讓人將我兄長誆騙到馬車那裡去的，不關我兄長的事情！求您明鑒啊陛下！」

事情是方氏自己做下的，她知道只要能保住命，再拿白卿平和女兒說事……就算白岐禾再不願意，也得先暫時留她在白家！可她若是連自家兄長都牽扯其中，兄長就必死無疑了！

再者，白卿言萬一真的非殺她不可，她還連累兄長，那她死以後……白岐禾娶了繼室，繼室若是誕下孩兒，便再也沒有人幫扶白卿平了！況且兄長家裡侄子、侄女一大堆，總不能讓他們都跟著她去死！不管是死……還是休，到她這裡就行了。

春桃咬牙切齒瞪著那方氏，給白卿言端來一杯金銀花茶，給白卿言敗敗火。

她伸手接過茶杯，慢條斯理開口：「你哥哥不敢，你的膽子倒是大的很，心也大的很，連皇家的人都敢算計……」

「陛下饒命！」方氏一個勁兒對著白卿言叩首。

方氏的兄長瞧見妹妹這模樣，知道妹妹也是為了方家，連忙跟著叩首：「陛下……求您饒了我妹妹吧！我妹妹她自小沒有什麼壞心眼子，她就是聽了白氏族人想要利用新法娶白家幾位夫人，這才一時糊塗！」

方氏兄長又朝著白岐禾叩首：「妹夫！妹夫求你看在……看在妹妹為你生兒育女分兒上，向陛下求求情吧！我妹妹為你生下的這幾個孩子，大哥兒就不說了……可這平兒這麼好的孩子總是我妹妹教出來的吧，妹夫求你……求你求求陛下，容她一條生路吧！」

白岐禾繃住了沒有開口求情，反而開口道：「方氏做下的錯事，何止這一件……樁樁件件加起來，死一百次都夠了！」

方氏聽到這話，跟天塌了一樣：「你……」

「妹夫！一日夫妻百日恩啊！」方氏的兄長堂堂大男人哭出聲來，「求你看在……看在阿平的面子上，求求情吧！」

白岐禾脊背挺直，並非他要大難臨頭各自飛，他給過方氏太多次機會，可方氏不知道收斂……一次比一次膽子大。「若是真的心裡有阿平，她就不該做出這樣的事情來！」白岐禾氣得聲音都在顫，他絕望閉了閉眼道，「方氏做這些出格的事情，已經不是一次兩次了！當初為什麼回的娘家……舅兄不是不知道！」

白岐禾深吸了一口氣：「我和她的那點子夫妻情分，早就被她消磨的一乾二淨了。」

白卿言喝完了杯中的茶，隨手將茶杯擱在一旁，開口道：「既然，族長說已經和方氏沒有了夫妻情分，那就給方氏一封休書，讓其兄長將人帶回去！如此……看在族長和白卿平的面子上，我倒是可以饒過方氏和方氏兄長的死罪，可死罪可免活罪難逃！你們方氏兄妹一人領五十板子，此事便算揭過去。」

方氏兄長一聽這話，至少保住了他們兄妹的命，連忙叩首：「多謝陛下！多謝陛下！」

方氏被白岐禾的話，傷透了心，他竟然說夫妻情分已經消磨乾淨，她為什麼要這麼做……除了幫扶娘家之外，還不是為了白岐禾和白卿平，可白岐禾竟然這麼對他。

心涼幾乎是一瞬間，方氏突然直起身子低笑了一聲：「你想休了我，我偏不會讓你如意！我就是死……也要占著你原配的位置！」

說著，方氏突然掙扎開押著她的太監，就要往支撐著帳篷的木柱上撞去，誰知剛衝出去就被魏忠一把拎住後衣領。

白岐禾驚得一身冷汗，他雖然恨方氏，可卻不想讓方氏死，他們是少年夫妻……曾經也恩愛過，白岐禾不忍心！

然，方氏不能讓自己變成被休棄之人。若是她被休棄……白卿平以後如何能抬得起頭來，現在的白卿平已經是說親的年紀，因著在朔陽白卿言器重的關係，多少好人家的姑娘都想嫁，但方氏都沒有同意，無非是想讓自己的兒子在大都城安定下來，娶大都城親貴家的高門嫡女。

母親要是被休棄了，白卿平還能娶到高門大戶家的嫡女嗎？

她是白卿平的娘啊！怎麼能不為白卿平想！

「放開我！讓我去死！讓我去死！」方氏哭喊著，「我不能讓阿平有一個被休棄的娘！他現在已經到了說親的年紀，白岐禾……你怎麼忍心讓阿平有一個被休棄的娘親！還有我們女兒……還未說親，你是要逼死我們女兒嗎?!有個被休棄的娘親她以後能嫁個什麼好人家！」

方氏哭得撕心裂肺歇斯底里，白岐禾想到自己的兒子和女兒們，眼眶也跟著發紅，轉過頭來吼道：「你現在知道想到兒子和女兒他們了？你做下這些畜生不如的事情時，怎麼不想想孩子們！你總是說……所做的事全都是為了我為了孩子！錯了……也是為了我為了孩子！你自己就沒有一點私心?!與其讓阿平有你這麼一個娘親，到時再算計高門顯貴之女當自家媳婦兒，還不如早早將你打發了省得丟我白家的人！」

白卿言只不動聲色的喝茶，讓他們夫妻自己掰扯。總之這方氏是不能再留在白家，且不說為人立身正不正，可蠢卻不自知，作為族長之妻是萬萬不可的。

如今白氏宗族滿族上下，也就白岐禾能當這族長之職，而白卿平到底還是年紀輕，還需要幾年歷練有些功績，這族長之位才能坐得四平八穩。

白卿言明白，白岐禾定然也是明白其中道理的。

「族長要處理家務事，還是等行過刑之後，慢慢處理……我這兒就不留族長了！」白卿言不想讓他們在這裡吵著了四嬸兒。

魏忠見狀應聲堵了方氏的嘴，帶著方氏和方氏的兄長一同出了帳子。

白岐禾重重對白卿言一叩首道：「陛下，自成為族長以來，未曾為陛下分憂，後宅反倒頻頻為陛下添亂，白岐禾實是難堪族長重任，按照白家的規矩，族長都應當是嫡支的嫡次子來擔任的，陛下的弟弟們已經回來，還請陛下……」

「你先起來！」白卿言打斷了白岐禾的話，「如今讓你來坐族長的位置，是因為現下只有你合適，我很看好白卿平，等日後白卿平年紀再大些，便讓白卿平來領好全族，在此之前……還請族長為我，也是為了白卿平看好白氏宗族！」

白岐禾聽到這話不可思議抬頭看向白卿言。

「先不要告訴白卿平，讓他放平心態歷練！」白卿言說。

白岐禾朝白卿言叩首，心裡總算是明白了，白卿言心裡是有白卿平這個族弟的。

白岐禾退出帳篷後，白卿言交代道：「今日的事情，都不許告訴四嬸兒，四嬸兒本就膽子小，不知道為好……」

四夫人王氏身邊的貼身嬤嬤用帕子擦了擦眼淚，連忙行禮應聲：「大姑娘放心！老奴和靈雲靈秀一定會守口如瓶！」關嬤嬤到現在還後怕不已，也是她太不小心了，因為白家妯娌之間沒有什麼算計，她跟在王氏身邊這麼多年，也就失了謹慎二字。

「關嬤嬤不必自責，以後看護好四嬸兒！」白卿言笑著道。

關嬤嬤用力點頭：「大姑娘放心，以後除非是老奴死，否則絕不離開四夫人半步！」

白卿言起身，進去看了眼還在熟睡的四夫人王氏，坐在床邊給王氏掖了掖被角。

洪大夫看過了，還好方氏只是給四嬸兒下了一點兒蒙汗藥，睡上一覺也就沒事了。

白卿言陪了四夫人王氏一會兒，魏忠便邁著碎步進來，他隔著屏風低聲同白卿言說：「陛下……那方氏扛不住打到十幾板子的時候就暈了過去，其兄長稱願意替方氏挨剩下的板子，刑官不知道應該怎麼辦，老奴便來問問陛下的意思。」

「誰的板子誰領，生死全看老天爺。」白卿言淡淡說了一聲。

「是！」魏忠應聲。

關嬤嬤聽到這話恨恨咬了咬牙，恨不得生啖方氏血肉，方氏不過一個小小的民婦竟然也敢打他們家夫人的主意。

「另外還有一事，洪大夫說四夫人恐怕得到明日才能醒來，不知……今夜陛下還要請各位夫人的母家女眷，入宮同宴嗎？」魏忠低聲問。

原本白卿言派人通知了各位夫人多年未曾相聚的母家親人，今夜攜家眷入宮與白家諸位夫人相聚，算是給母親還有各位嬸嬸一個驚喜，但四嬸兒若是昏睡著不出席，怕徒引旁人揣測，若如實相告……誰又知道會不會有嘴巴不嚴實的。

白卿言瞧了眼還在熟睡的四嬸兒，道：「照常！」否則臨時取消，反而更引人懷疑。

屆時就稱四嬸兒身體突然不適，改日再讓四嬸兒單獨請母家的人入宮也是可行的。

高義郡主生辰那日的熱鬧，百姓間已經傳遍了，說是秦家二姑娘的僕從行刺陛下，陛下看在輔國君的面子上，沒有即刻殺了那秦家二姑娘而是收監了。

又說……有人勸陛下回去，陛下反倒說問心無愧不怕，便留在這裡與民同樂，不曾回去。

那一日的熱鬧，直到女帝的車駕在暮紫之中被禁軍護送著緩緩離去，這金輝山郊外的熱鬧也才漸漸的散去。

今日佟嬤嬤未曾跟著一同來，便是在宮中盯著今夜各位夫人母家入宮之事。

佟嬤嬤瞅了眼沙漏，估摸著大姑娘和諸位夫人，還有諸位夫人的娘家人就快要到了，交代春枝去御膳房瞧瞧，看看最先要上來的冷碟兒都準備好了沒有，這才又拎著裙擺下樓，準備在門口迎一迎。

碧水閣外，五步一亭燈，映著被擦洗的青黑發亮的青石板。入秋百花殺盡，菊花盛放。這青石板兩側種植著名貴的菊花，茂盛又齊整，被這亭燈照的十分清晰，風一過……芬芳馥鬱。那碧水湖邊的垂柳已是金碧參雜，雖說不如春夏時那般翠綠動人……枝蔓婀娜多姿，卻也金碧成妝，被這亭燈映著……別有一番美景。

不多時，佟嬤嬤便瞧見挑著宮燈的宮婢和太監彎腰在前引路而來，她最先瞧見挽著董家老太君臂彎的大夫人董氏，連忙笑著迎上前，對眾人行禮後才道：「都已經安排妥當，請諸位老太君、諸位夫人、姑娘們入內。」

白卿言請各家女眷入宮，各家夫人難免會帶上自家的兒媳和姑娘們一同來，能入宮一趟那也是天大的榮耀，尤其對未出閣的姑娘們來說，將來議親也可說來裝點門面。

更重要的，若是讓自家的姑奶奶看上了，接到宮中來小住，那將來前途定然不可限量。

自然了，雖然都有自己的小算盤，但……想念自家女兒那定然是真，也是想讓自家女兒與自家侄女兒多多親近。

董氏招呼自己母親的同時，轉過頭來笑道：「諸位老太君、夫人……請！」

白卿言先回寢宮更衣，畢竟在外要顧及皇帝威儀，穿著帝服，行動起來著實不便，今日又是自家人家宴，白卿言想換身尋常衣裳，也不至於給嬸嬸母家的諸位老太君和夫人高高在上之感。

更衣後往碧水閣去的路上，白卿言才一邊理著衣袖一邊問魏忠：「方氏那個兄長是真的什麼都不知道嗎？」

魏忠點了點頭：「老奴一直派人盯著馬車那裡，方氏身邊的婆子帶著方氏的兄長去馬車那邊兒時，方氏的兄長一直在追問方氏是如何受傷的，似乎也是察覺出一點兒不對勁，當下就不肯走了，說是要叫上白氏族長一同前往，卻被那婆子帶著的人攔住。」

白卿言點了點頭，再抬眼眸色清冷望著魏忠道：「派個人去盯著，若是挨了五十杖這方氏緩不過來也就罷了，若是緩過來了……三日之內族長還未休棄方氏，那便以其人之道還治其人之身，但不必鬧大，必須給白卿平留幾分顏面。」

魏忠明白了白卿言的意思，應聲稱是。

若是方氏想盡辦法讓白岐禾心軟了，白岐禾不忍心休棄，那麼……方氏原本想要如何對白卿言的四嬸兒，白卿言就要照原樣還回去，但顧念方氏是白卿平的生母，就逼得白岐禾不得不休棄方氏就是了，不必讓旁人知道。

以前方氏怎麼蹦噠白卿言都未曾放在眼裡，可現在膽子越來越大！

她既然敢往她四嬸兒頭上潑髒水，就別怕這盆髒水落在她的身上。

「還有月拾……」白卿言又吩咐魏忠，「你派人將他安頓好，他快馬而來想來未曾休息好，派人告訴他，明日早朝之後我見他。」

「是！」魏忠應聲。

白卿言到的時候，董家老太君、劉家老太君、李家老太君和王家老太君、齊家老太君已經帶著自家女眷落坐。

八姑娘白婉卿被齊家老太君抱在懷裡愛不釋手，小丫頭也乖乖巧巧坐在外祖母懷裡吃點心，小胖手抓著點心餵老太君，逗得老太君開懷大笑。

齊老太君也不嫌棄小丫頭小手上都是口水，一口吃下，再看小丫頭白嫩嫩的小臉上滿都是點心屑，笑著用帕子給白婉卿擦著嘴，一通心肝肉的愛著。

齊家老太君身後跪坐著一個富態的嬤嬤，約莫五十歲出頭的模樣，穿著件青墨色的綢面灑金，明明是笑著同五夫人齊氏說話，卻忍不住一個勁兒的擦眼淚。

「好了嬤嬤！我這不是好好的麼！」五夫人齊氏安撫道，「都說了……今日說生八姐兒的時候傷了身子是誆他們的，不然他們定然要說嘴，嬤嬤就別掉眼淚了。」

「哎！哎！」那嬤嬤紅著眼眶，用帕子沾了沾眼睛連聲應著，「老婆子知道！知道！這是見到姑娘高興的！」

白卿言進來時未讓人通報，這魏忠喊一嗓子，碧水閣內的老人家可都要跟著起身行禮，畢竟是家宴……她不想弄出這麼大的動靜。

還是董葶珍先瞧見了自家表姐扶著春桃的手進來，忙起身道：「表姐來了！」

一聽這話，老太君們連忙要扶著自家女兒媳婦兒起身行禮。

「各位長輩不要多禮，今日是家宴……卿言是晚輩。」白卿言笑著先同董老太君、母親和兩位舅母行禮，而後又對其他幾位老太君及其家眷還有嬸嬸行禮，隨後陪著董氏在主位上坐下。

這幾位老太君都是心思透亮的人，之前想著自家女兒的夫君已經沒有了，便想為自家女兒求一封放妻書，就算是以後女兒不再嫁，在家中有父兄庇護日子也要比在白家當寡婦強，可如今再看……這白卿言登基為帝，可對她們女兒的確是好，她們不但放心，還對白卿言心存感激。

第二日白卿言剛下早朝從正殿出來，便來人稟報……從大樑帶回來的大象送到了，不僅如此……輔國君白錦繡在接到白卿言要大象的消息後，還派人搜羅了馴象師一同送來。

然而從大樑出發時帶來的二十多頭大象，在路上因為越往大都城來天氣不如大樑暖和的緣故，病的病……死的死，馴象師拼盡全力用棉被皮毛拼接替大象保暖，到了大都城只剩下奄奄一息的九頭大象，因為體型巨大如今在城外的軍營中安置著。

白卿言讓魏忠準備車馬在她見過月拾之後，便啟程前往城外軍營去看看這巨獸。

她剛剛更衣未來得及去見月拾，又接到南疆白卿琦送來的消息……西涼出現白錦桐說的天鳳國象軍，但並未正面同白家軍對上，只是在兩國邊界出沒，據探子回報天鳳國的象軍身上有皮毛，似乎是拼接做成的皮毛衣裳。

白卿琦已經讓白家軍全面戒備，也已經送信去登州，若真開戰而遇不測便請白卿言的舅舅登州刺史董清嶽馳援。白卿言握緊了白卿琦的信，既然阿琦已經給舅舅送信，那麼……舅舅定然會設法將消息送到阿瑜的手上，這個時候阿瑜說不定已經知道了此事。

她又想到之前天鳳國需要皮毛，白錦桐便利用此事……在西涼做文章，使西涼百姓放棄耕種，將心思都用在了翡翠錦、和獸皮上。白卿言暫時還不瞭解天鳳國的具體地形，但……天鳳國難道就沒有獸皮嗎？竟然需要白錦桐從西涼想辦法！

而此時，看到白卿琦送回來的消息，她心裡也就約莫猜到了，或許在那個時候，天鳳國就已經考慮到為象軍做皮毛，為象軍保暖避寒，好使象軍不懼寒冷能來西涼，甚至……來大周、大燕！

可見，天鳳國的國君，絕不會是個安於現狀的君主。

她沉默了片刻，又吩咐魏忠：「派人去請呂太尉、沈司空和董司徒，還有兵部尚書張端寧，戶部尚書魏不恭，半個時辰後城外等候，隨我一同前往軍營。」

「是！」魏忠應聲。

月拾早早便在白卿言的書房候著，瞧見白卿言囑咐太監宮婢們在外候著獨自一人進來，月拾眉目間露出笑容，上前同白卿言行禮：「見過陛下！」

白卿言頷首，問月拾：「他在燕國一切可好？」

聽說，大燕九王爺慕容衍回燕國之後，花了大力氣整治皇室宗親，弄得慕容氏怨聲載道，還出了刺殺慕容衍的事情，最後小皇帝慕容瀝出來向九王爺慕容衍求情，慕容衍便嚴懲了行刺他的這一家子，其餘人從輕發落，這才安撫平息了這件事。

雖然知道是慕容衍在和自家侄子做戲，可白卿言還是有些擔憂的。

「陛下放心，主子……一切都好，就是掛念陛下，和陛下腹中的小主子！」月拾抬手摸了摸腦袋，憨憨笑著。

白卿言從桌角抽出一封已經寫好的信，拿在手中對月拾道：「還有一件事，需要你儘快趕回燕國轉告他，天鳳國……已經決意出兵助西涼，天鳳國有一支象軍隊伍，如今已經抵達西涼，在南疆兩國交界邊緣盤桓！」

月拾一怔，神色頓時肅穆起來，這個天鳳國月拾是聽主子提起過的，聽說天鳳國的武器無堅不摧，一支象軍所向披靡。

「一旦擁有象軍……且掌握鍛造無堅不摧武器的天鳳國插手西涼之事，不論對大周來說，還是對大燕來說……都不是好事！」白卿言在月拾面前停下，將信遞給月拾，「天鳳國的象軍提前到達西涼，你讓他小心應對……我估摸著，說不定西涼女帝是引狼入室了。」

月拾雙手接過信，認真望著白卿言，自從白卿言點撥他們大燕兵不血刃依靠百姓收回南燕之後，月拾對白卿言的戰情和列國局勢分析便深信不疑。

「若是如此，那麼……天鳳國的象軍不見得會先同大周打起來，畢竟大周現在已經是最大的強國，國富兵強，他們不敢冒然動手，必會選擇大燕……或是戎狄。」白卿言聲音沉著，「很大機率會選擇戎狄，可大周是絕對不會讓人碰戎狄。」

而大燕，雖說先是收復南燕後又滅魏，家底子到底不如大周厚，要想試刀只能是對燕國了。

從白卿言得知這個天鳳國開始，白卿言就一直對天鳳國存著分戒心……

這天鳳國能夠鍛造無堅不摧的利器，這麼多年卻安分守在國內，這可以說是君主安於現狀，可如今又知道天鳳國有象軍，且早在之前就開始準備給象軍的皮毛，又在大燕和大周都對西涼虎視眈眈之時，派出象軍來西涼，圖什麼？

難不成就圖西涼能給的一點點好處，便甘願付出這麼大的代價，替西涼征戰？這天鳳國的君主是聖人……難不成朝臣全都是聖人？

白卿言讓月拾將消息送去給慕容衍，也好讓慕容衍提前準備，又或許是她操心太過，以慕容衍的諜報大網現在有可能也已經得到了消息。

「去吧！」白卿言同月拾道，「儘快將消息送回去，晚了怕是天鳳國的象軍都要動了！」

「是！」月拾抱拳退出大殿，匆匆離開，將消息送往大燕。

月拾走後，白卿言喊道：「來人！」

魏忠聞聲進門：「陛下……」

白卿言垂眸，展開一張羊皮紙，提筆蘸了墨：「讓盧平速速過來！」

「是！」魏忠見白卿言面色沉著，立刻遣人快些去喚盧平。

白卿言坐在几案後，略作思索，在羊皮紙落下最後幾字，裝進信筒之後盧平便氣喘吁吁的來了。

「平叔……」白卿言起身繞過几案走到盧平面前，將信筒遞給盧平，「平叔，別人我不放心，你帶上咱們白家的人，速速前往戎狄去找阿瑜，告訴阿瑜……他回家的時候到了！」

盧平聽到這話，眸子陡然一濕，接過信筒用力攥緊：「是！屬下這就帶人去找五公子！大姑娘如今有孕在身，務必保重，出門在外一定要讓魏忠跟著！」

魏忠的武功身手深不可測，只有魏忠護在白卿言身邊盧平才能放心。

「放心吧，我心中有數。」白卿言說。

目送盧平快步離開，白卿言身側拳頭收緊，形勢已變，之前對西涼的策略便不能再用，只有讓西涼和天鳳國知道戎狄已經是大周國土，天鳳國和西涼若是想對最強大國大周出手，也得掂量掂量。

隨後，白卿言輕裝悄然出宮，乘馬車前往軍營查看這幾頭巨獸。

呂太尉和沈司徒沈敬中、董司空董清平、兵部尚書張端寧和戶部尚書魏不恭，先後出現在大都城城門外，相互行禮之後詢問……都是一頭霧水，只知道陛下讓他們去軍營，卻不知去軍營做什麼。

不多時，就瞧見一奢華的馬車從城門外出來，身著便裝的白錦稚、符若兮、謝羽長與魏忠騎馬在最前，馬車旁騎馬佩刀相護的皆是身著裋褐的護衛。

白錦稚提韁上前，幾位大人連忙向白錦稚行禮。

她下馬對幾位大人還禮後道：「太尉、司徒、司空，兩位尚書大人，陛下請五位大人上馬車，去軍營還有一段路，陛下路上還有要事同幾位大人商議。」

聽白錦稚如此說，呂太尉頷首，帶著其餘四位大人一同上馬車對白卿言行禮後，都在案桌對面跪坐下來。

白錦稚見狀高聲喊道：「走……」

馬車緩緩動了起來，跪坐在一旁的春桃忙給幾位大人斟茶，然後乖巧跪坐在白卿言身後，姿態恭敬。

「陛下如此著急叫我等前來，可是南疆出了事？」呂太尉極為敏銳。

白卿言將白卿琦派人送回來的信放在几案上，推到五位大人面前：「幾位大人看看，這是阿琦派人送回來的。」

幾位大人湊在一起將信細細流覽之後，頗為意外，呂太尉抬頭瞧向白卿言：「天鳳國老臣倒是有所耳聞，只是……這象軍，大象真的能訓練成軍？」

「自是可以……」白卿言頷首，「我早在九月初便得到消息，西涼女帝前往天鳳國求助，而天鳳國不但兵器無堅不摧，且擁有一支數目極大的象軍，所以我派人送消息前往韓城，讓輔國君送來大象和馴象師，這會兒就在軍營，所以帶幾位大人過去看看。」

呂太尉摩挲著手中的信，又道：「如今象軍已經在我國邊界盤桓，可是預示著要開戰了？」

「下官倒是覺得不會……」沈敬中開口，「大周如今是西涼、戎狄、大燕之中最強之國，估摸著……西涼是怕戎狄對西涼開戰，而我大周趁火打劫，請天鳳國前來相助，用象軍威懾大周罷了！畢竟……西涼如今能有什麼可給天鳳國的。」

「土地、人口，還有駿馬！」戶部尚書魏不恭眉頭緊皺開口，「列國征戰圖的不就是這些，尤其是天鳳國所處的位置，雖說有雪山和沙漠隔絕，但卻不似西涼還有耕地，更不似……我們大周和燕國盡是平原。」

魏不恭聽說過這個天鳳國之後，便來了興趣，詳細查閱了很多資料：「就怕……天鳳國象軍已經進入西涼境內甚至到達我大周邊界，這西涼已經不是西涼女帝和西涼的八大家族能做主的西涼了！」

自古以來，都是手握軍隊者便是強者，魏不恭也猜到……西涼女帝應當是引狼入室了，畢竟……如今象軍在西涼境內，拿下西涼對天鳳國來說，也是瞬息之事。

「所以下官以為，或許天鳳國已經視西涼為自家禁臠，意在依靠象軍強奪他國沃土和百姓才是真！」魏不恭說完，似是怕白卿言不信，又道，「畢竟，若是天鳳國無征戰他國之心，何必花費如此大的力氣在象軍之上，守城……可用不上象軍！除非是兩軍對壘需要用象軍破陣，破城。」

魏不恭看著白卿言：「可即便是如此……養著象軍的耗費巨大，只為自保不被他國欺凌，也斷不會養太多！天鳳國富裕，但所處的位置便註定了糧食……沒有那麼富裕！然，天鳳國養了數目龐大的象軍，又是為象軍佩甲，又是為象軍做皮毛！其心昭然。」

張端寧也跟著點頭：「象何等巨獸，為其縫製皮毛……又佩甲，若說這樣的國沒有征伐他國之心，下官也不信！」

「正是……」白卿言頷首，「天鳳國早在很久之前便已經開始搜集皮毛，由一個叫崔鳳年的商人在各國採買，運往天鳳國。幾位大人應當記得，西涼百姓因為翡翠錦和皮毛可得重利放棄耕地，轉而去織翡翠錦……獵獸，聽說那段日子西涼的野獸都要被殺完了。」

「這是……早有準備啊！」董清平拳頭收緊，心中不免擔心，象可是龐然大物，若是真用身著鐵甲的巨象攻城，那城門便必定不堪一擊。

「叫五位大人過來，便是為了此事……我們大周此刻就要枕戈待旦，備戰了。」白卿言手指在案桌上點了點。

幾位大人聽到白卿言這話，脊背下意識挺直互相看了眼。

「兵力調度，需要沈司空和兵部尚書張大人一同商議，儘快拿出一個章程來！戎狄方面不必擔憂，在防備韓城那邊兒生亂的同時，還要防備燕國……更要盡可能的多調兵前往南疆，哪些將軍可用，還請二位儘快給出一個名單！」

「沈敬中領命！」

「張端寧領命！」

兩位大人抱拳領命。

「還有糧草方面！大周國土廣闊，天災也是常有，還需要董司徒和戶部尚書魏大人，在確保國內若遇天災糧食可保不會餓殍滿地的情況下，盡可能將多的分批次運往南疆，供調去南疆的將士們用！切記……絕對不能讓將士們餓肚子！」白卿言又對自家舅舅和魏不恭道。

「董清平領命！」

「魏不恭領命！」

兩位大人亦是抱拳領命。

「呂太尉便坐鎮，四位大人有任何緊急之事無法立即呈報我的面前，可與……帝師呂太尉商議，直接定下隨後再報。」

「陛下……」呂太尉陡然抬眼朝白卿言望去，抱拳挺直腰脊，「老臣斗膽問陛下一句，如此安排……陛下可是要去南疆御駕親征？」

白卿言端著茶杯的手摩挲著甜瓷茶杯邊緣：「暫時還沒有這個打算，太尉不必太過擔心。」

「陛下如今有孕在身，切不可涉險！」呂太尉又勸了白卿言一句之後，道，「陛下放心，我們得到消息較早，且看白將軍送來的信……白將軍應當是早有所準備！如今白家軍最能征善戰的將軍都在南疆，絕對不會勞動陛下親赴戰場！陛下應當為皇嗣著想！」

董清平連連點頭：「且陛下可是我們大周的戰神，有著戰無不勝之稱，可以說是我們大周國的士氣，若是沒有必勝的把握，陛下奔赴南疆，一旦敗了……對我們大周的士氣不利！」

白卿言點了點頭：「呂太尉、舅舅放心，目前我真的沒有這個盤算。」

董清平聽白卿言這麼說，這才鬆了一口氣，點頭。

即便是白卿言戰無不勝，如今可是有孕在身，若出戰太過危險。

不多時，馬車在軍營之中停下。

林康樂得到白卿言和幾位大人要來的消息，帶著王喜平和楊武策在軍營門前恭迎。

同白錦稚見禮後，又同先行下車的五位大人見了禮，瞧見白卿言扶著春桃的手正下馬車，林康樂忙帶王喜平和楊武策迎上前行禮。

「大象安置在哪兒？情況都怎麼樣了？」白卿言一下馬車便問林康樂。

「陛下這邊請！」林康樂對白卿言做了一個請的姿勢，帶著白卿言一邊往前走，一邊道，「那些個馴象師都說大象受不得冷，帳篷又進不去，所以只能安頓在演武場，將演武場圍起來擋住風，又點了火盆，不過帳篷已經在搭建了，一會兒就好。」

白卿言點了點頭，跟著林康樂去了演武場……

別說幾位大人，就連剛才見到這些巨獸的將士們都嚇了一跳。

白卿言瞧著這些體型巨大的大象神色都蔫蔫的，那二十幾個馴象師上前同白卿言見禮後，說了這些大象的習性，因之前也從未有象群越過玉山關，所以此次過了玉山關之後……二十多頭大象陸續死了一半之多。

馴象師也明白了大象畏寒，所以後來湊來了皮毛連夜給大象縫製套在身上，才讓這些大象挨了過來，不過也是因為大周的氣溫逐漸降低，和原本大象生活的氣候不太一樣，所以大象們都是蔫蔫的沒精神。

「還請諸位隨我進帳，同我講一講這大象的習性，和平日裡喜歡吃什麼……又怕些什麼。」

「草民遵命！」

大帳內，白卿言坐在上首的位置，幾位大人和將軍分列兩側，這些馴象師跪坐在大象中間，一個接一個同白卿言說大象的習性。

楊武策曾經是大樑人，對象也有所瞭解，自己也說了一些自己知道的……

白卿言聽完後同馴象師道謝，請馴象師下去歇息，手肘搭在隱几上，手指在隱几上點著，若有所思開口：「按照馴象師所言，象……懼火，也畏懼不熟悉的聲音，因為生活習性的緣故更怕寒冷，可經過訓練……大象便不會再畏懼火，也不會畏懼聲音，寒冷……也可用天鳳國的法子給大象縫製皮毛彌補大象無法禦寒的弱點。」

若是如此，披上戰甲的大象，便是戰爭之中無堅不摧的龐然巨物，很容易便能占據絕對優勢。

白錦稚聽得拳頭都攥在了一起，大殿內搖曳的燈火將白錦稚一張臉映得忽明忽暗。

「如此便真的沒有勝算了嗎？」呂太尉眉頭緊皺，「不過大象體態笨重，戰場上不見得能夠靈活行動。」

「長姐，我請命立刻前往南疆！」白錦稚單膝跪地抱拳道。

「高義君莫急，就算是要去南疆……也得等我們探尋出這巨獸的弱點才行。」謝羽長其實內心也十分焦急，想要奔赴戰場。

都是軍人，越是戰場上將有重大挑戰的時候，越是想衝在最前線，保護他們邊塞百姓，用他們的才能去大破敵軍的依仗。

「是啊……」林康樂也是咬牙切齒想要即刻奔赴戰場，「得知己知彼才能百戰百勝，好的是現在天鳳國那邊兒還不敢冒然動手，我們當務之急得先弄清楚這個象軍的弱點！」

符若兮和王喜平跟著點頭。

「大象雖然笨重，可大象的鼻子卻十分靈活，那長鼻子捲住人……或者甩出，後果可想而知。」想了半天的沈敬中將茶碗放下，望著白卿言開口道，「且按照白將軍送回來信中所言，象鼻帶著鎖子甲，也很難成為弱點。」

「鼻子……」白卿言敲著隱几的手一頓，撐著隱几站起身來，踱了兩步，「大象嗅覺如何？」

呂太尉等幾人頓時明白白卿言的意思。

「陛下是打算利用大象的嗅覺，來作為象軍的弱點攻擊？」張端寧倒是覺得這個可以試一試。

「快去，叫兩個馴象師過來！」董清平轉頭高聲對帳外喊道。

很快幾位馴象師去而復返，聽張端寧問他們大象的嗅覺是不是十分靈敏，那幾位馴獸師怔了片刻。其中一位想了想道：「是，或許……是因為鼻子長的緣故，大象的嗅覺很是靈敏，聽之前的老馴象師們口口相傳，告訴我們之前有大象病了將草藥摻雜其中，大象會用鼻子精準的挑出來……」

另一位馴象師又連忙補充：「所以需要我們馴象師同大象建立深厚的感情，告知它們這些可以治療疼痛，才能避免自己馴養的大象因病死亡。」

「我們都是馴象師，這些大象自小便同我們在一起，但……我祖上是替東家捕象的，東家是做販賣象牙的生意，我小時候曾經聽祖父說，大象在野外是靠鼻子來尋找食物的，所以他們捕象的時候經常用大象喜歡的食物做陷阱。」那馴象師大著膽子抬頭瞧了眼白卿言，又低下頭去，「且人要離得遠遠的，有了動靜才能過去，否則大象會知道人在那裡，所以草民在想，或許大象的鼻子比獵狗還靈敏。」

白卿言點了點頭：「辛苦各位了，林將軍派人送馴象師們去休息。」

「多謝陛下！」馴象師們齊齊叩首。

「將消息整理一下，先派第一波人將消息送到白家軍諸位將軍手中，或許……可以在還未開戰之前，讓幾位將軍找機會試上一試。」白卿言說。

「此事微臣來辦！」張端寧將事情攬下來，「今日之內必定將消息送出去。」

白卿言頷首：「辛苦！」

事情敲定，白卿言也要回宮了，她叮囑林康樂一定要派人照顧好這些大象，若是來日真的開戰，大周的戰勝象軍的勝機就在這些大象身上。

白卿言打算即刻便讓人按照這些大象的身體尺寸來縫製獸皮，給這些大象穿戴上，等這些大象緩的差不多了，便動身將這些大象和馴象師一同往南疆送，就近將這些大象安置在荊河以北，如此……便能以最快的速度，將大象的弱點傳到前線。

天鳳國大象軍的出現，讓大周國幾位重臣心弦緊繃了起來，打起精神開始為即將要出現的大戰做準備，調動糧草……調動兵力，緊張感從呂太尉到六部尚書傳達到各地，大周上下的官員和將士們緊繃起來。

原本秋收之後這一年的農忙也就結束了，正是百姓為窩冬做準備的時候，便見有兵力駐防的幾個城池和大營開始調動兵力。

為了避免南疆一旦開戰，剛剛成為大周國土的大樑……有手握兵權之人生了不該有的心思，除了大樑的水師之外，白卿言將舊時樑兵主力全部調往南疆，讓王喜平帶兵去換防。

原本樑兵多有不滿，但聽說白家軍全都在南疆，也就未再多說什麼，聽從命令前往南疆。

百姓們瞧著這兵力換防的樣子，心思透亮的隱約嗅到了要打仗的氣息，有親戚在府衙當官的倒是聽到了一點兒風聲，說是西涼又要生亂了，所以陛下才調兵前往西涼。

有些當地的太守倒是聽說了象軍之事，但上面嚴令暫時不允許將此事告知百姓，以免引起百姓不必要的恐慌。而大都城內到底是靠近皇城，朝廷大員的家眷多已經知道了象軍之事，不免替南疆捏了一把冷汗。

因為象軍的緣故，白錦稚和肖若江這些日子都在郊外大營之中，同這些馴象師整日陪在大象身邊……

白錦稚以為，即便是西涼和天鳳國暫時不敢和大周對上，但大周必須要有克制象軍的對策，如此才能穩操勝券。

元和初年十月二十九，奉命奔赴天鳳國的肖若海陳慶生，同被白卿言秘密遣去南疆的沈青竹一同回了大都城，巧不巧在城門口遇到了從軍營回來的白錦稚，四人一同入宮。

肖若海和陳慶生回來的突然，未曾提前派人來報，春桃正陪著白卿言批閱奏摺，驟然聽魏忠說陳慶生回來了，正在一旁替白卿言磨墨的春桃手一抖，忙抬眸朝著殿外張望。

白卿言擱下手中的筆，笑著同魏忠道：「快請他們進來！」

說著，白卿言就看向了正眼巴巴看著殿外的春桃，說：「這次你表哥回來，就給你們把婚事辦了，如此……我阿娘也能放心！」

春桃面頰一紅，羞怯嗔了一聲：「姑娘……」

春桃是白卿言母親董氏乳母的女兒，雖然不是親生，但董氏乳娘將春桃當做親生女兒一般看待。

董氏的乳娘在臨死前拉著董氏的手，將女兒託付給了董氏，才將實情告訴董氏……春桃是董氏乳娘幼妹的親生女兒，那時春桃的親娘生春桃時氣絕，是董氏的乳娘察覺妹妹腹中孩子還有胎動，便剖腹取子，將春桃從幼妹的腹中救了出來。

可她幼妹婆家覺得晦氣不要春桃，董氏的乳娘這才將春桃放在身邊，當做親生女兒一點一點養大，且春桃也是她在這個世上唯一的親人了。

董氏還一直當乳娘是因為膝下寂寞所以才養了春桃，不曾想還有這段故事，故而乳娘過世後董氏就將春桃接到了白卿言身邊，又告訴闔府上下，春桃是董氏乳娘的女兒，所有人不得慢待。

春桃的親事董氏也很操心，總覺得給春桃說一門好親事才算是對得起乳娘的囑託……

後來董氏還是聽白卿言說，春桃與陳慶生相互傾心，只等著陳慶生回來白卿言就打算給兩人辦婚事，董氏這才歇了給春桃說親的念頭，只是成日裡惦念著陳慶生為何還不回來。

如今陳慶生回來，即便是白卿言不操心著給春桃辦婚事，白卿言的母親董氏也定是要押著陳慶生和春桃成親的。

不多時，白錦稚和肖若海、沈青竹、陳慶生四人便從殿外進來。

沒瞧見肖若江，白卿言問白錦稚：「肖若江呢？」

「還在那裡找大象的弱點呢！」白錦稚朝白卿言一禮，「如今幾個大象已經佩戴上了鎖子甲，他還在找突破辦法。」

幾人跟著對白卿言行禮後，就見白錦稚拎著衣裳下擺匆匆跑到白卿言的几案前，端起白卿言面前的茶杯咕嘟咕嘟喝。

「魏忠，帶著其他人下去吧！不必在這裡伺候了……」白卿言對魏忠說完，又擺手示意肖若海他們，「坐吧！春桃奉茶！」

「是！」春桃應聲，先給白錦稚和肖若海、沈青竹上了茶，最後才走到陳慶生面前，端著茶杯垂眸放在陳慶生的面前。

陳慶生蓄了鬍子，看起來更為硬朗穩重，他瞧著自家表妹，心中激動不已，可也知道此時不是兒女情長的時候，他頷首道謝，看著春桃紅透的面頰，下意識捏了捏藏在袖中的簪子，那是他為春桃選的禮物。

「長姐，肖若海和陳慶生此次去天鳳國有些收穫，剛才回來的路上同我大概說了一下！」白錦稚說著轉頭看向肖若海和陳慶生。

陳慶生連忙面向白卿言的方向，開口道：「此次去天鳳國，小的和肖大人查清楚了天鳳國這些年的變化……」

肖若海也從胸前拿出了繪製的詳細輿圖遞給春桃，請春桃交給白卿言。

白卿言拿過地圖，白錦稚也湊過去擠在白卿言的身邊，看展開幾乎占了整個几案的輿圖。

「這天鳳國早年被隔絕在雪山之後，也當雪山便是天的盡頭，從未想過雪山的西邊會有戎狄、西涼、大樑還有大周、大燕！」陳慶生語速適中，徐徐道來，「肖大人的輿圖上，標記著我們打聽到的……曾經在天鳳國周圍的國度，最出名便是悍鷹國和猛蛇國，天鳳國一度遭受兩國的欺凌。」

白卿言垂眸瞧著肖若海畫的輿圖是雪山的東面，如同白錦桐說的，從海沿長河而入，長河兩側都是草原，在距離天鳳國還有一段距離的時候，長河便分為兩條。

而曾經和天鳳國相鄰的有悍鷹國和猛蛇國，可這兩國如今已經全部消失不見……

「以前，小人跟隨三姑娘到天鳳國的時候，因為是忙著生意上的事情，倒是聽說了，但未曾過分關注過，畢竟做生意和將消息網鋪開才是最重要的！」

白卿言頷首，兩次去的目的不一樣，自然關注的也不同。

「這一次同肖大人前往天鳳國的途中，我將此事告訴了肖大人，肖大人覺得，既然悍鷹國和猛蛇國如此強悍為何都消失不見，如今只留下了一個天鳳國太詭異！便讓我去探查！」陳慶生語聲鄭重，「後來，我才從與三姑娘有生意往來的動貴嘴裡打聽到，悍鷹國之所以沒了，是因為當初悍鷹國的大巫師，製造出了墨粉這種東西，可以使武器無堅不摧！天鳳國便出動象軍……歷盡千辛萬苦，從悍鷹國那裡得到了墨粉的製作配方，後來掌握了墨粉的製造方法之後，又以悍鷹國屠殺他們天鳳國百姓為由，滅了悍鷹國。」

白錦稚頓時怒火中燒，這擺明了就是為了強奪人家的墨粉，後來拿到墨粉竟然還要滅國，太可惡了！

「猛蛇國畏懼天鳳國的象軍，聯合周邊弱國抵抗天鳳國，卻還是沒有抵抗過天鳳國的象軍，後來猛蛇國的國王稱降，猛蛇國和那些小國的百姓全都充作天鳳國的奴隸，天鳳國的人自以為高人一等，給他國百姓帶上腳鐐，成日勞作，讓他國百姓替天鳳國，開礦、放牧、侍奉大象……做一切累活！稱呼他國百姓為奴種！只有天鳳國的姓氏是高貴的……」

陳慶生說著抬頭看向白卿言：「聽說天鳳國最輝煌的時候，最普通的天鳳國百姓家裡都會有一兩個奴隸，而那些從他國帶回來，年幼和老弱無法成為奴隸的，便就地斬殺！侍奉大象的奴隸……讓大象生病的也會斬殺！去放牧的，牛羊被狼叼走，或是病死，放牧的奴隸也是死！總之因為奴隸數目實在太多，他們對奴隸十分苛待，完全不將他國人視作是人……」

「後來約莫是七十年前，因為畜養的牛羊太多，導致草原變成荒漠，天鳳國人便以為是天神降下的懲罰，便將所有放牧的奴隸殺了，以此來平息天神之怒，不見成效便繼續殺奴隸……」

春桃聽得瑟瑟發抖，怎麼會有如此殘暴的國度。

陳慶生接著道：「天鳳國要用那些奴隸的血染紅整個荒漠，奴隸們不想死便奮起反抗，天鳳國發生大戰，用了六年時間才徹底平息這次動亂，後來天鳳國本國人口減少，又覺得這些外種姓的奴隸是個禍患，進行了長達十年……對他國留存的百姓進行屠殺，直到天鳳國新的國君繼位才停止！就是這十年……幾乎將除了天鳳國之外的其他族人全部殺了個乾淨。」

白錦稚已經怒不可遏：「長姐！這天鳳國的人還是人嗎？」

白卿言眉目沉著，手指輕輕敲著隱几思索，有著這樣歷史的天鳳國，如今已經帶著象軍進入西涼，他們骨子裡有那樣的血脈傳承，若真是開戰……必定會使百姓遭殃。

而如今，耕土廣袤和礦石豐富的大周、大燕，或許已經成為天鳳國眼中的肥肉。

肖若海見白卿言的模樣，直起腰脊朝白卿言一拜：「如今天鳳國上下對武器管控的非常嚴格，悉數運往西涼，這可不像是僅僅只為了幫助西涼的樣子！」

幫助別國，都是量力而行，哪有傾全國之力的？

還好回來的路上，肖若海已經看到大姑娘調兵為抵抗外敵做準備了，心裡著實能鬆一口氣。

「奉大姑娘之命去了趟南疆，又悄悄潛入西涼，西涼百姓奉天鳳國來的將士們為上賓，但……西涼女帝似乎已經明白自己是引水入牆，可請神容易送神難，西涼女帝如今已經無力將天鳳國的人趕出西涼，又不能對百姓言明真相，實屬進退兩難。」沈青竹亦是道。

還有一事，是白卿言讓沈青竹私下去查的，如今眾人都在，沈青竹不好直說。

「大姑娘，如今天鳳國進入西涼，不斷在我大周國界試探卻未曾犯境，想來也是摸不清楚我們大周的實力，所以還在猶豫，我想……他們按捺不了多久便要拿戎狄或者大燕試上一試了。」肖若海道。

「你們查到的這些消息阿琦都知道了嗎？」白卿言問。

「回來前同三公子說過了……」肖若海頷首。

殿外，魏忠的聲音傳來：「陛下，太后派人來請您過去用膳！」

今日是白卿言的生辰，原本禮部的意思是應該大辦，可白卿言卻說將銀子全部省下來挪作軍資之用，她生辰一家子在一起吃頓飯也就是了，所以今年白卿言生辰是董氏來張羅。

「乳兄、青竹和慶生都剛回來，先去梳洗歇息！一會兒直接來太后宮中……今日是家宴，都是自己人，我們好好吃頓飯……」白卿言又看向春桃，「趁著這一次慶生回來，將春桃和你的事辦了！」

春桃頓時面紅耳赤，跪坐在那裡一聲不吭。

倒是陳慶生，立刻上前，對白卿言行叩拜禮：「多謝大姑娘！」

正如肖若海所言，此時天鳳國的象軍繞過大周和西涼的邊界，帶著身著皮毛披著重甲的象軍繞過川嶺，朝西涼與戎狄的邊境逼近。

一直盤踞在戎狄和大周、西涼邊界的董長瀾得到消息，立刻派人將消息送回登州。

董長瀾消息到的時候，盧平也剛剛到登州，盧平帶人一路快馬晝夜不歇趕到登州，原本準備更換駿馬和衣裳便奔赴戎狄，沒想到竟聽到天鳳國象軍逼近戎狄的消息。

大姑娘為何說五公子白卿瑜回家的時候到了，無非就是讓戎狄歸入大周，震懾西涼、天鳳不敢來犯。戎狄是大周的馬場，誰都別想染指！

且若是戎狄真的丟了，那麼……大周就會處於兩面受敵的情況，所以戎狄堅決不能丟！

盧平也不再遮掩，抱拳對董清嶽道：「不瞞刺史大人，此次……盧平是奉大姑娘之命前往戎狄尋五公子，告訴五公子……回家的時候到了！」

董清嶽聽到這話，手心一緊，常年行軍打仗董清嶽自是知道白卿言的目的。

董清嶽沒有耽擱，立刻道：「我派人送你，你即刻出發去找阿瑜，將消息告訴阿瑜！告訴他……有我在，絕不會讓象軍跨入戎狄半步，讓他一定要將戎狄拿下！」

「是！」盧平也不休息了，隨董清嶽派出護送他的人，直奔戎狄。

「董長茂！即刻去軍營！擂鼓！點齊全部人馬！出戰！」董清嶽高聲道。

「是！」董長茂應聲急匆匆往外衝。

董清嶽正要去更換戰甲，想到什麼往外追了兩步高聲道：「將登州軍和大周的旗幟全部帶上！」

一時間，登州軍營號角鼓聲震人。

董長茂按照董清嶽的吩咐，命人將登州軍的軍旗和所有大周的旌旗全部帶上。

登州城的百姓全都湊在城外圍觀，逢人就問是不是戎狄又來犯了，還是頭一次看到登州軍如此浩浩蕩蕩出發，還是由登州刺史董清嶽親自披掛佩刀，帶兵而出。

有百姓已經匆匆回家收拾細軟，若是真的打起來，他們有所準備也不至於太過被動。

已是黃昏。遠處翻湧雲海之中，壯闊巍峨的山脈露出千年不化的峰頂積雪，被夕陽映照成耀目金紫色，聖潔而雄渾。無際曠野宛若沒有盡頭一般，綿延數百里，至雪山之下……至遠處目光所及的天際盡頭。

隨著烏金西沉，黑雲不緊不慢朝著西方挪動，正帶著黑暗和星辰逐步吞噬和籠罩整個草原……

隨風翻湧的雲海之下，登州軍和大周的旗幟一字排開，隨風獵獵作響，如同這草原一般看不到盡頭。董清嶽一身戰甲，手持長槍騎馬立在最前，身後登州軍和大周翻滾的旗幟之下，重盾軍各個神色鎮定，弓箭手也已經準備好，再往後便是黑壓壓一片登州鐵騎，氣勢磅礴。

相隔半里，駭人的象軍亦是整裝待發，巨獸嘶嚎，場面震懾人心。

從未見過如此巨獸參與到戰場之中的登州騎兵，各個握緊了腰間刀柄，只覺心頭沉甸甸的，額角也淌下冷汗。

大風驟起的草原上空，象徵著死亡的禿鷲盤旋尖叫，聲音刺耳。

天鳳國的將軍阿克謝坐在最大的那頭巨獸身上，人倚著靠背，瞧向遠處招展的登州軍軍旗和大周旗幟，他想起那旗曾經在西涼和大周邊界看到過。

探兵快馬而回，勒馬高聲同阿克謝道：「將軍！是大周的軍隊！」

大周怎麼跑到戎狄來了……

董清嶽紅色披風翻飛，他抬臂，用長槍指著天鳳國象軍，渾厚的嗓音喊道：「西涼人和天鳳國的人聽著，這戎狄……已歸我大周！若敢來犯便是同我大周開戰！」

董清嶽渾厚粗獷的聲音一落，登州騎兵齊齊拔刀，弓弩手呼應著上前一步，拉開弓箭，帶火的箭簇瞄準天鳳國象軍的方向，只等董清嶽一聲令下，便是萬箭齊發！

阿克謝拳頭緊握，聽到董清嶽的聲音，瞧著遠處高低亂竄的火光，險些沉不住氣，可一想到主上的安排和囑咐，硬是將緊攥的拳頭緩緩鬆開。

「去傳信給那個大周的將領，告訴他……我們天鳳國無意與大周為敵，只是戎狄要攻打西涼，西涼女帝與天鳳國結盟，請我天鳳國制服挑釁的戎狄……」

「是！」

「等等！」那探兵調轉馬頭，正朝著董清嶽的方向狂奔而去，就聽阿克謝再次將他喚住，「客氣些，告訴那位大周將領，還請大周不要插手此戰！否則就是與天鳳和西涼為敵！」

「是！」天鳳國探兵快馬奔至董清嶽面前，高聲將阿克謝的話轉告董清嶽。

董清嶽聞言笑出聲來，坐下戰馬來回踢踏著馬蹄嘶鳴著想要衝上前，董清嶽單手勒住韁繩制住坐下駿馬，冷笑道：「我說的還不夠清楚嗎？從即日開始……戎狄便是我大周的馬場！膽敢犯我大周邊界者，我大周銳士必血戰到底！」

天鳳國的探兵調轉馬頭，又一路狂奔回去給阿克謝傳話。

阿克謝眯著眼身體前傾，單手手肘搭在膝蓋上，瞧著騎馬立在最前的董清嶽，表情肅殺。

「將軍，我們是否要撤？」阿克謝的下屬問。

以阿克謝的個性此刻非要讓那狂妄自大的大周將領領教領教象軍的厲害，可主上說了，對付這大周和大燕人，不能用曾經他們天鳳國祖上對付悍鷹國和猛蛇國的法子。

阿克謝高聲道：「傳令，先撤出六里紮營！」

天鳳國的象軍響起號角聲，巨象揚鼻長嘯，又都慢吞吞掉頭，跟隨在阿克謝坐下頭象身後離開。

可董清嶽沒有敢放鬆，派出探兵……

天際只剩下最後一絲暮紫，整個草原上空被星辰取代，只有火把隨風亂竄。

不多時，探兵快馬而歸：「報……」

三名探兵不等馬停穩便一躍而下，單膝跪地抱拳道：「天鳳國象軍撤出六里紮營！」

六里……這距離可不算遠，董清嶽咬了咬後槽牙，高聲道：「董長瀾、董長茂！」

在白卿言登基之後，登州軍便知道董長瀾還活著，不但活著……還在戎狄的地界兒上訓練出來了一支極為強悍的騎兵。

董長瀾和董長茂一同提韁上前：「末將在！」

「董長茂……回登州運糧草輜重，登州軍在此地紮營！派人迅速往大都城方向送信，告訴陛下勿憂，只要我董清嶽活著，就不會讓天鳳國跨入我大周國土半步！」董清嶽沉聲道。

「是！」董長茂領命，調轉馬頭一路狂奔帶騎兵回登州方向。

「董長瀾！」董清嶽又喚道。

「末將在！」董長瀾立刻應聲。

「命你即刻帶一萬人馬急速前往戎狄皇城，助戎狄鬼面王爺拿下戎狄皇權！」董清嶽道。

「領命！」董長瀾目光灼灼，正要調轉馬頭，便聽董清嶽將他喚住。

董清嶽咬緊了牙關對董長瀾招手，董長瀾立刻提韁上前，低聲詢問：「父親？」

董清嶽一把攥住了董長瀾的手臂，聲音壓得極低：「一定，要護……阿瑜平安！這孩子吃了太多苦……」

董長瀾知道鬼面王爺便是他的表弟白卿瑜，用力點頭：「父親放心，兒子一定捨命護住表弟！」

「去吧！」董清嶽眼仁發紅，用力拍了拍兒子的肩膀，「小心些！」

「將軍放心！」董長瀾朝董清嶽一拱手，帶著麾下騎兵策馬疾馳而去。

白卿言同母親和諸位嬸嬸，和白家忠僕一同用了膳，便算是過了生辰。

宴席間，魏忠低聲同白卿言稟報說，大燕駐周使臣請見，白卿言手心收緊，估摸著應當是慕容衍派人來送生辰禮，便讓魏忠帶人先候著，家宴之後她就過去見大燕使臣，又吩咐魏忠一會兒家宴結束後，同肖若江說一聲，讓他來書房見她。

洪大夫和佟嬤嬤還有幾位嬸嬸還拿白卿言當孩子看，給了生辰禮物，白錦稚和其他白家忠僕也都沒有落下……給白卿言送了禮，就連此次跟著白錦稚從韓城回來的紀姑娘也給白卿言奉上了自己抽時間繡的雙面繡。

這頓家宴吃的極為熱鬧，宴後白錦稚自告奮勇送長姐回書房，想在路上求一求長姐讓她出發去南疆，她已經迫不及待要見一見那天鳳國的象軍。

誰知回去的路上聽沈青竹說起，自家長姐派她去南疆調查之事，頗為震驚。

「難怪青竹姐姐這段日子都沒有在，長姐是派青竹姐姐去查闕將軍了！」白錦稚又有些疑惑，「可……闕將軍是五叔麾下，是白家軍，是我們的同袍啊！失而復得多不容易，長姐為何要讓青竹姐姐去查闕將軍？」

白卿言沿著掛滿六角宮燈的長廊一邊緩慢的走著一邊道：「我們得到的消息是闕將軍失憶，被西涼雲家人騙了，說他名喚雲嵐，可若是真的失憶，為何又記得虎鷹營的訓練方法？若說……闕將軍是迫不得已裝作失憶，也應當在回到白家軍中時，將此事說明才是，可闕將軍卻氣憤不已要去西涼帶回火雲軍……」

「我詳細問過肖若海當時初見火雲軍訓練的場景，若是闕將軍都能回憶起一套完整的訓練方式，又為何憶不起他姓甚名誰？即便是想不起這個……總該能想起白家軍的軍旗！然……闕將軍後來回去與肖若海詳談時，竟說自己一點印象都沒有，我心中總是存著疑惑。」白卿言瞧著眉頭緊皺的白錦稚，「的確如你所言，按道理說……關將軍能尋回來不容易，可白家軍也不容易，須得謹慎才是，所以我便未聲張，只派了青竹前往南疆去探查。」

白錦稚想了想點頭：「長姐思慮的是，若是如此的確是該好好查查。」

沈青竹聽白錦稚如此說這才開口：「我到了南疆之後，發現在關將軍的身上查不出什麼來，就去了趟豐縣，在豐縣打聽關將軍的事情，只知道早年關將軍入了白家軍是因為妻兒被西涼軍害了！關將軍算是豐縣小有名氣的人物，只是……關將軍卻沒有什麼親友，再後來我在一位教書先生那裡打聽到，關將軍是十三四歲的時候隨父母來了豐縣，正巧遇到西涼襲擊，他們幫忙救下了村民後，便在豐縣落地生根。」

聽說，當初關將軍妻兒被西涼人殺害後，他在白家軍軍營外跪了一夜求白家軍收下他，因為他想復仇，後來五叔心軟收下了關將軍，讓關將軍當了個火頭軍，或許因為他妻兒被屠殺……只是讓他做火頭軍的緣故，五叔未曾詳查過這個關將軍吧！

「後來，關將軍的父母也跟著離世，關將軍入伍，關家人也就沒了！」沈青竹見前面有臺階，扶住白卿言的手臂走下幾層臺階後接著道，「豐縣查不出什麼，我便冒險去了一趟西涼，查關將軍在西涼的名字雲嵐，這才查出了蹊蹺……」

白卿言頷首，示意沈青竹直說。

「聽說，這個叫雲嵐的雲家子是存在的，不過在十三歲的時候便離家說是去遊學，而後二十多年都未曾回過雲京，算起來倒是和關將軍的年紀相仿，而當初雲家將關將軍帶回雲京的時候，就謊稱關將軍是雲嵐……」

白卿言聞言腳下步子一頓，看向被搖曳的六角宮燈映得忽明忽暗的沈青竹……

沈青竹淺淺頷首，因為過去二十多年了，當初那雲嵐也沒有留下畫像，所以沈青竹並未找到什麼有利的證據證明闕章寧就是雲嵐。

說來，雲嵐和闕章寧年紀相仿倒是沒有什麼，可這位名叫雲嵐的雲家子十三歲的時候離家，二十多年都未曾回雲京，又這麼恰巧闕將軍是十三四歲的時候到了豐縣，這是不是有些太巧合了。再加上白卿言之前對闕章寧的懷疑，沈青竹已經覺得闕章寧不得不防，故而……在回大都城同白卿言稟報之前，沈青竹已經先行將自己查到的告訴了白家三公子白卿琦，讓白卿琦小心提防。

「都是十三四歲！青竹姐姐，你這意思……是這闕將軍，便是這雲嵐！」白錦稚也反應了過來。

沈青竹點頭：「但也只是懷疑，並未拿到實證，白家軍一向都是沒有實證便絕不會懷疑自己的同袍，可……之前南疆一戰給白家軍的教訓太大了，這一次我寧願懷疑同袍，也不願再看到曾經的慘劇發生！所以在回來之前，我將此事告訴了三公子。」

聽沈青竹提起南疆之戰，白錦稚的手緊緊攥成拳頭……

當初祖父便是對劉煥章深信不疑，所以才讓白家落得如此下場。

風過，垂在長廊兩側的珠簾和紗幔輕微晃動，垂在紅漆柱兩側的銅鉤擺動和銅鈴碰撞發出細碎聲響。「青竹姐姐的懷疑是對的！告訴三哥也是對的，最好能讓三哥試上一試，若是真的能排除了闕將軍的嫌疑，算我們白家虧欠他，回頭補上就是！可……白家和白家軍都不能再冒險了！」

白錦稚語聲堅定，「畢竟信錯一人……十幾萬白家軍，我們輸不起！」

難得白錦稚會如此想，果然是……長大了。

白卿言抬手摸了摸白錦稚的腦袋，他們自小所學，便是同袍是和血親一般最值得託付後背的。

所以，讓白錦稚懷疑白家軍中的將軍，尤其是曾經跟隨五叔的將軍，就如同懷疑自己的親人，這對白錦稚來說內心是極其糾結的。

「所以這一次你去南疆，對這位關將軍多留一些心眼兒，但不要表露出來……」白卿言叮囑白錦稚。

白錦稚一怔，一臉驚喜笑開來：「長姐，你同意我去南疆了！」

白卿言淺笑道：「今日你送了如此重的禮，拿人手軟……自然得讓你去啊！」

白錦稚忙對著白卿言一拜：「多謝長姐救我！再不讓我走……我娘又要壓著我去相看了！實在是受不了！」

「明日一早你就帶兵出發，別陪著我了……去陪陪三嬸兒。」白卿言抬手摸了摸白錦稚的髮頂。

白錦稚應聲，笑著轉身拎起衣裳下擺就往自家母親寢宮方向跑去，若是告訴娘親是長姐讓她去南疆的，娘親肯定不會阻止。

瞧著白錦稚歡快的身影走遠，白卿言扶著沈青竹的手隨她往書房方向走，輕聲說：「你同乳兄和好了？」

扶著白卿言的沈青竹點頭，垂下眸子道：「之前一直因為師父的死，遷怒師兄，如今既然知道師父還活著，也就都放下了……」

「此次回來，讓你和乳兄好好歇息幾天，你們一同去看一看你們師父。」

從白家出事開始，不論是沈青竹還是肖若海都未曾好好歇息過，一直都在忙。

「我還是留在大姑娘身邊聽候大姑娘差遣，如今大業未定，大姑娘正是用人的時候，青竹不能走。」沈青竹態度堅決。

「大業未定，但不能耽擱你的親事，這些年……乳兄一直記掛著你，你又因為師父的緣故與乳兄不再來往。」白卿言拎著衣裳下擺抬腳走上長廊臺階，「連我阿娘都說，可惜了你們這對青梅竹馬。」

沈青竹垂著眸子，只聽著白卿言的話並不反駁，直到白卿言說完了，她才道：「自從大姑娘立誓要完成白家祖輩志向一統天下開始，青竹也對諸天神佛立誓……不護著大姑娘完成大業，絕不成親給自己找另一個牽絆！有了牽絆就不能捨命為大姑娘辦事！青竹的命是大姑娘給的，對青竹來說……大姑娘才是第一位，其餘的不重要。」

白卿言腳下步子一頓，回頭望著沈青竹，雖然她心中一直都知道青竹永遠將她放在第一位，可瞧著沈青竹如此鄭重說出來，白卿言心頭還是忍不住發酸。

青竹武功高強，上一世若非是為了替她留下一個弟弟，也不會被白卿玄那個畜生……

白卿言用力握住沈青竹的手，同沈青竹開口：「好，那便等擊退天鳳國，天下大定，我親自為你和乳兄辦婚禮！」

沈青竹只道：「我送大姑娘去書房。」

送白卿言去了書房，沈青竹剛準備要走，就見魏忠帶著肖若江過來了。

肖若江見到沈青竹，先對沈青竹行禮：「沈姑娘……」

沈青竹抱拳還禮：「大姑娘叫你回來的？」

肖若江頷首：「許是為了軍營外那幾頭大象的事情。」

「大姑娘有孕在身，不要說太久才是。」沈青竹說完，朝肖若江拱了拱手，先行離開。

一進殿，肖若江就瞧見自家大姑娘正坐在燈下看竹簡。

這幾日白卿言一直都在看姬后所留下的書籍，對姬后描述的那個自由平等的世界極為好奇，一旦拿起書本就捨不得放下。

今日陳慶生回來，為著讓多年不見的春桃和陳慶生多說會兒話，白卿言命春桃送陳慶生出宮，春枝伺候在白卿言身旁，怕傷了白卿言眼睛，忙命人將整個寢宮的燈點亮。

「春枝，你先出去……」白卿言合起竹簡同魏忠說，「燕使也候了很久了，魏忠你去請燕使過來吧，我和乳兄幾句話就說完了……」

春枝和魏忠應聲退了出去，白卿言將竹簡放在一旁，對肖若江說：「乳兄，有件事……需要你儘快跑一趟韓城。」

「大姑娘儘管吩咐！」

白卿言將肖若海繪製的天鳳國大致地圖拿了出來，肖若江連忙上前接過，拿在手中細細看著。

「你去一趟韓城，讓二姑娘在推行新政的同時，將精力都用在訓練水師之上，來日或許將要派上大用場！」

拿到地圖的肖若江大致一猜便明白了白卿言的意思，如今天鳳國的象軍逼近，根據肖若海和陳慶生帶回來的消息，天鳳國已是傾盡全國之力備戰，若是有朝一日天鳳國和大周開戰，必定會傾巢而出！屆時天鳳國國內空虛，大周帶水師從臨海渡口出，入長河……直達天鳳國後方突襲，定會讓天鳳國措手不及。

「肖若江明白！」肖若江陡生鬥志，將地圖收好，「我這就出發，定會將地圖交到二姑娘手中！」

「辛苦乳兄了！消息送到後……乳兄就在二姑娘身邊，還請乳兄多多幫扶錦繡……」白卿言想了想又道，「軍營中大象的事情，便交給青竹負責，乳兄不必掛心。」

肖若江點頭，不放心又道：「大姑娘也要照顧好自己，如今大姑娘是雙身子定要多多休息，南疆戰場上的事情，有公子和姑娘們在，陛下不必太過憂心！」

瞧著肖若江關切的眼神，她點了點頭：「好，我知道了！乳兄放心！」

肖若江從大殿出來，沒有耽擱，即刻收拾行裝，帶了人出發前往韓城。

第四章　步步蠶食

肖若江前腳剛走，後腳魏忠便帶著大燕駐周使臣請見。

瞧見燕使身後跟著個穿著燕國太監服飾，帶著帽子，彎著腰姿態恭敬看不清楚五官的男子，白卿言眸子瞇了瞇，就聽那駐周燕使對白卿言行禮後道：「陛下，外臣奉我大燕九王爺之命來給陛下送生辰禮，祝大周女帝千秋萬歲。」跟在燕使身後的太監亦是對著白卿言長揖行禮。

「多謝燕九王爺掛念……」白卿言頷首。

「另外九王爺派人給陛下送來了信……」燕使轉頭看向背後的太監，示意將信拿出來。

那太監忙將信遞給魏忠。

從魏忠手中接過信拆開看了眼，白卿言便道：「魏忠請燕使在偏殿喝茶稍後，這位……公公，暫且留下，我有話要問。」

「是……」魏忠含笑對燕使做出一個請的姿勢。

關門的聲音響起，那一直垂著頭的太監才抬起頭來……

大殿內燈火搖曳，光可鑒人的地板映著晃動的燭火，滿室都是暖融融的顏色，也將男子輪廓挺拔的五官映得越發分明。他幽邃黑漆的眸裡映著這滿室的燭火，亦是映著坐在重重垂帷紗帳盡頭的白卿言，彷彿天地之間他雙眸只能容下那坐於燈火之中的美麗女子。

「你怎麼來了？你和月拾碰到了嗎？」白卿言撐著隱几要起身。

慕容衍忙朝白卿言走去：「你坐下別動！」

他解開帽子系帶，將帽子放在一旁，又扶著白卿言坐下，靜靜凝望著白卿言：「放心，來的路上碰到了，象軍的事情我已經知道……」

「知道了不回燕國部署，你還過來？」白卿言眉頭一緊。

慕容衍輕笑用手指撫了撫白卿言緊皺的眉頭，笑道：「你的生辰，我不想錯過……」

瞧著一身太監服飾的慕容衍，白卿言忍不住唇角勾起，這一次白卿言的確是沒有想到慕容衍會來。

慕容衍低頭瞧了眼自己身上的衣裳道：「成親之後沒了蕭容衍的身分，入宮就是難些，只能穿成這樣。」

「如今天鳳國帶著象軍出現，燕國正是需要你坐鎮的時候，你真的不必為了一個生辰專程趕過來。」白卿言同慕容衍道。

慕容衍抬手將白卿言鬢邊的碎髮攏在耳後，又忍不住用手指摩挲著她的面頰，動作溫柔又克制。他低頭瞧著白卿言腹部，輕輕撫了撫：「女子懷孕最是辛苦，都是我不好，未曾克制住……在這個時候讓你有了身孕。」

她眉目帶笑，手心輕輕覆在慕容衍的手背上：「既然孩子來了，我們就不說怪誰這樣的話。」

慕容衍抬頭望著笑容恬靜從容的白卿言，想起慕容瀝得知「蕭容衍」同白卿言成親，白卿言又有孕之事，同他說的那番話。

「說到孩子……」慕容衍抬眸望著白卿言，眉目染上了一層淺淺的笑意，「阿瀝知道你我成親，且已經有了孩子的事，倒是十分贊成你曾言……兩國以誰家國策能使民富國強來定輸贏，避免戰火，合為一國的法子。」

白卿言一怔，略顯錯愕望著慕容衍……

慕容瀝年紀雖小，心裡卻很是有主意。

當初大燕臨危之際，是百姓撐著大燕過來的，慕容衍一直覺得若是丟了燕國……對不起陪著燕國皇室苦過來的百姓。可阿瀝說，百姓維護燕國是因為知道燕國的新政對他們有好處，能讓他們過上好日子，兩國以誰家國策能使百姓富強來定輸贏，百姓必然會擁戴。

「我還未曾回國，成親的消息便先傳回了大燕，後來你有孕的消息跟著傳來，阿瀝親自來找我談了一次。」

慕容衍徐徐將那日發生的事情告訴白卿言……

那日慕容瀝跪坐在慕容衍的對面，同慕容衍說：「如今白家姐姐有了九叔的孩子，那孩子……可是大周皇室和大燕皇室的血脈！九叔的骨血！阿瀝這皇位便是九叔給的，阿瀝一直在想……等有朝一日，將皇位再傳給九叔的孩子！可是……阿瀝知道九叔對白家姐姐用情至深，白家姐姐又子嗣艱難，為此……憂愁了好一陣子！」

在慕容瀝看來，這大燕皇位原本就是父親要傳給九叔的，可九叔卻把皇位給了自己……且甘當那個惡人來成全大燕的強大，成全他這個大燕皇帝，這是九叔為燕國為他所作出的犧牲，而心性純良如慕容瀝，他也願意將來日那個強大的燕國交到九叔骨血的手中。

「阿瀝以為，此次白家姐姐有孕，便是上蒼給我們兩國的一個啟示，所以……白家姐姐同九叔所言，兩國合併，天下一統，來日……由九叔和白家姐姐的骨血登上皇位，並非不可！」

慕容瀝雖然年紀小，可其心胸的確讓慕容衍自認不及。

而在慕容瀝看來，白卿言所言的確是對的，慕容家天生也並非就是帝王，當初也是從別人手中奪下的燕國皇位。而如今他們燕國有雄霸天下的壯志心胸，為的是建立萬古功業不假，可也是盼望能天下太平，百姓安居樂業。

慕容瀝目光純正，鎮定自若同慕容衍說：「若是兩國以誰家國策能使百姓富強來定輸贏，避免百姓受戰亂之苦，合為一國，這對後世來說……定會是千古流傳！畢竟沒有誰家帝王，有這樣的胸襟，若燕國和大周敢開先河，必能被萬世敬仰，慕容家……亦會因為氣魄而被後人銘記！」

「九叔，這江山……從來不是一家之姓！我們誰又敢保證來日我們慕容家不會被別的姓氏取代？」慕容瀝鄭重望著慕容衍，語聲鄭重，「可若是，兩國為百姓富強而和為一國，重新定立國號，由九叔和大周女帝的骨血繼承皇位，這江山能得百姓擁護，必能走得更長遠！太平的日子越長久……百姓就越是能記住兩國皇帝決意為民合為一國的功績！」

慕容衍聽完慕容瀝這一番話，對自己的這個侄子有了新的認識。

慕容瀝雖然年幼，可心胸和遠見卓識……如今竟是比他還更勝出許多。或許，是慕容衍肩上背負的「大燕」二字太重，一直將大燕當做自家的，太過看重自家得失。

而慕容瀝年幼在宮中受母親姬后所留下的書籍影響更多，他小小年紀見過燕國百姓的苦，雖為皇子……但也同百姓一起吃過苦，看過燕國百姓為了存國而付出過什麼樣的代價，因為百姓們相信燕國的國政能讓他們過上好日子！

慕容瀝自小便在心中立下了志向，那便是讓百姓們都過上好日子。

見慕容衍未語，慕容瀝又道：「而且九叔，阿瀝也有這個信心，相信我們慕容家世代皇族，我們燕國的國政……必定要比半路成為皇帝的白家姐姐所定下的國策，更好！」

慕容瀝目光堅定：「故，阿瀝願意和白家姐姐一賭輸贏！」

若燕國贏了，那麼將來……大周歸於大燕豈不是更好，這個皇位慕容瀝還是會交給九叔和九嬸嬸的骨血，如此大周朝臣想來也就不會有什麼異議了。

慕容衍瞧著慕容瀝自信的模樣，又同他說：「阿瀝，你自信是好事，可……正是因為卿言是半路當的皇帝，所以才會比任何人都刻苦都用心，且……白家家風護民為民早已深入白家人的骨血之中，所以……大周的新政定然會從百姓利益出發，這一點你可明白？」

「我明白，也明白白家的家風，更明白白家姐姐……」慕容瀝聲音一頓，抬頭看了眼慕容衍又笑著改口，「更明白九嬸嬸的心胸和護民之心，但……縱觀史書和祖母留下的書籍，正如祖母曾言，祖母留下的那些治國之法，對於如今的世道而言太超前了！不見得真的能實施好，至少在燕國無法實施！」

「所以，若是九嬸嬸真的在大周推行新法之後，使大周民富國強，那和大周合為一國對燕國百姓來說也是好事啊！」慕容瀝坦然道，「阿瀝輸的甘願，總歸是百姓得利。」

自那日同慕容瀝談過之後，慕容衍便一直在思考此事，今日前來大周也是想要再深入透澈地同白卿言談一談此事。

倒是白卿言小瞧了慕容瀝，沒想到他自幼生在皇家，但小小年紀……卻能願為民止刀兵。

她垂眸望著自己的小腹，又問慕容衍：「你此次來，也是想要同我說一說此事？」

慕容衍頷首：「小阿瀝是自信大燕的國政，也是心疼百姓……」

還有一部分原因是慕容瀝想來日，能將皇位還給慕容衍的孩子。

「所以，我有一個想法，說來與阿寶聽聽……」慕容衍在白卿言身邊坐下，攥住白卿言的手輕輕揉捏著。

白卿言頷首。

「周和燕……不如定個日子，在兩國交界來一場會盟，由大周女帝帶著大周重臣百官，燕國皇帝和九王爺帶著燕國百官，於兩國交匯之地定下盟約，定下以幾年為約……如何判定幾年之後誰家國政使百姓更為富強！」慕容衍認真道。

白卿言陡然聽慕容衍如此說，心口快速跳了幾下，她實是沒有想到慕容衍和慕容瀝真的會下這個決定。「可是大燕朝臣會同意嗎？大燕的皇族會同意嗎？一旦提出此事……燕廷反對的聲浪必定巨大，或許……會動搖燕國！對於大周也是一樣的！」白卿言說。

最初，白卿言的意思是在兩國安穩之後，然後再做這件事，但聽慕容衍的意思……是儘快將此事定下來。

慕容衍點了點頭，表示自己明白白卿言的顧慮，道：「所以就需要我們來做一場戲！不論是燕國還是大周，能兵不血刃拿下另一個強國，皇帝動心是人之常情！」

「且，還能博得一個……皇帝和朝臣心懷天下，為百姓著想的美名，哪一國朝臣又能不心動？你我……可以儘量將朝臣和皇族往這一面來引導！」

她瞧著慕容衍胸有成竹的模樣，淺淺笑著，他所言不錯，兵不血刃拿下另一個強國，還能博得為百姓著想的美名，自然是會讓人心動的！慕容衍的辦法很好，她是贊成的。

「至於大燕，此事由阿瀝這個小皇帝提出來，燕廷朝臣們定然有反對的，也有支持，反對的……不必說，自然是來找小皇帝的死對頭大燕九王爺慕容衍，如此……九王爺慕容衍自然是也表示同意，以……大周女帝是個半路出家的皇帝，哪裡比得上大燕正統為由勸說朝臣！」

「正好順便以皇帝年幼……兩國國策較量事關大燕命運為由將權利抓在手中，將朝中主要位置都安排成九王爺麾下反對小皇帝的臣子，叮囑這些人一定要爭氣，大燕國運就掌握在他們手中了，若是真的輸了……丟了大燕，他們便是千古罪人！」

「如此……燕廷上下，反而會為了同一個目標，摒棄前嫌，為同一個目標而努力，就像你曾經為那些官員和學子們立下了一個天下一統的目標，他們便會為此而努力，細枝末節也就不重要了。」慕容衍手指屈起在桌几上輕輕敲了一下，「這還是從阿寶這裡學來的，阿寶當為我師……」

白卿言被慕容衍的話逗笑，她望著慕容衍沉靜而漆黑的眸子，又問：「這件事……你也下了很大的決心吧？你是因為心中動搖妥協了，所以才將我同你說……以兩國國策定輸贏的事情說給了阿瀝聽？」

她低頭看著自己的腹部：「因為我……和孩子？」

慕容衍不想騙白卿言，手肘搭在白卿言背後的隱几上，輕撫著白卿言的脊背，點了點頭，低聲道：「的確……你和孩子都是動搖我的原因，但最後讓我下定決心的，是阿瀝。」

嫂嫂有多在意阿瀝的皇位，慕容衍不是不知道。

皇兄走前最放心不下的便是嫂嫂，慕容衍也是知道的，那個時候慕容衍未曾答應白卿言……有出於燕國皇室對燕國占有的自私性，更有對嫂嫂的顧忌，對已經登上帝位小阿瀝的顧忌。

但慕容瀝的反應的確是出乎慕容衍意料之外，他沒想到慕容瀝居然比他還能看得開，且也能夠理解慕容衍，他說……此事若是慕容衍提出來，怕是會氣死他阿娘，若是慕容瀝提出來……他阿娘才不會覺得，這是慕容衍在設法從慕容瀝手中奪權。

慕容瀝還叮囑慕容衍，讓慕容衍一定要去找他阿娘，讓他阿娘勸一勸阿瀝收回成命，這樣他阿娘才會為了維護皇帝的尊嚴，而反過來勸慕容衍答應。

「阿寶，我生來就是慕容皇家人，所以有些事情上……我無法贊同你的想法。」慕容衍語聲極低。

「但你也承認，這的確是避免兩國之戰的最好方式……」白卿言笑著道。

慕容衍點頭：「拋開身為大燕皇室的私心來說，完成一統……此法對百姓而言，對將士而言，的確是最好的！」

她點了點頭，調整了一個極為舒坦的姿勢靠在隱几上：「在最初，你兄長來找我，問我……若來日只剩下兩國時，我應當如何抉擇，是戰是和，我便一直在想這個問題，後來……吞併大樑定國號為周，大燕也滅了魏國，我就在想如何能避免百姓生靈塗炭，早日完成一統大業！我很高興你和阿瀝贊同我的說法。」

「好，那事情就先定這麼一個大概！」慕容衍笑著望著白卿言，「明天一早我便回大燕，找機會讓阿瀝將此事提出來，然後向大周送上議和盟書……如此你可以直接同大周朝臣說，這是一個兵不血刃拿下大燕的機會，告訴大臣們應該對你們的新政有信心，你也就不會難做了。」

不論如何，事情還是按照白卿言最初所想的解決方式發展，白卿言還是很高興的，既不會讓百姓受戰亂之苦，也不必讓將士們做無謂的流血犧牲。

白卿言想了想道：「這件事……我看得儘快辦！即便是暫時還沒有機會提出兩國以國策較量之事，也要先定盟。」

「你是擔心……天鳳國的象軍？」慕容衍問。

白卿言頷首：「天鳳國的象軍已經在西涼盤桓許久，如今天鳳國已然將西涼當做自家地盤，下一步……必然就是要試探著出手，舅舅在登州絕不會讓天鳳國染指戎狄，就只剩下燕國了，若是此時，燕與周兩國皇帝出面結盟，天鳳國也必會哆嗦一下子。」

既然兩國已經決定最後要以國策來論輸贏，彼此就應當同舟共濟，共對外敵。

案桌前的燭火被風撩得一暗，後又明亮了起來。慕容衍點了點頭，若有所思道：「如此……兩國以國策論輸贏之事，還需要往後再拖一拖，先定盟吧！倘若現在提出此事，就怕兩國別有心思的朝臣，願意看到的……是天鳳國象軍與其中一國糾纏，來削弱一另國的實力，反倒不利於結盟對抗象軍。」

白卿言也是有這方面的顧慮，所以才同慕容衍說可以先定盟。

「好，那明日我回大燕，先定盟共退象軍！等退了天鳳國象軍，我便同阿瀝演一場戲……儘快將此事定下來！」

「好，等退了象軍，大燕的邀約送到，我也同大周朝臣演一場戲。」白卿言笑著應聲。

慕容衍攥著白卿言的手，輕輕摩挲著白卿言的手腕兒，將白卿言攬在懷裡，滿心愧疚：「對不起，不能陪在你和孩子身邊……」

「孩子很乖……」白卿言靠在慕容衍懷裡，輕撫著腹部低聲同他說，「懷了這個孩子，我既沒有害喜，也沒有難受，胃口也還好，有時候若不是阿娘和嬸嬸她們不厭其煩的提醒，我甚至都忘了我懷著個孩子，你不必太過擔憂。」

聽白卿言這麼說，慕容衍心裡反倒更愧疚。

他眼眶發紅，將白卿言的手放在唇邊一吻，低聲道：「阿寶放心，等我們的孩子出生時，我一定會在你身邊的，就像今日一樣，陪著你，緊緊握著你的手！」

「孩子出生，大周國必定上下矚目，你怎麼出現？」白卿言低笑了一聲，「你真的不必太過掛心，大事為重！」

她輕撫著腹部，原本以為這個孩子來的不時候。可如今看來，這孩子的出現，可以讓慕容衍和慕容瀝退一步，不見得不是好事。兩國各退一步，齊心協力退象軍，來日……平定西涼之後，以國策論輸贏，對百姓和將士們來說是最好不過。

說實在的，聽到慕容衍送來的這個消息，白卿言的確是鬆了一口氣，這對她來說便是今歲最好的生辰禮了。倒並不是說，大周害怕同大燕打起來，她是心疼百姓，幸而……大燕有慕容瀝這樣一位心疼百姓的皇帝。

慕容衍垂眸在白卿言眉心上落下一吻，輕輕揉著白卿言的肩膀，大手又覆在白卿言的腹部：「我會想辦法的！都說女子生產都是一腳踏入鬼門關，這種時候我一定要在你身邊陪著你，還有一件事希望阿寶能答應我……在你生產之前，絕不能涉險去戰場，知道嗎？」

白卿言仰頭對上慕容衍湛黑的眸：「我知道……」

瞧著白卿言被燭光鍍上暖光的無瑕面容，他忍不住用手指輕撫著她烏亮的青絲，摩挲著她的唇角，輕輕落下一吻，淺嘗輒止，生怕自己控制不住，只靜靜瞧著懷中的摯愛。

慕容衍身上總有種讓人安心又讓人沉淪的氣息，明明目光平靜，可就是能讓人感覺到極強的侵略性。

她用視線勾勒著慕容衍更加分明的五官輪廓，頗為心疼：「你瘦了……」

慕容衍捏了捏白卿言的手，低聲在她耳邊說：「那定然是想阿寶想的。」

醇厚迷人的聲線帶著熱氣竄入她的耳朵中，耳根便悄無聲息紅了起來。

瞧著白卿言面泛紅坨的模樣，慕容衍情動不能自抑摟著她的腰，讓她緊貼著自己，再次將她吻住，吻得越發深切，掌心輕輕摩挲著她的脊背。

几案上搖曳的燭火突然發出輕微的火花爆破聲，白卿言忙偏頭躲開慕容衍的吻。

慕容衍也未曾勉強，再這麼下去他怕會把持不住自己，他吻落在白卿言的眉心，落在白卿言的眼睛上，再次將她攬入懷，克制著粗重的呼吸道：「我不能在大周皇宮久留……」

「嗯，我知道！今日你能來，我已經很高興了……」白卿言說。

「這是給你的生辰禮……」慕容衍從懷中拿出一隻雕工極為精湛的白玉老虎，「去歲就開始準備，可事情太多，總是有事耽擱，總算是趕在阿寶今年生辰雕完了。」

白卿言屬虎……

這白玉老虎玉質通透純粹不說，最難得的是白虎額頭有灰色飄花，恰到好處的如同老虎紋理，這玉石……是慕容衍花費了極大的功夫才找到的。

白卿言將白虎拿在手中端詳，這白玉老虎雕工要比上次做的簪子精緻不知道多少倍，顯然是慕容衍苦練過……

正如她所猜的那般，慕容衍不知道雕廢了多少玉石，才開始動手用這塊玉給白卿言雕白虎。

「燕國事多，生辰而已……你不必如此費心的！」白卿言將白虎捧在掌心，愛不釋手。

「給阿寶的生辰禮，必須出自我手，哪能敷衍了事？」慕容衍手覆在白卿言的腹部，「爹爹不能陪在你和阿娘身邊，你要好好疼愛阿娘，可不能折騰阿娘……」

白卿言含笑的眸子被燭火映得發亮。

慕容衍不能多留，與白卿言待了不過半個時辰，便帶著議和國書隨燕使戀戀不捨出了宮。

慕容衍走後，白卿言坐在燈下把玩慕容衍送她的白虎，又從腰間解下一直裝在荷包裡隨身佩戴的玉蟬，與白玉虎放在一起，想起上一世蕭容衍將白玉玉蟬給她讓她自去逃命的情景。

白卿言拿起那枚玉蟬輕輕摩挲著，又拿起姬后留下的書簡開始詳讀。

几案上的燭火搖曳，白卿言手中的玉蟬在黃澄澄的燭光映照下，宛若被鍍上了一層流光，十分漂亮。

此時，遠在千里之外的戎狄皇城剛剛經過戰火，將士們正在清理屍體和鮮血。

白卿瑜坐在戎狄王王位之上，青面獠牙的鬼面面具上的鮮血黏稠的結痂，他雙手握著長劍劍柄，劍尖撐地，瞧著跪在地上被盧平制伏顫抖不止……怒罵他的戎狄王。

「是我給了你尊榮！是我給了你機會！所有人都告訴我……你是草原上的一匹惡狼，絕不會認主，可我還是如此信你！你就是這樣回報我的嗎？」滿臉是血的戎狄王怒吼著。

「所以，我要多謝你的自負！從此……戎狄便為我大周的跑馬場！」白卿瑜戎狄話發音極為純正，純正到說出我大周三個字，讓戎狄王錯愕不已。

「你……你說什麼？」戎狄王滿目不可置信，「你不是戎狄人？你到底是誰?!」

被燭火映得恍如白晝的大殿內，白卿瑜緩緩站起身來，居高臨下睨視著戎狄王：「我是大周女帝的胞弟，白家五子……白卿瑜。」

戎狄王睜大了眼：「不！不可能的！你的戎狄語說得如此純正！你怎麼會是大周人?!你騙

我……你騙我！」

對戎狄王來說，戎狄一向是強者為尊，他被人取代，雖然怨恨……也痛心白卿瑜的背叛，但……若白卿瑜是異族人，他識人不明……可就是戎狄永遠的罪人了！

「你是因為我強占了蘇沐那個丫頭的身子？還是……還是記恨我不顧你的懇求，殺了你那幾個同伴，所以……你才騙我的對吧！你是想要為他們報仇故意騙我，想讓我死不瞑目是不是！你是戎狄人啊！你想要這個王位沒有什麼不可以的！可不能給大周啊！」戎狄王高聲道。

白卿瑜冷眼看著目眥欲裂的戎狄王，腦海中閃過那些拼死救他出火海的白家軍將士們……他們是怎麼一個一個被戎狄王大笑著射死，他們每一個人臨死前的模樣他都記得。他腦海中還有在羊群中笑容明媚的蘇沐，還有蘇沐被戎狄王凌辱後，舉刀自盡後鮮血流盡全身慘白的模樣。

他嘶啞難聽的聲音透著森森涼意：「今日之亂，是因戎狄王懼怕天鳳國象軍要歸順大周，鬼面王爺舉兵冒死反抗，死於戎狄王之手，戎狄歸入大周，戎狄王被大周女帝請入大都城為王。」

白卿瑜的話，幾乎是將戎狄王釘在戎狄的恥辱柱上，戎狄若是真的自他的手中交出去，他便是戎狄一國的千古罪人。

戎狄王整個臉憋得通紅，卻被堵的一個字都說不出來，只能：「你……你……」

白卿瑜在戎狄王面前蹲了下來，低聲同戎狄王道：「至於你，我會讓你在大都城好好活著！」

說完，白卿瑜站起身來，同盧平道：「讓人帶走，別讓他死了……」

盧平應聲，押著那戎狄王離開後，白卿瑜解下自己鎧甲上的披風，抬手緩緩摘下面具，露出那半張完好，半張被燒得人不人鬼不鬼的面容，將面具和披風交給王棟：「去辦吧！」

即日起，鬼面王爺就不復存在了。白卿瑜要以他的名字堂堂正正的出現在人前。

王棟知道自己主子的意思，抱著披風和面具離開……

與此同時，遠在西涼和戎狄交界的天鳳國營地。

駐紮營地四周高高架起火盆，火舌搖曳，將營地映得恍如白晝。

剛剛去巡視大象的阿克謝手握腰間佩劍，一邊同他的西涼嚮導學習西涼、大周和燕國通用的雅言，一邊朝他的帥帳走去。

在崔鳳年出現在天鳳國的那段日子，他們天鳳國的主上……還有大巫師都對崔鳳年所描述的這塊土地有著極為強烈的興趣。

他們派人跟隨崔鳳年來到西涼，抓了些西涼人回去，才知道……這片土地，曾經統一過，所以他們車同軌，書同文，行同倫，雖然他們各地依舊保持著各地的方言，可他們的雅言官話也都是一樣的。

這也就為天鳳國提供了極大的便利，只要學會了他們的文字，就能夠看懂西涼、大周和大燕的書籍，只要學會他們的官話雅言，就能夠聽懂這片土地上任何人的語言。

阿克謝是一個衝動，但勤奮且好學的將領，即便是在去巡視大象的時候，也要將自己的嚮導帶在身邊，勤奮的學習這片土地上的語言。

「將軍……」阿克謝的下屬焦急在大帳外來回走動，一瞧見阿克謝就匆忙迎了上去，「將軍，主上和大巫師的大弟子來了！」

阿克謝腳下步子一頓，抬眸瞧見他帥帳外立著主上的親衛，忙解下腰間佩劍丟給自己的下屬，匆匆朝大帳內跑去。

一進大帳，阿克謝就瞧見自家主上正坐在他的虎皮椅上，一身華貴的勁裝，綴著寶珠的靴履踩著虎頭，手肘懶散支在膝蓋上，正俯身同坐在他下首處的大巫師的大弟子說話。

阿克謝瞧見自家主上和巫師大弟子，忙上前單膝跪地捶胸：「主上！」

天鳳國的主上生了一雙極為深邃漂亮的眼眸，那眼睫長而翹，五官要比西涼人更加立體挺拔，或許眉骨與鼻梁天生高挺，讓天鳳國人都擁有濃眉大眼，粗獷又透著野性之美。

「阿克謝起來吧！」天鳳國主上將腳從虎頭上挪開，擺了擺手示意阿克謝起身，眉頭緊皺的模樣像是心裡有事一般。

阿克謝一向最忠於自己的主上，瞧出主上似乎有煩心事，心中不安，他最不能看到主上悶悶不樂的模樣，只要能讓主上開心，他願意做一切能做的事情：「主上，您這個時候趕來是為了督戰？還是……有什麼煩心事需要阿克謝效勞？」

「大巫師病倒了，到現在都沒有醒！」天鳳國主上抬起雙眼看向阿克謝。

「怎麼會?!」阿克謝意外。

「師父在占卜時吐了一口血，忙讓我將主上請了過去……」天鳳國巫師的大弟子徐徐同阿克謝道，「大巫師說，神有旨意……我們天鳳國還不是這塊土地的主人，拜神雪山這一側的主人還活著，若是強行侵占，那天神便會降下神怒。」

阿克謝臉色大變，雖然阿克謝不喜歡大巫師總是以神的名義限制他們君上，就連君上娶妻都要干涉，可卻不能不承認，大巫師的力量強大。

天鳳國人十分尊敬大巫師，因為大巫師是最接近神的人，歷代大巫師都會教授他們所不知道的知識，讓國人的生活過得更好。

在最初天鳳國還沒有如今這麼強盛的時候，是大巫師的出現讓天鳳國逐漸強大，不論是墨粉……還是訓練象軍，亦或是一些給人提供便利的技巧工具，還有精煉鹽，都是出自大巫之手，所以大巫師在天鳳國有著非同一般的地位，有時甚至比國君還要受人尊敬。

歷代國君都是經過大巫師占卜，而選出來的……

巫師的大弟子看著阿克謝的模樣便道：「我知道，阿克謝將軍想帶著象軍替君上征服這片土地，讓君上成為這個世上最偉大的王，可凡事都需要循序漸進，尤其是……拜神雪山上的天神為這片土地選擇的主人還未死，我們強奪便會觸怒神靈。」

提到拜神雪山上的天神，整個大帳的人包括天鳳國的君主都做出虔誠的姿勢。

與西涼信奉天神一般，天鳳國也是信天神的，甚至比西涼還要虔誠……

這原本是西涼以為可以天神打動天鳳國，請天鳳國出手救他們西涼的原因，誰知後來天鳳國的象軍踏入西涼國境後，西涼就不再受西涼女帝的把控了。

天鳳國的國君雙手搓了搓他一直把玩的白玉玉蟬，長長歎了一口氣道：「罷了！大巫師吐血昏迷之前就留下了這麼一句話，看來是真的觸怒了天神！」

「打仗的事，我們還是……還是先緩一緩。」天鳳國國君極為艱難才說出這句話，明明出發前信誓旦旦對這片土地勢在必得，以為天鳳國可以挪到這片沃土，而且還能再次擁有奴隸。

「可天鳳國撐不了多久了！」阿克謝有些著急，單膝跪了下來，「那些沙子正在逐漸吞噬我們的天鳳國，若是天神降下懲罰，便來懲罰我阿克謝吧！我一定會為主上拿下這片美麗的沃士……」

「阿克謝大人，沙子……那便是天神對我們天鳳國降下的懲罰，如果我們還是不顧神的意志，強行要將這片土地占為天鳳國的，我們還是會繼續被沙子吞噬！到時候我們還能去哪兒？」巫師的大弟子朝阿克謝行禮接著道，「我知道阿克謝大人永遠忠於主上，甘願為捨命，是主上最忠誠的勇士，可對神來說……神絕不會因為阿克謝大人的忠心心軟半分。」

「這件事我和大巫的大弟子已經商議過了，象軍先不撤回……」天鳳國國君搓著玉蟬的手一頓，抬眸朝著阿克謝看去，「讓西涼女帝遣使邀請大周和大燕的皇帝……還有那個戎狄王，就說我們天鳳國是來促進他們四國和平共處的，選一個地點，來一個幾國會盟，把他們湊在一起，到時候讓大巫的大弟子好好看一看，到底誰是這片土地的主人，再做打算！」

大巫的大弟子點頭，看向阿克謝。

天鳳國國君一錘定音，搓了搓玉蟬站起身準備走：「我們既然不能強行奪下，那就可以暫時先互盟、互市、通婚，再把寒食散……送給這些國家的皇親貴族，慢慢來！就這麼定了，我先回雲京。」

「主上，這戎狄已經歸大周了！」阿克謝同天鳳國國君道。

天鳳國國君聽到這話頗為詫異，大周女帝的動作竟如此之快？

難不成，大周女帝就是大祭司說的……這片土地的主人？

天鳳國國君想到這裡十分煩躁，若是大巫此刻在他的身旁就好了，大巫便能大致幫他算出一個方向。不過現在這種情況也好，戎狄歸入大周，那麼這片土地的主人定然就在燕國皇帝和大周女帝之間，只要大周女帝和大燕皇帝出現，大巫的弟子看出來到底是他們之中誰是，再設法將人殺了！如此這片土地便是無主之土，他們天鳳國便能順利拿下這片沃土。

元和初年十一月初十，大周昭告四海，戎狄歸順大周。

元和初年十一月二十一，西涼與天鳳國遣使，分別前往大周、大燕國都，面見大周女帝與大燕皇帝，稱欲舉行四國會盟，主持定盟之事，地點可定在西涼、大周和燕國的交界之處，並呈上標注了會盟地點的地圖。

天鳳國的使臣神情倨傲，西涼使臣態度十分謙卑。

坐在高座之上的白卿言，看著天鳳國和西涼兩國遞來的國書，輕笑一聲，抬眸朝著立在大殿之中的天鳳國使臣和西涼使臣看去……

眼前的西涼使臣可是面生的很，不是之前李之節帶來的任何一個，看來西涼果然是變天了。

她望著神情倨傲的天鳳國使臣，手指有一下沒一下敲著几案，她可不相信天鳳國會派來這樣傲氣的使臣請她去四國會盟……

一旦大周應允參加由天鳳國主持的會盟，對外來說……可就是承認了天鳳國強於大周，天鳳國可藉此機會在列國之中立住腳，所以……想要面子，裡子上天鳳國應當謙卑一些，力求打動她前往會盟才是。是以，天鳳國還有除了象軍威懾大周之外的其他依仗，要麼……便是這天鳳國使臣是想要試探大周，且手中亦是有力挽狂瀾的資本。

白卿言不動聲色問：「不知道炎王李之節，如何看待這會盟邀約的？」

那西涼使臣聽到這話，下意識朝著天鳳國使臣看了一眼，這才道：「炎王自然是樂見其成，畢竟……炎王也不想真的打起來讓百姓生靈塗炭，不過是因為之前戎狄出言要攻打我西涼，如今戎狄又歸入大周，我西涼女帝十分不安，請來天鳳國這個局外之國……幫忙從中說和，只圖與大周和燕國和平共處。」

果然啊，西涼現在要看天鳳國的臉色了，想來李之節大概是不服氣天鳳國，所以……此次來的才並非是以前的西涼使臣，那麼忠於西涼女帝的雲破行應當也一樣吧。

「西涼如今倒是聽天鳳國的話……」柳如士慢條斯理開口。

天鳳國的使臣朝著柳如士瞧了一眼，仗著天鳳國有象軍，腰杆子硬，輕笑一聲道：「我天鳳國君主意在幫扶大周、大燕和西涼和平共處，所以此次會盟由我天鳳國君主主持，還請大周女帝務必於十二月初五抵達。」

白卿言眉眼含笑，定定望著那天鳳國使臣未語。這話的意思……就是威脅了。

一向隨和的呂太尉聞言轉而看向那天鳳國使臣，面色亦是沉了下來。

大周的朝臣一下就火了，那脾氣暴躁的武將怒氣沖沖你一言我一語，對天鳳國使臣嚷嚷。

天鳳國使臣同白卿言說話的態度，激怒了柳如士：「哪兒冒出來的天鳳國，自說自話要主持什麼四國會盟，還要我大周女帝十二月初五務必抵達，誰給天鳳國的臉？」

有大周武將立刻附和：「就是！什麼天鳳國……也不知道是哪個犄角旮旯裡冒出來的，又和我大周從無來往，也敢腆著臉讓我堂堂大周女帝務必參加！憑的是什麼？憑被我大周銳士打得連秋山關都守不住的西涼嗎？」

也有文臣冷笑道：「若非你這什麼勞什子天鳳國使臣跟著西涼國使臣一同入周，你以為你能順利入我大周秋山關？你以為你們天鳳國的符節值幾個錢！」

「哪裡冒出來的小國，敢自大要主持幾國會盟，敢要我們陛下務必抵達，怎麼就不敢要點兒臉！依仗的什麼使你如此囂張？依仗你們天鳳國臉皮厚嗎？」

天鳳國的使臣在西涼被捧習慣了，瞧見大周朝臣各個橫眉怒目，尤其是那武將眼睛各個瞪的和銅鈴一般，彷彿隨時都要將他給吞了，還口口聲聲稱他們天鳳國是小國，心中怒火也上來了，繃著臉道：「天鳳國囂張……依仗自然是實力，拿實力說話，我們天鳳國有戰無不勝的象軍。」

白卿言眉目含笑，垂眸看了眼面前攤開的竹簡，隨手將竹簡重重擱在桌几上，語速不緊不慢：「貴國依仗象軍，大周依仗我國一次又一次浴血奮戰的驍勇銳士，天鳳國使臣若想較量一二，大周絕不掃興。」

天鳳國的使臣自知話說得太囂張引得白卿言不快，長揖一禮之後道：「天鳳國象軍雖然是我天鳳國的依仗，可天鳳國並無與大周開戰之意，我們是來尋求和平的，也請大周朝臣注意言辭，我天鳳國只是希望西涼、大周和燕國能夠和睦相處，也算天鳳國對得起西涼的殷殷囑託。」

西涼使臣一腦門子的汗，弓著腰立在後面一聲不吭。

「天鳳國的象軍就在大周的邊境駐紮著，此時又遣使入周……且以如此高高在上的姿態，是威脅我大周嗎？」董清平睨著那天鳳國使臣，端著架子緩緩開口，「主持會盟，一向是強國調停弱國之間戰事，天鳳國使臣口稱依仗象軍，擺著高姿態同我大周女帝態度強硬，竟敢用「務必抵達」四字，怎麼……以為我大周怕你天鳳國象軍不成？」

剛聽到這什麼天鳳國使臣同白卿言說話的態度，董清平就已十分不滿，可作為曾經的鴻臚寺卿，董清平以前便是同各國使臣打交道，如今位列司徒，自是不能再輕易開口，這會兒實在是忍不住了，什麼狗鼻子貓臉的玩意兒也敢在他們大周的地界上，同他們大周女帝說務必……呸！

大周司空沈敬中側頭看向身邊的董清平，笑道：「董大人可能還沒聽明白，這天鳳國使臣的意思，我可聽明白了，無非就是說他們有象軍，所以想要當幾國的老大，讓我們都乖乖聽話些，這一次天鳳國使臣抬出象軍，便是威懾我大周的意思，大周和大燕要是去了，就是承認了以天鳳國為首。」

「沈司空、董司徒息怒。」那天鳳國使臣還是笑咪咪的模樣，可不等他話說完，就聽見大周情緒激憤的武將直接衝到那天鳳國使臣面前，嚇了那使臣一跳。

瞧著身材雄壯高大的大周武將，被逼得向後退了一步。

那武將眼睛瞪的如同銅鈴一般：「沈司空和董司徒說話也太客氣了些，對這種恬不知恥，不知臉面為何物的宵小……讓人丟出去也就是了。」

「就是！就是和他說什麼！都不知道哪兒冒出來的小國，在我大周也敢狂妄自大！丟出去了事！」

坐在帝位之上的白卿言，神態坦然含笑瞧著被大周朝臣圍住的天鳳國使臣，調整了一個較為舒坦的姿勢輕撫著腹部，饒有興趣這場愈演愈烈，連沈司空和舅舅也參與其中的罵戰。

那天鳳國使臣求救似的目光朝著帝位之上眉目含笑的白卿言望去，忙道：「陛下，難道這就是大周的待客之道？」

白卿言笑著道：「在別人家做客，便要有做客的自覺，客無自知之明妄自尊大，我大周朝臣的脾氣已經算好的了，沒有動手……那真是朕這些朝臣們涵養太好，心太軟。」

天鳳國使臣想起來之前阿克謝將軍的叮囑，讓他和另外一位赴燕的使臣，不論用什麼樣的方式一定要讓大周女帝和燕國的小皇帝去參加此次會盟。

「陛下，天鳳國絕無妄自尊大之意，外臣也絕無藐視大周的意思，天鳳國與大周、燕國和西涼隔著巍峨的拜神雪山，不過是希望看到鄰居友好罷了！再者我天鳳國的君王親臨，也是想要同大周和燕國的陛下見一見，深覺此次是一次好機會而已！」

天鳳國使臣終於還是放下姿態，竭力保持不卑不亢的模樣：「此次外臣初次來大都城，雅言學的也不是很好，言語上若有得罪的地方，還請諸位海涵！另外，天鳳國還有意同大周通商、貿易，這些我王十分想同陛下和燕國皇帝見面之後細談。」

「使臣若是早這麼說話，也不會發生剛才那一幕。」白卿言理了理一衣袖，還是那副眉目含笑的模樣望著天鳳國使臣，有意試探，「使臣雅言說得極好……」

那使臣聽白卿言這麼說，笑著道：「還未前往西涼之前，我王在知道有大周、燕國、西涼存在之後，便已經派人請了西涼人來教授我們這些臣子學習雅言，以免來日出使列國無法溝通，可見我王誠意！」

白卿言手心輕微收緊，這就是早有籌謀了……

「天鳳國學習雅言不久，有……幾個月？使臣便能說得如此好，可謂是天賦異稟。」白卿言繼續笑著試探，擺手示意準備圍毆那位天鳳國使臣的朝臣先退下。

「倒沒有陛下說得這般只學了幾個月，外臣算不上厲害，我們陛下才是真的厲害……如今不但會說雅言，還通曉文字，就連各國皇室的古文字也有所涉獵。」天鳳國使臣提起自家君上，崇敬之情溢於言表，「我王幼時便聰慧，能文能武，乃一代雄主……」

見白卿言只笑不語，那天鳳國使臣清了清嗓子，停止吹噓自家的陛下，再次朝白卿言一禮道：

「此次勞煩大周女帝舟車勞頓，我王心裡也過意不去，所以也會奉上禮金，還請女帝過目！」

魏忠見白卿言頷首，這才從高階之上下來，接過天鳳國使臣遞上的禮單。

天鳳國使臣袖子裡藏著兩份禮單，若是大周女帝好說話，給的禮就輕，若是不好說話，便奉上重禮。

白卿言垂眸看過禮單之後，笑著將禮單擱在桌几上，原來……這禮單才是天鳳國使臣得罪了大周，又能力挽狂瀾的依仗。

她望著那使臣，似笑非笑道：「天鳳國奉上如此厚禮，實在是讓人心動啊！」

天鳳國使臣聽到白卿言這話，以為財帛打動了白卿言的心，畢竟上面有很多大周和燕國傳聞中的好東西……可大周也好，燕國還是西涼都好，可都不曾見過，更重要的……其中還有能使煉製出來的武器無堅不摧的墨粉製作方子。

「還請使臣先去驛館歇息，等我周廷朝臣商議過後，儘快答覆使臣。」白卿言說。

「外臣告退！」天鳳國使臣笑著道。

「外臣也告退！」西涼使臣也跟著告退離開。

兩國使臣一走，朝中百官忍不住罵罵咧咧。

白卿言將天鳳國的禮單遞給魏忠：「拿去給大傢伙兒瞧瞧。」

呂太尉看到禮單頗為意外，沒想到天鳳國出手如此大方，墨粉之事……白卿言已經同呂太尉他們說過，沒想到天鳳國竟然要將墨粉的製作方法告知他們，不僅如此還要送大周二十頭戰象，珍寶就不必說了，不計其數。

沒有看到禮單的朝臣們還在吵吵嚷嚷，就聽白卿言笑著說：「你們不會真以為這天鳳國的使臣是個沒有腦子，來耀武揚威的？」

白卿言話音一出，武將們都安靜了下來，朝著白卿言看去，只見白卿言靠在隱囊上，開口：「這個天鳳國使臣可是個聰明人，他剛才那般話……似有意凌駕於大周之上，又不至於太過火，分寸拿捏的很好！」

「一國的底氣足不足，依仗的是一國實力！若是今日朝堂之上，我們朝臣底氣不足……」白卿言看向正看禮單的董清平，「董司徒手中的禮單應當就是另一份，來日……天鳳國必會輕視我大周。」

董清平笑著將禮單遞給自己身邊的官員，道：「陛下的意思，就是今日我們朝臣罵的好嘛！」

董清平話音一落，朝堂裡發出哄笑聲，白卿言也跟著笑出聲來，點頭：「對，董司徒說得不錯，罵得更好！」

因為白卿言的話，朝堂的氣氛越發的活躍，還有武將擼起袖子問白卿言：「陛下，這會兒末將追出去將那天鳳國使臣打一頓，還來得及不？」

呂太尉看著這樣的朝堂，不知為何眼眸竟然有了濕意，他從未見過白卿言這樣如此不像皇帝的皇帝，也從未見過這樣不像樣子的朝堂，可……現在這樣的朝堂又是他所想要看到的，文臣武將和睦，朝臣們親如一家，上下一心，這樣的國……何愁不興盛？

皇帝不見得非得高高在上端著架子，讓群臣敬畏的朝堂才是最好的朝堂！

這樣的朝堂，才是每一個入仕者最想要的朝堂。

白卿言這樣的皇帝少見，也只有白卿言這樣的皇帝能以如此方式將朝臣凝聚起來。

「咳咳！」呂太尉故意繃著臉清了清嗓子，「這會兒衝出去把人家使臣打了，我們大國威儀在哪裡！要有氣度和涵養！」

武將聽到呂太尉這話，笑著搔了搔頭，朝呂太尉拱手：「呂太尉說不打，那末將不打了！」

「先看看這禮單，我們再議一議……我們大周去還是不去！」白卿言道。

傳閱完天鳳國的禮單，沈天之先開口：「如此厚禮，天鳳國怕是為了表示誠意之外，還是要展示實力吧！」

沈天之朝著白卿言的方向一拜，道：「微臣以為，陛下不妨去一趟，陛下一直在找大象的弱點，在天鳳國的戰象身上下功夫，想來會更對症一些！再者……也可以看看這天鳳國的君主到底是耍什麼花招。」

沈敬中也點了點頭：「這個地點，就在平陽城外，也靠近燕國邊界，想來天鳳國也不敢冒然。」

「是啊，這個地點若是我們不去，怕是天鳳國會以為我們怕了！」呂錦賢朝著白卿言的方向拱手，「可陛下如今有孕在身，微臣以為……遣使去就是了，陛下不必親去。」

「老臣倒以為，此行應當沒有什麼危險，陛下可以去一趟，會一會這天鳳國國君！」一向保守謹慎的呂太尉竟然說出這樣的話，倒是讓人意外。

許多朝臣都朝著呂太尉看去，表示不贊成呂太尉所言，畢竟現在陛下有孕在身，一小點差錯都不能出。

呂太尉不緊不慢道：「陛下識人之明……就連老臣也不能及，只有陛下見了這天鳳國國君，知道這天鳳國國君的真正意圖，我們才好提前做準備。」

呂太尉此言發自肺腑，識人之明……他也自認不及白卿言。

敢邀請大周女帝和大燕國君一同去，天鳳國就算是有象軍也絕不敢輕舉妄動，這一次是讓白卿言去會一會這位天鳳國國君的絕佳好機會。

白卿言垂眸若有所思，她其實還想趁此機會同慕容瀝再見上一面，將兩國以國策定輸贏的事情，再詳談一次。

「也是，去了也好讓天鳳國知道，誰才是真正的強國！」柳如士肚子裡的火還沒有散。

白卿言垂眸思索片刻，道：「那，我便去會一會這天鳳國國君！呂太尉一會兒派人通知大燕駐周使臣一聲，讓他遞個消息回燕國，告訴燕國皇帝和九王爺……若是燕國去的話，就趁此機會當著天鳳國和西涼的面兒，兩國將盟約趁此機會簽訂下來，也算是警示天鳳國。」

「陛下這主意好！」柳如士表示贊同。

下了早朝，白卿言將呂太尉和沈司空還有舅舅董司徒三人請到了書房，商議此次前往平陽城之事。隨著天鳳國的出現，又為天下一統之路樹立了新的阻礙，打亂了白卿言原本按部就班的計畫，但這並不足以動搖白卿言要一統天下的決心，反而讓白卿言燃起了新的鬥志。

她心中有一桿秤，能和的，比如大燕……她不願意讓將士無謂流血。

但不能和的，如同天鳳國……這骨子裡充滿了暴虐和殺伐之國，她絕不會讓這樣的國染指大周土地半分，不會讓他們將大周百姓當做奴隸，肆意淩虐，讓大周百姓落得和猛蛇國與悍鷹國百姓一樣的下場。

只可惜白卿言對這個天鳳國的瞭解實在是太少，而上一世又從未同這個天鳳國正面接觸過，也從未交過手，所以見一見天鳳國的君主探一探他的野心，看一看那象軍是很有必要的。

白卿言命呂太尉和舅舅董司徒留在大都城主持大局，除此之外，為了以防萬一，白卿言留了一封詔書，若是她有任何意外，便由胞弟白卿瑜繼承大統。

雖說此行天鳳國還不敢生事，可總得留著後手。

也是到此時，呂太尉、沈司空和舅舅董清平才知道白卿瑜居然活著，而且早早就把控了戎狄！

「原來如此！我就說戎狄為什麼突然就歸順了大周，原來……是白五公子！」沈敬中一臉恍然。

董清平唇瓣囁喏半晌沒有發出聲音來，自是眼眶發紅，他偏過頭去用衣袖沾了沾眼角，一個勁兒笑著點頭，努力睜大眼，生怕自己不爭氣掉眼淚。

外甥死而復生，這讓董清平怎麼能不高興。

「阿瑜應當快押著戎狄王回來了，所以我不在的這段日子……呂太尉和舅舅若是有什麼拿不定的，可以同阿瑜商議。」白卿言說。

「好！那老臣和司徒大人還有五公子，就在大都城等候陛下平安歸來。」呂太尉道。

白卿言要去平陽城的消息傳到後宮，幾個嬸嬸全都坐不住了，紛紛去了董氏宮中。

「大嫂，這你可得勸一勸阿寶啊！」三夫人李氏皺眉道，「這要是阿寶未曾懷孕，也就罷了！可這懷著身孕，怎好舟車勞頓？萬一要是有個什麼萬一，我們哭都來不及！」

「是啊大嫂，阿寶雖然說已經坐穩了胎，這胎懷象也極好，沒遭什麼罪，可這要是一路顛簸去平陽城，再顛簸回來，路上出點兒什麼事可怎麼得了！」二夫人劉氏也急得不行，「大嫂，咱們快去勸勸阿寶！這孩子頭一回懷孕，不知道輕重，咱們可得看著點兒啊！」

四夫人王氏極為贊同地點頭。「阿寶原本就身子弱，這胎懷的咱們全家上下提心吊膽的，大嫂真的不能讓阿寶去平陽城啊！」四夫人王氏一個勁兒的撥動手中佛珠，「一聽說阿寶要去平陽城，我這心就慌的厲害，這眼看著入冬……要是遇上大雪可怎麼得了！」

「二嫂、三嫂、四嫂你們也別太擔心了！」五夫人齊氏扶著婢女的手進來，同董氏和幾位嫂嫂行禮後坐下，「阿寶不是尋常女兒家，她是大周的皇帝，一向沉穩持重的呂太尉都說阿寶得去一趟，那必定有需要阿寶去的因由，而且呂太尉並非是那麼不知輕重的人！」

五夫人齊氏見董氏拍了拍二嫂劉氏的手，安撫一臉焦躁的劉氏，又笑著同三嫂李氏和四嫂王氏說：「朝堂上的事情，我們未曾參與也不知道，幫不上忙也絕不可拖孩子的後腿。」

「倒不至於拖後腿那麼嚴重！」董氏淺淺笑著，「我也擔心阿寶和孩子，可正如五弟妹說的，阿寶是大周的女帝，有些事情她應該做……必須去做的，咱們不能攔著，能做的就是準備做的足一些，再者……便是為阿寶守好後方。」

立在廊下的白卿言聽到阿娘和眾位嬸嬸的話，心中暖流翻湧，眉目間染上了一層極為淺淡的笑意，她扶著春桃的手從門外進來：「阿娘和幾位嬸嬸不用憂心，此行不會有什麼危險。」

劉氏原本還想說什麼，可一想到剛才五弟妹齊氏說不能給孩子拖後腿，硬是將話咽了回去，滿目擔憂。

「正巧幾位嬸嬸都在，今日來……是想要告訴母親和幾位嬸嬸，阿瑜就要回來了。」白卿言笑著道。

聽到這話，幾位嬸嬸陡然挺直了腰脊，各個兒攥緊了座椅扶手，表情驚喜又像是快哭出來。

「阿瑜！阿瑜要回來了?!」五夫人齊氏眼眶一紅，轉而朝著董氏望去，瞧見董氏一臉驚喜卻又沒有她所想的那般震驚的模樣，便立時明白阿瑜活著大嫂早就知道。

「阿瑜還活著?!」劉氏揪緊了帕子，心撲通撲通直跳，想到了自己的孩子，如今……大房的兒子也回來了，是不是她的孩子也快了！之前沒有阿瑜的消息，劉氏就還好，如今陡然聽說阿瑜也回來了，心中不知道為何突然就焦急了起來，現在就剩下他們二房的孩子沒回來了！

「太好了！太好了！」四夫人王氏喜極而泣，看向董氏，「大嫂這下日子就有盼頭了！」

「是啊！」三夫人李氏用帕子沾了沾眼淚，「真好，希望孩子們都能回來……」

劉氏原本想說一句恭喜的話，可是就像被什麼堵住了嗓子眼兒一般，說不出口，又不想在這個時候潑冷水，追問白卿言可有二房子嗣的消息。劉氏覺得老天爺不會對她如此殘忍，沒道理其他四房的孩子都能回來，她的孩子卻都回不來一個！

白卿言看向緊緊揪著帕子的劉氏，雖然明知道或許希望渺茫，可……人活著總得有一點希望。「二嬸，我永遠不會停止尋找咱們家人，只要沒有見到屍首……就總有機會。」白卿言同劉氏道。

原本還繃得住眼淚的劉氏，聽到這話，立刻繃不住了，她哽咽點了點頭：「我知道！我知道！咱們家活著的人……永遠都不會放棄尋找！嬸嬸知道！」

幾位嬸嬸略坐了坐，就相繼離開，白卿瑜要回來的喜訊沖淡了懷著身孕的白卿言要前往平陽城的憂愁。

白卿言同董氏交代要去平陽城之後的事情，白卿言希望母親能垂簾上朝，在她不在的時候主持朝政，穩住大局。

董氏點了點頭握緊白卿言的手：「你放心，大都城有阿娘守著，還有呂太尉和你舅舅，你不必憂心，專心應對天鳳國的人就是！阿娘雖然人在後宮卻也聽說，這天鳳國早早便開始學習列國通用的雅言，還有文字，可窺見其野心！不過……你也要給阿娘透個實底，你此行到底有沒有危險？」

「阿娘放心，此行……我反倒是最安全的。」白卿言同董氏分析，「大周、燕國、西涼三國君主都在，若是在會盟時天鳳國出手，西涼先不必說，定然會激起大周和燕國民憤，屆時……兩國將士死戰，天鳳國僅僅依靠象軍，雙拳難敵四腳……怕是不能敵，天鳳國再倡狂，也不敢在還未摸清楚大周、燕國家底之前如此做！」

董氏點了點頭，戰場上的事情她不懂，但是卻相信白卿言：「不論如何你都要記住自己是雙身子的人，一定要千萬小心！」

「阿娘放心！」白卿言笑著道，「陳慶生和春桃的婚事準備的怎麼樣了？」

「秦嬤嬤和佟嬤嬤都去幫忙了，放心吧……春桃的嫁妝也都準備好了，兩日之後必定給春桃一個風風光光的婚禮。」董氏輕輕拍了拍白卿言的手，春桃出嫁也算是了了董氏的一樁心事，算是給乳娘有了交代。

「說到這個，等春桃他們倆成親了，你可要多給陳慶生和春桃些相處的日子，別小倆口剛成親，你就又將陳慶生支遠了。」董氏叮囑。

「阿娘放心！這一次一定讓陳慶生好好陪陪春桃，不叫他們夫妻分離。」白卿言笑著說。

十一月二十三，宜嫁娶，是春桃出嫁的日子。

董氏的奶娘人已經沒了，春桃自幼在白家長大，對春桃來說……大姑娘和白家的諸位夫人就是她的親人。白卿言問過春桃想從哪裡出嫁，春桃說想從白府出嫁。

一來是怕從宮中出嫁給白卿言添麻煩，二來也是因為自幼在白府長大對白府有感情，所以白卿言便准了春桃的所請。

白卿言不方便出宮，成親前一日還專程將陳慶生叫到宮裡，叮囑陳慶生一定要好生對春桃。

下了早朝，身邊沒有春桃的陪伴她難免覺得空落落的。

白家的舊僕……就連沈青竹，也回白府去送春桃了。

她立在廊廡之下，瞇眼望著耀目秋陽，算著時辰還來得及，便不顧魏忠的勸阻，換了身尋常衣裳，悄悄乘坐馬車回白府，去送春桃。

這日白府很熱鬧，哪怕春桃只是個婢女，卻是太后董氏乳母的女兒，又同當今女帝一同長大，太后和陛下雖然無法出宮，但反覆叮囑一定要好生辦好春桃的婚事，白府上下如何能不盡心。

幾位夫人將身邊老成持重的嬤嬤都派了過來，太后身邊的秦嬤嬤和女帝身邊的佟嬤嬤也都在，帶了太后和女帝給春桃的添妝，為春桃做臉。

私下裡，佟嬤嬤又塞給了春桃白卿言私下給的田產、商鋪、房契地契和銀票，春桃忙推辭不要，說嫁妝都是大夫人讓秦嬤嬤一手辦的不說，還給自己準備了添妝，大姑娘也添過了。

佟嬤嬤卻拍了拍春桃的手同她說：「好孩子，明面兒上的添妝是明面兒上的，這是大姑娘給你傍身的！大姑娘說了，讓你呀不必成親之後就著急回宮伺候她，好生的休息幾個月。」

春桃手裡捧著大姑娘讓佟嬤嬤帶來裝著田產和房產、商鋪、銀票，雕著百子千孫圖的紅木匣子，眼淚吧嗒吧嗒往下掉，緊緊將盒子抱在懷中。

「哎喲！我的小姑奶奶！」佟嬤嬤見狀忙抽出帕子輕輕給春桃沾眼淚，「這大喜的日子可不興哭的！又不是成親後不讓你伺候大姑娘了，快別哭了，不論如何你還是白家的人！日後啊……

好好過日子也算是對得起夫人和大姑娘對你的這分心了！」

「嬤嬤……」春桃仰頭望著佟嬤嬤，「夫人和大姑娘對春桃這麼好，春桃……春桃都不知道該怎麼報答！」

「好了不哭了！」佟嬤嬤笑著道，「我們春桃是個記恩的，往後多用心伺候大姑娘就是了！嬤嬤現在身子一天不如一天，沒法一直陪著大姑娘，以後嬤嬤要是沒法在大姑娘身邊伺候了，就要辛苦你了！」

「春桃知道！」春桃用力點頭，「日後，春桃一定更用心同嬤嬤學！」

春桃擦乾了眼淚，坐在銅鏡前，嬤嬤們正七手八腳給春桃梳頭，梳一下便說出一句吉祥話。春桃面色泛紅，緊張的睫毛一個勁兒的顫。

春枝手裡端著蓋頭，立在紅色垂帷旁，滿目豔羨望著妝容漂亮的春桃，期待著有一日自己出嫁時的情景，她用力攥緊手中的黑漆描金方盤，知道只要忠心伺候大姑娘……來日大姑娘一定不會虧待她。

陡然聽到外面傳來疊聲的「大姑娘」，正坐在銅鏡前的春桃轉頭，就見白卿言一身家常打扮，打了簾子從外面進來。

「大姑娘！」春枝連忙行禮。

「大姑娘！」春桃驚得站起身，眼眶一下就紅了。

大姑娘現在可是女帝之尊，竟然專程出宮來送她，這萬一……萬一要是遇見了危險可如何是好，見沈青竹就跟在白卿言身邊春桃才鬆了一口氣。

瞧著春桃身著喜服，在嬤嬤們巧手打扮下，清秀的眉目已然有了成熟端莊的氣韻。白卿言笑著走到春桃身邊，按著春桃的雙肩坐下：「今兒個可是你大喜的日子，可不興掉眼淚……」

「大姑娘！」春桃緊緊攥住白卿言按在她肩膀上的手，哽咽嗚咽了一聲，眼淚就止不住往下掉。

在白卿言心裡，春桃和沈青竹對她來說都如同妹妹一般，春桃出嫁她不能不來。

「好了，又不是嫁人了就再也不見了，趁這個機會休息一段時間，養精蓄銳還要打起精神回宮來呢。」白卿言說。

春桃這才忙用帕子沾去眼淚，發誓一般鄭重：「那是一定的！春桃就是嫁人了……也要伺候大姑娘一輩子！」

白卿言望著春桃，抬手輕輕撫了撫春桃的髮頂，這輩子……春桃還好生生的活著，嫁給了她心上的郎君。她的春桃，日後定會越來越好……

白卿言突然到了白府的事情，陳慶生敏銳察覺，卻也沒有敢聲張，他知道大姑娘對他們家春桃十分重視，卻沒想到如此重視。

昨日大姑娘先是將他喚入宮中賜了不少賞，叮囑他好好對春桃，今日又出宮來送春桃……

陳慶生生出與有榮焉之感，也下定決心好好回報大姑娘，如此才能對得起大姑娘對他們夫妻二人的厚寵。

送走春桃，白卿言沒有著急回宮，她坐在清輝院上房內，瞧著這裡被擦洗的一塵不染的傢俱，連一個小擺件兒都沒有挪動過，還是保持著白卿言居住時的模樣。

地龍也是和她以前在時一樣，早早就燒了起來，暖意融融，高几上的茶花開的越發豔麗，就如現在正如日中天的白家。

那皇宮雖然巍峨，卻無法給白卿言如同清輝院這樣的歸屬感，她知道自己有一天還是要回這裡的，那個時候或許已經天下一統，或許她已白髮蒼蒼。

她貪戀這裡給她的溫暖，卻也知道現在還不是她能夠卸下擔子歇一歇的時候，在這裡短暫的停歇之後，她便得打起十二萬分精神來應對在前世未曾出現過的天鳳國。

沈青竹就立在一旁陪著自家大姑娘，見白卿言閉著眼輕撫腹部，沈青竹視線也落在了她的小腹處，冷清的眼底似乎也有了些許暖意。

沈青竹隔著雕花窗櫺瞧見立在院子外的魏忠似乎有些焦急，又不敢催促，才上前低聲道：「大姑娘，回宮吧，不然大夫人該憂心了。」

「好……」她這才緩緩睜開眼，低低應聲，「回宮吧！」

回去的路上，佟嬤嬤坐在馬車內同白卿言說：「陳慶生說他瞧見大姑娘了，但大姑娘是微服出宮，他又怕過來給陛下磕頭給大姑娘引來不必要的麻煩，就請託老奴同大姑娘告個罪，還說定會好好待春桃，請大姑娘放心。」

聞言，倚在隱囊上的白卿言眉目間笑意更深了些：「他們自幼一起長大，青梅竹馬，這麼多年陳慶生在外闖蕩，也算見過世面，卻對春桃癡心不改，我沒有什麼不放心的。」

春桃敦厚，陳慶生活泛，她瞧著很好。

天鳳國將會盟日子定在十二月初五，柳如士卻告知天鳳國使臣讓改日子……將日子定在十二月十五以後，稱大周女帝最快會在十二月十五到達平陽城，並且已經將消息送去給燕國，讓燕國皇帝不必著急啟程。

柳如士知道燕國和大周即將定盟共抗天鳳國，陛下又提出兩國國君親自在此次會盟上，簽訂盟約威懾天鳳國，燕國必然是會去的。柳如士此舉就是要告訴天鳳國，別以為自己有個象軍，就以為天鳳國天下第一，會盟可以……日子得大周說了算。

天鳳國使臣沒辦法，只得派人快馬加鞭趕回去將此事報告給自家陛下。

此次跟隨白卿言一同前往平陽城的，有司空沈敬中、柳如士、沈天之，武將有謝羽長、楊武策，呂太尉亦是送信給遠在秋山關的白家軍，讓調人前往平陽城護衛陛下周全。

一切安排妥當，白卿言才啟程前往平陽城參加四國會盟，與此同時，大燕皇帝和攝政王也動身前往燕國與大周還有西涼的邊界。

沿途這一路，白卿言走得並不快，途中讓隊伍繞行去了燕沃查看秦尚志修渠進行的如何。

修渠是一個大工程，尤其是到了冬季，土都凍住了，著實是耽誤工期……

可若是不修，又怕來年引發水患，修渠的百姓和將士們都是咬牙在寒風中勞作。

白卿言放心不下，親自去查看，嚇得謝羽長立刻帶人想貼身護在白卿言身邊，生怕白卿言會有什麼閃失，不過好在沈青竹已經帶著白家護衛將白卿言嚴嚴實實護在其中，謝羽長才算鬆了一口氣。

入冬之後，人的身體也不如秋季不冷不熱時那般靈活，可修渠的將士和百姓沒有一個人懈怠。將士們是因為上命，百姓們則是不想因為水患背井離鄉。

身披大氅一身尋常衣裳的白卿言迎著風，同秦尚志在堤壩上方高低不平的路上行走，她看著辛苦勞作的百姓和將士們，全身都冒著熱騰騰的熱氣，讓秦尚志陪著走了一段。

她同秦尚志說：「吩咐下去，每日給勞作的百姓們和將士們準備薑湯，最重要一定要讓大傢伙兒吃飽，天氣本就寒冷，幹的都是體力活，不能餓著，回頭我會讓戶部給你撥銀子，要不惜一切代價在明年汛期來臨之前，將渠修好。」

燕沃冬日寒冷，此時白卿言說這話，嘴邊全都是白霧，風聲呼嘯，她的耳朵被風刮得生疼：「給將士和百姓都配上厚耳罩……」

「陛下放心！我知道輕重！」秦尚志朝白卿言拱了拱手，「百姓們都說之前燕沃洪災之後，反倒讓本就肥沃的燕沃土地更加肥沃，種田的熱情很高，只要在汛期來臨之前將渠修好，明年定是一個豐收年。」

「另外……」白卿言看了眼勞作的百姓，踩著腳下凹凸不平的石塊一邊往前走，一邊道，「如今已經是冬季，天冷又黑得早，我想……可以縮短百姓和將士們的勞作時間，每日騰出半個時辰或一個時辰，讓百姓們來學字！就如同當初朔陽軍，可以用肉來獎勵，不要吝惜！銀子戶部會撥。」

秦尚志明白白卿言的用意是為民開智，讓白卿言放心，又問了白卿言如今廢太子的情況，說等著修渠的事情完成之後，去陪伴廢太子。

秦尚志早已經將話同她說得明白，即便是再惜才，她也不會強人所難。

耳邊是鋤頭鐵鍬的聲音，遠處是伙夫來送飯的吆喝聲，帶隊的小隊長聞聲率先將鐵鍬插進土裡，高聲道：「吃飯啦！」

正在勞作的百姓聞聲，紛紛放下手中工具，用搭在脖子上的毛巾擦了把汗，拍了拍身上的灰土，朝著食棚的方向跑去。

領了餐食，坐在食棚外臨時搭建的棚子裡吃飯的百姓和將士們瞧見一個身著大氅，裝扮俐落的女子在秦尚志大人的陪同下進了食棚，低聲猜測著白卿言的身分。

又有人瞧見秦尚志和那通身貴氣有護衛相護的女子，一同用了些他們吃的這些飯菜，這倒是讓人驚訝了，富貴人家或是勳貴人家的男子怕是都吃不慣這大鍋飯菜，那位姑娘一看就是富貴人家的女子，卻半點沒有嫌棄，像是個能吃苦的。

已經有人懷疑這位就是他們大周的女帝，可又覺得陛下怎麼可能會親自來這裡？皇帝就應該是坐在金殿裡接受百官朝拜才是，就算是出門也應當是百官跟隨，那戲本子裡都是這麼唱的。

同這些百姓和將士們一同用過飯菜，白卿言用帕子沾了沾嘴，看了眼坐在臨時搭建的棚子裡吃飯的將士和百姓，同秦尚志說：「餐食再給大傢伙兒加些肉，力氣活不吃肉哪裡能行，銀子不夠的儘管向戶部要。」

秦尚志點頭：「好！」

秦尚志話音剛落，就見謝羽長手裡拿著奏報急速奔進食棚中，氣喘吁吁將送信的竹筒遞給白卿言：「陛下，登州的急報！」

白卿言接過信筒，拆開倒出信紙……

謝羽長稍微平靜了一下粗重的呼吸，按照剛才送信人的話傳達：「在西涼和戎狄邊界，登州軍同天鳳國象軍發生衝突，我方死傷共計三十六人，對方死傷共計十三人，有一頭大象被登州輕騎射瞎了眼睛。」

秦尚志手心一緊，轉而看向正仔細閱覽急報，面色陡然沉下來的白卿言：「陛下……」

舅舅在信中說，此次是天鳳國故意挑釁，但是在出事之後僅僅不到半個時辰，天鳳國阿克謝派其副將前來大周軍營致歉，將那頭戰象的頭顱抬了過來不說，還把帶著戰象來邊界挑釁的二十多個將士的頭顱一併送上，包括了那死了的十三個人。

不僅如此，天鳳國還送上了厚禮，還有二十匹戰馬，請求原諒，還說……可以承擔大周死去將士的撫恤金，傷者、殘疾者都可以按照大周國十倍的撫恤賠償。

天鳳國的態度反倒是讓大周沒有揪著不放的餘地，且這算是大周頭一次同天鳳國的象軍交手，哪怕是騎兵在大象面前都不堪一擊，將士們面對那龐然巨物，即便是再勇猛也束手無策，且若是真到了戰場，大象狂奔起來，眼睛真的不好射中。

白卿言攥著信紙的手一緊，心中頓時明朗。

她將舅舅送來的信紙捲起來，用黑漆方桌上的燭火點燃。

秦尚志看著明明滅滅的火光，將白卿言冷冽的眸子映得忽明忽暗，手心收緊，亦是垂眸靜思，消息從登州送到這裡怕是也需要時間，而幾國會盟是天鳳國和西涼提出來的，天鳳國將領難道不知道？又為何要在幾國會盟的關口做這樣的事？

白卿言看著幾乎要燃盡的紙片，眼底盡是冷意，不到半個時辰便能乾脆俐落，斬了他們天鳳國引以為豪的戰象頭顱，毫不猶豫將他們的將士頭顱一併送上，還有厚禮和二十匹戰馬，處理的如此乾脆俐落，甚至沒有絲毫猶疑，若說這沒有提前準備，她絕不相信。

她知道……天鳳國這是出手試探大周了。幾國會盟是天鳳國提出來的，所以此時動手試探，將此次行動推到雙方意外摩擦之上，又放低姿態送上厚禮和戰象還有天鳳國將士們頭顱，又要賠撫恤金，即便是大周心中惱火也還真不至於打起來，還能表明他們真心定盟。

天鳳國處理的如此俐落，想來……曾經也用這種方式試探過別國的實力，好擬定攻占方針吧。

舅舅信中還說，天鳳國最近在大周邊界以高價收糧草，許多糧商因為白卿琦封鎖秋山關，不允許糧食出秋山關，轉而繞行戎狄與天鳳國交易，天鳳國出價極高，完全是在不計代價的收糧食。

商人逐利，這是正常的。想必……也有糧商將糧食送到燕國，而後從還未對西涼關閉商道的燕國，再將糧食送往西涼，高價賣給西涼。

「舅舅派來送信的人呢？」白卿言問。

「急報送到人就昏了過去，洪大夫已經過去看了！」謝羽長說。

「青竹你挑幾個人，即刻前往登州，告訴舅舅……不必阻止糧商賣糧，將糧商召集起來，告訴他們要想取利，便需要每日限制賣給天鳳國糧食的數量，且但凡賣給天鳳國的糧食，按照現在天鳳國收糧食的價格二十倍逐日疊漲……」

「是！」沈青竹領命正要去挑白家護衛前往……

「沈姑娘等等！」謝羽長頗為詫異望著白卿言，「陛下，您的意思是每日……漲前一天的二十倍？」

「對！讓舅舅就這麼告訴糧商，只有他們開始限量給天鳳國供應糧食，且給天鳳國的越少……才越是有漲價的餘地！商人逐利……會明白我說的意思！」

天鳳國從雪山那頭而來，且國內土地沙化嚴重，糧食產量雖然能夠維持國內運轉，或許也有存糧，但也禁不住天鳳國遠征這麼耗費，且將糧食運過來代價也極高，天鳳國只能從西涼取，或從大周和燕國商人處買……

但西涼有沒有糧食這些商人想必早已經清楚，不然也不會繞過秋山關將糧食往西涼運，物以稀為貴，少了……價格才有往上漲的理由，商人們都精著呢！

「沈姑娘陪著陛下，我去挑人送信！」謝羽長對著白卿言行禮後，又快速離開。

白卿言起身，在秦尚志的陪同下，沿著河堤走了一段，向秦尚志交代了修渠之事，便被沈青竹和春桃扶著上了馬車。

瞧著已懷有身孕的白卿言比以往更加纖瘦的模樣，秦尚志身側拳頭緊了緊，上前一步同白卿言道：「此去平陽城，陛下不必憂心，天鳳國在戎狄邊界出手試探之後，又放低姿態賠償，想來如今天鳳國最想要的是借勢站穩腳跟，同大周和大燕定盟建交，然後再步步蠶食，目下還不敢亂來！」話說完，秦尚志又覺得以白卿言的心智怕是早就了然於心，便抿住唇朝著白卿言長揖一拜：「陛下保重！」

她朝秦尚志頷首：「多謝秦先生提醒，秦先生，保重！」

秦尚志再次長揖，直至聽到車輪碾壓土地的聲音走遠，這才直起身來，在內心祝福白卿言。

白卿言兌現了她的承諾，不僅僅只是在朝堂占有一席之地，而是屹立在朝堂之中，成為大周皇帝，可秦尚志此生……最終也還是要走上一世的老路，忠於晉朝廢太子。

第五章　四國會盟

白卿言抵達平陽城時，迎來了平陽城的第一場雪。邊關百姓對白家軍和白家人的感情一向深厚，得知白卿言要來，百姓們早早便冒雪出城迎接白卿言的車駕。

這段時間象軍頻繁出現在邊界，對於平陽城這些從未見過大象這種巨型動物的百姓來說，心中自然會恐懼。平陽城外兩國交界的山中有很多獵戶，他們都遭了殃不說，城內有些大周百姓在山中狩獵時搭建的臨時居所，也有被大象踩塌的。百姓們口口相傳將大象傳的十分凶惡，如同傳說中的那些怪獸一般，無人能抵抗，百姓人心惶惶。

平陽城內有錢有勢在象軍到達邊界的時候，就已拖家帶口離開了，就連那些總是安撫他們的父母官，也都早早將錢財和家眷轉移出了平陽城，沒有人知道百姓們瞧見這樣的場面有多絕望。

他們以為，一旦戰事開始，他們一定是被大周最先拋棄的。甚至已有百姓咒罵白卿言登上帝位之後，心就變了，早就沒了老鎮國王白威霆和白家諸位將軍誓死護衛他們這些老百姓的硬骨。

他們猶豫要不要撤出平陽城，可一旦背井離鄉他們就成了流民，又逢冬季，餓不死說不定也會凍死，所以一直抱著一絲僥倖的心理，想著還沒有開戰的跡象，便一直沒有真的離開自己的家。

邊塞的老百姓，不像大都城的老百姓，朝廷裡吹什麼風……大都城的老百姓還能聽到那麼一點點風聲，可遠在邊塞的老百姓什麼風聲都聽不見，只能自己猜，越猜便越覺得嚇人，只覺得他們這些不值錢的賤命早就被朝廷拋棄了。

後來高義君白錦稚和沈昆陽帶著白家軍先行來了平陽城，這才讓百姓安心了一些，讓他們明白了朝廷並沒有拋棄他們！

朝廷將大周國最勇猛的白家軍派來了！還是由滅了大樑的高義君親自帶白家軍過來！

百姓們那日哭著在街道相迎，他們知道……只要有白家軍在，只要有白家將軍在，他們一定會拼死護住他們這些邊城百姓！

如今，大周皇帝要親臨，那可是大周的皇帝啊！就在那些平陽城的富貴人家和官員紛紛轉移家眷外逃的時候，他們的皇帝親自來了，與他們這些邊城百姓在一起，這讓他們如何能不振奮！

他們的陛下，可是曾經威名赫赫的殺神。白卿言的到來，讓百姓如飲雞血一般！

即便是大雪他們也不怕，非要來迎一迎護著他們的皇帝陛下。

老遠看到黑色重甲騎兵舉著黑帆白蟒旗緩緩而來，那黑色旗幟在暴雪中獵獵招展，頭上身上已經落滿積雪的百姓不知是誰眼尖先看到了，興奮高喊了一聲：「是黑帆白蟒旗！陛下來了！」

百姓們紛紛朝著門口聚攏，議論的聲音也越發的高亢起來。

「是陛下！陛下真的來了！」

「陛下來了我們就再也不怕象軍了！陛下真的沒有拋棄我們這些邊城百姓！親自來了！」

「就是！太好了！我們有救了！」

喜悅和振奮的情緒是最能感染人的，百姓們發出激動的歡呼聲。

「我就說白家軍和陛下絕對不會拋棄我們這些邊城老百姓的！你們當時還不信！」說這話的漢子被凍的臉蛋兒發紅，雙眼卻極亮，表情極為驕傲，「陛下可是白家出身，白家的將軍都是死戰護民的！陛下就是白家兒女，就算登基了也絕不會變！」

沈昆陽帶著程遠志、呂元鵬和司馬平，與平陽城守軍將領一瞧見黑帆白蟒旗，呂元鵬聽到百姓的歡呼，已經按捺不住提韁上前：「沈將軍，我去迎一迎白家……陛下！」
「白家陛下是個什麼稱呼！」程遠志瞪了眼滿身是雪的呂元鵬。
「之前不是一直叫白家姐姐，習慣了嘛！」呂元鵬嘿嘿笑著。
「在這兒候著，這麼大的風雪，你過去了我們小白……」
程遠志不假思索差點兒就口誤，還沒來得及改口，就聽呂元鵬高聲嗷嗷：「噢噢噢……程將軍你這是個什麼稱呼！」
「你個小兔崽子！」程遠志抬手做出要抽呂元鵬的模樣。
「別鬧了！」沈昆陽轉頭怒喝一聲。
程遠志和呂元鵬都乖順了下來，程遠志對著沈昆陽嘿嘿笑了笑，呂元鵬本就害怕沈昆陽將軍忙閃躲著眼神揉了揉鼻子，總之兩人總算是老老實實騎馬立在後面不動。
司馬平歪著頭瞅了眼和他並肩的呂元鵬，歎氣搖了搖頭，呂元鵬也算是傻人有傻福吧，至少入了程遠志將軍的眼，就是這軍棍沒少挨……連累得他也沒少挨。
想到這裡，司馬平就覺得自己的臀部還是有些疼，他扭了扭腰，再瞧生龍活虎的呂元鵬，這傢伙是屬狗的嗎？怎麼恢復的這麼好？
沈昆陽一抬手，將士們立刻將百姓攔到兩側，高聲讓百姓向後退，怕一會兒車馬過來傷到百姓。
因下著雪的緣故，白卿言的車駕在城門口未停，只有沈昆陽快馬上前同白卿言打了招呼，同她說了白錦稚帶著人出城去接兩國交界處獵戶入城。
「這些獵戶都住在交界處，有我們大周的百姓，也有大燕的百姓，還有西涼的，都是以狩獵為生，聽說我們來之前，象軍就在山中行動，讓獵戶們損失慘重，有的獵戶連房子都沒了！這不……一下雪，四姑娘擔心百姓無法抵禦嚴寒，便帶人去接百姓入城了。」沈昆陽同白卿言道。

聞言，她點了點頭。

白卿言聽到白錦稚去接百姓入城，心中滿懷安慰，低聲道：「小四長大了……」

馬車車駕一路朝著城內行駛而去。百姓們分跪兩側，高呼陛下萬歲，也有膽子大的，忍不住帶著哭腔高呼：「陛下沒有拋棄我們這些賤民！多謝陛下還念著我們這些賤民！」

「陛下萬歲！陛下萬萬歲！」

聞聲，她挑開馬車車簾往外看了眼，寒風夾雪撲了進來，她沒想到這麼早便有百姓在城門口等她，百姓頭上身上全都是積雪，不敢抬頭，一個個只激動的高呼，有的情緒激動地哭喊著，肩膀不住聳動。

以為被放棄，都做好了最壞的打算，沒想到大周國最尊貴的陛下竟然親臨最危險的邊城，絕望之中看到希望，百姓們如何能不激動？

見跪在雪地裡的還有孩子，白卿言眉頭一緊：「沈叔！」

沈昆陽聞聲，調轉馬頭回來：「陛下……」

「百姓在這裡跪了很久了？」她問。

沈昆陽點頭：「知道陛下要來，都來這裡等著陛下，也是這段日子象軍頻繁出現，嚇到百姓了，陛下一來就像定海神針，所以今兒一早，我們來城門口迎接陛下時，百姓也都跟著來了。」

她透過馬車車窗看了眼低著頭跪地高呼萬歲的百姓，他們撐在地上生了凍瘡的手早已經通紅腫如蘿蔔，她同沈昆陽道：「沈叔，讓將士們勸百姓別在這裡跪著了，都回去吧！」

「好！」沈昆陽應聲，提韁上前喚程遠志去傳令。

白卿言手撩著簾子，眉頭緊皺往外看，將士們蹲下身勸跪地俯首的百姓回去。

「大姑娘……」春枝頗為擔憂，將茶杯擱在白卿言面前，低聲道，「您身體弱，千萬別被寒風撲著了。」

白卿言未曾應聲，見將士們無法勸動百姓，又往隊伍後方看去，見百姓們都跪著不肯離去。這是百姓僅有的，能表達對他們的皇帝陛下尊重和敬意的方式，陛下車駕未離開他們怎麼能先走？

白卿言放下馬車車簾，同春枝說：「讓隊伍停一停。」

春枝應聲，敲了敲馬車車門，道：「陛下讓隊伍停一停！」很快，行進的馬車隊伍緩緩停了下來，呂元鵬調轉馬頭朝著白卿言車駕的方向而來，但還沒靠近就被白家護衛攔住了。

「都快回去吧！別在這裡凍著了！」士兵們勸著百姓，「陛下肯定不會不管咱們平陽城的！陛下這不是都來了！快起來吧！」

只見白卿言扶著春枝的手從馬車內走了出來，沈昆陽和謝羽長就護在白卿言的身邊，正在勸說百姓回去的將士看到白卿言紛紛單膝跪地朝白卿言行禮。

「陛下出來了！陛下出來了！」

「陛下！」瞧見白卿言從馬車內出來，百姓更加激動，紛紛哭喊著陛下……

「都別在雪中跪著了，我知道這段日子以來天鳳國象軍的出現，讓大家受到了驚嚇，但請諸位放心，若真的有危險，將士們自然會先護著大家退出平陽城的！」

大雪之中白卿言語聲鏗鏘：「此次我來平陽城，很快便會同大燕、西涼、天鳳國會盟，不論結果是戰是和，只要是我大周的百姓，大周英勇的戰士們，便絕不會讓人欺凌分毫！一個都不能！」

給百姓吃了定心丸，這才道：「都起來，回去吧！」

「陛下！我們跪在這裡並非只為了求陛下庇護，這個時候陛下能親臨平陽城坐鎮，我等百姓……只是不知道如何感激！只能叩首了啊！」有老人家哭喊道。

幾國伐交之事，白卿言不知該如何同百姓解釋，見百姓鐵了心要跪，最終什麼都沒有說進了馬車內，讓隊伍行進的快一些。

春枝還是頭一次見到這樣的情景，扶著白卿言回到暖和的馬車車廂裡，忙遞給白卿言一個套著暖爐套子的手爐，道：「奴婢還是頭一次見百姓如此堅持跪拜呢！」

「百姓大都淳樸，從象軍出現惶惶不安過了這麼些日子……」白卿言眉頭緊皺，「估摸著富貴人家或者官宦人家，已經將自己家財和家眷送出了平陽城，所以加劇了百姓的恐懼，如今白家軍和我們一來，百姓們感激不已，緊繃了這麼久總算能鬆一口氣，便找了個途徑來宣洩情緒。」

越是吃過苦的人，心中便越是會對哪怕只是那麼一點點維護和庇護，感激涕零。

其實百姓要得並不多，無非是……吃飽穿暖，無爭無戰。

在白卿言下榻平陽城太守府時，慕容衍早已經和慕容瀝到達臨川城。臨川和平陽城本就離得極近，月拾幾乎成日裡都在眼巴巴望著平陽城的方向，一看到黑帆白蟒旗便快馬回臨川稟報。

正同慕容衍用膳的慕容瀝眨巴著圓圓的大眼睛看向慕容衍，心情有些激動：「九叔……」

慕容衍用帕子擦了擦唇，克制住心裡的喜悅，可上揚的唇角已經出賣了心情，他將帕子放在一旁轉頭同慕容瀝道：「用過膳，好好做完九叔留給你的午課。」

「九叔你是要去見白家……九嬸嬸是不是？」慕容瀝一雙黑亮的大眼睛盯著慕容衍，「我也要去！九叔成親後我還沒有見過九嬸嬸，我還……我還給九嬸嬸肚子裡的小弟弟或者小妹妹準備了禮物呢！我這就去拿……」說著，慕容瀝起身就要走。

「坐下！」慕容衍沉著臉道。

慕容瀝忙坐了回來，有些怕慕容衍低聲道：「九叔……」

「阿瀝，你是大燕的皇帝，不是個孩子了！」慕容衍看著慕容瀝害怕的模樣，知道自己的表情過於嚴厲，便緩和了聲音，同慕容瀝說，「你知不知道……有很多雙眼睛盯著你？不是說你離開了國都，這些眼睛便不存在了！你要時時刻刻記著！你如果是普通孩子，可以隨心所欲，哪怕是我與你九嬸嬸剛成親的時候，你要去見你九嬸嬸，你馮爺爺也會送你去！可你現在代表著燕國……」

慕容瀝一直都是一個聰明的孩子，立刻明白了慕容衍的意思，他連連點頭。

「我明白了九叔，我要是想見九嬸嬸……至少明面上，應當是以兩國皇帝的身分相見，而不是冒然前往，否則要是被有心人知道，怕會大做文章。」

「尤其是……」慕容瀝擱在膝蓋上的拳頭收緊，「此次出來，我應當做一個被攝政王掌控在手中的皇帝，攝政王一手遮天把控朝政，哪裡會帶我去見大周皇帝。」

慕容衍頷首，他抬手摸了摸慕容瀝的頭頂：「不要著急，這次你一定會見到你九嬸嬸。」

慕容瀝點了點頭，是他剛才孩子氣了。

「九叔要去嗎？」慕容瀝抬頭望著他的九叔。

「自然是要去的。」他同慕容瀝淺淺頷首，「大周和燕國本就有意結盟，上一次遣使去我燕國國都已經說的很清楚了，我是把控燕廷的攝政王，自然要在四國會盟開始之時先同大周女帝見一面，藉此機會詳說定盟之事，也讓天鳳國和西涼知道，大周和燕國是一體的。」

如同慕容衍所言，當大燕九王爺帶著一隊人馬前往平陽城之後，不到兩個時辰，消息便傳到了天鳳國皇帝的帳篷裡。

帳篷裡，燒得通紅的火盆發出火星爆破的「劈劈啪啪」聲，李天馥作為取代了李天驕的西涼新帝，跪坐在小几旁，緊緊捏著手中的杯子。

「我不管大燕和大周是不是已經聯合，你們將我姐姐囚禁，將我放出來……代替我姐姐成為西涼新帝的時候，我就已經說明了，讓西涼聽你們的話可以，但你們必須幫我滅了大周，否則……就別想我再聽你們的！」李天馥站起身，頭也不回出了大帳。

「這個西涼皇帝！」天鳳國的將領拍桌而起，「我去把她抓回來！」

坐在上首鋪著白虎皮椅子的天鳳國君主，用冷冽的目光盯著李天馥負氣離去的背影，他搓了搓手中的玉蟬，擺手示意自家將軍坐下來，隨後懶散靠坐在虎皮椅上：「這個女人圖的是眼前一時痛快，而我們圖的未來，目標不一樣，何必與她計較，只要她聽話就好。」

聽到自家君主這麼說，天鳳國的將領這才忍下了這口氣。

「若想要圖來日，首要得讓我們天鳳國在這個地方站穩腳跟，我們在這個地方沒有土地，還要面臨大周、燕國這樣還不清楚家底子的大國，只能一步步，慢慢蠶食。」大巫的大弟子說。

「我們天鳳國祖輩都是以戰養戰，打著打著……土地和奴隸就都有了，殺掉那些不聽話的，留下聽話的使喚，我們天鳳國照樣強大，何必弄得如此麻煩！」那位天鳳國將領越說越氣憤。

「現在糧食還要從這些低賤的人種手中高價買！給的越來越少不說，價錢還越來越高！不如讓我們象軍將這些低賤的人種全部踩死，搶走他們的糧食！」有天鳳國將領義憤填膺道，「我們天鳳族是強者！怎麼能向賤種低頭？」

想到這些日子周國和燕國商人的嘴臉，他們恨不得現在就殺了這些賤種。

「以戰養戰的確是快，我何嘗不知道如此最快！可天神為這片土地選中的主人還活著，你要違背天神嗎？」又有將領朝著那嘟嘟噥噥的將領看去。

大帳內聽到天神二字，眾人都做出恭敬的模樣。

半晌，天鳳國國君這才道：「最近管束好你們的下屬，都不要在會盟期間生亂！」

說著，天鳳國君主朝著大巫的弟子看去：「明日，辛苦你親自走一趟燕國和大周，問問這位大周皇帝和大燕攝政王……既然他們都不想讓天鳳國定會盟的時間和地點，看他們今日見面會不會已經商議出結果，將此事儘快敲定。」

對天鳳國來說，這片土地簡直是天賜的沃土，要耕種有耕種土地，要人有人！只要天神選中的那位主人死去，他們天鳳國便可以殺掉那些不聽話的，讓這片土地上的人懼怕，才能好好的統治這片土地。

然而，如今更讓天鳳國君主困擾的，是如果殺掉天神為這片土地選中的主人，會不會也會帶來神的懲罰。如今大巫受到懲罰倒下，大巫的弟子又太過稚嫩無法聆聽神諭，麻煩！

入夜，白卿言正倚在軟榻上看書，聽沈青竹來報說，原本許多收拾了細軟打算離開平陽城暫時去避難的百姓已經安下心來，之前是家家戶戶都看不到炊煙，因為百姓們都準備好了乾糧，準備隨時逃命，但今天白卿言到了，百姓們鬆了一口氣，開始生火做飯，平陽城上空也是炊煙嫋嫋。

白卿言將手中竹簡擱下，揞了揞眉心，又將竹簡拿起來繼續看：「這就好……」

「大姑娘，別看了……」沈青竹心疼白卿言，眉頭緊皺著說，「大姑娘現在是雙身子，舟車勞頓了一路，這會兒得多休息。」

白卿言被沈青竹逗笑，抬眼看著眉頭緊皺的沈青竹：「不容易啊，我們一向話少的青竹，被春桃傳染了……變得這麼能嘮叨？」雖然嘴上這麼說，白卿言還是依言將手中的竹簡放下。

姬后留下的這些書籍……留下不止一種的治國理念，但是並沒有框架，即便是熟讀史書的白卿言，也無法在歷史上找到以這種治國理念來治國的國家。

比如，姬后書籍中記載的君主立憲制，只說立憲二字的意思……便是確立國法綱要，保留皇權的同時，憲法是保護百姓權益，限制君主權利的，而國家實際上的最高領袖是丞相，皇帝成為儀式性的存在，如此便不會出現庸主誤國的事情發生。

姬后書中還說，還有一種治國之法，共和制……共和制的最高領袖由選舉產生，而共和制又分議會共和制，還有總統共和制。

這幾段白卿言已經看了很久，彷彿陷入某種瓶頸之中，每一個字都認識，組合在一起卻雲裡霧裡，她大約也能猜到一點點意思，又領會不全，姬后的書籍並未記載如何詳細實施，這得白卿言在字裡行間摸索。

「陛下……」魏忠跨進門檻，隔著山水畫紗屏同白卿言行禮後道，「燕國九王爺聽聞陛下到了平陽城，帶著人前來請見，想與陛下商議定盟之事。」

慕容衍來了……

白卿言眉目間多了一層極淺的笑意，正好，她正在為姬后留下的這些書籍內容發愁，慕容衍是姬后的兒子，想來比她更清楚一些。

「你先請九王爺前廳等候，我換身衣裳就來！」白卿言說著，將手邊的竹簡拿起在手中攥了攥。

春枝聞言，不動聲色去取白卿言的衣裳。

戴著面具的慕容衍被魏忠請到前廳用茶，月拾和隨燕國九王爺一同前來的護衛被留在太守府正廳門口，正拍著身上的落雪便被白家暗衛的口哨聲吸引。

月拾以內急要用茅廁的說辭，尋著口哨聲繞到後面的偏房，就見那位白家暗衛在樹後等著他。

月拾剛露出笑顏，那白家暗衛就拎著月拾的後衣領，將人帶到了黑咕籠咚的偏房裡將門關上。

「小崽子！你是怎麼回事兒？姑爺沒了……你不來大姑娘身邊，怎麼跑去給那燕國的什麼攝政王當護衛？」白家暗衛在月拾腦門上敲了一下，「你是姑爺的貼身護衛，大姑娘還能虧待你？大姑娘是大周的皇帝，跟著大姑娘的前程，難不成還不如跟在一個燕國王爺更遠大？」

這件事之前慕容衍同白卿言提過，他原本想要月拾在白卿言身邊護衛白卿言和孩子，可又怕岳母董氏以為他留月拾在白卿言身邊是為了刺探情報，所以還是將月拾帶在身邊，但出門在外時……慕容衍讓月拾混在護衛裡，只做普通護衛。

月拾知道這白家暗衛是將他當做自己人了，所以才將他叫到一旁來說這番話，心裡很是感激。

月拾朝著那位白家暗衛長揖一禮：「大燕九王爺曾經救過我們家主子一命，可是主子還沒有來得及報恩人就沒了，所以……月拾想留在大燕九王爺身邊，也算是替主子報恩！」

早在打算讓月拾留在身邊的時候，慕容衍就已經想好了說辭，月拾照樣來說就是，只是……欺騙真心待他的白家暗衛，月拾心頭難免愧疚。

瞧著月拾藏不住愧疚的模樣，白家暗衛張了張嘴最終又抿住唇，不管怎麼說……月拾是一個知恩圖報的好孩子。

白家暗衛大手扣在月拾的腦袋上，最終只說了一聲保重，便先行從那偏房溜了出去。

月拾立在偏房中未動，廊下掛著的燈籠從隔扇之外透進來，映著月拾滿目愧疚的半張臉……

半晌之後，月拾才從偏房出來，他望著被燈籠火光映得黃澄澄的紛紛落雪，握緊了拳頭，甚至不知道等以後主子與大姑娘重新在一起時，他該怎麼面對如此信任他的白家暗衛。

慕容衍手邊熱茶換了兩盞之後，才見白卿言扶著春枝的手跨進正門門檻。

慕容衍望著清豔從容的白卿言，從容拎著衣裳下擺起身，朝白卿言一拜：「外臣，見過陛下……」

白卿言頷首：「青竹在外面守著，其他人不必跟進來……我有事同大燕九王爺密談。」

說完，她鬆開春枝的手。

春枝忙應聲退出正廳之外，替白卿言和慕容衍將門關上，規規矩矩退到沈青竹身後，卻還是忍不住朝屋內瞧。

抱著拂塵立在對面的魏忠輕輕咳了一聲，笑著道：「春枝姑娘……」

春枝忙嚇得縮回脖子不敢再看，她對魏忠還是充滿畏懼的。

魏忠還是那副笑盈盈的模樣：「陛下素來畏寒，春枝姑娘不如先行回去用湯婆子給陛下暖一暖床榻，一會兒也能讓陛下睡得舒坦些。」

「是！」春枝雙手交疊在小腹前，應聲行禮後，緩緩退下。

此時，燈火輝煌的正廳大門緊閉，魏忠和沈青竹守在正門兩側，大燕九王爺帶來的護衛立在廊廡下，迫於沈青竹身上比風雪更加冷冽的氣場，靜默無聲。

慕容衍原本以為多日不見，白卿言應當是很想念他的，至少……兩人坐在一起說一說思念的話應當是有的。可一見面，他剛問了幾句白卿言和孩子的情況，她便將竹簡攤開，招手讓慕容衍過來看，詢問慕容衍姬后在竹簡上記錄的君主立憲制和共和制的問題，白卿言問題一個接一個和連珠炮似的。

慕容衍摘下面具，側頭望著燈下指著竹簡上文字，正逐字較真的白卿言，她精緻漂亮的五官被映得發亮，尤其是那雙黑漆沉靜的眸子認真起來帶著光彩，讓人忍不住深陷。

慕容衍笑著扶著她在椅子上坐下，在白卿言的面前單膝跪下，輕輕撫了撫白卿言已經逐漸明顯的腹部，這才扶著她身體兩側的座椅扶手，直起身，用挺鼻碰了碰白卿言的鼻尖，凝視她被搖曳燈火勾勒著的無瑕肌膚，深眸靜靜望著她，醇厚低沉的聲線響起，聲音壓得很低：「多日不見，阿寶可念過我？」

還沉浸在姬后留下的那些文字中的白卿言聞言，瞅著慕容衍的深目，這才恍然回神。

不知是否因為燈火的緣故，她只覺慕容衍的聲音越發顯得迷人，心跳不自覺快了起來……

兩人距離很近，彼此呼吸時氣息都糾纏在一起，她整個人鼻息間全都是男人身上熟悉沉穩的氣息，讓她手心發癢，耳根也逐漸熱了起來，她克制心中羞赧，做出一副坦然的模樣望著慕容衍：「自然是想的。」

得到肯定的回答，慕容衍垂眸輕輕握住她的手，輕輕親吻她的掌心後，又將她的手擱在自己的肩膀上，低頭靠近她……

當他的挺鼻再次碰到她的鼻尖，她下意識屏住呼吸，還未吻上……渾身的力氣便似在悄無聲息流失。唇瓣上傳來碾壓的力道，她攥住慕容衍結實的手腕，仰頭迎合。

因為白卿言懷著身孕的關係，慕容衍不敢深吻，也不知道會不會對孩子有什麼影響，也怕自己情到深處克制不住傷到白卿言和孩子。

吻，淺嘗輒止。

慕容衍克制著粗重的呼吸，墨深黑眸灼灼望著呼吸凌亂的白卿言，再次吻了吻她的唇瓣，才低啞著聲音道：「阿寶心裡都是母親留下的這些書籍，還有餘地想我？」

「說到這個……」白卿言望著慕容衍又問，「你知道姬后這些書中，這些文字的意思嗎？」

慕容衍瞧了眼母親留下的竹簡，直起身拿起竹簡看了眼，道：「這些書籍，我看過……曾經也追問過母親，母親說……這些並不適合現在這個時代，她留下這些是希望在有朝一日，那個適合的時代到來時，能夠給當時的君主得到啟示，不致於讓大燕亡國。」

白卿言唇瓣微張，所以……慕容衍最初不答應兩國以國策定輸贏，也有姬后的緣故？

她不想再引慕容衍想起傷心事，起身從慕容衍手中接過竹簡：「既然如此，那我們以後再討論，先來說說此次四國會盟之事。」

慕容衍頷首，將白卿言捲起的竹簡隨手放在一旁：「來……」

慕容衍拉著她走到座椅旁，他坐下後將白卿言攬在了懷裡，讓白卿言坐在他腿上。

四目平視，慕容衍同白卿言說：「天鳳國此次之所以舉行這個四國會盟的原因，是因為他們的大巫師……得到了神的啟示，說神為這片土地選擇了主人，所以他們要是強占這片土地，會受到來自神的懲罰！」

「神的懲罰？」她朝著慕容衍看去。

慕容衍頷首：「天鳳國有一片沙漠，據說那就是神為了懲罰天鳳國……才將原本最適合放牧的肥沃草原，變為天鳳國人不可輕易涉足的沙漠，而且……據說如今天鳳國的沙漠每日都在擴張，吞噬掉天鳳國的耕地，這才是天鳳國踏入西涼的真正原因，並不是因為西涼與他們所信仰的神相同。」

「你怎麼知道的？」她問。

「西涼對大燕並不那麼防備，所以大燕糧商還是很好混到西涼去探聽消息的。」

她點了點頭垂眸細細思索：「神的懲罰……」

聽到白卿言的低聲呢喃，慕容衍攥住白卿言細若無骨的手把玩著，用低沉的嗓音問白卿言：

「你信有神嗎？」

她抬眸望著慕容衍似乎並不相信的眼眸，堅定道：「我不知道西涼人和天鳳國所信的天神會不會真實存在，但我尊重他們信仰的神，也並不認為他們的信仰虛妄，我信蒼天有眼……」

否則，何以她在經歷絕望死不瞑目之時，能夠重生，重新回到錦繡出嫁之前？

所以，白卿言一直都是信蒼天有眼的！信蒼天正是因為不忍白家這樣的忠義之家滿門落得那樣的下場，這才讓她回來，讓她的幾個弟弟回來！

慕容衍沒想到白卿言回答的會如此堅定，頗為意外，他低聲說：「神佛之說，向來是撫民、安民……引導百姓向善的手段之一。」

言下之意，慕容衍其實心中並未非常相信。這些都是成為皇帝之後，帝師會教導皇帝的，可以說……是歷代皇家不外傳之語，因為一直把神佛之說當做引導百姓的手段，所以久而久之……皇家真正掌權者，對神佛的敬畏便會越來越缺少。

尤其是，姬后在她這幾個孩子還年幼時分析事物，總能通過帶著他們來實踐而破除他們對未知事物的恐懼，教導他們這個世上並無鬼怪之說。

沒有了對鬼怪的懼怕，對神佛的敬畏自然也會少。

重生之事，她還未曾想好如何同慕容衍說，且事到如今……這列國格局和世道已經同白卿言上一世有了翻天覆地的變化，她說出來也沒有辦法證實自己所言是真，而不是她的一場大夢。

正在靜思的白卿言只覺自己腹內突然動了一下，她忙扶住慕容衍的手臂。

「怎麼了？」慕容衍神色緊張。

「孩子動了……」白卿言手覆在腹部，露出驚喜的神色。

慕容衍聽白卿言說孩子動了喉頭翻滾：「我試試……」

他小心翼翼將掌心貼在白卿言腹部，等了半晌也不見腹中孩子再動，慕容衍略有些失望，他起身將白卿言扶著坐在椅子上，單膝跪在白卿言身邊，將耳朵貼在她的腹部想聽一聽動靜，就感覺白卿言腹中的胎兒動了一下。

「動了！」慕容衍抬眸看向白卿言，湛黑深邃的眸子難見的沉不住氣，驚喜不已。

白卿言唇角勾起，就見慕容衍雙手捧著她隆起的腹部，低聲對著白卿言腹中小不點兒說：「爹爹聽阿娘說了，你很乖，沒有讓阿娘受罪！爹爹很高興，爹爹……不在你和阿娘身邊，但是……是念著你和你阿娘的！你一定要好好疼疼阿娘，等你出生，爹爹會好好謝你！」

說完，慕容衍又忍不住耳朵貼在她腹部聽孩子的動靜……

要說之前，慕容衍對孩子的感覺還並不是那麼清晰，只是知道他要護好阿寶和他的孩子，堅決不能讓自己變成他父皇那樣的父親，可剛剛感覺到腹中孩子的動靜，就像是有一根羽毛撩動了慕容衍波平如鏡的父愛之情，讓他心生漣漪。

她望著慕容衍滿目興奮的模樣，抬手輕輕撫了撫慕容衍的髮頂：「你別擔心，孩子真的很乖，這話不是安慰你的。」

她扶住慕容衍的手臂：「你先起來，我們坐下商議商議定盟之事……」

大燕和大周定盟之事，說來也簡單，便是定下一個盟約，他國不論是犯燕國還是大周哪一國，另一國都會出兵相助，以此來威懾天鳳國不能輕舉妄動。

「今夜九王爺過來，與大周女帝先行敲定此事，接下來……便需要阿寶和阿瀝走一個過場。」慕容衍在白卿言下首的位置坐下。

白卿言點頭：「另外……既然如今大周和燕國的皇帝都到了，接下來天鳳國必會派人來商議會盟的時間，所以我們定盟倒是不需要太過提前，回頭天鳳國派人詢問，我們兩國只要說出同樣的日子，他們心中定然就有數了。」

「不如，就在四國會盟之時，我們兩國先單獨定盟，或者乾脆在四國齊聚會盟時……先行定盟。」慕容衍笑著道，「也就是明著告訴他們，大燕、大周同進退，讓他們識相一些。」

「好……」她點頭，這都是小事，本就是兩國內定的，「此事，讓你們負責此次定盟事宜的官員同柳如士定下就是了，另外還有一事我要問問你……」

「嗯，你說！」慕容衍頷首。

「曾經晉朝廢太子身邊的幕僚……任世傑，此人你還要不要了？」白卿言問。

慕容衍唇瓣微張，已經很久很久沒有任世傑的消息，他派出大量人馬去查，可沒有一點消息，他還以為任世傑死在了晉朝梁王的那場宮變之中。

「你關了他這麼久？」慕容衍頗為意外。

「是啊……」白卿言想起任世傑唇角勾起一抹淺淺的笑意，「他原本應當是想利用錦繡脫身，卻被錦繡識破手段，等大都城平定之後，錦繡便讓人將他關在地牢之中，原本那地牢是用來審細作用的！倒沒有什麼傷及皮肉的手段，只是那裡……沒有一點聲音，也沒有人，更沒有光亮，安靜無聲。」

慕容衍知道這個地方，大都城曾經是慕容衍母親姬后建造的，他們大燕有大都城的構建圖，對大都城一清二楚。被關進那個地方的人，身體上雖然不曾受刑，可對精神上……才是最深的折磨，在那裡的人感覺不到時間的流動，全然不知道過了多久，不知道白天還是黑夜，眼前只有一片漆黑。慕容衍不免擔憂起任世傑來。

白卿言說：「等我想起他的時候，已經是出發來平陽城前了，我還以為這位任先生和之前被關進這地牢中的人一樣，要麼已經自盡，要麼已經瘋了，沒想到人還活著，所以我把人給你帶來了，自然……也要用在此次盟約簽訂之時，再交到燕國手中，也算是我們的誠意。」

能在那樣的條件下活下來，且活了這麼久，可見其心智。

聽白卿言如此說，慕容衍鬆了一口氣，點頭……

但凡慕容衍派出去的人，他都希望他們能活著平安歸家，不要再落得關先生那樣的下場。且如今，燕國已經不需要他們這些忠心為國的忠義之士，以犧牲性命的方式為燕國求存機了。

「好，勞煩阿寶……好生照料他。」慕容衍說。

白卿言頷首：「放心吧，洪大夫已經給他診治過了，雖然人消瘦的不像樣子，好在精氣神兒還在，聽洪大夫說……大有若是大周要用他威脅燕國，便自盡的架勢，對燕國十分忠誠，這樣的人……我們也是十分敬佩的。」

白卿言同慕容衍將四國會盟的日子定在十二月十五，便是之前柳如士告訴天鳳國使臣和西涼使臣的日子。

大周和大燕統一口徑，都將會盟的日子定於臘月十五，天鳳國和西涼即便是再遲鈍也知道大燕和大周怕已經穿上了一條褲子。

元和初年臘月十五，大周、大燕、西涼、天鳳國，四國會盟。

會盟地點，定在距離平陽城城外十里地外。

白錦稚和沈昆陽、程遠志早早便去點兵，準備出發事宜。

用過早膳，春枝伺候白卿言換上大周皇帝的服飾，今日是四國會盟，穿著上應當正式一些。

春枝正跪在軟榻旁為白卿言穿綴著南珠的奢華履靴，魏忠便匆匆進門，隔著屏風也難掩激動，開口道：「主子，五公子來了！是五公子！就在門口候著！」

白卿言猛然抬頭，阿瑜?!她不是已讓人送信給阿瑜，讓阿瑜回大都城嗎?怎麼來了?

「請進來！」她嘴上這麼說著，人卻已經站起身來，拎著帝服下擺朝著外間走。

阿瑜……終於能用自己的身分堂堂正正回來了。還未見到阿瑜，她便已經雙眸通紅。

見白卿言疾步朝外間走來，太監宮婢跪了一地。

「大姑娘您慢著些！」春枝忙跟在後面小跑。

厚實的加棉簾子被掀開，她一跨出上房，便被一股酸澀的熱流衝擊了眼眶。

院子中積雪已經被打掃乾淨，只有枯樹上的積雪，隨著風過便撲簌簌往下落。

身披黑色披風，著霜色直裰翠玉腰帶的白卿瑜，身姿挺拔負手立在院門外，仰頭瞧著院中落了積雪的樹，一頭墨髮梳得一絲不苟，戴著半副銀色面具，將自己面頰被燒傷的那一側遮擋住，只留下完好無損的那一半……

溫其如玉，有匪君子。那眉目如朗月青雲，身姿如孤松之獨立，郎豔獨絕，世無其二。

哪怕僅僅是露出這一半五官，便足以讓人窺見，這少年郎曾經是怎樣芝蘭玉樹，讓人想到……當時年少春衫薄，騎馬倚斜橋，滿樓紅袖招，這樣的詩句。

餘光看到自家阿姐立在廊廡之下，白卿瑜唇角勾起笑意，眸子泛紅，遠遠朝著阿姐一禮。

跟在白卿瑜身邊的王棟喉頭哽咽，在白卿瑜還是鬼面王爺的身分時，王棟一直窩在驛館之中都不敢露面，怕被大都城熟悉的人認出來，給主子帶來麻煩，只能朝著宮裡的方向遙遙給大姑娘和白家諸位夫人磕了頭。

見白卿瑜已經撩起直裰下擺，跨進小院門檻，王棟忙跟在白卿瑜身後。

白卿言唇瓣囁喏，瞧著阿瑜已經褪去稚嫩，越發深邃挺立的五官輪廓，她眼眶酸脹。之前在宮中見阿瑜，聽到阿瑜嘶啞的嗓音，她知道阿瑜被燒傷了，所以未曾勉強阿瑜摘下面具，怕阿瑜自尊心受不了，也是怕阿娘看到了跟著傷心，如今看到胞弟半張完好無損的臉，她一直懸在嗓子眼兒的心有所回落，心裡卻越發難受。

眼眶被霧氣濕潤的間隙，白卿瑜已經走到她面前，站在廊廡高階之下，撩開衣衫下擺跪下，哽咽道：「阿姐，阿瑜用自己的名字，回來了……」

「大姑娘……」王棟雙膝重重跪地，對白卿言叩首，「王棟沒用，沒有護好主子，請大姑娘責罰。」

白卿言上前扶起白卿瑜，又示意魏忠將王棟扶起來。

她替白卿瑜拂去肩膀上的落雪，通紅的眸子含笑著同王棟道：「你們能活著回來，已經是老天爺的恩賜，我知道……你們所有人已經拼盡了全力護著阿瑜，是我該向你們道謝！多謝你們……捨命護住了他！將阿瑜帶了回來！給了白家……給了我和母親希望！」

王棟已經哽咽難言，他們終於……還是回家了！

她緊緊攥著白卿瑜的手，語聲關切：「不是讓你回大都城主持大局嗎？你怎麼來這了？」

「阿姐放心，我已經讓平叔押著戎狄王回大都城了，大都城有呂太尉和舅舅還有阿娘，不會出亂子和危險，我只是不放心阿姐，所以擅自抗命帶人過來了。」白卿瑜視線落在白卿言的腹部，「現在沒有什麼比阿姐，和孩子的安危更重要。」

她抬手摸了摸白卿瑜的墨髮，觸碰到白卿瑜面頰上冰冷的銀色面具，哽咽道：「一會兒讓洪大夫給你瞧瞧，說不定洪大夫能治你的傷。」

「今日四國會盟，阿瑜先陪阿姐去，等回來阿瑜再去找洪大夫。」白卿瑜未曾告訴白卿言，他對自己臉上的燒傷已經不抱任何希望，能活著……能回家已經很好了。

一身戎裝，腳踩鹿皮靴子的白錦稚英姿颯颯跨入院門，前來同白卿言稟報一切準備妥當，剛進院子，就瞧見長姐立在廊廡之下，輕快喚了一聲：「長姐……」

瞧見那披著黑色披風的挺拔身影轉過頭來，哪怕只是半張臉，依舊讓白錦稚雙眼瞪得老大，她在大樑的時候就知道五哥還活著，可沒想到能在這裡見到五哥！

「五哥！」白錦稚不可置信輕輕喚了一聲，瞧見白卿瑜眉目間的淺笑，白錦稚眼淚頓時奪眶而出，疾步朝著白卿瑜跑去，險些被雪滑倒，高聲喊著，「五哥！五哥！」

白卿瑜將險些滑倒的白錦稚扶住，小姑娘已是淚流滿面，用力攥住自家五哥雙臂，垂下模糊的視線反覆用手摸著自家五哥的手臂，不知是哭還是笑，仰頭望著失而復得的五哥，還未張口便先「哇」一聲哭了出來。活生生的五哥，不是在夢裡……真的是活生生的五哥，沒有缺胳膊斷腿，五哥……好好的回來了！

「五哥！五哥！五哥……」白錦稚像是失去了說話的能力，嘴裡不斷叫著五哥，撲進自家兄長懷裡，放聲大哭，又忍不住用拳頭砸自家哥哥的胸膛，「五哥你怎麼才回來！你怎麼才回來！」

白卿言眉目含笑長長呼出一口氣，看著白卿瑜輕輕撫著白錦稚的髮頂，卻遲遲不開口安撫，明白白卿瑜是怕自己的聲音嚇著白錦稚。

洪大夫得到消息，五公子白卿瑜來了平陽城時，前往會盟地點的隊伍已經出發。

洪大夫紅著眼眶站在城牆之上，瞧著蜿蜒如龍在皚皚白雪中遠去的隊伍，手指用力扣住城牆上的磚石，長長呼出一口氣，唇角霧氣升騰，他在心裡感激上天能讓五公子回來了，又十分貪心的希望能有更多的白家少年將軍回來。

作為主持此次會盟的天鳳國早早便抵達，在這裡搭設帳篷，準備宴席和歌舞。

天鳳國大巫的弟子陪著天鳳國國君薩爾可汗立在大帳外，抬頭看著天空，看著在飛揚飄雪之中盤旋鳴叫的雄鷹。

薩爾可汗身著一身天鳳國國君的金線滾邊的白色長袍，在天鳳國白色是最聖潔的顏色，只有皇室的人才可以穿著，他轉動手指上象徵著權利和尊貴的紅寶石戒指，深重濃眉之下的眼瞼垂著，不知在想些什麼。

「陛下放心，天神一定是站在我們天鳳國這一邊的，因為沒有比我們天鳳國對神更虔誠的信徒！」天鳳國大巫的弟子對薩爾可汗道。

「當初，大巫說西涼的氣數已盡，天神放棄了西涼……不再庇護西涼，我們這才帶著象軍來了這裡，後來大巫就受到了神的懲罰……」薩爾可汗抬眼，偏褐色的眸子宛若一潭幽水，深不見底，「我在想……若是我們殺了神為這片土地選中的主人，會不會也會給天鳳國帶來懲罰。」

大巫的弟子瞧著薩爾可汗的模樣，沉默半晌才對薩爾可汗行禮，之後道：「神為天空選擇了雄鷹為主人，神為草原選擇了雄獅成為主人，但……最凶悍的天鷹之王，不但會捕食草原上的牛羊，有時也會將神為草原選擇的主人雄獅視作食物捕食。」

薩爾可汗轉頭朝著大巫的弟子看去：「你這話的意思，是不贊同大巫擔心神會降罪之說？」

大巫的弟子搖了搖頭：「我的王，我的意思是……即便是神為這片土地選擇了主人，但您也是神為天鳳國選擇的主人，若是您殺了神為這片土地選擇的主人，有可能會讓天神發怒，也有可能天神並不會懲罰天鳳國。」

薩爾可汗眉頭皺的越發的緊，並不覺得大巫弟子的話能為自己解惑，大巫的弟子再次朝薩爾可汗行禮：「陛下恕罪，我還沒有如同大巫那般時時聆聽神諭的能力，也只能為陛下略作分析。」

「神……是站在強者那邊的。」薩爾可汗仰頭望著還在天空中盤旋的雄鷹，瞇著眼……半晌之後才道，「我們天鳳國，一定會是雄鷹！」

大巫的弟子未曾吭聲，只垂著頭不語，他已經從薩爾可汗的話中聽出了他的決心，他還是要殺掉神為這片土地選擇的主人。

天空中盤旋不歇的雄鷹，突然發出長而尖銳的鳴叫……

大巫的弟子看向北方，忙喚道：「陛下！」

薩爾可汗轉頭，只見大巫的弟子朝著北面指去。

茫茫一片漫天飄雪之中，望不到盡頭的地平線盡頭，陡然出現了一條黑線緩緩朝著四國會盟的方向逼近，很快薩爾可汗就看到了走在最前，騎在高馬之上……戴著半副面具的戎裝男子，風雪掠起他的風氅。

大周的黑帆白蟒旗在那一片白色夾雪的寒風之中獵獵招展，那戴著面具的男人身後，是黑壓壓看不到盡頭的大周黑甲騎兵，浩浩蕩蕩，氣勢如虹，如同風雪中甦醒後緩緩站起身的巨獸已亮出爪牙，無人敢逆其鋒芒。

薩爾可汗拳頭收緊，微微抬起下顎看著地平線乍然出現的那一條黑線，風雪中他似乎可以聽到大周軍隊整齊劃一步伐，不知大周這是什麼意思，心驟然懸了起來。

雖然今日是四國會盟，難保大周和燕國不會聯合伺機發難。

這樣的風雪並不利於象軍作戰，大象畏寒，又未曾經歷過風雪中作戰，或許會不配合。

「備戰！」薩爾可汗高聲道。

不等薩爾可汗身邊的將士前去傳令，薩爾可汗便看到率兵走在最前的男子抬手，數萬將士瞬間靜止，猶如風中黑石，動靜竟如出一轍。

薩爾可汗又喊住了準備去傳令備戰的將士，眸色深沉叮囑道：「傳令，悄悄備戰以防不測。」

「是！」那將士連忙小跑去傳令。

大周這是……有備而來！

薩爾可汗拳頭收緊，他看過《大燕通史》、《晉史》還有《西涼政史》，他知道這片土地上，但凡是國與國之間會盟之時，將士停戰，這是最基本的道德準則。可如今，大周帶著重兵而來，不得不讓薩爾可汗心生戒備，雖然他們的象軍也在不遠的地方蟄伏。

不多時，西方也出現了烏壓壓鋪天蓋地而來的重甲騎兵，大燕玄鳥青雀旗隨風獵獵，燕國大將軍謝荀率軍而出，如黑色潮水的大軍，停在不遠處，波瀾壯闊，蕩氣迴腸。

是四國會盟，可又和薩爾可汗想的不太一樣，同歷史中記載的也不盡相同。

列國會盟，各國君主會帶兵，但從沒有……軍隊離得這般近的。

彷彿是瞬息之間，薩爾可汗便感覺到了迎面而來的壓力，大周……大燕，看來並不好對付。

薩爾可汗還想占據主導地位，吩咐身邊的騎兵道：「派幾個人去兩方，請大周和大燕皇帝入帳，告訴他們……大帳裡很暖和。」

兩隊騎兵領命朝著西和北兩個方向飛奔而去，薩爾可汗轉而瞧著大巫的弟子，同他道：「瞧今日這架勢，想來也不會再有第二回，你一定要看清楚……這大燕和大周的皇帝，到底哪一個是這片土地的主人。」

大巫弟子忙朝薩爾可汗恭敬行禮：「陛下放心！只不過……即便是今日看出來了，瞧著大周和燕國率兵而來的架勢，怕是不好動手！」

「今日動不了手不要緊，最重要的是知道是誰，如此我們日後也好做準備！」薩爾可汗說。

李天馥描眉打扮後，披著一件火紅的狐毛大氅出了大帳，朝會盟大帳的方向走來，見薩爾可汗正立在大帳外等候白卿言和燕國那個小皇帝，她徑直朝火盆燒得極旺的大帳內走去。

薩爾可汗身邊的護衛多有不忿，這李天馥是被他們天鳳國的君主扶上位的，要是沒有他們陛下……李天馥還被關在那不見天日的鬼地方出不來呢！還敢對他們陛下無禮。

薩爾可汗對身邊的護衛隊隊長道：「今日你在李天馥身邊，別讓她有什麼異動，破壞了今日的會盟。」李天馥就是一個瘋子，能為了一個男人……就要拉著整個西涼復仇的瘋女人，薩爾可汗要用……也要防著她壞事。

很快，白卿言奢華的的八駕馬車，由一千黑甲騎兵護衛緩緩而來，白卿瑜、白錦稚、沈青竹護衛左右，沈昆陽留於後方以防不測……

慕容衍和慕容瀝的榆木精製的畫輪馬車，在一千銳士和謝荀的護衛下也到了營地門前。

天鳳國大巫弟子上前相迎，薩爾可汗立在大帳門前，瞧著留五百騎兵在營地外，帶五百銳士朝大帳方向而來的大周馬車，和同樣留五百銳士在營地外，帶五百銳士進營地的大燕皇帝車駕。

馬車停下，大周將士們護著柳如士與沈敬中、沈天之從馬車上下來。

他們幾人攏了攏身上的大氅，瞧見謝羽長帶人守在營地外，楊武策和白卿瑜、白錦稚就守在白卿言的馬車旁，這才算放心。

大周皇帝的馬車在大帳門前停穩，沈青竹一躍下馬，見白錦稚已經上了白卿言的馬車，扶著白卿言從馬車內出來，她冷清的視線看向那位天鳳國的國君……

今日，指不定會遇見什麼危險，所以白卿言未帶著沒有自保能力的春枝，以防不測。

身材高大挺拔的薩爾可汗立在大帳前，瞧著先彎腰從馬車內走出來的大周女帝，眼角眉梢都掛著看似純良溫和的笑意，他向前迎了兩步，做足東道主的模樣。

卻在白卿言直起身，那黑白分明的沉靜眸子朝他看來時，腳下步子一頓。

薩爾可汗聽過關於這位大周女帝的傳言，但以為這些不過是無知百姓對自家皇帝的讚美之詞，畢竟成王敗寇，書寫歷史之人總會美化當權者。

他認為，真正的美人兒都是嬌養出來的，如他的妻妾，她們嬌嫩的就如同花兒一般，還有這李天馥……即便是有武藝傍身，但到底還是一朵兒嬌花。

所以，在薩爾可汗心裡，大周女帝這樣有著殺神之稱……又能以鐵腕治國的女人，或許有英氣，但不會如傳言那般美麗。

可陡然見到這位大周皇帝，她美的讓人心驚，美的清豔，而那雙黑白分明的眸子……沉著內斂，分明就是一個渾厚而強大的強者，這讓薩爾可汗措手不及。

此刻薩爾可汗承認，美麗強大……兼具一身，便是用在大周女帝身上的最恰當形容。

她美麗，但美麗的讓人絲毫不敢輕視，不敢有褻瀆的念想。

愛美之心人皆有之，薩爾可汗也不例外，是個男人都對美麗的女人感興趣，前提……是這個女人不會和自己國家敵對。

薩爾可汗欣賞大周皇帝身上這種他從未見過的美麗，卻也並非是色令智昏之人。

見白卿言下了馬車，薩爾可汗上前，將自己的態度放低，朝白卿言頷首行禮：「有幸一睹大周女帝的風采，實乃三生有幸。」

她沉靜的眸子含笑望著薩爾可汗，淺淺頷首：「早就聽天鳳國使臣說，天鳳國國君雅言說得極好，果然……」

薩爾可汗笑容溫潤如玉，側身讓開大帳門口：「女帝請……」

白卿言對薩爾可汗頷首，卻未動，視線反而是落在正在下馬車的慕容衍身上。

慕容衍今日戴著面具，身著蟒袍，佩白玉腰帶，或許是人靠衣裝的緣故，整個人看起來比平日裡更加威勢逼人，通身都是帝王之威。

大燕幼帝慕容瀝跟在慕容衍身後下了馬車，老遠瞧見白卿言，唇角勾起笑意，一下馬車便率先朝著白卿言一拜，同身邊的攝政王慕容衍恭敬行禮：「九叔，阿瀝曾在大都之時，大周女帝對阿瀝多有照顧，想先同大周女帝打個招呼。」

有大燕朝臣從馬車上下來，瞧見大燕幼帝對攝政王畢恭畢敬的模樣，痛心地直搖頭，認為慕容瀝應當拿出當皇帝的架子對慕容衍才是。而效忠攝政王的大臣深覺習以為常，認為理所應當。

「去吧……」慕容衍開口。

得到應允，慕容瀝又朝慕容衍一拜，這才疾步朝白卿言走去。

薩爾可汗看到這樣的情景，視線不由落在大燕攝政王的身上，心裡已經明白……在大燕真正的無冕之王，便是這位大燕九王爺。

「長姐，是慕容瀝！」白錦稚高興道。

跟在白卿言身後的白卿瑜，負手而立，眉目平靜，他看著邁著輕快步子朝自家阿姐走來的大燕皇帝，視線最終落在了身著蟒袍的慕容衍身上，負在背後的拳頭收緊。

四目相對，慕容衍淺淺對白卿瑜頷首。

瞧見慕容瀝清朗含笑的溫潤模樣，白卿言唇角也勾起笑容，朝慕容瀝迎了兩步。

慕容瀝先喚了一聲白家姐姐，兩人便相互行禮。

「在大都城時多得白家姐姐提點，聽九叔說……我們兩國已經定下盟約，就差蓋印了！阿瀝很高興……」慕容瀝裝作天真無知的模樣，實則是將這話說給薩爾可汗聽的。

「兩國簽訂盟約，於兩國百姓來說都是好事。」白卿言笑著同慕容瀝說完，看向薩爾可汗，「這位是天鳳國的國君。」

慕容瀝與薩爾可汗相互行禮，薩爾可汗請兩位先行入帳，自己倒是慢了一步，笑著與慕容衍頷首：「久聞大燕攝政王大名……」

「天鳳國國君客氣了。」慕容衍對薩爾可汗做了一個請的姿勢，「請……」

「請……」薩爾可汗也笑道。

歪靠在隱几上的李天馥一見白卿言入帳，那似淬了毒的目光就死死盯著白卿言。

她穿著一身皇帝服飾，跪坐在上首擺放的兩張桌子左側那張，架子十足。

白卿言有些意外西涼這一次來的會是李天馥，心裡對西涼的局勢變化也隱隱有了猜測……

若是李天馥不顧念姐妹之情，西涼女帝怕是凶多吉少，而以西涼女帝為首的雲破行和李之節，若是此次沒有出現，便足以說明西涼因為天鳳國的出現……政權發生了大波動。

但，是什麼時候的事？他們大周竟然一點兒風聲都沒有收到，大燕應當也沒有收到，否則慕容衍那日相見就應該告訴她才是。又或許，是在來四國會盟之前吧。

如白卿言所猜想，四國會盟之事西涼女帝李天驕不太配合，天鳳國國君薩爾可汗又知道了李天馥的存在，這才將人換掉。

李天馥對上白卿言的眸子，做出一副懶散的姿態，強行壓抑著心中滔天的恨意，似笑非笑的看向白卿言：「我們又見面了，沒想到……會以這種方式。」

負手跟在白卿言身側的白卿瑜朝李天馥望去，李天馥視線觸碰到白卿瑜寒涼如冰霜的視線，手心微微收緊，白卿言身邊什麼時候多了這樣一個人物？

她先是看了眼一同入帳的大周官員，一看到柳如士就心生厭惡，又用視線掃過白錦稚、沈青竹、魏忠，只覺自己身邊只有兩個貼身宮婢，氣派上好似要比白卿言弱了許多，心中不悅。

都怪那個天鳳國的薩爾可汗，說什麼他們西涼做什麼東道主，應當更為低調一些。

慕容瀝瞧了眼李天馥，在白卿言對面的桌几落坐。

扶著沈青竹手的白卿言落坐，她理了理衣袖這才笑著問李天馥：「怎麼是公主來參加四國會盟，西涼女帝可是身子不舒坦？」

李天馥咬了咬牙，略略坐直身子：「你當了大周皇帝了，眼神也不好了嗎？看不到我穿的是帝制服飾……」

「這麼說西涼女帝是退位了？」白卿言端起面前的茶杯，用杯蓋壓了壓茶葉，徐徐往茶杯中吹了吹。

「我長姐身體不適，不適宜再擔當西涼重任，所以……以後我便是西涼女帝，與你……平起平坐。」李天馥倚著隱几，「白卿言我從沒有忘記過天卓的仇，從沒有忘記過……他是怎麼死的！」

「記著那個太監的死幹什麼？你也想那麼死嗎？」白錦稚給了李天馥一個白眼，「你想死等會盟結束之後我成全你！」

「你是個什麼東西也配同朕說話！」李天馥被白錦稚的話激怒，險些拍案而起。

「西涼新帝登基，未曾昭告四海，大周也未曾遣使去賀，便等於未曾承認西涼公主你的帝位，皇帝的架子……公主還是留著回你們西涼再拿！」白卿言將茶杯蓋子蓋上，隨手將茶杯放在一側，全然不在意，視線落在已經跨入大帳的慕容衍和薩爾可汗身上，慢條斯理開口，「今日，西涼女帝不出現……定盟之事，大周首先便不會算上西涼！」

同薩爾可汗一同跨進帳篷之內的慕容衍也笑著開口：「西涼新帝登基也未曾遣使來報，大燕也未曾遣使去賀，故而……今日也不能承認西涼公主的帝位，得罪之處……還請西涼公主海涵！」

「大燕九王爺這是什麼意思？」李天馥咬緊了牙關。

慕容衍不緊不慢道：「西涼公主身分不明，若是來日西涼女帝證實此次……是西涼公主您篡權奪位，我們大燕還有大周……豈不是要白白成為西涼公主的依仗！故而……今日盟約大燕亦不能算上西涼。」一說完，慕容衍撩開衣裳下擺，在慕容瀝的身邊坐下。

慕容衍說話有理有據，溫和而從容。

李天馥一張臉氣得扭曲，猛然站起身來：「怎麼……大周和燕國難不成還想仗著國力強盛，插手我西涼國政嗎?!」

「陛下、燕帝……」柳如士起身朝著自家陛下和大燕皇帝一禮，這才看向李天馥開口道，「既然西涼公主說不想讓別國插手你西涼國政，那便不要將你西涼國政……帶到列國會盟大帳中來！」

「西涼公主一人前來，口稱以西涼女帝的身分參加會盟，可列國卻不知您什麼時候登基的，您這身邊一無向來負責對外邦交的炎王在側，二無西涼輔國大將軍雲破行在側，難不成僅憑西涼公主一張嘴，就能搖身一變成為西涼女帝？若西涼公主真的已是西涼女帝……那麼西涼國政未免太過兒戲！」

柳如士朝著白卿言一拜：「陛下，微臣進言，此次四國會盟我大周斷不可與西涼為盟，西涼視國政為兒戲，盟約也定然為兒戲，我大周絕不能信。」

李天馥拳頭緊握，越發討厭這個柳如士，想起她第一次見到這個柳如士時，便恨不得撕了柳如士的這張嘴。

白卿言唇角勾起，瞧向慕容衍和慕容瀝的方向：「燕帝與九王爺以為呢？」

薩爾可汗在與李天馥並排的桌几前坐下，轉頭看了眼跪坐在他身後的天鳳國大巫弟子，那弟子頷首，抬眼朝著慕容瀝的方向看去……

慕容瀝仰頭看向自家九叔，做出幼子無知全仰仗自家九叔做主的模樣，九王爺慕容衍頷首：「這位大人所言極是，可既然來了便不能白來一趟……」

慕容衍抬手，一直跟在慕容瀝身後的老太監馮耀連忙弓著腰，恭敬捧著手中的議和盟書邁著碎步走至白卿言桌几前，將議和盟書交給魏忠。

魏忠接過盟書，頷首退回白卿言桌几旁，將盟書遞給白卿言……

盟書內容原本就是柳如士他們都看過的，今日來不過是走一個過場罷了。

白卿言略略看了眼，便吩咐魏忠：「將盟約拿給沈司空和柳大人、沈大人看看。」

魏忠應聲將盟書交給沈敬中他們傳閱流覽。

「盟書的內容和之前商議的沒有差別，兩國結盟之後從此互為一體……若有人征伐大周或是大燕任何一國，另一國便需出戰全力相助。」大燕的鴻臚寺卿開口道。

大周和燕國似乎將西涼排除在外，並沒有要與天鳳國一同簽盟約的意思。

薩爾可汗唇角勾起，眸色冷冽，如何能瞧不出大周和大燕這是要全然將天鳳國和西涼排除在外。

他費了這麼大的功夫，弄出這麼大的場面，難不成就是為了給燕國和大周提供一個簽訂盟約的場合嗎？什麼都撈不著，他天鳳國難不成是吃飽了撐著?!

薩爾可汗朝李天馥看去，示意李天馥坐下。

李天馥這才心不甘情不願的坐下。

薩爾可汗唇角勾起笑意：「今日是四國會盟，簽訂盟約，也應當是四國一起簽，天鳳國雖然並不大，但象軍凶悍，又有意同大周、燕國、西涼永結盟好。」

薩爾可汗對立在自己身後的護衛抬手，他背後的護衛將三份盟約，分別放在李天馥、白卿言和慕容衍面前：「我這裡也有一份四國盟約，還望周帝和燕帝、九王爺能看一看，什麼地方合適什麼地方不合適我們商量著來，請……」

含笑瞧著白卿言和慕容衍的薩爾可汗做出個請的姿勢，但卻不見這兩人翻開那份盟書。

「這四國盟約看與不看都簽不成，還是……不要浪費我們陛下的時間了。」柳如士撩著自己的官服起身，將手中大燕的盟約送到白卿言的几案前，恭敬道，「陛下，大燕盟約……沈司空帶著我們商議過了，可以簽。」

見柳如士絲毫不將天鳳國國君放在眼裡，天鳳國的將士們已經心生怒意，各個咬牙切齒，恨不能將柳如士活撕了，可柳如士卻似看不見一般。

「我大周一向同燕國盟好，我的夫君臨去前，最希望看到的便是兩國盟好……」白卿言轉而看向沈敬中，「沈司空，簽字蓋印吧……」

「是！」沈敬中恭敬接過盟約，按照白卿言吩咐蓋印簽字。

果然是完全將西涼和天鳳國排除在外，薩爾可汗強壓下眸中的肅殺之氣：「慢著！」

慕容衍抬眸朝著薩爾可汗看去，面具之下幽沉的目光望著他：「難不成天鳳國國君，要插手我們兩國國政？」

「不敢！不過此次是四國會盟，哪能只有大周和燕國簽訂盟約的道理？」薩爾可汗笑著抬頭看向白卿言，「周帝……不肯同西涼定盟，莫非是因曾經與西涼的輔國大將軍雲破行有過三年之約，三年之期眼看著就要到了，周帝還是想要復仇？」

不等白卿言回答，薩爾可汗又道：「此次會盟，就是為了讓列國之間化解仇恨，共謀和平……」

「若是本王記得沒錯，天鳳國的國土並不與大周和燕國接壤，甚至與西涼都隔著巍峨的拜神雪山……」

聽到拜神雪山四個字，天鳳國包括薩爾可汗在內的其他將士，都做出恭敬的模樣垂首，那姿態要比西涼人更加虔誠。

慕容衍抬了抬眉朝著白卿言看去，只見白卿言朝他頷首，他才接著道：「若非大周一位名喚崔鳳年的商人到達天鳳國，天鳳國甚至不知道雪山的這頭……還有大燕和大周、西涼的存在，既然國土都不在雪山這頭，不知道天鳳國是危機意識太強，還是別有目的，竟要與大周和大燕簽訂盟約？」

「莫非是怕大周和大燕……勞師遠征，征伐天鳳國不成？」白卿言端起茶杯，笑著開口，「若是要遠征天鳳國，大周還需得從西涼借道，長途跋涉……這筆買賣可不划算，且天鳳國與西涼盟好，西涼想必也是不會借道於大周和燕國的。」

慕容衍接著開口：「遠征借道便不說了，就說天鳳國周圍一片沙地，且沙地每日都在吞噬天鳳國國土，大周不感興趣，我大燕……也不感興趣，天鳳國國君大可放心。」

薩爾可汗聽到這話，心中暗驚，他沒有想到大周竟然對天鳳國的情況如此瞭解，他想到了……那個初到天鳳國的大周商人崔鳳年，難不成這些都是崔鳳年打聽到的？

若是那個崔鳳年打聽到的，為何大燕也知道，大周女帝告訴大燕的？

不過，這也不是什麼不可外傳的要緊秘聞，倒也不那麼重要。

就在說話間，沈敬中已經簽好了同大燕的盟約，由柳如士親自拿過去放在燕帝和九王爺慕容衍的桌几前，慕容衍看了眼便遞給自家使臣，讓他蓋章簽字。

薩爾可汗不想讓此次會盟只為燕國和大周作嫁，拳頭收緊，低笑一聲道：「既然大周和燕國已經知道天鳳國如今的情況，我便也就照直說了……」

「天鳳國的沃土逐步被沙漠吞噬，再這麼下去，終有一日天鳳國或許會因為耕地不夠，使百姓難以溫飽，所以為了避免此等情況發生，天鳳國願意高價租下大燕、大周和西涼的土地城池，一次性交付十年的租金，每年糧食豐收之後上繳兩成於大周、大燕和西涼。」薩爾可汗笑著道，「這就是天鳳國在此次會盟之中所圖。」

好聰明的計策……

白卿言端起茶杯，不動聲色抬眸朝著慕容衍看了眼，唇角笑意越發明顯。

天鳳國君主這是要用如此冠冕堂皇的說法，來蠶食大周和大燕啊！

「天鳳國租的土地城池，打算以大周、大燕和西涼交匯處為中心，三國占地，只求立錐之地，能耕種出足夠的糧食供養我天鳳國百姓。」薩爾可汗說著起身朝著白卿言和慕容衍、慕容瀝一拜，「我身為天鳳國的國君，只想為百姓謀求一條活路，否則也不會斗膽辦這四國會盟，請諸位看看盟書……若是租金方面不滿意，還可以再談！」

燕國跟隨慕容衍和慕容瀝前來會盟的大臣議論紛紛，大周的司空沈敬中同柳如士和沈天之也將頭湊到一起，說了兩句。

見狀，薩爾可汗又是一拜：「如今西涼已經應允，還請周帝和燕帝……九王爺相助，不要讓此次四國會盟……有會無盟，如此我將無顏面對天鳳國臣民！」

「天鳳國想要租土地城池，是否要讓大周和燕國遷走百姓？」白卿言問。

「又是否要在城池之內駐兵？」慕容衍跟著問。

薩爾可汗坐下之後道：「租下城池之後，便需要遷入天鳳國百姓來安頓，耕種土地！自然了若是租金能夠低一些，天鳳國也可以雇傭大周、大燕的百姓來耕種也是一樣的，那便不需要大周或是大燕的百姓遷走一部分。」

「至於駐軍與否，若是雇傭的大周和大燕百姓來耕種，便只需要留下部分象軍來維護秩序，進行監督，和將糧草運送回天鳳國。」薩爾可汗聲音頓了頓，「若是遷入天鳳國國民，天鳳國留下象軍來維護天鳳國百姓的安全，和我們天鳳國在租賃期間的利益，也承擔運送糧草的職責。」
怕這麼說會引起大周和燕國的戒備，薩爾可汗接著道：「自然了，雖然是我們租下的城池和土地，但國土始終是大周和大燕的，大周和大燕完全可以派遣駐軍，在租期內……天鳳國的軍隊管理城池和土地，大周和大燕的軍隊可以起到監督作用，以確保天鳳國別無他念。」
分明還未得寸便想進尺，卻還做出一副進退有度的模樣……白卿言垂眸看著眼前天鳳國送來還未展開的盟約，若是猜的不錯，天鳳國給的租金應當是足以打動人心的。
天鳳國如今土地被沙漠吞噬的情況日益嚴重，這個關口……天鳳國提出租賃城池和土地倒是也不算刻意，若是再加上願意給高額的租金，的確是很容易讓人動心。
看來這位天鳳國的君主為了大周和大燕，還是下了一番功夫，也捨得付出的……
越是如此，白卿言便越是能夠看出天鳳國國君的野心不小。
她抬手將天鳳國送上來的盟約展開，見狀薩爾可汗臉上露出笑意，端起茶杯……他相信，即便是尊貴如周帝和燕帝在看到租金時，也會心動。
「一次付十年租金，天鳳國就不怕這十年間會有什麼變數？」大燕的使臣咋舌之後，忍不住問道。
「這位大人問到點子上了，所以……天鳳國才會留下一些象軍，以免租期還未到就會被趕出去，想來……周帝和燕帝還有燕國九王爺也是能夠理解的！」薩爾可汗笑道，「且我們天鳳國是在大周和燕國還有西涼的國土上，租的城池和耕地面積並不大，若是天鳳國真的有什麼異心……大周和燕國已經簽訂了盟約，也算是威懾天鳳國。」
「正如天鳳國國君所言，天鳳國在燕國和大周的地界兒上，就不怕，我們收下十年租金之後，再將你們趕出去？」慕容衍面具後傳來的聲線低沉，帶著幾分似笑非笑的戲謔之意。

「燕國與大周都是大國，只要今日能簽訂盟約，天鳳國上下都願意相信！」薩爾可汗說。

「天鳳國國君何必如此麻煩！不就是想要糧食這點兒事兒！」柳如士抬眸朝著天鳳國國君的方向看去，「天鳳國缺糧，那便買糧食就是了，這十年的租金改成十年糧食的訂金，我們兩國收下，十年之內這幾個地方的收成八成送往天鳳國，天鳳國若是不放心可派四五名官員常駐巡視便是了！」

「是啊……」沈天之跟著添了一把火，「就是要糧食那點事，何苦又是駐軍，又是遷入天鳳國民，還要雇傭我們的百姓！折騰不折騰！」

薩爾可汗：「……」

「燕國以為呢？」柳如士說完，還朝著燕國朝臣的方向看去，尋求意見，全然不管天鳳國是如何想的。

慕容衍唇角勾起笑意，端起面前的茶杯，大周這位名嘴柳如士果然是從不讓人失望，難怪大周的沈司空四平八穩坐在那喝茶，一點兒都不擔心的模樣。

「柳大人說的是！」燕國朝臣也紛紛點頭，「如此簡單的事情，何苦弄得那麼複雜！又是他們駐軍，又是讓我們派兵的！」

薩爾可汗看了眼柳如士，心頭也不大痛快：「租地……不管是逢天災還是人禍，糧食收穫多少，全是我們自家認，但若是買糧食……」

「買糧食，不論是天災人禍，你要多少我們還是給多少，難道不是你們天鳳國占便宜？」柳如士反問，「天鳳國國君如此堅持，難免讓人懷疑，天鳳國想要租下我們大周城池，是別有意圖。」

燕國官員跟著點頭，越發覺得柳如士說得對。

「這盟約要定也簡單！」柳如士雙手抄在袖子裡，挺直腰脊，「天鳳國如今看起來和西涼的關係可是非同一般的好，西涼願意租城池和土地給你們，我們大周管不著！但……天鳳國的軍隊絕對不能越過我大周國界半步！每年挑一個日子，我們將糧草送到邊界交於你們，銀貨兩訖，乾脆俐落。」

「說得是……」燕國官員看向慕容瀝和慕容衍，「陛下和九王爺覺得呢？」

慕容衍手指摩挲著茶杯，笑道：「本王以為……甚好。」

「陛下以為呢？」柳如士亦是請示白卿言。

「甚好！」白卿言頷首。

「若天鳳國國君也認為可行，便重新起草盟約！」柳如士開口道。

要是天鳳國只是想要糧食，這法子對天鳳國來說是最好的，若是天鳳國不願意重新起草盟約，便足以暴露野心，來這裡的大周官員和大燕官員又都不是傻子。

薩爾可汗正想辦法，唇瓣緊抿著，轉頭看向大巫的弟子。

大巫的弟子視線落在白卿言的身上，死死盯著白卿言，他嘴裡默默念著什麼，只覺得白卿言像是神為這片土地選定的主人……又像不是。

薩爾可汗眼瞼一跳，抬眉詢問大巫的弟子，又見大巫的弟子看向大燕九王爺。

大巫的弟子緊緊攥著衣角，這為九王爺給他的……是同樣的感覺。

大巫的弟子此時背後已經濕透了，難不成要告訴陛下，他不確定大燕九王爺和這位大周女帝之間哪一個是神為這片土地選擇的主人。

他覺得，或許……他們這片土地主人的父母？他們的骨肉都可能會成為這片土地的主人？

也不對……

大巫的弟子陷入某種讓人錯亂的思緒之中。

神選中的主人一定是已經出現了，否則……大巫不會受到警告。

難不成，這片土地的主人或和大周女帝還有燕國九王爺有關，但今日未到。

第六章　師出有名

李天馥一直坐在那裡不吭聲，她瞅了薩爾可汗一眼，在心中冷笑，她早就告訴過這個薩爾可汗，與其磨磨唧唧在這裡定盟約用蠶食的方法，不如直接依仗象軍攻打大周，只有靠手中軍隊打下來的城池和土地，才是能真正攥在手中的土地。

現在好了，大燕和大周兩國簽訂了盟約，打一國……另一國必然出手。

李天馥站起身來，看向白卿言道：「白卿言……你與雲破行的三年之約想來未曾忘記過吧？」

白卿言頷首。

「而陸天卓的大仇我更是沒齒難忘，西涼和大周必有一戰！」

白卿言風淡雲輕望著李天馥，一副洗耳恭聽的模樣。

「西涼女帝……」薩爾可汗眉頭緊皺。

李天馥置若罔聞，又轉而看向慕容瀝和慕容衍：「曾經燕國和戎狄有過盟約，三年內不允許染指西涼……」

聽到這話白錦稚忍不住笑了一聲，她朝著李天馥看去：「戎狄已經沒了，如今已經歸入大周……西涼公主是不知道嗎？」

「這我不管！但……燕國既然曾經與戎狄簽訂過這樣的盟約，那麼三年之內便不能動西涼！」

李天馥蠢得氣勢十足。

薩爾可汗拳頭緊握，幾乎收斂不住身上的殺意，這世上怎麼會有李天馥這麼蠢的女人，成事不足敗事有餘，西涼的先皇難不成是將聰明全都給了李天驕，只留給了李天馥驕縱和愚蠢嗎？克制不住殺意的薩爾可汗從衣袖中拿出玉蟬，攥在手中摩挲著，不想參與到李天馥的愚蠢中去。

白卿言抬眸朝著李天馥看去，唇角清淺的笑容若有似無。

白錦稚被李天馥一句「這我不管」氣得笑出聲來。

「你倒是想管，誰讓你管啊？你憑什麼管？憑西涼人都不要臉嗎？」白錦稚真不知道這李天馥是吃什麼長大的，「以為誰都是你娘啊，慣的你！還這你不管！要撒潑……要撒嬌，滾回西涼去！別在這裡噁心人！這裡是四國會盟的大帳，國事邦交，容你撒潑？」

李天馥臉色難看，瞧著慕容瀝像個軟柿子，問：「燕帝這是打算不遵守盟約了？」

沒等慕容瀝開口，慕容衍便先行出聲……

「盟約是相互約束的，如今戎狄已經沒了，怎麼西涼公主以為……這盟約竟然還能單方面約束我們大燕？」慕容衍冷肅的目光朝著李天馥看去，戲謔道，「借用大周高義君一句話，本王倒想問問西涼公主，難不成……是憑西涼人都不要臉嗎？」

慕容衍本就低沉冷冽的聲音，帶著戲謔，簡直刺耳的讓李天馥想提劍砍了這燕國九王爺。

七竅生煙的李天馥冷笑：「燕國這是傍上大周的大腿，想要同大周合起夥來欺負我們西涼啊！」

薩爾可汗緊緊攥著玉蟬，殺意已經克制不住，他閉了閉眼，一場會盟……竟然讓李天馥變成了鬧劇。

「本就是戎狄和燕國簽訂的盟約，如今戎狄滅國……盟約自然便沒有了約束力，若是西涼公主還想在這個盟約上做文章，那便先從我大周手中奪走戎狄，重新為戎狄建國……」

柳如士話說到這裡突然一頓，笑道：「是我忘了，即便是戎狄重新建國，若不是當初與大燕簽訂盟約時的那位戎狄王在位，也是不作數的！不如……西涼公主先試試能不能帶兵殺到大都城，搶走已經定居大都城的戎狄王？」

李天馥臉色一陣青一陣白：「好啊，現在大周和燕國是一夥兒了是吧！難不成我們西涼就沒有結盟嗎？西涼如今與天鳳國結盟，你們欺辱西涼，等著西涼天鳳國聯軍發兵吧！」

說完，李天馥又瞅著薩爾可汗：「天鳳國國君，我們西涼與天鳳國定盟之後，敞開國門讓你們天鳳國的軍隊進來，舉國上下供養你們的軍隊，獻上財寶和美女，請求你們來援，將你們視作親如親人的盟友，如今大周和燕國定盟，必定要對我西涼開戰，朕……希望天鳳國能遵守承諾助我西涼。」

慕容衍端著茶杯的手指一動，看來……這李天馥不是真如所表現的那般是個蠢的。她這是利用蠢而無知的表象，將天鳳國拉到與他們西涼同一戰線之上。

這是慕容衍頭一次同李天馥打交道，可白卿言曾經在南疆一戰後與西涼議和時……便領教過這位西涼公主，絕不認為李天馥是個驕縱到毫無頭腦之人。

相反，李天馥很會利用自己的驕縱，來達到自己的目的。

比如，曾經南疆議和之時，利用她的驕縱達到不嫁入晉國皇室的目的。

而今日，更是用這種驕縱的姿態，點明西涼對天鳳國這位盟友已經做到了敞開國門，舉國供養的地步，若是此時……天鳳國不願意同西涼站在同一戰線，誰又敢再同天鳳國定盟呢？

西涼如今揚言要同大周開戰，大周又和大燕簽訂了共戰盟約……

李天馥，這是仗著她的嬌蠻，坑了原本想利用此次四國會盟……在這片土地站穩腳跟的天鳳國。

薩爾可汗摩挲著玉蟬的手一頓，幾乎是頓時從頭寒到了腳，他側頭看向李天馥，大意了……居然讓這麼一個女人算計了。已經被薩爾可汗視為囊中之物的西涼，竟然反過來坑了天鳳國，想要天鳳國打亂原本的計畫，為她李天馥的復仇大計與大周開戰。

李天馥這個滿心只有復仇的瘋女人……

薩爾可汗咬了咬牙，眉目間的笑意已經消失不見：「當初西涼女帝派人前來天鳳國求援定盟，是因懼怕大周和戎狄共同攻打西涼，請天鳳國出動象軍護衛西涼！若是……他國欺凌西涼，天鳳國自然不會坐視，可……若是西涼擅自尋釁，天鳳國總不能也甘當馬前卒吧？」

「九叔……西涼和天鳳國這是內訌了嗎？」慕容瀝低聲詢問慕容衍。

「好！」李天馥頷首，「眼看著大周皇帝與我西涼輔國大將軍雲破行約定的三年之期就要到了，大周女帝必然是要攻打西涼為他們白家人復仇的，屆時還請天鳳國助我西涼！」

說完，李天馥似乎是怕白卿言畏懼象軍，還故意挑釁似的問白卿言：「大周女帝不會因為知道天鳳國要助我西涼，就退縮了吧！」

「若是西涼真同大周開戰，這糧食送到與西涼關係如此密切的天鳳國手中，就如同將糧食送到了西涼人手中！大周……可不願意為自己尋這樣的麻煩！」

聽白卿言如此說，薩爾可汗抿了抿唇說：「沒錯，天鳳國與西涼是有盟約，受西涼相邀而來，可當初說明了……天鳳國只負責幫西涼抵禦，絕不會幫西涼打過國界。」

薩爾可汗抬眸朝著李天馥看去：「也希望西涼女帝能夠理解。」

李天馥做出一副大驚的模樣：「我西涼舉國上下供養天鳳國，天鳳國就是這般對待盟友的？」

「看來四國盟約怕是簽不了了，所幸……這一趟總算沒有白來，至少燕國和大周已經簽訂盟約！」白卿言笑著扶著白錦稚的手起身，「西涼同天鳳國的事，我們大周就不參與了，就此告辭……」

大周朝臣也都跟著站起身來。

「那麼燕國也就此告辭了！」慕容衍率先站起身，慕容瀝也跟著起身，大燕朝臣也未曾遲疑。

薩爾可汗再次看向大巫的弟子，只見大巫弟子蒼白的臉上全都是汗，虛弱無力朝他頷首，薩爾可汗這才跟著站起身，做出要送白卿言和慕容衍、慕容瀝的姿態，保持風度含笑道：「我送周帝和燕帝……」

或許是覺得女人比男人更好下手的緣故，薩爾可汗走在白卿言身側，替白卿言撩開大帳棉氈簾子，道：「女帝不妨考慮考慮將城池和土地租借給我們天鳳國的事情，銀錢方面不是問題，都好商量。」

「我索性同天鳳國國君打開天窗說亮話……」她彎腰從大帳內出來，飄雪之中，抬腳不緊不慢往大周車駕的方向走，聲音徐徐，「天鳳國土地逐年被沙漠吞噬，土地面積減少，將城池租借給天鳳國……來日天鳳國被沙漠吞掉了，天鳳國的人留在我大周國國土之上，如何解決？」

薩爾可汗拳頭收緊：「十年也不至於讓沙漠完全吞噬我天鳳國，十年之期一到，要麼繼續租借，若是大周不願意……我們也可撤出大周。」

「天鳳國國君約莫是想著……先以十年租借期為由，占著我們大周的國土城池和土地，等天鳳國土地被沙漠吞噬，你們將更多的人送來你們所租借的城池，大周也無權干涉！」白卿言沒有留情面，眉目帶著淺笑，嘴上卻不饒人，「大周是禮儀之邦，十年還未到，只要你們不是太出格，必定不會強逼你們離開！」

「十年時間……足以使城池中的百姓，被天鳳國人同化。」白卿言一語中的。

「十年的時間，也足夠讓原本租借的城池，真正意義上成為天鳳國的城池！如此你們才算是在這片土地紮了根！」白卿的話毫不留情，直戳天鳳國君主薩爾可汗的圖謀，「如此天鳳國才能以這些城池為據點，用象軍攻城掠地，擴大版圖。」

「周帝多慮了！」薩爾可汗笑著否認，「若真是如此，我們現在拿下西涼，以西涼為據點，用象軍攻城掠地不也是一樣的？」

白卿言腳步在馬車前停下，轉過頭望著薩爾可汗，唇角勾起，天鳳國國君是不想將這一層窗戶紙捅破，還想給兩國留一些餘地……

象軍對大周來說的確是一個威脅，但……今日見了這位天鳳國國君，她心裡也十分清楚，以天鳳國國君的野心，以天鳳國現在的狀況，此一戰絕無法避免。對天鳳國來說，如今已經進入冬季，大象畏寒……不是開戰的好時機，而對大周來說，最好的戰機就是現在！

故而，白卿言笑道：「是否多慮，天鳳國國君自然是心知肚明的，可對我而言……天鳳國國君所言卻是人心隔肚皮，我身為大周的皇帝，自然要為大周考慮，不能用大周偌大一國來賭自己是否多慮，故而……天鳳國國君所提出的盟約，大周不能贊同！且大周與西涼不共戴天，必會開戰，天鳳國插手與否，對大周而言無關緊要！」

雪花落在白卿言如羽扇般的密長眼睫上，白卿言黑白分明的沉靜眸子，喜怒難測，笑意淺然，從容溫和，就像只是在同薩爾可汗說再尋常不過的事情，並未帶任何敵對情緒。

隔著茫茫落雪，看著這樣的目光，讓薩爾可汗焦躁的心也漸漸平緩。

白卿言已經將話說得如此明白，但……此時冬季大雪，氣候不利於象軍，薩爾可汗抿了抿唇：「若是，雲破行已經死了呢？」

「那也有雲破行的雲姓親族在，儘管應戰便是……」

白卿言說完，正要扶住白錦稚的手上馬車，薩爾可汗卻伸出手：「小心……」

白卿言視線落在薩爾可汗手中的玉蟬之上，腳下步子一頓。

不等薩爾可汗碰到白卿言，白卿瑜便先一步扣住了薩爾可汗的手腕兒，楊武策拇指警覺抵住刀柄，寒芒立現，沈青竹和白錦稚更先一步挺身護在了白卿言面前。

薩爾可汗身後的護衛立時拔刀，大周將士利刃紛紛出鞘。

一時間氣氛頓時劍拔弩張。

「九叔！」慕容瀝神色緊繃。

慕容衍眸色沉了下來：「過去看看，大周剛與我們簽訂盟約，可不能在這裡讓人對大周女帝出手。」

「是！」月拾領命帶著幾個護衛朝那邊走去。

雖然有白卿瑜在白卿言的身邊必會護住白卿言，可他還是不放心。

「沒事……」薩爾可汗先抬手示意自己的護衛將刀收回去。

白卿瑜這才鬆開薩爾可汗。

他長揖同白卿言致歉，「讓女帝受驚了。」

白錦稚表情怪異看了眼想伸手扶自家長姐的薩爾可汗，毫不客氣將人擠開，扶住自家長姐。

白卿言看到薩爾可汗手中的玉蟬時，幾乎是下意識便攥緊了自己腰間佩戴的荷包，玉蟬正躺在裡面……

「這是……」白卿言凝視著薩爾可汗手中的玉蟬。

「哎？這不是……姐夫的玉蟬嗎？」白錦稚睜大了眼朝著薩爾可汗看去，「你這個哪兒來的？」

那玉蟬白錦稚見過，以前蕭容衍總是拿在手中把玩的。

慕容衍雖然看不大清楚，可聽力一向好，聽到姐夫和玉蟬兩個詞，打算一會兒找機會問一問是怎麼回事……

薩爾可汗低頭看了眼自己手中的玉蟬，聽白錦稚如此問，神色緊張起來：「這玉蟬，高義君見過？」

白錦稚正要開口，察覺自家長姐捏了捏她的手，她道：「自然是見過的，所以才問你……你這是哪兒來的？」

「這玉蟬是天鳳國的國寶，是歷代天鳳國國君的象徵，原本是有一對的！」薩爾可汗朝著白錦稚長揖一拜，「敢問高義君，這另一枚玉蟬如今在何處？若是能讓玉蟬重歸天鳳國，天鳳國願意付出任何代價！」

「這玉蟬，我過世的皇夫曾經有一枚，不過後來不知所終了，所以……高義君見到這枚玉蟬，還以為是我皇夫的那枚玉蟬，現在看來……不是。」

說完，白卿言對薩爾可汗淺淺頷首，扶著白錦稚的手上了馬車。

天鳳國的國寶？白卿言不相信這位天鳳國君主的話，可是……從這天鳳國君主緊張的表情來看，這玉蟬一定對天鳳國意義非凡。

白錦稚將白卿言扶上馬車，便出來，她瞧了眼攥著玉蟬朝她走來的天鳳國國君，表情不太友善。

誰知那天鳳國的國君竟然對白錦稚一拜：「敢問高義君，女帝皇夫的玉蟬是同我手中的玉蟬一模一樣嗎？是不見了，還是陪葬了？」

白錦稚一聽這話就火了：「怎麼？陪葬了你難不成還要去挖我姐夫的墳嗎？我長姐說丟了就是丟了……」

說完白錦稚一躍上馬，逼得急切想知道另一枚玉蟬下落的薩爾可汗向後退了兩步。

白卿瑜也注意到了薩爾可汗對玉蟬的緊張，他上馬高聲道：「出發！」

大周的騎兵隊伍護衛著大周皇帝的車駕，緩緩從四國會盟的營地出發，朝著北方黑帆白蟒旗招展的黑色鐵甲軍隊而去。

大燕的重甲騎兵也護衛著坐著大燕九王爺和大燕幼帝的馬車，從會盟營地出發，朝西方玄鳥青雀旗招展……望不到盡頭的重騎勇士行進。

李天馥從大帳之中出來，看了眼薩爾可汗的背影，唇角勾起……

如今天鳳國就算是不想捲入到這場戰爭之中，現在也得乖乖被捲入進來了！

這天鳳國的國君一天到晚都把她當成傻子，當她真的蠢到什麼都不知道嗎？如今天鳳國的國土不斷被沙子吞沒，只有開闢新的國土，他們天鳳國的百姓才有立足之地，否則沙漠吞噬天鳳國，他們的百姓就是死路一條。

可現在天鳳國又摸不清楚大周和燕國的深淺，也怕同時對付大周和大燕太過吃力，便想用租借的方式慢慢蠶食西涼、大周和燕國。

但蠶食之法……天鳳國有時間可以耗，她卻等不到那個時候了！

她絕不能讓天鳳國如意，非要逼得天鳳國不得不和西涼聯合在一起，對大周開戰，或者……吞了西涼對大周開戰！她要的是復仇，天鳳國要的是土地，他們各取所需，這才叫做合作……只西涼單方面被利用，最後還得被天鳳國吞下，這樣的合作只要不傻都不會樂意！

她一直隱忍到今日，當著大周和燕國的面兒將那些話說出來，最後無非得到兩種結果……

一種，天鳳國便不敢對西涼下黑手，畢竟西涼舉全國之力供養天鳳國軍隊，天鳳國軍隊卻將西涼給吞了，大燕和大周就更不能容天鳳國了！天鳳國就必須同大周和大燕死戰！

第二種，便是天鳳國吞下西涼，而大燕和大周已經定盟，難不成就看著天鳳國吞下西涼之後，再來攻打他們？天鳳國的國君可不是一個西涼能滿足的，到時候還是避免不了一戰！天鳳國還是得去打大周和燕國。

但不論是哪一種結果，李天馥的目的就達到了。

她深深看了眼薩爾可汗，冷笑一聲，扶著西涼宮婢的手款款離開。

大燕和大周的隊伍一離開，薩爾可汗便再也忍耐不住，一頭扎進帳篷裡，負在身後的拳頭緊握，高聲道：「出去！」

「陛下……」大巫的弟子見薩爾可汗急急折返，以為是君主著急想知道誰才是神為這片土地選擇的主人，忙扶著桌几強撐著自己痠軟的雙腿站起來，「那位大周女帝和……」

「另一枚玉蟬或許在大周！」薩爾可汗壓低了聲音道。

大巫的弟子一怔，不過片刻臉上頓時煞白。

白卿言坐在搖晃的馬車內，拿著那枚玉蟬來回看著，反覆在手中摩挲，可以說十分確定這玉蟬的確是與薩爾可汗手中那枚玉蟬一模一樣。可為何薩爾可汗對這玉蟬的事情如此感興趣？

他說這是天鳳國的國寶。慕容衍說，這是姬后的遺物，是當初姬后掛在他脖子上，說能保他平安的，所以……慕容衍才將這玉蟬贈予了她。

白卿言拿著玉蟬，在案桌上鋪了一張白色的帕子，將玉蟬湊到琉璃燈盞旁，想看看玉蟬過了光，是否會在帕子上留下什麼痕跡，可到底是沒有看出什麼蹊蹺來。

她想，天鳳國的君主那麼緊張這玉蟬，後來又專程攔住小四詢問玉蟬的下落……

那是否說明，這玉蟬對天鳳國來說，要比此時立穩腳跟更為重要。

有關這玉蟬的事，還得問問慕容衍。她將玉蟬重新裝回荷包裡，重新拿起姬后留下的竹簡閱讀。

今日白卿言離開前陡然生變，慕容衍也惦記著此事，在回大燕國境的中途，便親自帶著一隊護衛去追大周的隊伍。白卿言人剛到平陽城太守府，慕容衍人便到了平陽城城門下。

慕容衍倒是守規矩的很，他用大燕九王爺的身分前來，在城外先讓人通傳，隨後才由謝羽長派人接引，往平陽城太守府而來。

白卿言換了一身鬆快衣裳，準備去暖花閣同白錦稚與白卿瑜用膳，魏忠便來報大燕九王爺到了。

聞言，她理了理衣袖，道：「讓人再添一副碗筷，請燕國九王爺去暖花閣，與我們一同用一點。」

「是！」屏風外的魏忠應聲退下。

阿瑜本就已經知道了蕭容衍便是慕容衍，小四如今也已經更穩重，且兩國最終還是要合為一國的，早些讓小四知道也好，省得最後鬧出……自己人打自己人的事情來。

春枝跪在白卿言面前，將荷包替白卿言繫好，這才起身替白卿言將垂帷撩起，瞧見白卿言出來，她上前扶住白卿言的手臂往外走，眉頭緊皺同白卿言說：「奴婢有一事不敢不向大姑娘稟報……」

春枝一向少話，突然這麼說，定是有事，她頷首道：「你說……」

「今個兒陛下走了之後，這太守夫人身邊的嬤嬤來找奴婢，說了好一通話，奴婢雖然愚鈍，也知道這嬤嬤是想經奴婢的嘴，將話傳到大姑娘的耳朵裡……」春枝生怕大姑娘誤會，急切道，「奴婢是不願意的！可偏偏那嬤嬤走得時候塞給了奴婢一副紅寶石的頭面，奴婢還沒來得及將頭面送回去，大姑娘就回來了！只能將此事告訴大姑娘了。」

「都說什麼了？」她拎起衣裙下擺，走下廊廡臺階。

「那嬤嬤說這太守夫人因為大姑娘要來下榻，特意讓人將這宅子好生拾掇了一番，不過因為太守是寒庶出身，太守夫人娘家也是沽酒的出身，所以陳設上就缺了些章法，滿屋子的朱紫、明黃，就連那擺出來的金玉器玩，都是掏空了太守府和太守夫人娘家的家底子，才新製的，就想問奴婢大姑娘是否怪罪。」春枝眉頭緊皺，「奴婢也想不明白……這太守夫人身邊的嬤嬤讓奴婢傳這些話，是想要來找大姑娘討銀子，但一定不是真的告罪。」

春枝雖然知道自己蠢笨，可在大姑娘身邊待了這麼久，又在宮裡和宮裡那些人精相處了這麼些日子，總還是能察覺到一些這嬤嬤的用意，但再往深了春枝就想不明白了。

白卿言被春枝討銀子這三個字逗笑，道：「想不明白就不必想了，頭面你好生收著，這事我知道了。」

「哎！」春枝歡歡喜喜應了一聲，扶著白卿言，沿著九曲十八拐的廊廡朝著暖花閣走去。

換好了衣裳的白卿瑜和白錦稚，正在暖花閣候著白卿言，就瞧見魏忠將大燕的那位九王爺請了進來。

端著茶杯的白錦稚瞧了眼戴著面具的大燕九王爺，又側頭看向自家五哥：「自家人用膳，魏忠怎麼將大燕的九王爺帶過來了？」

見自家五哥坐的四平八穩，白錦稚顧著兩國剛剛簽訂盟約，放下茶杯起身。

瞧著跨進暖花閣門檻的大燕九王爺慕容衍，白錦稚本著來者是客的態度，先行拱手行禮：「九王爺……」

慕容衍解開身上那件風毛成色極好的墨狐大氅，亦是頷首向白錦稚還禮：「高義君。」

婢女邁著碎步上前，恭敬從慕容衍手中接過大氅，恭敬捧著退下。

「九王爺請落坐……」白錦稚笑著對慕容衍做了一個請的姿勢，言行舉止間沉穩不少，已然有了高義君的派頭，不似以前在蕭容衍面前那般天真稚嫩。

慕容衍明白，白卿言讓魏忠帶他過來同白卿瑜和白錦稚一同用膳，便是有意將兩國來日合併之事告知白卿瑜和白錦稚。

白卿瑜早在大周還未建立之前便已經知道了他的身分，而一直在撮合他和白卿言的小四白錦稚，恐怕還不知道……

慕容衍頷首，撩起直裰下擺，在白卿瑜的對面跪坐下來，面具下墨色深眸靜靜凝望著白卿瑜。

婢女剛給慕容衍上了茶，就聽白錦稚同他介紹：「這是我大周女帝的胞弟，也是我五哥……」

「本王有幸，曾與五公子見過……」慕容衍淺笑。

想到慕容衍最後還算有擔當，同阿姐成了親，也廢了蕭容衍這個名字，白卿瑜心裡也算舒坦了不少，再者阿姐讓慕容衍來同他和小四一起用餐，大有要告訴小四慕容衍身分的意思，想讓他們和睦相處吧！白卿瑜不想讓阿姐失望，十分給面子道：「是啊，白家與九王爺緣分深厚。」

白錦稚聽出這兩個人似乎在打啞謎，還沒來得及問自家五哥，婢女們便邁著碎步魚貫而入，捧碟子的、捧蜜露酒壺的，冷碟、鮮果、點心、蒸糕，流水似的捧上來。

「長姐呢？長姐不來了嗎？」白錦稚轉頭問正盯著婢女們上菜的魏忠。

魏忠忙面向白錦稚，姿態謙卑：「回高義君，陛下剛才派人吩咐了先上菜，陛下即刻就到。」

白錦稚點了點頭，瞧了眼戴著面具的大燕九王爺慕容衍，又瞧了眼自家五哥，這……兩人都戴著面具，一會兒怎麼用膳？

五哥這遮了一半還好，這大燕九王爺可怎麼吃啊？

白錦稚不知道想到了什麼差點兒笑出聲來，忙用手掩住唇。

見春枝打了簾，請白卿言進來，白錦稚忙站起身：「長姐！」

白卿瑜和慕容衍也跟著站起身來。

「自家人用膳，就不要這麼多禮了，都坐吧。」白卿言笑著看了眼慕容衍，抬腳在首位上坐下。

「自家人？」白錦稚頗為意外抬眉，一邊坐一邊朝著慕容衍看去。

什麼時候這大燕的九王爺也能算自家人了？

當著人家大燕九王爺的面兒，白錦稚沒好意思問。

捧盆、執壺、端著巾帕的婢女邁著碎步，從偏門兩側進來，跪在案桌後側伺候白卿言、白卿瑜、白錦稚和慕容衍淨手的間隙，兩個僕從抬著個雙耳瑞獸銅爐進來，擱在暖花閣正中央。

銅爐兩側鏤空，能瞧見爐內炭火被燒得通紅，兩個婢女抬了一整隻的炙豚上來，那炙豚色如蜂蜜又似琥珀，老遠便能聞到那帶著些許甜絲絲的誘人肉香。用露水淨了手的婢女跪坐在火爐旁，將豚肉片的極薄，用琉璃盞裝著送到白錦稚他們各自几案前，便又恭敬退下。

「魏忠，這裡不用人伺候了，你帶人下去吧！」白卿言用巾帕擦了擦手道。

「是！」

魏忠帶著滿屋子的婢女侍從退下後，白卿言便望著白錦稚道：「阿瑜、小四，這位大燕的九王爺，便是你們的姐夫……」

白錦稚瞬大了眼：「長姐要同燕國聯姻?!」

政治聯姻?白錦稚拳頭一緊，看向大燕九王爺的目光帶著敵意：「長姐，這是為了兩國盟約嗎?若這是大燕與我大周定盟的條件，我不同意！」

長姐曾經說過，大周不會有女子和親，可不能因為這個就犧牲長姐的幸福。

「長姐同姐夫感情深厚，小四相信……若是姐夫知道長姐要再立皇夫，定會希望長姐是立自己心儀之人，而非為國屈己！」白錦稚義憤填膺，突然想到蕭容衍病重離世之事，心裡甚至懷疑會不會是這大燕九王爺搗的鬼，「這大燕九王爺整日戴著面具，誰知道是醜是好看！」

但，即便是懷疑沒有實證，白錦稚也不能冒然說出來，否則影響兩國邦交。

白卿瑜聽到小四的話，薄唇抿住，感情深厚?所以……長姐是真心心悅這位大燕九王爺。

白錦稚挺直腰脊，朝白卿言抱拳行禮：「此事……還請長姐三思！」

慕容衍抬手摘下戴在臉上的面具，抬眸看向白錦稚：「小四這般維護，衍……銘感於心。」

白錦稚聽到慕容衍的聲音轉頭，在看清楚慕容衍淺然含笑的面容時，驚得站起身來：「你……」

「蕭容衍是慕容衍的化名，為了方便行走列國，你的大姐夫……便是慕容衍。」白卿言同一臉震驚的白錦稚解釋。

慕容衍將面具擱在一旁，起身朝白錦稚一拜：「往日身分上欺瞞小四，實屬有不得已的苦衷，需要隱藏身分為燕國謀劃，還請小四海涵。」

「可是……」白錦稚還是不能相信自己看到的。

長姐說過蕭容衍還活著，可她沒想到蕭容衍竟然是大燕九王爺！

慕容衍和蕭容衍根本就是兩個人……一個是手段毒辣的燕國攝政王，雖然之前沒有見過，可光是聽傳聞就知道這攝政王心黑手黑，簡直可以稱得上是冷血無情，殺人如麻！

而蕭容衍是大魏第一富商，對白家有恩……與長姐有情不說，更是一位義商，溫文爾雅，與他相處起來如沐春風，而且蕭容衍更是一位才高八斗的才子，所作詩詞流傳於世，還被許多文人雅士敬佩，與各國勳貴多有往來，朋友遍布天下。

這兩個人……怎麼都無法讓人將其聯繫在一起啊！

白錦稚看著自家五哥穩坐泰山的模樣，便知道五哥怕是早就知道了，只有她還被蒙在鼓中，心中有些生氣的白錦稚轉而看向自家長姐……

她想到長姐腹中的孩子，再看長姐望著慕容衍時眼角眉梢都是溫軟的笑意，心中的怒氣頓時消散了一半。之前知道蕭容衍沒了，白錦稚難過了好久……為自家長姐擔心，也為長姐腹中的孩子擔心，蕭容衍還活著這是喜事，她應該替長姐高興才是。

白錦稚抿了抿唇坐下，還是一副氣鼓鼓的模樣道：「為了我長姐，你騙我這就算了，可是……你是大燕九王爺，我長姐是女帝，等小外甥或者小外甥女出生，這件事你又打算如何處理？也要瞞著孩子父親還活著的事情嗎？要是讓我大伯母知道你是大燕九王爺……長姐要受罰不說，我大伯母能扒了你的皮！」

見白錦稚瞪著自己，慕容衍坐下道：「小四放心，母親已經知道了。」

白錦稚：「……」

好嘛！連大伯母都知道了，鬧了半天就她不知道！枉她曾經還為蕭容衍和長姐牽線！

「不過如今兩國還未合併，阿衍的身分不宜公開……」

「兩國合併？」白卿瑜抬眸朝慕容衍看去，拳頭收緊，神色帶著戒備和冷意，「阿姐……兩國如何合併？」

白卿言將曾經與慕容衍商議好，以兩國誰家國策能富民強國論輸贏，併入一國之事說出來。這論輸贏的方式是自家阿姐提出來，白卿瑜並不意外，這是白家世代薪火相傳的護民安民之心，他意外的是慕容衍竟然會答應，他滿目探究望著慕容衍。

慕容衍知道曾經在襄涼時，他和白卿瑜之間有誤會，後來……也是因為他沒有克制住，又以為阿寶不會有孕而過分放縱，在大婚之前便與阿寶有了夫妻之實，作為阿寶的胞弟對他心存懷疑這是理所應當的。

所以，慕容衍將姿態放低：「天下一統是兩國都有的目標，可我們兩國既然已經是一家人，且大致的治國方向相同，只是有些國策不同，既然如此，便沒有必要使百姓再受戰火塗炭，更沒有必要使將士們白白流血犧牲。」

雖然慕容衍和白卿言都沒有明說，將來兩國合併皇位由哪一國來坐，但白卿瑜已經想到了白卿言腹中的孩子。兩國合併之後，由兩國皇室共有的血脈繼承大統，如此兩國皇室都不會有什麼怨言，而以哪一國國策能使民富國強，便用哪一國國策，這也很公道。

白卿瑜心中的怒火平復了不少，心中也清楚……慕容衍做出這個決定，應當也是和阿姐有了他們骨肉的緣故。如此說來，這個孩子的到來……或許是上天的啟示，也是上天的幫助，能夠使天下一統早日完成。

思索片刻，白卿瑜抬頭，瞧見自家阿姐正看著他，他淺淺對白卿言頷首，表示自己的贊同。

白卿言唇角勾起笑開來，輕撫著自己的腹部，兩國合併……使有兩國血統的孩子承擔起君王之責，這要比兩國合併一國俯首更容易讓人接受。

白錦稚聽說兩國合併已經露出興奮的表情：「那……長姐肚子裡的孩子，就會成為新的國君吧！長姐放心……等小外甥或者小外甥女出生，我一定把我的一身本領沒有保留的傳授！」

白卿瑜被白錦稚的話逗笑，他可想像不出，若新國的國君是小四這麼風風火火的個性，會是什麼樣子。

白卿言拿起銀箸：「來嘗嘗，這炙豚可是太守夫人專門準備的，可不要辜負了這太守夫人的心思。」

今日去參加四國會盟，結果連飯都沒有吃上，白錦稚早就餓了，她用銀箸夾起一片豚肉，送入嘴中，單手掩著唇露出驚豔的表情。每片肉都帶著已經被烤得焦脆的豚皮，抿唇即化，口中有梅子的香味，卻又未曾遮蓋掉豚肉應有的滋味。
「長姐！好吃！」
白卿言用銀箸夾著豚肉，這太守夫人……可真是處處費心思，就是不知道圖謀的是什麼。來之前，春枝同白卿言說了太守夫人身邊嬤嬤想透過她傳話的事情，又從魏忠的嘴裡聽說了此次太守夫人專門求了御廚，親自給白卿言做這道炙豚的機會。
這可就不僅僅只是想要討好，而是已經明確的表達了……想要一個見面的機會。
不過，正如小四所言，這炙豚肉……的確是美味，尤其是中間有一股淡淡的梅子味，極為好吃。
「長姐，這應該不是宮中帶來的御廚做的吧？」
「嗯，是啊……」白卿言端起盛著蜜漿的翡翠盞，抿了一口，「你若是喜歡，回頭我讓人將方子記錄一份給你，你想吃的時候讓胡嬤嬤做給你吃，但方子不要外傳，別搶了人家的飯碗。」
「長姐放心！這點分寸我還是有的！」
白錦稚端著小銀碟子，自己動手片了幾片炙豚肉，想著等回大都城，讓娘親還有大伯母嬸嬸她們嘗嘗。
「阿寶，今日臨行前，那個天鳳國國君薩爾可汗，似乎在問你玉蟬的事情？」
白卿言頷首，放下手中的銀箸：「這件事，我正想問你，天鳳國國君手中也有一枚玉蟬，同你送我的這枚玉蟬一模一樣，不過因為沒有詳細看……也不是很確定，但……這塊玉蟬我帶在身邊也不是一日兩日了，乍一看……我還以為就是你送我的這枚玉蟬。」
她從荷包中將玉蟬取了出來：「這兩枚玉蟬，我覺得像是出自一塊玉石，不知道你知不知道更多？」

慕容衍起身走至白卿言身側跪坐下來，接過白卿言手中的玉蟬，道：「這枚玉蟬自我記事起，我母親便隨身佩戴，後來母親在危急時刻將玉蟬交給我，說是玉蟬能夠護我平安，其他的……我便不清楚了。」

護人平安？白卿言盯著慕容衍手中的玉蟬，心中生了無數猜測。

上一世，玉蟬是慕容衍身分的一種象徵，所以蕭容衍才會將玉蟬給她，讓她自去逃命。

那麼是否，蕭容衍那個時候也不清楚這玉蟬和天鳳國有關？

又或者，需要兩枚玉蟬湊在一起，才能知道這玉蟬到底有什麼作用？

「我以為這玉蟬之中是否藏著什麼文字或者是圖，在回來的路上，對著琉璃燈試了一下，但沒有什麼反應。」白卿言瞧著慕容衍，「可在小四以為這是你的玉蟬時，那天鳳國國君的表情……我覺得這玉蟬似乎對天鳳國國君的意義非凡，或許……需要有兩枚玉蟬湊在一起，才能知道這玉蟬到底能做什麼？」

「這玉蟬和那個天鳳國國君手中的真的一模一樣欸！」白錦稚也湊到白卿言几案前，饒有興趣盯著那枚玉蟬，「不然……用火烤一下試試？」

「別瞎鬧！」白卿瑜說。

「我說笑的！」白錦稚嘿嘿一笑，問慕容衍，「姐夫你們大燕是不是早就知道天鳳國的存在？」

慕容衍搖頭：「若非那位叫崔鳳年的商人發現了天鳳國，並且將天鳳國造紙……還有鞣製獸皮的技術帶到了西涼，大燕也不知道雪山那頭竟然還有一個天鳳國。」

「相隔一座雪山，大燕姬后手中……和天鳳國國君手中，居然有一模一樣的玉蟬，這玉蟬還是天鳳國的國寶……」白卿瑜眉頭緊皺，「以前在姬后身邊伺候的人，是否有還在世間的？」

慕容衍想到了馮耀，頷首：「有位一直照顧我母親……兄長的長輩如今還在，現在在阿瀝身邊，此次他人也來了。」慕容衍將玉蟬放在白卿言的手心裡：「玉蟬你先拿著，我回去問問馮叔，看馮叔是否知道些什麼。」

白卿言點了點頭。

用完膳，慕容衍心中惦記著玉蟬的事情，未曾久留，先行告辭……

白錦稚自告奮勇送慕容衍出城，白卿瑜陪白卿言在書房批閱快馬送來的奏摺時，白卿言將姬后留下的竹簡遞給他，讓他看。

白卿瑜幾乎是拿到手裡就放不下了。這是白卿瑜頭一次接觸到姬后留下的書籍，震撼之餘也有很多不大明白，與白卿言一同討論。

「阿衍說，姬后將這些書籍封存了起來，是覺得……這些治國之道，並不適合這個時代，太過超前。」白卿言扶著隱几略略撐起身子，伸手給白卿瑜指了指竹簡一旁的一行小字，「你看，這裡……雖然字跡相同，但是姬后在這裡寫道……改革變法需要循序漸進，步子若扯的太大觸及世族利益，皇權亦可被顛覆。」

「燕國世族割據的局面由來已久，改革變法自然要小心翼翼，可我大周新朝初立，又以天下一統為目標正是萬眾一心之時，所以阿姐……若是要改革變法，對我大周而言此時反倒是最合適的！」白卿瑜將竹簡捲起攥在手心裡，「別說我白家本就是世族出身，阿姐是以兵權和民心奪得了大周，如今軍心凝聚，可以說長姐凡有調動，將士們無不從命，所以長姐不必太受姬后這記錄影響，兩國形勢不同……」

自古手握軍權者才有話語權，而今……軍權盡在白卿言一人手中，不論是大樑降將所率領的兵馬，還是前朝舊時的林康樂、王喜平……謝羽長等等這些領兵大將，如今也是誓死效忠白卿言。

她皇帝之位，是從軍權而來，又逢舉國上下目標一致之時，所以此時改革變法，對白卿言來說阻力最小，一切都是水到渠成的。

「阿姐，真以兩國國策論輸贏，我大周比起燕國占據天時，一定會贏！」白卿瑜更相信自家阿姐。

書房內三十六頭的蓮花燈搖曳著，春枝換了個更亮的琉璃燈盞過來，又給他們二人換了濃茶，又端了幾碟點心過來，才繞過屏風，打簾退了出去。

夜雪越下越大，春枝關上隔扇從棉氈簾子裡退出來，裹著雪花的東南風便撲在了她的身上，春枝同守在外面的宮婢太監一同立在廊廡下，搓了搓雙臂，餘光瞧見敞著的院門外一團柔橘色的光搖搖晃晃暈開在鵝毛大雪之中，緩緩朝著小院的方向而來，忙喚魏忠：「魏公公……」

抱著拂塵的魏忠應聲，已然朝著門口的方向看去。

不多時，那挑著羊皮燈籠的白家護衛便疾步走至院外，行禮後道：「魏公公，有人自稱是炎王李之節要求見大姑娘，這是那人送上的信物！」

魏忠將拂塵遞給身邊的小太監，拎著衣裳下擺走進雪中，拿過白家護衛捧在手心的一塊雕工精緻的印章，舉起，瞇著眼在燈下仔細辨別後，道：「稍等，我同陛下說一聲。」

魏忠一手拿著印章，一手拎著衣裳下擺，轉身走上臺階，春枝已經替魏忠打起了簾子。

魏忠推開隔扇進門，立在山水畫屏之後，開口道：「陛下，白家護衛說有一位自稱是炎王李之節的人在太守府門外求見，還帶來了李之節的私章，老奴辨別過了，是真的。」

白卿瑜抬眸看向白卿言，說出了今日他在四國會盟之時便有的猜測：「阿姐，估摸著西涼怕是出現了內亂，李天馥篡位，李之節……或許是來找阿姐求援，要麼是想要阿姐助他登位，要麼就是助李天驕復位，阿姐見嗎？」

白卿言手指摩挲著隱几，唇角勾起一抹極淺的笑意：「人既然來了……那便一起見見，看李之節到底想做什麼。」

「魏忠你親自去請李之節在前廳稍坐，我和阿瑜一會兒便到。」白卿言說。

「是……」魏忠應聲退出門外。

披著黑色披風的李之節立在太守府門前搖曳的燈籠之下，臉被風雪吹得發紅，忽明忽暗的燈光將他面色映得愈顯憔悴，充滿紅血絲的眸子緊盯著那六扇金釘黑漆木門，卻還保持著皇族應有的優雅做派，脊背挺得筆直。聽到太守府正門打開的聲音，李之節負在身後的拳頭一緊，見是魏忠出來，李之節總算是鬆了一口氣。

「炎王……」魏忠笑盈盈朝李之節行禮。

李之節頷首，十分客氣道：「魏公公……」

「陛下請您在前廳稍坐，陛下稍後便來……」魏忠側身讓開正門口的位置，「炎王請。」

李之節轉頭，吩咐隨他一同而來的兩個護衛在門外候著，撩起直裰下擺，跨進了平陽城太守府的大門。

等在正廳的李之節，手邊的茶已經換了兩盞，青瑣窗被風吹得發出輕微的磕碰響聲，他沉不住氣起身在爐火旁來回走動。

不多時，他聽到外面傳來疊聲稱呼「陛下」的聲音，步子站定，見棉氈簾子被挑開，身上披著加棉披風的白卿言被一個婢女扶著進來，身後還跟著位臉上只戴著半副銀色面具，身姿挺拔的男子。

李之節沒有多想，先行上前同白卿言行禮：「外臣見過陛下！」

「炎王冒雪深夜來訪，不知有何要事？」白卿言解開披風遞給春枝，在主位落坐，吩咐春枝先下去不必上茶，抬手示意李之節坐。

李之節明白，白卿言不讓婢女上茶的意思……是不會留給他太多時間。

「陛下，此次李之節前來，是來請求大周相助的。」李之節不敢耽擱直奔主題。

白卿言倚著座椅扶手，笑著道：「炎王這話我便聽不懂了，西涼如今同天鳳國定盟，又有天鳳國象軍相護，還需要大周出手相救？」

「今日四國會盟，想必陛下已經看到李天馥那個西涼叛徒了！」李之節提到李天馥本就透著風塵僕僕和疲憊的臉色越發難看，「李天馥是被天鳳國扶持上位，是天鳳國的傀儡，她為了替陛天卓復仇不惜葬送整個西涼，只為覆滅大周！天鳳國和李天馥將我西涼女帝囚禁於行宮之中，我等拼死才將女帝救出，還請陛下出手，助我西涼奪回國土。」

「這算是西涼國政，我們大周又如何好插手？」白卿言點了點頭，轉而又笑著問，「再者助西涼女帝奪回帝位，於我大周來說，又有什麼好處？」

「天鳳國的目的，以陛下的英明睿智想必已經清楚，天鳳國土地日漸被沙子吞噬，天鳳國現在急於尋找新的土地，天鳳國國君是個極具野心之人，他想要的不是西涼這立錐之地，而是大周沃土。」李之節朝白卿言一拜行禮，「如今正逢冬季，也正是天鳳國象軍在戰場上無法發揮大作用的時候，若是等到隆冬過去，夏季一到，天鳳國的象軍所向披靡，那個時候……再想要將天鳳國趕出，可就難了！」

白卿瑜抬眼看著表情鄭重的李之節，李之節的說法倒是沒有錯，大象天生畏寒……若是無法避免必須一戰，這個時候開戰對大周來說的確是最好的時機。

「這麼說，炎王是來勸說……我們大周和天鳳國開戰的？」白卿言抬眉。

「西涼可以助大周一臂之力！」李之節忙道。

「哦……原來炎王不是來求助的，而是來助大周的。」白卿言朝著白卿瑜看了一眼。

「算是互助。」李之節沒有繞彎子，直接將自己的底牌亮給白卿言，「如今火雲軍已經救出了我們陛下，我們可以拖住李天馥手中的兵馬，以保證……李天馥絕對騰不出手腳來相助天鳳國！如此……大周便可以專心的對付天鳳國！」

火雲軍……

白卿言手指摩挲著座椅扶手，這火雲軍可是關將軍給西涼訓練的。

「天鳳國是西涼請來的救兵，沒想到如今西涼卻要聯合大周，來對付天鳳國，阿姐還是小心些，以免……被人背後捅了刀子。」

這嘶啞難聽的嗓音響起，李之節猛然朝著白卿瑜看去，這聲音……他是熟悉的，且非常熟悉！戎狄的鬼面王爺！

李之節看著那只戴了半副面具的臉，視線聚集在那銀色面具之上，那面具之後的眼睛李之節見過！他陡然想起大燕九王爺同他說，這戎狄鬼面王爺是白家人的事情……

他身形一僵，死死盯著白卿瑜，他剛才聽到……這戴著半副面具的英俊男子喚白卿言阿姐！

他猛地站起身來，睜大了眼：「你是……鬼面王爺?!」

單手手肘倚著座椅扶手的白卿瑜眸色波瀾不驚，唇角淺淺勾起弧度，抖了抖直裰上並不存在的灰，雙腿交疊翹起二郎腿：「炎王慎言，戎狄的鬼面王爺此次因為抵抗戎狄王歸順大周，已經戰死，若我是鬼面王爺……又怎麼會反對歸順大周？」

李之節知道這話雖然沒錯，可那一瞬聽到眼前這人的聲音，看到眼前這人的那雙眼睛的一瞬，李之節可以肯定，這位……便是曾經見過的鬼面王爺。

他喉頭翻滾，問：「你是……」

「這是我的胞弟，白家五子……白卿瑜。」白卿言簡單介紹了白卿瑜之後，便站起身來，同李之節道，「今日四國會盟雖然不歡而散，但並非沒有接著談的餘地，大周征伐多年正是需要休養生息的時候不說，我……亦是從沒有忘記過，曾許諾白家軍將士們三年之後帶他們復仇。」

搖曳燭火勾勒著白卿言冷清的五官，她眼神淡漠又冷冽：「我曾放雲破行離開，許他三年時間做準備，三年之後他若不敢來，我便率白家軍叩關，不敢有違此誓！炎王要是沒有別的事情，那便先請回吧！」

李之節瞳仁一顫，忙轉過身來，朝白卿言一拜：「陛下！西涼火雲軍可以同大周裡應外合，陛下若是錯過這次機會，等到春夏一來，就再也沒有機會同天鳳國象軍抗衡了！天鳳國野心勃勃陛下萬不能上了天鳳國的當！」

生怕此次不能說服白卿言，他就再也沒有機會見到白卿言，李之節破釜沉舟開口：「只要陛下願意出手助我西涼，等趕走天鳳國，我西涼願意向大周稱臣！」

說完，李之節撩開衣裳下擺，對著白卿言單膝跪了下來：「請陛下成全！」

西涼稱臣，免將士流血犧牲，百姓枉死，這自然是好，但前提是……西涼得坦誠。

比如，埋在大周的那顆釘子……雲嵐！

白卿言望著單膝跪地的李之節，與白卿瑜對視一眼，垂眸瞧著面色難看……似乎一寸一寸被人折了脊梁的李之節。燭影晃動，白卿言黑眸之中的亮光，亦是閃動，半晌之後，她掀起眼皮說：「既然如此，西涼就先拿出誠意來吧！」

「請陛下擬定盟書，可寫下趕走天鳳國之後，西涼便對大周稱臣、納貢，我這就蓋章簽字。」

「炎王簽字？」白卿言唇角勾起。

李之節抬眸望著白卿言：「我們陛下說，只要大周能夠同西涼聯手，一切交由我李之節負責，西涼……不計任何代價！陛下曾經打得我西涼全無還手之力，西涼上下皆知大周女帝驍勇，若是同陛下稱臣，西涼無人不臣服。」

白卿言笑意未改，視線望著李之節，繞著他踱步走了半圈，在炭火燒得通紅的瑞獸銅爐前停下，細白如蔥管似的手從廣袖之中伸了出來，在瑞獸銅爐前烤了烤火，凝視著隔扇外廊廡之下，隱隱約約可見燈籠光團，問：「西涼在大周可有細作密探？」

李之節拳頭一緊，雙膝跪地，額頭緊貼著地面，悶聲道：「陛下，西涼未曾有任何細作和密探在大周，請陛下明鑒！」

李之節不老實說，便是對闕章寧這步暗棋還有所期待，便是……絕非真心實意的願意稱臣。

白卿言眸子瞇起，關章寧潛入白家軍中的時間不算短，李之節和雲破行又都是西涼女帝的心腹大臣，若說李之節什麼都不知道，白卿言可是不相信的。

看起來……西涼這心中也是有自己的小算盤。

或許，西涼女帝和李之節是想先用稱臣騙得大周出手，利用大周將天鳳國趕出西涼，穩固李天驕的皇位……最後是否能真正向大周稱臣，端看他們西涼最後要如何用化名為關章寧……且放在白家軍中多年的暗棋。

早有秦相張義，以六里封地愚弄楚懷王，更別說這李之節本就是西涼皇室，為了西涼個人名聲掃地又算什麼。

可楚懷王會被張義愚弄，是自認楚國強大秦人不敢，也是因為貪心……想兵不血刃得到血性秦人的六百里商於之地，白卿言可不敢妄自尊大，認為西涼人真如李之節所言南疆一戰真的被她打得甘願臣服。

不過……冬季是對抗象軍的最好時候，這話不假。

西涼存了利用大周的心思，大周難道就不能利用西涼嗎?火雲軍怎麼說都是用他們白家軍虎鷹營的方式訓練出來的，讓火雲軍為大周賣命也是理所應當的。

她字正腔圓，道：「你起來吧，讓魏忠帶你去見柳如士大人，好好談談這盟約該怎麼立。」

白卿言未將關章寧點出來，且讓西涼以為他們還未發現，如此關章寧才能為他們大周所用。

聽到這話，李之節閉了閉酸脹的眼，如釋重負，總算是達成了此次來平陽城的目的。

李之節對白卿言叩首後站起身來望著眼前眉目平靜內斂的女子，他初見白卿言時從未想過，有一日……會如此跪在她的面前，這世道……是真的說不清楚會如何改變。

「魏忠！」白卿言喚了一聲。

魏忠應聲進門，白卿言將意思同魏忠說了一遍，讓魏忠帶李之節去見柳如士。見魏忠已經將李之節帶走，白卿瑜這才走至白卿言身旁，低聲道：「阿姐若是決定與西涼人合作，怕是得設法找機會掌控西涼人才是。」

「怕是西涼人，會以為……他們有人掌控著我們白家軍呢！」白卿言拎著衣裙下擺同白卿瑜一同跨出門檻。

春枝幾人遠離白卿言和白卿瑜十步之距，不打擾白卿言姐弟兩人說話。

「還沒有來得及告訴你，五叔麾下的關章寧將軍已經找到了，可是……關章寧卻是很多年前西涼雲家埋入我們白家軍之中的暗棋，原名應當叫雲嵐。」白卿言壓低了聲音同白卿瑜說，「此事青竹已經去西涼查過了，雖然說沒有十足十的把握，也有十成九的……」

白卿瑜腳下步子一頓，立在長廊紅燈之下望著白卿言，低聲問：「南疆一戰，是否與關章寧有關？」

看到白卿瑜拳頭緊握，殺氣凜然的模樣，她心中心疼，抬腳走至白卿瑜身邊，輕輕握住弟弟緊攥的手。

「不論和這個西涼的雲嵐有沒有關係，我們白家和雲破行的仇，都要報！阿瑜，南疆一戰已經結束，白家落得那樣的下場，不僅僅只是白家軍中出了一兩個叛徒的緣故，還有晉帝的心思，晉廷朝廷的風波，還有祖父毫無保留的忠心，全心全意為晉國來日的謀劃，更有敵國對白家軍的忌憚！」

「如今，讓關章寧活著，比讓關章寧死了更有價值，細作暗棋……在沒有察覺自己被發現時，對我們才是最有利的！」她輕輕將白卿瑜緊攥的手舒展開，垂著眸子說，「更何況……我們白家軍從不懷疑自己的同袍，總是放心交於後背，如此關章寧才會更無防備，更好的為我們所用。」

白卿瑜頷首：「我明白阿姐的意思。」

「如今大周新立，我們能做的……就是不要讓大周朝出現下一個白家！」白卿言唇角勾起對自己的弟弟笑著。

曾經白家吃過的苦，他們大周朝廷不能讓忠心大周的臣子去承受一次。

白家曾經蒙過的難，他們大周朝不能讓為國拋頭顱灑熱血的將士們，也跟著經歷一次。

白卿瑜眼眶微紅，他頷首，如果是阿姐……他相信，阿姐絕不會讓白家的慘劇在大周朝臣身上上演，更相信阿姐能對朝臣做到絕對信任，所以阿姐才敢按照姬后所留的竹簡中所描述的那般，主動削弱皇帝的權利，將權利下放給官員。

天下除了他阿姐這個皇帝，怕是沒有其他皇帝有這個氣魄和魄力，就連姬后的子嗣都沒有。

一身風雪的白錦稚頸脖上纏著被鮮血沁濕些許的細棉布，臉上帶傷，捂著胳膊一路朝著內院狂奔，遠遠瞧見白卿言和白卿瑜立在紅燈長廊之下，白錦稚一躍從長廊中跳出來，冒著風雪疾步而來……

「長姐！五哥！」白錦稚喊了一聲，朝白卿言和白卿瑜的方向跑來。

白卿言回頭瞧見白錦稚狼狽的模樣，神色震驚。

白錦稚去送慕容衍遲遲未回，但她未曾擔心……畢竟有沈青竹跟著小四，可誰能想到竟然看到白錦稚這副模樣回來。

全身寒氣的白錦稚顧不得禮儀，從長廊外翻進來就道：「我和青竹姐姐回來的時候，瞧見李天馥帶著象軍朝平陽城而來，她想要抓了我和青竹姐姐，白家護衛拼死護我和青竹姐姐殺了回來，青竹姐姐這會兒正在城牆布防！」

白錦稚說到這裡，露出後怕的表情：「長姐……那象軍著實可怕，龐然大物的……」

「沒事！別怕！」白卿言攥住白錦稚的手，聽到白錦稚倒吸了一口涼氣，道，「你先去找洪大夫給你看看胳膊，其餘的事情別擔心！春枝……」

春枝聞聲連忙上前：「奴婢在！」

「帶著四姑娘去找洪大夫！」

白錦稚不放心，剛開口：「可是長姐……」

「手臂要緊，去讓洪大夫瞧瞧，一會兒再說！」白卿言語氣不可置否。

白錦稚這才頷首，同春枝一同離去。

即便是要和長姐並肩作戰，也得先將胳膊治好。

「利用大雪和天色掩護……」白卿瑜斂容，神色鎮定看向白卿言，「他們怕是要圍城！」

「凡事都要講求一個師出有名，尤其是在這四國會盟還未談妥當的時候，天鳳國和西涼冒然出兵，只會激起大燕和大周有力的反撲，更何況在這隆冬之際，對天鳳國的象軍並不太友好！」白卿言手輕輕捏了捏掛在自己身上荷包內的玉蟬，「且天鳳國那位國君還惦記著你姐夫的玉蟬，在沒有打聽到玉蟬的下落之前，會冒然出手嗎？」

所以白卿言以為，天鳳國讓李天馥帶著象軍，約莫是為了起到震懾的作用，而不是真的讓李天馥利用象軍打平陽城。

「去城牆上看看！」白卿言眸色冷肅道。

「阿姐，你就別去了，我去看看！」白卿瑜視線落在白卿言腹部，「阿姐現在是雙身子，不為自己想也要為孩子想想！」

「放心，雖然讓李天馥帶來了象軍，可冬季開戰對天鳳國唯一能依仗的象軍不利，天鳳國不是個傻子！今日不會有戰！」她望著自己的弟弟，「阿姐絕不會讓自己涉險，讓阿娘和你擔心！」

「我陪阿姐去！」白卿瑜扶住白卿言的手臂。

「好，我們姐弟一起去！」白卿言握了握白卿瑜的手。

第七章　紅纓銀槍

李天馥坐在巨象馱著的棚子之下，厚實的火紅狐皮大氅將她裹得嚴嚴實實，只露出容色濃豔的動人五官。巨象背上的奢華棚子一角掛著一盞燈籠，朦朦朧朧一團，將李天馥本就驚豔漂亮的面容映襯的更加驚心動魄。

三十頭大象身後跟著重甲西涼騎兵，騎兵在三十頭巨象的襯托下，竟顯得如同螞蚱一般脆弱。

平陽城古老的城樓之上，沈昆陽帶著白家軍弓箭手齊齊拉弓搭箭瞄準在平陽城外停下的隊伍。茫茫雪夜之中，城樓之上的將士們只能藉著火光看到巨象隱約的輪廓，他們從未見過如此巨大的巨獸，甚至不敢想像，若是這樣的巨獸衝擊城門，那厚重結實的城門會不會在這巨象的面前如同腐爛的舊布。將士們各個表情緊繃，用箭簇瞄準那些巨獸，不敢有絲毫懈怠。

馱著李天馥的那頭巨象在馴象師的驅使下，向前走了幾步。

「李天馥再往前一步，小心利箭無眼！」呂元鵬高聲喊道。

沈青竹表情冷肅，不想囉嗦一把奪過呂元鵬手中的大弓，順手從司馬平的箭筒中抽出一支羽箭，一躍踩在城牆之上，拉弓……射出！

銳利的箭簇破空而去，直直朝著大象射去，卻在碰到大象身上的鎧甲後，被撞開……

李天馥發出一聲輕蔑的嗤笑，抬手，巨象停下腳步。

「朕今日率兵前來並非為了同大周開戰，大周不必如此緊張！」李天馥姿態慵懶倚在座椅上，「西涼叛臣李之節，帶人逃入了平陽城，還請大周交出李之節，我們便即刻退兵。」

「放你娘的屁！你們西涼丟了王爺就是在我們大周？」程遠志嗓門大又粗，一點兒面子都不給，「我還說我程遠志三百萬兩金子長了腿跑到了你們西涼，這西涼公主長的細皮嫩肉臉皮薄……肯定要臉，把三百萬兩金子還給我老程先！」

李天馥聽到程遠志的話，臉色沉了下來，她倒是想趁這個機會開戰，可是來之前那個薩爾可汗交代過了，絕不允許她利用象軍開戰！且這一次控制大象的都是薩爾可汗的人，她即便是想立刻開戰也做不到，只憑她的西涼將士，怕是沒有辦法打下平陽城。

李天馥硬是壓下怒火：「這是大周的條件嗎？三百萬兩金子……便將我們西涼叛臣交出來？」

「你先給金子！」程遠志說。

李天馥拳頭收緊：「看來大周這是窮瘋了啊！三百萬兩金子，換一個西涼叛臣，大周未免太看得起李之節了。」

「公主你這話說得不對，我們程將軍可沒有說你給了三百萬兩金子，就把李之節給你！我們程將軍臉皮厚！」呂元鵬還是那副吊兒郎當氣死人不償命的模樣，「哎呦，西涼公主你可別用那種眼神看著我，我害怕！難不成說實話還得被你記恨嗎？」

程遠志朝著呂元鵬後腦勺就是一下，又對樓下的李天馥喊：「西涼公主，你放心……我老程臉皮薄著呢！三百萬兩金子送到，我一準給你一個姓李名之節的人！」

「將軍你真的要把李之節交給她？」呂元鵬低聲問。

「她要是真能給咱們貢獻三百萬兩金子做軍餉，牢裡關押的西涼人那麼多，我說誰叫李之節誰就叫李之節，敢說不叫打到變成李之節為止！要是一個不夠……我老程作主全部送她！管他男女老少……全叫李之節！」

程遠志的大嗓門隱隱約約傳到李天馥的耳中，李天馥簡直受到了奇恥大辱，高聲道：「你們大周到底放不放人?!若是不放……便是與西涼和天鳳國宣戰，如今象軍兵臨城下，你們當真不顧你們大周百姓的死活，執意為維護一個他國叛臣?!」

司馬平聽到李天馥這話，眉頭抬了抬，心裡倒覺著這位嬌蠻的西涼公主似乎也不像傳聞中那般全無腦子，唇角勾起低笑道：「這話說得誅心了……」

「什麼？」呂元鵬回頭看向司馬平。

司馬平抬手就將呂元鵬的腦袋推了回去，讓他盯著城牆之下：「讓你好好盯著外面那些象軍，想想怎麼收拾它們，想到了就是大功一件！」

司馬平話音剛落，就聽到城牆樓梯處傳來疊聲的陛下，沈昆陽和程遠志也連忙轉身朝著城牆口迎了過去。

「小白帥！五公子！」程遠志神色緊張喊出口才想起這是在外面，忙道，「陛下和五公子怎麼來了！這麼大的風雪，這裡有我們就夠了！」

「是啊……」沈昆陽擔心白卿言的身子，有因早年白卿言在其麾下的緣故，便多說了兩嘴，「陛下現在是雙身子的人，行事更要穩妥才是，這裡太亂了，萬一要是打起來傷了陛下可怎麼得了？五公子……還是先護著陛下回去。」

「沒事沈叔，打不起來的。」白卿言問，「對方可說明來意了？」

「陛下，是西涼那個公主李天馥，說是來找西涼叛臣李之節……」呂元鵬忙擠到白卿言跟前同白卿言道。

「李之節可真是會添麻煩啊！」白卿言轉頭吩咐身邊的白家護衛，「去告訴李之節一聲，也讓李之節來看看，他給大周帶來了多大的麻煩！」

白卿言唇角的笑意冷冽，心中怒火並未平息，捉拿西涼叛臣……便要圍捕小四和青竹，若非白家護衛拼死相護，現在小四和青竹怕都已經落在李天馥的手中了。

「程遠志！」

「末將在！」程遠志抱拳。

白卿言眸色冷肅看著這漫天飛雪，語聲清冽：「你即刻從東門出帶一萬五千白家軍，繞行西涼軍和天鳳國大軍的後方，若真的打起來，務必讓他們有來無回，省得……當我們大周是軟柿子！速度一定要快！」

「末將領命！」程遠志領命帶著司馬平和呂元鵬匆匆朝著樓下跑去。

白卿言看到低著頭正要跟著程遠志一同離開的王秋鷺，又道：「王秋鷺，即刻帶六千人馬從西門出，不必猶疑直接動手，今日敢來平陽城下的……便別想活著離開！」

王秋鷺腳下步子一頓，轉過頭來不可思議望著白卿言……

當初王秋鷺跟隨南都閑王造反，本來是死罪，是他爹爹王江海用白家四爺的玉佩誆騙了白卿言去獄中，求白卿言救他一命，後來……他謹記父親的話讓他認白卿言為主，之後曾在太子面前王秋鷺助了白家一把，白卿言便果然將他救出牢獄，送到了南疆白家軍中。

只是，他以為身上帶著過往的汙點，此生能在白家軍之中混一個不高不低的位置也就到頭了，絕對得不到重用，白家軍也絕不會讓他單獨帶兵，他也打定主意好好跟著程將軍也就是了，沒想到白卿言會讓他單獨帶兵。

「愣著幹什麼？去吧！」

王秋鷺眼眶一紅：「多謝主子信任，王秋鷺必肝腦塗地！」

「阿瑜……」她轉而看向白卿瑜。

「白卿瑜明白！」白卿瑜抱拳應聲，「我必會帶著戎狄軍，以最快速度襲擊他們東翼。」

白卿言用力攥了攥白卿瑜的手臂，叮囑他小心，便冒著風雪登上城樓，視線盯著城樓之下的巨象。

「陛下！」沈青竹見白卿言來了，從城牆上一躍而下，一邊扶住白卿言往前走，一邊道，「這大象身上的鎧甲十分堅硬，箭簇根本穿不透！」

見沈青竹臉上還有傷痕血跡，白卿言抿唇不語。

這是自然的，天鳳國有墨粉，可以將武器打造的無堅不摧，象軍對天鳳國來說又如此重要寶貴，自然會將墨粉用在為象軍打造盔甲之上。

西涼軍、天鳳大軍手舉火把，火苗在風雪中胡亂搖曳高低亂竄，白卿言藉著火光能勉強看清楚天鳳國的巨象。許是因為要組建象軍，天鳳國的這些大象明顯要比大樑的大象更為健碩，體型也更為龐大，再為這些大象穿上皮毛，套上戰甲……越發顯得大象身形龐大，讓人望而生畏。

這樣的象軍，若真是遇到兩軍對壘之時，就立在那裡……便足以給對方帶來極強的壓迫感。

坐在大象背上的李天馥瞧見了已經登上城樓朝著中間方向走來的白卿言，唇角勾起一抹弧度：「白卿言，把李之節交出來吧！否則……就是要開戰了！」

白卿言並不搭理喊話的李天馥，只對沈青竹道：「讓弓弩營準備，悄悄登城牆，箭矢帶火，一旦下令……不要猶疑就對著那大象的眼睛，給我射！」

「是！」沈青竹領命轉身朝城樓下奔去。

天鳳國帶著象軍來的將軍聽到李天馥這話，本著有言在先想法，臉色不悅，轉而看向李天馥道：「我們國君派象軍同您來的時候，只說幫您討回西涼叛臣，可從未說過要同大周開戰。」

「要你囉嗦！」李天馥一雙美目朝著那天鳳國將軍瞪去，「剛才路上，你們象軍可是差點兒要了大周女帝妹妹高義君的命，這會兒想要撇清關係……怕是已經來不及了！」

天鳳國的將軍聽到這話，立時怒目看向李天馥，剛才李天馥可沒說讓活捉的那幾個人中有大周女帝的妹妹高義君！那天鳳國的將軍抬頭朝著城牆上看去，只見白卿言面色冷清，忙以拳捶胸行禮，高聲道：「尊敬的大周陛下，我是天鳳國國君麾下的將領，末將奉我王之命，陪同西涼女帝前來討要逃入平陽城的西涼叛臣，還請陛下交出西涼叛臣，不要讓末將為難！」

跟在白卿言身後的沈昆陽腳下步子一頓，握緊腰間佩劍，朝著城牆外走了幾步，底氣十足問：「怎麼……天鳳國這是要同我大周開戰嗎?!」

「是又如何！」李天馥冷笑，她要的就是同大周開戰。

白卿言停在與李天馥正對的上方，冷清的眸色看著城牆之下的象軍，冷聲道：「天鳳國帶著三十頭大象前來，就想同我大周開戰，也太自不量力了……」

弓弩營得令，在沈青竹的帶領下緊貼城牆，一個接一個貓著腰登上城牆。

「三十頭象軍，加上一萬西涼精銳，攻破你這平陽城綽綽有餘！識相的就將李之節交出來！」

李天馥高聲對白卿言喊著。

天鳳國帶來了三十頭象軍不假，可她帶來的西涼軍隊不過六千而已，否則……天鳳國國君又怎麼派象軍隨行。天鳳國將軍看向李天馥，這個瘋女人……分明就是想要藉機開戰！

李天馥哪管得了此時天鳳國將軍警告的眼神：「怎麼……天鳳國竟然如此懼怕大周！」

天鳳國那位將軍冷冷看了李天馥一眼，他們天鳳國的國人從來不知道什麼叫做怕！

但是他們的象軍在冬季的確是會受到限制不說，他們的國君既然對大周有別的安排，他忠於他的君王，所以……不論任何人都不能利用天鳳國的象軍來破壞他們陛下的安排。

那天鳳國大將雙手扶住座椅扶手，湊近李天馥的方向：「我們天鳳國是強者，從來不知道什麼叫做怕！但……我絕不允許你壞了我們陛下的謀劃！否則你別怪我不客氣！」

「你們陛下謀劃，不就是想要先買幾座城池，等到大象懼怕的冬日一過，來年入夏之後你們天鳳國象軍可以抖威風了，便攻打大周嗎？」

李天馥說話時絲毫不避忌，大有讓城牆之上大周人聽到的意思，那天鳳國將領將座椅扶手攥得更緊，看向李天馥的目光陰冷又冰涼。

李天馥美豔動人的眸子帶著濃烈的嫵媚笑意，同那天鳳國大將道：「你說……今日咱們帶著你們天鳳國的巨象前來，白卿言心裡怕不怕？若是不怕的話……為什麼立在城牆之上繃著臉不說話？你今日若是拿下了平陽城，在你們陛下那裡就是大功一件！」

「大周女帝可在這裡呢！」李天馥示意那天鳳國將軍朝城牆之上看，「要是活捉白卿言，你還怕大周不降？」

「大周女帝一旦被活捉，以此要脅……大周就只剩下潰敗了，大燕和大周如今定盟，不就是因為懼怕天鳳國的象軍，天鳳國和西涼要是再對大燕示好，難保大燕不會動心與我們一同瓜分大周！」見那天鳳國大將眼中似有猶疑，李天馥唇角笑意越發濃郁，「你可想清楚了，錯過這次機會，你們天鳳國再想活捉大周女帝可就難了……」

就在李天馥說話的功夫，大周弓弩營已經按隊排列，各個手中拎著已經點燃的小火油桶，隨時準備攻擊。

李天馥死死盯著那天鳳國將軍，見那天鳳國的將軍已然被她說動，只是嘴巴上不願意承認，笑著坐直了身子，轉頭吩咐西涼將士道：「把剛才活捉的那些人都給朕帶上來！」

李天馥口中的那些人……便是白家護衛。

白家護衛拼死護白錦稚和沈青竹逃走，除了死去的，他們剩下的便被抓住了。

那大象著實是駭人，長鼻子那麼一捲，任憑你多大力氣都無法逃脱，哪怕是曾經在戰場上廝殺活下來的白家護衛，被那象鼻子纏上了，也是無可奈何，甚至被勒得吐血，也反抗不得。

被五花大綁的，還有身受重傷渾身是血的白家護衛被西涼兵架出來，直接丟在地上！

白家護衛各個都是硬漢子，有的已經暈厥過去倒在血泊之中，可但凡能撐著一口氣挺直了脊梁站立的，絕不屈膝跪下。冰涼鋒利的刀就架在白家護衛的脖子上，但無人求饒。

白卿言上前一步，瞧見渾身是血，眼睛高高腫起，甚至還有腿被折成詭異扭曲形狀不知死活的白家護衛，心頭如熱油沸騰，眼底盡是殺意。

她緊咬著牙，不動聲解開手臂上纏繞的鐵砂帶，沙袋重重砸地，視線又朝著遠處看去，只希望阿瑜、程遠志、王秋鷺能儘快帶兵到位。

沈昆陽只覺那沙袋落地，自己腳下的石磚地都有感覺，不可思議看向面色冷沉的白卿言，沒想到白卿言這已經有了身孕，手臂竟然還纏著沙袋。

這可是當初白卿言為了撿回射日弓時，為了增加手臂力道，迫不得已用的法子！

白家護衛瞧見白卿言已經立在城樓之上，被風雪吹得胡亂搖曳的燈下，她眸色亦是忽明忽暗讓人看不清楚神色。

「白卿言，就端看在你的心裡，是我們西涼叛臣李之節對你來說重要，還是你們白家這些忠心耿耿的護衛對你來說重要！不過……或許你留著李之節想要對付我們西涼，畢竟嘛……狗沒了還可以再培養，可是敵國叛臣要是沒了，可就沒法利用了！你說是不是？」

白卿言垂眸活動了一下手腕，從一個將士手中拿過一把大弓，輕輕拉了拉……太輕了，不如射日弓。

帶頭的白家護衛吐出口中的鮮血，仰頭望著白卿言，陡然就想起白家軍副帥白岐山舉箭射殺白家五子之事，他們白家軍堅決不能讓自己拖累同袍！

那白家護衛對著白卿言喊道：「大姑娘！不要管我們！我們就是死……也絕不會讓自己成為這群狗娘養的威脅大姑娘的籌碼！大姑娘來生……屬下還做白家軍！」

那白家護衛話音一落吼著就要用頸脖朝刀刃上撞去……

「咻……」箭矢破空，寒煞呼嘯，乾淨俐落洞穿了用刀抵著白家護衛頸脖的西涼軍喉嚨，直直插入雪地之中，帶血的箭羽顫動著。

撞向刀刃的白家護衛沒有碰到冰冷銳利的金屬，反而被滾燙鹹腥的鮮血噴濺了一臉。用脖子撞刀刃的白家護衛，撲了個空，脊背撞在西涼將士的胸膛上，摔倒在地……

背後墊著西涼將士的屍身，抱著赴死決心的白家護衛，隔著茫茫大雪仰望白卿言，卻只能看到燈籠下白卿言拉弓搭箭的輪廓，眼眶發熱。

「保護陛下！」西涼將士大吼著，馱著李天馥的巨象匆忙後退，重盾軍急速上前，做出備戰姿勢。

「白卿言！爾敢殺我西涼將士！」李天馥雙手緊緊攥著座椅扶手，幾乎要站起身來，高聲朝白卿言喊道。

沈昆陽瞧著李天馥手指白卿言的樣子，恨不得剁了那個女人的爪子，緊緊握著腰間佩劍，渾厚的嗓音拔高：「弓箭手準備！」

彎著腰緊貼城牆的大周弓手和弩手聽到命令，箭矢在火焰搖曳的火油桶中一蘸，紛紛拉滿弓，直指城牆之下圍城的西涼軍和天鳳軍。

風雪呼嘯，箭矢上滴答的火油帶火跟著大雪紛紛落地，西涼重盾軍看到從城牆上方不斷跌落的火光，落地還在燃燒，不斷向後退。城牆之上陡然亮起的無數火光，勾勒著這狂風大雪之中屹立百年而不倒的巍峨城牆，竟是讓坐在巨象背上的天鳳國將領心生極為強烈的壓迫感。

身為將士，天生對戰場危險的敏銳感，讓他感覺到似乎有危險……如同高深草叢之中蜿蜒而來，悄無聲息靠近他的毒蛇，正嘶嘶吐著蛇信，蓄勢待發，隨時都會一口咬住他的腳踝……

他覺得這是天神給他的啟示，心生退意，卻又難免被李天馥剛才的那些話蠱惑，想著若能活捉大周皇帝那必定是大功一件，他是天神為天鳳國選定的將軍，天鳳國又誓死效忠天神，天神定然會護著他的！臉上紋著天鳳國勇士紋路的天鳳國將軍，露出掙扎的神情。

李之節剛踏上城牆，就聽到了李天馥的喊聲，和沈昆陽的渾厚有力的嗓音。

和柳如士剛說了沒有幾句的李之節被帶到城牆上，看到天鳳國和李天馥帶著象軍圍城這一幕時，手心收緊……

剛才來的路上，他便聽說了，天鳳國和李天馥竟然在大周高義君回來的路上，大軍圍捕，是白家護衛拼死才給高義君殺出一條血路，讓高義君逃回平陽城。這會兒再看城樓之下，李天馥手下的西涼將士，竟然以活捉的白家護衛來威脅白卿言，分明就是要開戰！

天鳳國是瘋了嗎？就跟著李天馥這樣瞎折騰！他承認，他的確是打算利用自己進入平陽城，挑起大周和天鳳的敵對，如此他們才有機會扶李天驕重登帝位。但畢竟如今是四國會盟的時候，他怎麼也沒有想到天鳳國會在不利於他們象軍的隆冬時節，以宣戰的強勢姿態來向大周要他！

李之節視線落在那些白家護衛……和被白卿言一箭射死的西涼將士身上，在寒風中手心竟然起了一層黏膩的汗液。

他們西涼的輔國將軍雲破行和白家打過的交道多，曾經說過，白家人是最為護短的，在可以的情況下絕不會讓自家將士枉死。想來……白卿言為了那幾個白家護衛，會拿他去換吧？

一定會的，否則白卿言為何要讓人帶他來城牆之上？

白卿言的睿智李之節早就領教過，或許此時白卿言已經猜到了人是他引來的，他給大周帶來了這麼大的麻煩，如今又有白家護衛在李天馥的手中，按照白卿言的個性必會用他去換人。

李之節不怕死，只要他的死能夠讓天鳳國和大周對上，他也算是死得其所。

可他怕的是……大周將他交出去，然後便與天鳳國修好定盟，那李天馥必然會全力搜尋絞殺李天驕，西涼落在李天馥的手中便沒有未來了！這李天馥可是一個為了給陸天卓復仇，什麼都不管不顧的瘋子，她會為陸天卓那個太監毀了西涼的。

柳如士雖說是個文人，可如今陛下在平陽城，大軍圍城他如何能坐得安穩？他又聽說白卿言已經登上城牆，二話沒說拿了件披風便快馬跟著來了。

從白卿言處領命要帶兵前去疏散百姓，將百姓們轉移至北門……以防天鳳國和西涼攻城的小將軍與柳如士擦肩，一路往下跑一路高呼點兵疏散百姓。

柳如士被風雪吹得幾乎張不開眼，一顆心提到了嗓子眼兒，大戰在即的緊迫感逼得從未上過戰場的柳如士心跳加快，他想要借一把刀，倘若一會兒真的拼殺起來，不論如何都得先護著白卿言走，畢竟白卿言現在有身孕在身，可不能和從前那般捨命拼殺，但……將士們誰有多餘的刀借給他這個手無縛雞之力的文弱書生。

李天馥瞧見了李之節，本已經沖上天靈蓋的怒火又被壓了下去，冷笑看著李之節，又高聲道：「李之節……你以為，你逃入大周的地界兒上，我就無可奈何了嗎？大周皇帝白卿言還不是害怕天鳳國的象軍，準備將你交出來！」

李天馥故意挑撥，想要逼著大周出手。李天馥的話也的確是激怒了大周的將士，可白卿言和沈昆陽未曾下令，即便他們再想也堅決不能放箭。

白卿言為了白家護衛的安危，克制著心中的怒火，得再等等……給程將軍和阿瑜他們爭取時間。

她冷眼睨著李天馥，吩咐沈昆陽：「帶人押著李之節下去，將我們的白家護衛換回來……」

「是！」沈昆陽領命。

白卿言轉而看向面色灰敗的李之節，似笑非笑道：「人是你引來的，我白家護衛在西涼和天鳳國的手裡，我只能用你換我白家護衛安然無恙，至於你能否活下來，那就全看你的命數了！」

李之節臉色越發難看，果然……白卿言心裡什麼都清楚，他朝白卿言長揖一禮：「對不住，我只是……害怕大周不敢同天鳳國開戰，所以才想著……」想著逼他們兩國一把。

白卿言不想再聽李之節辯解，轉過頭去同沈昆陽說：「帶他去吧！」

沈昆陽一揮手，兩個大周將士立刻上前，將李之節押住……

知道自己或許活不成了，李之節倒沒有多害怕，可他若是不能達成使命讓天鳳國和大周打起來，對不起西涼啊！

李之節雙眸發紅，想掙脫開大周將士，高聲道：「陛下就真的如此害怕天鳳國嗎？」

「白卿言只要你乖乖將李之節送下來，我就將你們白家護衛這些廢物還給你……」李天馥冷冷笑著，「否則，天鳳國的象軍必然踏平你們的平陽城！」

「李之節，你的激將法……還不如李天馥高明！」白卿言眸色清冽。

天鳳國的將軍聽李天馥將天鳳國牽扯進其中，心裡也覺著不舒服，唇緊緊抿著，危險正在迫近的感覺越發明顯。

他不想由著李天馥扯住天鳳國的大旗耀武揚威，高聲道：「陛下，天鳳國並無與大周開戰的念想，只要大周願意將西涼叛臣交出來，我們天鳳國絕不與大周為難，還請陛下放心！」

聽著天鳳國這位將軍，還略顯生硬的通用雅言，柳如士咬緊了牙關，心中也越發清楚了天鳳國的野心，從參加四國會盟的時候，柳如士就詫異天鳳國國君的雅言竟然說得如此好，畢竟他查過……天鳳國的語言可和他們的語言不同。

而今，就連天鳳國的將軍都會說雅言，即便是不那麼純正，可能看得出這天鳳國對這片土地的野心，否則……為何連打仗的將軍都要學雅言?!

很快，沈昆陽押著李之節從城牆之上下來。

平陽城大門緩緩打開，李天馥眸色陰沉，十分不甘心，她今日來的本意可不僅僅只是要拿下李之節，更重要的是讓天鳳國同大周打起來！

沈昆陽吩咐身後的將士，道：「去將我們的人扶回來！」

見大周將士過來，將白家護衛架起，扶起往回走，沈昆陽也推了一把李之節，讓李之節去西涼和天鳳國的陣營。西涼的將士也將李之節五花大綁，押了回去……

李天馥正要開口，就聽那天鳳國的將軍道：「今日不適合開戰！我收到了天神的啟示，所以還請西涼女帝安分一些……」

「大周不敢同天鳳國開戰，難道不是說明大周畏懼天鳳國嗎？區區三十頭戰象他們就已經害怕了，天鳳國還擔心什麼呢？」

李天馥瞧了眼那天鳳國的將軍，歪在軟榻座椅扶手上，用毯子蓋好自己的雙腿。

她又故作輕蔑望著白卿言，開口：「沒想到……白家人一向硬骨，曾經白家副帥白岐山，可是親自舉箭射殺了白家五子穩固軍心，維護晉國尊嚴，可大周尊嚴……在大周女帝的心裡竟然還沒有幾個白家護衛重要，白家真是後繼無人了！」

白卿言正視李天馥，應聲：「是啊，在我的心裡……在大周所有人心裡，尊嚴什麼的，永遠比不上我大周忠勇之士的性命重要！」

大周將士們聽到白卿言這話，各個握緊了手中的弓弩，彷彿在這寒冷的風雪之中喝了一碗熱血，暖到了四肢百骸。被大周將士攙扶著、抬著跟隨沈昆陽回到平陽城城門之內的白家護衛已經是淚流滿面，白家軍從來不會捨棄任何一個同袍！

李天馥臉上笑意一僵，沒想到嘲諷白卿言的話，反倒讓白卿言踩著她的話激勵了大周士氣。

此次奉命隨李天馥前來平陽城的天鳳國主將，心中只覺不安的感覺越來越強烈，便開口：「大周女帝既然已經將西涼叛臣交出，那麼……我們便告辭了！」

「且慢！」白卿言語聲平淡，竟是比這呼嘯寒風還要瘆人的冰冷，「我大周國界，豈是你們想來便來，想走就走的？」

李天馥一聽這話，立刻來了精神：「怎麼，大周難不成還想要同天鳳國開戰不成？你就不怕天鳳國的象軍將你們大周這些所謂銳士和賤民踩成肉泥嗎？」

天鳳國的將士和西涼將士，頓時戒備起來。

「天鳳國與西涼捉拿西涼叛臣這本為西涼國政，大周不欲摻合其中。」白卿言視線掃過天鳳國使臣，順手從箭筒之中抽出兩根羽箭，「然……天鳳國和西涼卻在我四妹回城途中，意圖劫殺！傷我四妹，殺我白家護衛，將我白家護衛折磨至此，天鳳國這是新仇，而與西涼這是舊恨……新仇舊恨不共戴天！今日既然來了……那只能留下你們的命來償還了！」

說完白卿言眸色一沉，將弓拉滿：「放箭！」白卿言一聲令下，兩支羽箭最先劃破滯澀冰冷的空氣，以電擊雷震之速，最先找準巨象漆黑的眼珠子直直而去……

不過是一息的功夫，天鳳國的將軍只聽到極為短促的一聲響，還沒有看清是怎麼回事兒，他坐下和李天馥坐下的大象就同瘋了一樣，突然仰鼻發出淒慘嘶聲，胡亂甩著鼻子，腳下步子踉蹌朝著兩側撞去。坐在巨象背上的天鳳國將軍和李天馥險些被大象甩下來。

「退！快退！」天鳳國那位將軍驚呼，重盾兵立刻合攏，用重盾護著紛紛後撤。

帶火箭雨之下，象軍頓時亂作一團，三十頭巨象你撞我我撞你，巨象嘶鳴聲不絕，腳下不留神便會踩踏到靠近巨象的天鳳國將士，不少重盾營的將士被踩死。

李天馥雙手緊緊抓著座椅扶手，臉色煞白，還不等她發出驚呼，就見……帶火的箭矢從城牆之上急速朝著城樓之下的天鳳軍和西涼軍撲來！

沒有料到大周會真同他們開戰的天鳳國將軍，緊緊扶住座椅，高聲喊著：「退！退！退！快退！」然而此時的大象哪裡還會聽從坐在它們頭頂的馴象將士們指揮，撞來撞去已經亂成一團，看到鋪天蓋地而來……不斷向下跌落帶火的箭雨，仰鼻長嘶，不斷向後退。

在最前被白卿言羽箭射中的兩頭巨象的眼睛緊閉，只剩帶血的一小節箭羽留在眼睛外面，大象捲起鼻子，試圖將羽箭從血淋淋的眼睛裡拔出來……

然而象鼻佩戴著鎖子甲，要將對大象來說如同細籤的羽箭拔出簡直是難如登天。

城牆之上，第一組弓弩將火箭射出，蹲下重新用箭矢蘸取火油搭箭拉弓的同時，第二組交替站起身來，箭雨如一張巨網，成千上百地射出去，像流星將平陽城上空點燃了一般，火光一波接著一波在白雪紛飛的夜空亮起，恍如白晝……

還不等那些身形巨碩的龐然大物站穩身子，隨之而至的帶火箭雨帶著呼嘯聲而至，即便是大象身穿盔甲，可無數帶火羽箭呼嘯而來，又都撞在盔甲上跌落，可箭矢是帶著火油，火油只要碰到天鳳國給大象穿著的野獸皮毛之上，頓時便會起火。

巨象胡亂搖頭，險些將天鳳國將軍甩下去，他忙拿起胸前掛著的骨哨不斷吹響，那些亂成一團的大象竟然像是被施了法術一般，逐漸停止了亂撞，彷彿身上的傷都不復存在，被火燒著了的毛皮也感受不到灼痛般，紛紛掉頭，後撤……

坐在巨象身上的馴象軍，忙用衣裳替還在行進的大象撲火。

被巨象亂撞嚇得面色慘白的李天馥心有餘悸，雙手死死抱住座椅扶手，眼看著頂棚已經被帶火的利箭穿透，那一箭堪堪從她頭頂而過，扎進支撐著頂棚四角的木頭裡……

所幸頂棚落了積雪，火到底是沒有燃著，箭羽從頂棚積雪穿過……那帶著火油的火苗就被湮滅，可箭雨不斷，誰知道什麼時候就會要了她的命。

巨象掉頭之後跑的極快，將兩條腿跑的將士們踩在腳下，不管不顧的往後跑，險些又將李天馥顛下去。領命回撤的將士們在雪地裡狂奔，滑倒的……被同袍踩踏而過不說，運氣不好的……便會被巨象踩成肉泥。

李天馥死死抱著頂棚木柱，回頭朝著那不斷射出火箭的城牆之上看去，她親眼看到那帶火的箭矢不斷撞在身著鎧甲的巨象身上，無法穿透鐵甲跌落下去，可帶著油的幽藍火苗就在鎧甲之上燃燒著，但因沒有可燃之物附著，又被大片大片的雪花襲擊而熄滅。

她咬緊了牙關，耳邊只剩呼嘯的風雪聲，臉和手被吹得通紅，轉過頭去高聲道：「已經撤出他們羽箭攻擊的射程！你還不停下?!白卿言就站在平陽城城樓之上，這麼好的機會，用巨象撞擊平陽城大門，只要我們進去就必定能活捉白卿言！你現在回去是懦夫是失敗！抓到白卿言就是大功一件！你們天鳳國才能換取立足之地！」

一直吹著哨子的天鳳國將領能領會李天馥的意思，可他也明白，李天馥是個只想報仇的瘋子！天神早已經給了他警示，他那個時候就應該退，不該心生貪念！此次大周皇帝可是帶兵而來，雖然目前還不清楚大周帶來了多少兵力，但想一想今日在四國會盟之地遠遠看去那黑壓壓的一片，絕對不在少數！

天鳳國來是為了幫西涼要回李之節的，加之是冬季，所以未做開戰準備，冒然開戰太過倉促，三十頭象軍不見得頂用。

「殺——」

「殺——」

就在天鳳國將軍打定主意騎著巨象帶自家將士們撤走不搭理李天馥之時，東側鵝毛大雪之中陡然亮起火光亂竄的火把，殺聲震天。

遠處帶著騎兵正在狂奔的要趕著堵住天鳳國去路的程遠志聞聲，回頭朝平陽城方向看去，只見帶火的箭雨接連不斷，如同無數流星，接連不斷飛出，又聽到大象嘶鳴之聲響徹黑夜，他高聲道：「放煙火！」

跟在程遠志身旁的司馬平被風雪打得睜不開眼，應聲後從胸前摸出報信的煙火，直沖天空……

「咻——嘭——」紅色的煙火升空。

一萬五千白家軍將士，得令紛紛勒馬，黑夜之中調轉馬頭。

戎狄最健碩的汗血寶馬跑出了一身的汗，在大雪之中，全身熱氣蒸騰著，噴出粗重的白色鼻息。

程遠志騎馬走至隊伍最前，高聲喊道：「點火！」

騎於駿馬之上的白家軍將士們，掏出火摺子……將隨身攜帶的火把點燃。

帶著象軍和將士們後撤的天鳳國將領，陡然看到遠處忽而亮起如同火龍一般兩頭看不到盡頭的火把，睜大了眼高聲喊道：「停！」

三十頭巨象緩緩停了下來。

李天馥雙眼發亮，興奮溢於言表：「看吧！以白卿言的聰明睿智早就看出你們天鳳國的意圖！一個能推翻晉朝登基為帝之人，她會是心慈手軟的草包嗎?!她絕對不會給你們天鳳國機會的！今日這麼好的時機你們要抓不住白卿言，大周大燕聯盟你們天鳳國絕對討不了任何好處！」

那帶著象軍前來的天鳳國將領，緊咬著牙。

「現在離城牆還不是很遠，白卿言肯定是讓帶來的軍隊傾巢而出來堵截我們的！只要讓象軍衝開城門，便能活捉白卿言，我們才有一線生機！」

李天馥見天鳳國的將領還有遲疑，明白那將領是擔心來之前薩爾可汗叮囑了，只幫著李天馥要人，不能打起來，又急急道：「現在是白卿言先出手的！你是迫不得已開戰，你們陛下不會怪你的！今日我帶來六千將士，你們天鳳國只有三十頭巨象和不到一百的將士，到底在怕什麼！是我們西涼人在搏殺捨命為你們天鳳國活捉大周皇帝白卿言啊！」

那天鳳國將領抬眼，咬牙重新吹響骨哨，天鳳國控制著巨象的將士聞聲，紛紛調轉象頭。

坐在巨象背上的李天馥察覺巨象掉頭，眼中露出狂喜的神色，高呼：「掉頭！全力攻城！」

「天神護佑的西涼好男兒啊！」李天馥猛然從巨象之上站起身來，雙眸翻湧著瘋狂，風雪之中歇斯底里高呼，「今日大周皇帝的軍隊傾巢而出，想要在城外絞殺我們！城內兵力空虛，這是天神在庇佑我們西涼好男兒！讓我們的西涼勇士能殺入城去活捉大周皇帝白卿言，為我們死去的父親、兄弟們報仇！天神在上！讓巨象為我們衝破城門！活捉大周皇帝！殺！」

西涼兵卒聽到李天馥的喊聲，一個一個如同打了雞血，吶喊著奮勇赴死，誓要為親人復仇，活捉大周皇帝！「殺！」

「殺——」

從平陽城上朝遠處望去⋯⋯

茫茫大雪之中，三十頭巨象動作緩慢掉頭，載著天鳳國將領的巨象和李天馥坐下的巨象腳下步子逐漸停住，因為一隻眼睛被射傷⋯⋯腳下積雪打滑的緣故，動作緩慢而不穩當。

西涼將士們見巨象掉頭，又受到李天馥的鼓舞，嘶吼著不斷從巨象兩側急速衝出，舉刀舉矛朝平陽城的方向攻去，彷彿有天神庇佑就再也不怕死亡。

天鳳國將領咬住嘴邊的骨哨，隔著茫茫大雪，目光死死盯著平陽城樓上的璀璨燈火，他手緊緊扶著座椅扶手，用骨哨吹出極為高昂的音調。

坐在巨象頸脖處的馴象師聽到骨哨聲，朝著自家主將的方向看去，高昂的骨哨聲再次響起，馴象師們紛紛拽住逃生繩索，一手攥成拳頭……嘶吼著砸開緊緊纏繞在巨象頸脖之上的巨大項圈暗扣。項圈暗扣被打開，束縛著巨象的沉重項圈在巨象的嘶鳴聲中紛紛落地，砸得大地都在顫抖，巨象也開始狂奔，朝著平陽城衝擊。

巨象越跑越快，險些將李天馥顛下去，操控著李天馥所乘坐巨象的馴象師因為語言不通的緣故，未曾多言直接將李天馥扛在肩上，拽著繩索，從腳下步子越來越快的巨象身上滑下，李天馥耳邊全是風聲，她朝地面看去……只能看到殘影，風雪打在臉上生疼！

李天馥腦子裡一根弦緊繃起來，她睜大眼看著他們離地面越來越近，以為這天鳳國的馴象師要帶著她跳下去，高聲喊道：「太快了！跳下去會摔死的！」

馴象師聽不懂李天馥在說什麼，只一手拽著繩索，雙腳踩住巨象身上鎧甲的凹槽穩固身形，瞧見騎兵已經快馬追上，他直接將李天馥丟了下去……

李天馥睜大了眼，眼前只剩下風雪，她尖叫著以為自己要死在這裡了，以為天鳳國瘋了連她也要殺，卻沒想到，那天鳳國騎兵穩穩將李天馥接住，李天馥的心都要從嗓子裡跳出來了。

李天馥看了眼接住她的騎兵，朝一旁望去，見那天鳳國的將軍也被騎兵接住，急速勒馬，又眼見巨象朝著平陽城的方向攻去，劫後餘生心跳還未平復的李天馥忍不住露出極為瘋狂的笑容，這一次有巨象開道，白卿言必死無疑！

平陽城城牆之上，沈昆陽見巨象掉頭朝著平陽城衝來，緊握腰間佩劍，步伐沉穩朝著床弩方向走去，高聲喊道：「床弩準備！弓箭手準備！」

床弩手轉動絞盤，三根粗壯的弩箭已被置放妥當。

「放！」沈昆陽一聲令下，巨大的弩箭混在箭雨之中直沖黑暗天際，不過片刻又從高空之中急速射向西涼軍和天鳳軍的方向，利箭如雨，比落雪快出十幾二十倍不止，讓人無法躲避，慘叫聲混著箭雨呼嘯聲響徹雪夜。

「小白帥，你先走！這裡攻城不安全！」沈昆陽擔心白卿言的身子。

卻見立在搖曳大燈籠之下的白卿言面色冷沉，道：「沈叔放心，有阿瑜和程將軍在……城門必不會破！」話音一落，白卿言又轉而鄭重望著沈昆陽：「沈叔，讓人下令往城門內堆積雪，將積雪抹平磨滑了……以防象軍真的入城！」

白卿言在樓上觀戰了半天，發現這些象軍來時雖然步履穩健，可是亂起來之後，這積雪被踩平踩實，巨象的腳下就開始打滑，只要這些巨獸摔倒了，還愁沒法拿下嗎？

白卿言這麼一說，沈昆陽便明白了是什麼意思，雙眼發亮，應聲轉頭下令。

「陛下！」一滿頭是汗的將領跑到白卿言面前單膝跪地，「已經按照陛下吩咐，讓將士們將百姓送往北門，去城中鋪子拉乾椒和花椒的將士也已經回來！不過白五公子帶兵離城的時候，搬空了東門附近的調料鋪子，所以屬下搜集這些乾椒花椒花費了點時間……眼下已經全部拉來在城樓下！」

白卿言聞言抬頭朝著頭頂隨風搖曳的燈籠看了眼，這風向是朝著西南方向刮的，所以效果不見得會最好，但總比束手無策強。

「讓人將所有的乾椒花椒點燃，掛在南門東側城牆外，煙霧越大越好！」白卿言語聲沉著囑咐，「戴好面巾以免被嗆到！」

「是！」

「給乾椒花椒噴水，和乾柴火一起燒，煙霧更大！」沈昆陽一把拽住領了命令就要跑的小將叮囑。

「沈將軍放心，末將懂得！」那小將應聲朝樓下跑去。

小將語速快聲音又大，命人用鐵鍊將鐵鍋綁住，乾椒花椒噴濕放進鍋裡和柴火一起燒。

南城門將士們亂中有序，手下動作十分麻利，拎鍋的拎鍋，澆油的澆油，點火的點火！

他們將鍋裡的柴火澆上火油點燃，撒上噴濕的花椒和乾椒，拎著就往城樓上跑，嗆得自己直咳也顧不上！

「現在先別撒花椒乾椒！上了城樓再撒！快！快！快！快！快快快！」小將立在登城樓梯口聲嘶力竭喊著，突然被點燃的花椒嗆了一口，搖曳的火把映得他臉色咳得發紅，他用濕帕子掩住口鼻，忍住咳嗽，被嗆得額頭青筋爆起，抬手示意將士們速度加快，又挪開帕子高聲喊道，「用濕帕子遮住口鼻！快！」

手上沒有鍋子的將士們，直接用繩子綁住取暖用的紅泥爐子，抓起噴濕的花椒和乾椒就往城牆之上衝。

年輕勇武的將士們用濕漉漉的布條遮擋住口鼻，衝上南城城門東側，將花椒乾椒撒入鍋或者已燒得通紅帶火的紅泥爐子，沿著城牆將裝著濕花椒的鍋與爐放下去懸在空中，另一頭的繩或繩索綁在長矛之上，用垛口卡住長矛，騰出手腳為弓弩手們繫上濕面巾遮蓋口鼻。

巨象速度極快，哪怕白卿言立在這城牆之上，也已感覺到了腳下震動……如同滾地雷似的巨響不斷靠近。白卿言手心收緊，眸色沉著無絲毫懼怕，她握緊了手中的大弓，抽出一根羽箭，閉眼在黑暗之中尋找那控制大象的骨哨聲，可聲音太過吵雜……

她身邊的將士們戰意沸騰地嘶吼著，弓弩隊三隊有序交替著，鋪天蓋地的箭雨呼嘯聲不停歇，又有大雪影響視線，白卿言抓不準位置。

西涼那些將士發現無法靠近已經躲在巨象身後，跟隨全身佩甲不懼箭弩的巨象向前移動。

可不等巨象和西涼大軍靠近，東側突然亮起沖天火光，那騎著駿馬在最前帶頭的……竟然是大燕那位戴著面具的攝政王九王爺，他背後……如同有火海一般，亮起看不到盡頭的火把，在狂雪暴風之中胡亂竄動。

「大燕的將士們！」謝荀拔劍高呼，「都說天鳳國有象軍戰無不勝，今日……是我們第一次同這象軍交手，小試牛刀，務必要讓天鳳國知道，我們大燕國的銳士便是這象軍的剋星，讓雪山那頭的蠻夷之軍，滾回他們的天鳳國去！殺！」謝荀高聲之後，一馬當先率先衝了出去。

「殺——」大燕將士們爭先恐後，朝著遠處巨象的方向撲去。

扮做普通騎兵的慕容瀝也想衝出去，卻被戴著面具的慕容衍按住。

「九叔！」慕容瀝被謝荀的話說得已然熱血沸騰，想要同天鳳國的象軍一較高下。

「月拾！」慕容衍冷聲道。

月拾立刻提韁上前：「主子！」

「看好陛下！不許陛下衝向前去！」

「是！」月拾領命，從慕容衍手中接過慕容瀝坐下駿馬的韁繩，「主子放心！」

「九叔！」慕容瀝扶了扶自己頭上的盔帽，「九叔，不是說好了讓我看看什麼叫戰場嗎？」

「讓你看看，沒有讓你衝鋒陷陣！別忘了……你是燕國的皇帝！」慕容衍說完，又看向月拾，

「陛下若是傷了一根頭髮……你提頭來見！」

月拾緊緊拽住慕容瀝的韁繩，鄭重應聲，「屬下領命！」

慕容衍深深看了眼慕容瀝，一夾馬肚在風雪之中飛奔而去。

「將軍！」正將紅泥爐子往城牆下放的將士突然看見城牆下正有緊貼城牆在移動的大周將士，高聲喊沈昆陽，「將軍！」

沈昆陽趴在城牆之上往下一看，戎狄騎兵已經在夜色……和箭雨的掩護之下隨白卿瑜到達城牆之下，正面面對天鳳國和西涼。

一身銀甲戎裝的白卿瑜一手拿著紅纓長槍，一手提韁上前，他前面不過幾丈之地，便是箭雨紛紛落下的位置，猶如密密麻麻的扎在土壤之中的雜草一般，被燒得焦黑的箭身還有未被積雪和落雪撲滅的，只剩火苗奄奄一息的搖曳著……

大周皇帝，他的阿姐便在這城牆之內，白卿瑜就是死，也堅決不能讓西涼和天鳳國的人挨到這平陽城城牆分毫。

慕容衍還算有心，已經帶著大軍趕到，白卿瑜也不怕天鳳國和西涼的人從東側逃走，便可放心大膽的直面天鳳國象軍。

此次象軍來的並不多，只有三十頭，正好讓白卿瑜試一試，他在奔赴平陽城路上，琢磨對付象軍的法子到底管不管用。

「是五公子！」沈昆陽頭皮一緊，立刻明白了白卿瑜的意圖，生怕箭雨傷到白卿瑜，轉頭高聲喊道，「弓箭手停！床弩手……速度快起來！給五公子開路！」

弓箭手領命收弓，床弩手加快了速度轉動絞盤。

白卿言聞言上前兩步，果真看到白卿瑜就在最前，她未曾猶豫，冷靜沉著搭箭拉弓，瞄準遠方傳來巨象長鳴和將士嘶吼的黑暗之處，餘光緊緊鎖定白卿瑜，要為戎狄軍和弟弟保駕護航：「弓箭手準備，求準不求快，為我大周勇士護航！」

弓箭手聽到白卿言沉著高昂的聲音，高聲呼和應著，紛紛拉弓……瞄準遠處，這一次不再是漫無目的無差別的箭雨攻擊，而是找準敵軍精準射擊。

聽到風雪中自家阿姐的聲音，白卿瑜盯著那巨象的眼神越發冷沉。

「將士們！」白卿瑜長槍指向最前，眸色冷沉，「殺！」

白卿瑜一聲令下，戎狄最英勇強壯的騎兵一字排開，從正面急速朝著象軍和西涼將士正面迎擊而去。

沈昆陽疾步朝著東側跑去，雙手撐著城牆眺望，若是五公子在這裡，那麼東側是誰？火光之中，沈昆陽隱約看到了玄鳥青雀旗。

「陛下！東側是燕國！玄鳥青雀旗！」沈昆陽轉頭同白卿言喊道，「陛下！是大燕！」

白卿言沒有想到燕國會來，難怪阿瑜要正面迎戰象軍，若是她猜的不錯，阿瑜或許是想要趁著此次來的象軍少，來實踐他預備對付象軍的方法。

一如白卿言所預料的那般，只見戎狄騎兵交錯跑開，兩人手中拉著一條繩索向前衝，大有想要用繩索絆倒象軍的意思。可此法完全無用，天鳳國的大象要比大樑的大象更為巨碩強大，面對騎兵衝刺企圖絆倒它們的繩索，對巨象而言根本無法撼動它們分毫，只要巨象邁腿那牽著繩索兩頭的戎狄勇士便會被甩飛出去。

而城牆之上飛出比將士們手中長矛還要粗壯的弓弩，撞在大象武裝到蹄子的鐵甲上，衝力也只是讓巨象略微搖晃，未能傷到巨象，被火箭射中的……裸露在鎧甲之外的皮毛也隨著鎧甲上積雪融化被撲滅。

不論是白卿言的煙熏法也好，還是白卿瑜的繩索法也好，這都是大周頭一次和象軍正式交戰，頭一次嘗試用從未實踐過的方式對抗象軍。

兩軍短兵相接，霎時殺聲震天。

天鳳國和西涼國身後是程遠志所帶精銳，已然追上了西涼落在最末的將士，展開廝殺。前面，是白卿瑜所率戎狄悍兵，奮力殺敵，白卿瑜衝在最前，堪稱以一敵百，但太過深入敵軍，身旁危險重重……

城牆之上的白卿言視線被風雪影響，但藉著箭雨落地後被燃著的火光，勉強能看到白卿瑜的身影，見白卿瑜身後似有寒光撲了過去。

白卿言穩住呼吸，放箭，立刻抽箭搭弓，沉著鎖定白卿瑜的方向……

羽箭擦著白卿瑜的右臂而過，直直將那馬上的西涼將士一箭射下馬。

白卿瑜回馬一槍，將西涼將軍喉嚨刺穿，拔槍便是鮮血飛濺。

白卿言餘光察覺白卿瑜身側似有寒芒，箭頭一轉，放箭……煞氣逼人的箭矢旋轉，飛速而去……射中那舉著彎刀的西涼將軍駿馬頸脖，烈馬淒厲長嘶倒地，圍堵白卿瑜的西涼將軍頓時死在白卿瑜的馬蹄之下。

戎狄將士們初見城牆之上的大周弓箭手放箭，心中生懼，但見那弓箭都跟長了眼睛似的，並未傷他們……反倒是幫著他們射殺那些險些要了他們性命的西涼軍，這才放心。

白卿言在城牆之上為白卿瑜護航，白卿瑜深信自家阿姐的箭術，越發能放開手腳……

見象軍即將要衝到城樓之下，白卿瑜高呼：「攔住象軍！」

戎狄軍以捨命的方式朝著象軍方向衝去，一條繩索攔不住，那就兩條、三條、五條……十條！

白卿言目光不敢離開白卿瑜半分，只高聲下令：「弓箭手，火箭準備！」

護在白卿言身邊的沈昆陽高聲傳令喊道：「弓箭手火箭準備，對著那大象往死裡射！」

傳令兵分散在城牆兩頭跑開，傳令：「弓箭手火箭準備，對著大象往死裡射！」

「弓箭手火箭準備，對著大象往死裡射！」

高亢的傳令聲在平陽城城牆之上響起，第一波弓箭手退下，蘸取了帶火火油的弓箭手上前，放箭，火箭對準了巨象密集飛去。

王秋鷺所率一部，也已加入戰場。

謝荀帶著燕軍殺入大戰之中。

區區六千西涼兵，根本就不夠殺的……

天鳳國的將軍四下望去，渾身發冷，如今西涼天鳳四面楚歌，唯一能依仗的便是象軍，故而只能背水一戰。天鳳國將軍心一橫，再次吹響咬在唇邊的骨哨。

正緊緊盯著阿瑜的白卿言耳朵動了動，抓到了！

她猛然調轉箭頭，目光凌厲，乾脆俐落放箭。

箭矢飛速而出，與巨象身上的鎧甲上方擦出火花，急速前衝，嘴裡咬著骨哨的天鳳國將軍只覺頭上的盔帽被極為猛烈的力道砸中，箭矢沒法全然穿透添加了墨粉做出的盔帽，只沒入了箭尖，與盔帽兩敗俱傷，天鳳國的將軍也眼前一黑，從疾馳的馬背上跌落……

「將軍！」

「將軍！」天鳳國的騎兵瞧見自家將軍從馬背之上跌落，驚得用天鳳語高呼著下馬，見自家將軍滿頭是血，將已經暈過去的天鳳國將軍駝上馬背，高聲喊撤。

可是現在哪裡還有給他們撤的餘地，四面被圍只有依靠象軍才能突破，可……會用骨哨控制象軍的將軍此刻暈了過去，滿頭鮮血不知死活。

天鳳國其中一頭巨象已經率先衝到了城牆之下，伸長了象鼻長嘶著朝城門方向衝去……巨象的第一次衝撞，便讓平陽城古老城門……被鐵皮包裹著的門栓險些折斷，變得彎曲，將士們抓緊時間在入城門之地布置，將積雪壓得實實的，將士們來回在積雪上滑動，打造出滑得站不住人的冰道……

手持利刃列隊站在冰道之後的將士們，全身緊繃，就等巨象衝進城摔倒的一瞬。

巨象第一次衝撞之後，濃烈刺鼻的辛辣空氣，隨著冷空氣灌入嗅覺靈敏的大象鼻子內，那撞城門的巨象受了刺激瘋了一樣，甩著長鼻子亂撞，全然沒有了章法，一頭撞在牆上，又一頭撞在門上。

城樓被巨象撞得晃動，沈昆陽打了一輩子的仗，也從未見過這樣可怕的巨獸，忍不住上前扶住白卿言：「陛下！您先走！」

「這會兒要下城樓已來不及了！」白卿言的視線跟丟了白卿瑜，抽出羽箭來回尋找著，眼見有西涼悍兵舉刀要斬殺他們大周的銳士，她仰著下顎，瞄準，咬著後槽牙拉弓射出……

不等西涼悍兵的刀落下，羽箭便洞穿了西涼兵的頸脖，那大周將士朝著城牆上看了眼，知道同袍們站在城牆之上護著他們，他們的君主……赫赫有名的殺神，正站在城牆之上，搭弓射箭與他們同在！那將士忍不住熱血翻湧，迅速爬起，撿了大刀再次衝入肉搏拼殺之中。

慕容衍劍鋒所到之處，便是血霧噴濺，在這極為寒冷的隆冬之夜，那噴濺的熱血落地便成了冰碴子，怒馬揚蹄長嘶，他一手扯住韁繩穩穩坐於馬背之上，他手持滴血長劍，護在城牆之下，厲聲高呼：「射大象的眼睛，將它們逼回去！」

不等燕軍朝著大象的眼睛放箭，空氣中飄散的刺鼻氣息，就已經讓嗅覺靈敏的大象難過不已，象群瘋瘋癲癲跌跌撞撞，其中一隻大象甩著長鼻子……腳下來回踩踏結實的積雪已經打滑，片刻便重重摔倒在地，甚至能讓人感覺到大地的顫動。

巨象一倒，將士們嘶吼著飛速衝上去，找準巨象身上盔甲相接的縫隙，用盡全身的力氣將利刃從縫隙扎進去，一插到底，巨象疼得淒厲嘶鳴，掙扎著要起身……將好不容易攀爬上巨象身體的將士們甩下去，可還未站起身，又被滑倒，大周將士們再次蜂擁，齊心協力往這巨象身上鎧甲縫隙內插刀子。

眼看著天鳳國的巨象一頭接一頭的倒地，又很快便被大周的將士爬滿覆蓋，如同密密麻麻的螞蟻奮不顧身挑戰巨獸。

「陛下！」西涼八大家族翟家的將軍快馬上前，向李天馥伸出手，道，「陛下，大燕已經帶兵前來馳援，我們四面楚歌，大勢已去，不可戀戰，末將設法護陛下殺出去！」

李天馥緊咬著牙，朝著那燈火通明的平陽城門看了眼，咬牙下決心，一把拽住翟家將軍的手，道：「撤！」

「西涼的將士們，我們要不惜一切代價，為陛下殺出一條血路！殺啊！」

西涼的將士原本熱血沸騰而來，但此時的確已經陷入四面楚歌的局面……已被逼得不知道應該從哪面衝殺出去才好的西涼軍，無雲破行那樣威名赫赫……經驗豐富老道的將軍在，早已經潰不成軍。此時聽到撤退號令的西涼軍，按照翟將軍所指……往大周軍防守薄弱的方向拼殺，卻正遇上王秋鷺所率部隊。

王秋鷺沒有忘記白卿言的話，這些人來了……就別想走，他一馬當先殺在最前，緊盯李天馥，誓要斬下李天馥的頭顱，只覺如此才能對得起陛下對他的信任！

謝荀被不要命頑抗的西涼軍砍中馬蹄，從馬背上跌落下來，一劍穿透了那西涼兵的胸膛的同時，又抬腳踹飛了舉刀朝他撲來的天鳳兵。

他還未從那西涼軍胸膛拔出劍，只覺迎面一道寒光直沖而來，正要躲閃就見那呼嘯的罡風從他耳邊刮過，身後傳來一聲利刃入肉的悶響，他回頭一看……竟是一杆銀槍直直插在朝他舉刀的西涼兵胸膛之中，那要偷襲他的西涼兵露出死不瞑目的震驚神情。

怒馬疾馳而來，嘶鳴著從謝荀身旁揚蹄一躍，聲震九霄，如有雷霆萬鈞之勢。

騎於馬背上風骨清雋傲岸戴著半副銀色面具的男子，紅色披風翻飛，如雄鷹展翼，一手攥韁繩，俯身一手攥住紅纓銀槍。

銀槍從那西涼兵胸膛抽出，血霧噴濺……

駿馬落地，西涼兵也應聲倒下。馬背上居高臨下的銀甲男子調轉馬頭，單手勒韁，一身銀甲帶血，一人一騎……火光之中，宛若地獄羅剎，殺氣凜然。

四目相對，謝荀生出一種熟悉的感覺，那銀甲將軍的眼中炙熱淩厲之色十分逼人，但還不等他想這大周將領到底是誰，便覺撲朔寒光襲來，憑藉本能反手揮劍，刀劍碰撞之聲刺耳。

謝荀一腳踹飛朝他揮刀的西涼兵，很快那西涼兵便死在了燕軍的刀下。

白錦稚脫臼的胳膊剛被洪大夫接好，便登上城樓高聲吆喝著，讓弓箭手……看準了再射，別射到自己人了。

她更是立在了城牆上，舉著弓箭往下瞄準，但目光所及……不是大周將士就是燕軍，她只能收了箭，心中惱恨，若不是胳膊脫臼了，她也能跟著五哥殺得那些西涼兵天鳳軍片甲不留。

遠遠望去，到處都是廝殺聲，到處都是金戈聲，成片的火光跳躍，映照著被白茫茫積雪覆蓋了的大地，這積雪被滾燙的鮮血染紅……燙化，又被刺骨的寒風凝結成冰，目光所及皆是紅彤彤一片，如同血海。

我眾敵寡，平陽城之戰，甚至都沒有持續到後半夜，便已經結束。

燕國九王爺慕容衍帶著慕容瀝和燕國幾位主將入城，大周將士們在城外清理戰場。

六千多西涼兵，幾乎全殲，逃走的不過半百之數而已。

天鳳國的三十頭巨象，逃了十二頭，傷了六頭短時間內至少不能再參戰，死了八頭，還有四頭被活捉。

這一仗，天鳳國沒有準備，大周和燕國更沒有準備，但……因為天時、地利、人和，大周和大燕勝了，但……此次是慘勝。

巨象衝擊了一次，便將平陽城城門撞得搖搖欲墜，還有那彎曲的木栓，都讓大周和大燕明白巨象的威力。更讓他們明白，這場仗若是不能在冬季結束，持續到夏日，那麼……天時地利將會被天鳳國占據，大周和大燕就只有被動挨打的分兒。

三十頭巨象，再加上西涼和天鳳國此次帶來的兵力六千多，大周獨自就可以全然包圍西涼軍和天鳳象軍……甚至可以說是能壓著西涼兵打的情況下，粗略統計大周至少損失了三千多兵力，燕國快馬加鞭趕來時大周已經開戰，損失也不小，至少一千五往上。

平陽城太守府正廳內，火盆內炭火「劈啪」作響。

僕從端著一盆一盆熱水魚貫而入，又端著一盆一盆的血水從正廳內出來。

月拾就在廊廡之下跪著，低著頭，像個犯了錯的孩子。

除了白卿言、沈昆陽和白錦稚，還有司空沈敬中未曾下城牆廝殺，身上沒有血漬之外，不論是慕容衍也好，白卿瑜……程遠志、王秋鷺、謝荀都沒有來得及洗去鎧甲上的血跡，只用熱水洗去了臉上和手上的血跡。

白卿言也用熱帕子擦了擦被凍得發紅的臉和手，吩咐魏忠讓人將給將士們熬的熱湯給他們也端幾碗過來。

慕容衍想扶著白卿言坐下，又怕與白卿言舉止太過親密引人懷疑，便道：「陛下有孕在身，經歷一場大仗想必也累了，還是先坐下歇歇。」

白卿瑜一身血氣還未沐浴，不想往阿姐身邊湊，怕血氣沖到阿姐：「陛下先歇歇。」

她點了點頭，坐下，同慕容瀝和慕容衍道：「此次……多謝燕國來援。」

「大燕和大周本就有盟約，必然是共進退，來援是應該的。」慕容衍一本正經對白卿言頷首，接過魏忠捧來的熱茶，對魏忠點頭致謝。

見自家王爺落坐，立在火盆前烤火的謝荀也跟著在一旁落坐。

程遠志和王秋鷺搓了搓手，也從火盆前挪開，挨著在沈昆陽下首坐下。

「以前從未和天鳳國交手過，那龐然大物的確是讓人望而生畏，而此次頭一次迎戰……卻也覺那巨象並非不可戰勝，但……雖然是勝了，我們的損失亦是很慘重。」白卿言面色沉著，手用力捏著甜瓷茶杯，「若是不能趁著冬季巨象畏寒將天鳳國趕回雪山那頭，夏季回暖……我們這仗會很難打。」

慕容衍點頭表示贊同：「如今天鳳國象軍還在西涼境內，若是我們主動出擊，仗……在西涼國土上打，便不會傷到我們大燕和大周的百姓，可要是別國來戰……可就要在我們家門口打了。」

白卿瑜看了慕容衍一眼，也十分贊同慕容衍的說法，仗在誰家打……誰家的百姓遭殃，更別說西涼一向有屠城的習慣，天鳳國又有奴隸他國百姓的風俗。

「開戰之事，宜早不宜晚……」白卿瑜轉而看向自家阿姐，「如今已經是臘月，立春之前一定要結束。」

洪大夫正坐在屏風後的圓桌邊替慕容瀝包紮傷口，他被天鳳國騎兵傷了右臂。

慕容瀝手到現在還在輕微發抖，經歷過一次才明白，戰場上不是你死就是我活，枉父皇和九叔都覺得他穩重，今日若不是月拾，他怕是要死在戰場上了。

在慕容瀝心中，他很是敬佩征戰沙場的白家，他以為……白家最小的十七子都能上戰場，他比白家十七子年長，又跟著二哥學了一身的武藝，即便是不能所向披靡自保也是可以的。

沒想到，第一次上戰場，就讓敵國將士給他教了乖。

也是直到此時，他才明白……戰場之上哪有什麼絕對的安全，思及此……心中越發敬佩白家，敬佩鎮國王，敬佩白家視死如歸的第十七子。

洪大夫親自給慕容瀝上了藥後，用熱水將手上的鮮血洗去，道：「沒有傷到筋骨，只是皮外傷……不打緊，回去好好換藥，不要讓傷口沾到水，很快就能好。」

白錦稚坐在慕容瀝身旁，將熱茶推給慕容瀝，裝作看不到慕容瀝輕微顫抖的手，悄悄同慕容瀝道：「你比我強多了，我頭一次跟長姐上戰場的時候，被長姐護著，可回去別人瞧不見的時候吐的一場糊塗，想起戰場上那些殘肢斷骸，我噁心的連肉都不想吃了。」

慕容瀝聽到肉這個詞，腹部頓時翻江倒海，硬是咬牙克制著，端起白錦稚推過來的茶杯，喝了兩口，可熱茶下肚那股子翻江倒海的感覺更重了，他忙捂著嘴起身衝到外面，左手扶著廊廡旁的漆柱，哇哇的吐。

月拾瞧見慕容瀝這樣子，正要起身上前，就見自家主子挑起棉氈簾出來，又老實跪了回去。

慕容衍手裡端著杯茶水，輕輕撫著慕容瀝的脊背，等慕容瀝吐乾淨了，將水杯遞給慕容瀝。

漱了口，慕容瀝直起身，用袖子擦了擦唇角，一臉愧疚喚了一聲九叔，左手緊緊攥著杯子，覺得自己沒用極了。

「頭一次上戰場這是正常的，即便是九叔……即便是如今的大周皇帝，第一次上戰場的時候也都會如此，看到了戰場慘烈，就要明白打仗不是兒戲，明白天下一統，四海太平的意義。」慕容衍抬手摸了摸慕容瀝的頭頂。

正是因為慕容衍見過，慕容衍才明白天下太平的可貴。

正是因為白卿言經歷過，白卿言才比任何人都懂得，要想天下太平，只有天下一統。

今日上了戰場的慕容瀝，真正見識了戰場的殘酷，也真正明白了……當戰報送上來，那些死傷數目，不僅僅只是數字，而是……將士們活生生的生命。

這才是慕容衍今日允許慕容瀝一同跟過來的原因，口傳身教……遠不如親身經歷來的更讓人刻骨銘心。

慕容瀝是個悟性極高的孩子，他抬頭目光堅定望著慕容衍：「我明白了九叔！」

「走吧！」慕容衍同慕容瀝道，「與大周皇帝商議戰事，你這個皇帝不能少。」

慕容瀝頷首，將手中杯子裡的水飲盡，強壓下自己胃裡還在翻湧的感覺，同慕容衍一同跨進正廳。

棉氈簾子被撩起，帶著寒氣的風便竄了進來，撩得屋內高几上的燭火一暗後又明亮了起來。

白卿言讓魏忠給慕容瀝上了杯濃茶，苦澀的味道能緩解慕容瀝心口翻湧的感覺。

「還有幾日就是除夕了，不若等過了除夕，再開戰？」程遠志說。

沈敬中卻搖了搖頭：「微臣不贊同，大象畏寒，現在正是冬季……且過一天少一天，兵貴神速，應當越快發兵越好！」

今日大戰，沈敬中去的時候，已經是尾聲了，但也看到了大象蹄子打滑摔倒，這才能被蜂擁而上的將士們制服的情景。所以，沈敬中以為，要戰……宜早不宜晚。

「可是除夕都是舉家團聚的日子，將士們大多會思念家鄉思念親人，二十九開戰，怕將士們心中會有不滿。」程遠志是根據自己的經驗而談。

「這就要看陛下……與燕帝，如何鼓勵戰士們了！」沈昆陽倒是很贊同儘快出戰之語，抬手朝著慕容瀝的方向拱手。

燕帝慕容瀝頷首，又看向慕容衍的方向：「九叔以為呢？」

慕容衍略作思索片刻，又抬眸望著白卿言：「周帝剛才也說了，冬季結束之前必須結束戰事，每拖一天……對我們來說便少一天，故而……本王同意二十九開戰。」

燕國皇帝、攝政王、大將軍謝荀，與大周定下共同征伐西涼和天鳳國的日子就在後日，大周與燕國共同出戰。

但不論大周的將領掛帥，還是大燕的將領掛帥，都不能讓兩國將士們全然服氣，而引發不必要的衝突，所以兩國各自為戰，相互通報軍情戰報。

定好了諸般事宜，燕帝慕容瀝便攜攝政王慕容衍、大將軍謝荀，與周帝白卿言告辭。因為白卿言有孕在身，慕容衍和慕容瀝不想讓白卿言勞累的緣故，由白卿言的胞弟白卿瑜和妹妹白錦稚送燕帝和燕國攝政王出城。

謝荀臨上馬之前，轉而朝著白卿瑜一拜：「多謝白將軍救命之恩。」

「謝將軍客氣，應該的。」白卿瑜負手而立，淺淺頷首。

謝荀原本想問白卿瑜為何帶領的是戎狄軍，可一想……戎狄已經歸順大周，且鬼面王爺已死，周帝讓自己的胞弟接管戎狄軍也在情理之中。

只是，從晉朝宣嘉年間白家出事，謝荀一直沒有聽說白家五子白卿瑜回了白家，白家軍中也再未曾聽到過白家五子的消息，就連周帝登基的時候，這白家五子白卿瑜也沒有回大都城，怎麼就突然冒出來了。

且……戎狄才歸順了大周多久，可白卿瑜用戎狄軍卻用的是得心應手，這不禁讓謝荀懷疑，這位大周皇帝的胞弟，怕是早早就潛伏在了戎狄軍中。

又或許，戎狄鬼面王爺是死在他的手裡也說不定。

若是那個鬼面王爺真的是死在白卿瑜的手中，那謝荀便欠了白卿瑜的人情。

今日是謝荀同白卿瑜第一次見面，他也不方便問白卿瑜曾經去向……

不論如何，白卿瑜此次救了他的命這分恩情是實實在在的，謝荀銘感於心，他對白卿瑜再次長揖一禮，這才上馬跟隨慕容衍和慕容瀝帶燕軍離開。

送走燕國皇帝和攝政王，白卿瑜同白錦稚回來時，聽說白卿言已經前去巡營了，白卿瑜一怔……便想起父親白岐山在世時的習慣，不論一場仗打下來多累，父親總是會在巡了傷兵營之後才能放心休息，如今阿姐也是一樣。

「小四，你回去歇著吧！」白卿瑜轉頭同白錦稚道，「後天發兵，五哥還指望著你呢！」

白錦稚聽到這話，眉目間露出笑意，用力點頭：「五哥放心，小四一定拼盡全力！」

「去吧！」白卿瑜對白錦稚頷首。

雪越下越大，將平陽城外被血水染紅的土地和積雪遮擋的嚴嚴實實，讓人瞧不見銀妝素裹之下的鮮血和殘肢斷骸，一派山河太平的景象。

城內，將士們忙著為同袍包紮敷藥，百姓們幫忙運送石頭木料修葺被巨象撞壞的城門……

昨夜的大戰，大周犧牲的將士多，傷了的將士更多，畢竟被那巨象踩上一腳，可不是鬧著玩兒的。

呂元鵬的馬被受了乾椒花椒煙霧刺激的逃竄巨象踢飛，呂元鵬當時便吐血暈了過去，若非司馬平拼死將暈厥的呂元鵬從巨象蹄下拽了出來，此刻的呂元鵬怕是已經成了肉餅。

可司馬平背上也挨了西涼兵一刀，此時趴在營房內，忍著疼讓軍醫幫忙上藥。

「呂元鵬怎麼樣了？」司馬平看了眼還未醒來的呂元鵬，憂心忡忡問。

「馬將軍放心，呂將軍沒事兒……昨夜陛下讓洪大夫親自過來看了一次，洪大夫說傷著了肋骨，但問題不大，沒有內傷。」軍醫替司馬平蓋好了被子，立在水盆旁淨手，「馬將軍您傷好之前，怕是都得趴著睡了。」

司馬平化名馬三參軍，軍中都管司馬平叫馬將軍。

司馬平又看了眼雙眼緊閉的呂元鵬，不免擔憂：「那他怎麼還沒醒？」

「呂將軍這是睡著了……」軍醫用帕子擦了擦手，一邊收拾藥箱一邊笑著道，「陛下來巡營的時候呂將軍還醒了一次。」

司馬平：「……」

正說著，躺在床上的呂元鵬突然呢喃一聲，從被子裡伸出雙手準備伸個懶腰，卻拉扯到了傷口，頓時疼得呲牙咧嘴。

魏忠打簾進來，正瞧見呂元鵬疼得呲牙咧嘴的模樣，笑著開口：「呂將軍這可是醒了？」

軍醫忙向魏忠行禮。

呂元鵬瞧見是魏忠進來，忙一骨碌從床上爬起來，就穿著一身褻衣，動作利索向魏忠行禮：「魏公公，可是白家姐……可是陛下派您來的？」

呵……司馬平瞅著呂元鵬無聲冷笑，轉過頭去接著趴，他是白白為呂元鵬擔心了，這傢伙恢復能力好的和打不死的臭蟲一樣，還用他擔心？

「正是，陛下派老奴來請呂將軍和馬將軍，說……若是兩位將軍能夠起身，便前去面駕。」魏忠笑著道。

「能能能！自然是能起身的！」呂元鵬伸手拽了拽司馬平的被子，「快起來！陛下要見我們！」

司馬平：「……」

呂元鵬拿了衣裳就往身上套，司馬平從小到大也沒有受過這麼重的傷，慢吞吞從床上爬起來，還被呂元鵬嫌棄動作慢，也不知道司馬平這傷是為了救誰受的！

兩人穿好了衣裳，便隨魏忠一同去後院見白卿言。

書房內，白卿言正同白卿瑜、白錦稚、沈昆陽、程遠志和王秋鷺一同商議對抗象軍之法，魏忠直接將兩人帶了進去。

兩人正要行禮，就聽白卿言道：「你們身上都有傷，不必行禮了！」

呂元鵬聽到這話，捂著肋骨的位置，喜滋滋應聲：「好嘞！」

司馬平卻是忍著脊背的疼痛跪下，又一把將呂元鵬扯著跪下，規規矩矩朝白卿言行了禮。

剛從城外巡視回來的白錦稚手中烏金馬鞭還沒來得及擱下，笑著用馬鞭指了指司馬平：「這還是我認識的司馬平嗎？這才多久未見啊，就變了一個人！」

司馬平還是那副恭敬的目光垂首：「以前是以前，如今是面見陛下，該守的禮數還是要守的！」

以前不論呂元鵬同白卿言的關係多麼親近，那個時候的白卿言只是鎮國公府的嫡長女……只是有一個虛爵的郡主或者是公主，而如今白卿言已經是高高在上的大周皇帝。

史上有太多草莽皇帝，登基之前許諾與將領們此生為兄弟，登基之後……那些曾經與皇帝關係親密的兄弟，真以為可以和從前一般和皇帝以兄弟之義相處，不懂得何為君臣之禮，不懂何為尊卑有別，不懂何為進退有度，只論情誼，結果呢？那些論情誼的人，有幾個是全須全尾而終的？多半都落了個家破人亡的下場。

如今呂元鵬的祖父在朝中已是太尉，一人之下萬人之上，呂元鵬就更該懂得尊卑有別，君臣之禮，否則皇帝高興了覺得呂元鵬耿直坦率，不高興了……便是仰仗家世不分尊卑，君前失儀。

呂元鵬聽到這話，看了眼司馬平又偷偷去瞧白卿言。

白錦稚被司馬平這一本正經的模樣逗笑：「行了司馬平，你在大都城是個什麼德行，咱們誰不清楚……」

白錦稚話還沒說完就被自家五哥的目光制止，白錦稚抿住唇縮了縮脖子。

見到故人，白卿言心情還是很不錯的，尤其是……這呂元鵬也好，還是司馬平也好，雖然被人稱作紈褲，卻是赤子之心，後來又能在白家軍中堅持下來，作為從小嬌養長大的貴公子，的確是難得。

「都起來吧！」白卿言轉頭對魏忠頷首。

魏忠笑著走至一旁，將白卿言的那一杆銀槍取了過來……

呂元鵬看到那紅纓銀槍，脊背猛然挺直，身側的拳頭收緊，眼裡露出狂喜。

他知道……那是白家姐姐的紅纓銀槍。白家姐姐一向都是說話算話的，曾經在大都城城門前，白家姐姐說過……等他從軍建功立業，便將她的紅纓銀槍送給他！

白卿言還未說會將紅纓銀槍送給呂元鵬呢，呂元鵬便已經預感到他將會成為這杆紅纓銀槍的下一任主人，不自覺將手心中的汗在衣裳上擦了擦。

「看起來……元鵬這是已經知道我喚他過來幹什麼了！」白卿言瞧著呂元鵬的表情，眉目間全都是笑意。

呂元鵬嘿嘿乾笑，見白卿言從魏忠手中接過那杆紅纓銀槍，脊背挺得更直了。

「曾經說過，等你有一天入伍了，我就將這杆紅纓銀槍送給你，如今你做的比我想像中的還要好，連沈將軍和程將軍都對你們二人讚不絕口！」白卿言愛惜地理了理槍上的紅纓，這才走至呂元鵬面前，笑道，「這杆槍是我上戰場時，沈將軍請人為我打造的……」

沈昆陽聽到這話，眉目間笑意越發深，視線瞧著呂元鵬。

「沈將軍曾說，希望我用這杆銀槍多多殺敵立功！」她含笑的眸子認真看著呂元鵬，「今日……我便將這杆銀槍送給你，也希望你能多多的殺敵立功！」

呂元鵬發亮的黑眸看了沈昆陽一眼，再次將手心在衣裳上擦了擦，雙手接過白卿言遞來的紅纓銀槍，緊緊攥在手中，鄭重道：「白家……陛下放心！元鵬一定會多多殺敵！一定要成為像陛下般厲害的將軍！給這杆紅纓銀槍爭氣！也給我家翁翁爭氣！」

見呂元鵬認真的表情，白卿言頷首：「你一定會成為一個好將軍，以後跟著程將軍要多學！」

「是！」呂元鵬將紅纓銀槍抱在懷裡對白卿言做了一個抱拳的動作，自己又憋不住嘿嘿直笑。

白卿言轉而看向姿態恭敬……全無曾經在大都城時懶散肆意模樣的司馬平，道：「沈將軍同我說，你是個將才，昨日我在城牆之上……看到你劍用的極好。」

昨日呂元鵬極為勇猛，一路馳馬狂奔甚至搶在了程遠志的前面，一路衝殺，逼近城樓的方向……

司馬平不放心一直在後面跟著。

正是因為呂元鵬衝殺的速度太快，這才沒有來得及躲開巨象，以致坐下戰馬被踢飛了出去。

司馬平聽到白卿言昨日在城牆之上看到了他，手心收緊，內心也是高興的，可他還是低垂著視線，態度恭敬，宛若寵辱不驚。

魏忠捧著一把長劍，邁著碎步上前，將長劍遞給司馬平。

「這長劍是昨日繳獲的，是用天鳳國的墨粉混合鍛造而成，堪稱吹毛斷髮，今日借花獻佛贈予你。」白卿言笑著說。

司馬平抬頭，雙手接過寶劍，輕輕用拇指抵住劍柄，還未拔劍便已經能感覺到劍氣逼人，果然是……極為難得的寶劍。

司馬平忙單膝跪地：「司馬平謝過陛下！」

「身上有傷起來吧！不必行禮了！」白卿言又同二人說，「回去好好養傷，很快……我們大周便要同天鳳國開戰，屆時你們還要多多殺敵才是。」

「是！」

呂元鵬和司馬平高高興興帶著各自新得的武器離開後，負手而立的白卿瑜慢吞吞上前，說：「阿姐，既然明日便要同西涼和天鳳國開戰，我以為……定下大致戰略之後，阿姐應當回大都城坐鎮才是。」

「大都城有阿娘和呂太尉他們，我很放心。」白卿言知道阿瑜這是擔心她的安危，鎮定自若同白卿瑜道，「我在這裡，也是為了讓你們知道，此戰……我們大周無路可退，春季一到，我們的優勢便都沒有了，所以必須在冬日結束之前，將天鳳國趕回去！」

第八章　玉蟬傳說

剛剛抵達蒙城的燕國太后，聽說慕容瀝昨夜隨軍馳援大周受傷的事情，頓時慌的不行，下馬車時險些腿軟摔倒，多虧貼身婢女眼疾手快將燕國太后扶住。

慕容衍知道嫂嫂已經抵達蒙城，頗為意外，沒想到他竟然一點兒消息都沒有收到，嫂嫂人便已經到了蒙城。

作為權傾大燕的攝政九王爺，在外人面前，至少應當是和皇帝、太后不和的，故而慕容衍並未出城相迎，慕容瀝是正喝藥得到的消息，披了件大氅就往外面趕，剛跨出正門，太后的馬車便已經停在了黑漆金釘的六扇大門前。

慕容瀝忙走下高階相迎，燕太后瞧見慕容瀝，奔過去一把扣住他的雙肩來回打量……

她摸了摸慕容瀝的臉，又不敢隨便觸碰慕容瀝的身體，生怕觸碰到慕容瀝的傷口，不知如何是好，只哽咽問道：「傷到哪兒了？啊？告訴阿娘傷到哪兒了?!」

「阿娘……兒子沒事！」慕容瀝笑著用左手握住自家阿娘的手，「傷在胳膊上，是皮外傷，洪大夫已經幫忙看過了，說只要按時換藥不碰水，養個三五天就能好。」

說著，慕容瀝動了動手臂：「您瞧，真的沒事兒。」

燕國太后眼淚吧嗒吧嗒往下掉，抬手摸了摸慕容瀝的頭頂，用力攥著慕容瀝的手，與慕容瀝一邊往府內走，一邊訓斥慕容瀝：「你膽子怎麼這麼大，你是燕國的皇帝，你要是有了什麼三長兩短，燕國怎麼辦？阿娘可怎麼活？」

「阿娘放心，月拾在旁邊護著兒子呢，而且還有謝將軍和九叔在！」慕容瀝笑著為自己開脫。說到這個，燕國太后心中就大為惱火，不滿慕容衍讓阿瀝跟隨一起上了戰場，可宮婢太監和護衛都在，燕太后不能說什麼……

「阿娘怎麼突然來了蒙城？我和九叔一點兒消息都沒有收到。」慕容瀝笑著問自家娘親。

燕太后扯了扯唇角：「馬上就要除夕，阿娘不忍心你一個人在外過除夕，擔憂不已，這不……你舅公知道阿娘惦記你，便設法讓阿娘悄悄出宮，派人將阿娘送了過來。」

燕太后來蒙城的消息瞞得死死的，就這會兒……都城的大臣還都以為燕太后病重臥床靜養。

聽到舅公二字，慕容瀝的眉頭緊了緊。慕容瀝知道阿娘一向性子軟弱，故而在慕容衍和他決意對外假裝叔侄倆人因權力日漸生了嫌隙之時，慕容瀝選擇假裝倚重自家舅公。

但……自家舅公的能耐慕容瀝清楚，想要瞞著九叔的人將阿娘送出宮，是萬萬做不到的。

燕太后一路拉著兒子的手去了慕容瀝的書房，掀開慕容瀝的衣袖，瞧著用細棉布包紮的傷口好似真的是皮外傷的模樣，這才鬆了一口氣，眼眶忍不住又紅了。

見四下無人，燕太后這才摸了摸兒子英俊的小臉，同慕容瀝說：「你呀……長點兒心吧！以後那戰場可是千萬去不得了！你現在就命人收拾東西，除夕一過便隨阿娘回都城！」

「阿娘？」慕容瀝表情錯愕，阿娘剛到就要他收拾東西隨她回都城，是都城出事了？

他攥著阿娘的雙手蹲在自家娘親的面前，仰頭望著阿娘：「是不是都城出什麼事了？阿娘您別怕……有兒子在！」

燕太后遲遲未說出口，只道：「你隨阿娘回都城就是了，你留在這裡阿娘不放心。」

「我和九叔在一起，阿娘有什麼不放心的？」

「就是……」燕太后話頭陡然一止，硬生生又將話音咽了回去，眼淚吧嗒吧嗒往下掉，「你若是心裡還有我這個阿娘，就同阿娘回去！」

「阿娘，不是兒子心中沒有阿娘，只是現在大燕和大周合兵征伐西涼和天鳳國，大周皇帝身懷有孕都還在平陽城，就是為了鼓舞將士士氣，兒子堂堂男兒怎麼能走？」慕容瀝不贊同，「阿娘，到底出了什麼事？您說出來我們同九叔商量……」

燕太后還未開口，就聽見外面疊聲的「九王爺」傳來，她忙抽出帕子沾了沾眼淚，就見她的貼身嬤嬤進門稟報，說九王爺來了。

燕太后理了理衣裳道：「請王爺進來吧！」

慕容衍一進門，便朝燕太后行禮：「阿衍見過嫂嫂，剛才天鳳國遣使前來致歉，阿衍在書房見天鳳國使臣，便未曾出門相迎，還望嫂嫂不要怪罪才是。」

「九叔！」慕容瀝朝慕容衍行禮。

「阿衍坐吧！」燕太后唇角勾起笑容，裝作一如往常的模樣，先開口，「這一次來，沒有提前通知你和阿瀝，是不想給你們添麻煩，就想著來和你們過了除夕，隨後帶阿瀝先回都城，畢竟國不可一日無君，阿瀝是皇帝……在前線要是有什麼萬一，我們誰都擔待不起，你說是不是？」

他在列國行走多年，閱人無數，自家嫂子雖然裝作和往日一般，可神色變化他能瞧不出來？

「嫂嫂可是因為此次阿瀝受傷之事，生氣了？」

對自家人，他願意推心置腹，不想同嫂子繞彎子說話，便有話直言：「嫂嫂，這裡沒有外人，嫂嫂要是有氣打阿衍兩下都是行的！長嫂如母……不論嫂嫂如何教訓阿衍都會受著！但……阿衍以為，阿瀝作為燕國的皇帝，作為我慕容家的男兒，戰場他是應該去見一見的。」

「而且，有我、有謝荀在……還有月拾在，必不會讓阿瀝真的受重傷，男子漢流點血……皮外傷這都是成長路上必須經歷的，不論是兄長也好，還是我也罷，我們都上過戰場，阿瀝身為燕國的皇帝不能讓他涉險，至少也得讓他見識，不能只待在帝都的錦繡堆裡不經風雨。」

燕太后緊緊攥著手中的帕子，她不是不明白慕容衍這是想要同她推心置腹說話，她也承認慕容衍的話自有慕容衍的道理。既然慕容衍坦誠，燕太后也不想藏著掖著，她轉而同慕容瀝道：「你先出去，就在外面候著，我有話同你九叔說。」

慕容瀝猶豫著，燕太后頓時大怒：「怎麼，阿娘說的話不管用，非得你九叔下令才行？」

慕容瀝這才對燕太后和慕容衍行禮後，跨出書房，卻在書房外支起耳朵往裡面探聽。

「嫂嫂有什麼話盡可直言，我們是一家人，沒有什麼不能說的。」他望著燕太后，「嫂嫂若是覺得阿衍有什麼地方做的不對，盡可指出。」

燕太后雙手緊緊揪著帕子，幾乎要將帕子扯爛，半晌醞釀好情緒才道：「阿衍，當初嫂嫂剛嫁給你兄長……咱們大燕是個什麼情況你是知道的，那個時候的大燕是個爛攤子，父皇殺了母后，又要來殺你兄長，那時嫂嫂已經四個月身孕，拼死逃出行宮回母家，以死相逼求父親帶兵救你兄長和你，我和你兄長的第一個孩子就是那個時候沒的，我父親也是那個時候沒的……」

燕太后說到這裡語聲哽咽，身體輕微發抖，那年的情況對燕太后來說，如同噩夢一般，每每午夜夢迴還會驚出一身冷汗。也正是因那時沒了那個孩子，燕太后的身子才一日不如一日，以致於多年後才有了大皇子，甚至懷阿瀝的時候險些命都沒了。

慕容衍身側拳頭微微收緊，也被拉入了那慘痛的回憶之中去。

他撩開衣衫下擺，在燕太后面前跪了下來：「嫂嫂……阿衍沒忘。」

燕太后看著他的模樣，不忍心，伸手將他扶了起來，眼淚吧嗒吧嗒往下掉，哽咽著開口道：「後來，阿衍你志氣高，說要為燕國布置一張大網，消息網，所以想要成為他國商人，以商人的身分游走在列國之間，而那時的燕國銀錢悉數送往晉國，窮得……就在亡國邊緣徘徊！」

「你兄長一籌莫展，只能屈膝懇求官員百姓共渡國難，舉國上下為你籌措銀兩，我母家家產悉數捐出，我所有的嫁妝首飾全部交於你，身上連一樣珠翠都未留。」燕太后摸了摸自己腰間不知道換了多少繩結的玉佩，「只留了……你兄長當年聘我時，送的這枚定情玉佩。」

「嫂嫂……」他抬頭望著自家嫂子，眼眶泛紅，「阿衍從未忘記過。」

雖說後來嫂嫂的嫁妝，蕭容衍都全部找了回來，可危難時嫂嫂傾囊相助的恩情，阿衍沒忘。

「大魏富商蕭容衍，是你的化名，假身分！而今……大魏富商蕭容衍又是大周皇帝的亡夫，且大周皇帝的腹中……還有了遺腹子！」

燕太后定定望著慕容衍問，「大周皇帝腹中的孩子，是你的骨肉，還是……迫不得已只能借用你的身分？」

聽到這裡，他隱約知道了，嫂嫂在擔心什麼，坦誠直言：「不敢欺瞞嫂嫂，卿言腹中的……是阿衍的孩子。」

「那嫂嫂再問你……」燕太后通紅的眸子裡盡是凌厲之色，「大周皇帝，知不知道你是燕國的九王爺？」

慕容衍點了點頭，未曾欺瞞：「早在晉國宣嘉年間卿言便知曉了阿衍的身分，還曾助阿衍隱瞞身分，助阿衍脱困，卿言知道阿衍的目的是在列國揚名，更是給了阿衍這個機會，借助白家打出了義商的名號，也正因此……阿衍在列國行走起來才更容易了些。」

燕太后一副果真如此的表情，眼裡有了更深的戒備：「你兄長曾經同我說，阿衍有了心意的女子，那女子對阿衍說過……唯有天下一統，方能還百姓萬世太平，是個同阿衍有著一樣志向和抱負的女子，這女子……可是大周皇帝？」

慕容衍頷首。

燕太后見慕容衍點頭，瞳仁驟然一緊縮，猛然站起身來：「是了！這就是了！你兄長身體孱弱世人皆知！她早就知道你的身分，所以早有謀劃……想著你兄長若是不在了必定是你登上燕帝之位，所以早在大都城的時候就賣人情於你！」

「嫂嫂……」慕容衍不可思議望著燕太后，不知道燕太后哪裡來的這些猜測。

燕太后神色緊繃，來回踱著步子：「後來她推翻了晉朝，自己登基為帝，可她的目標是天下一統！所以又開始打燕國的主意……」

「嫂嫂！」

慕容衍企圖阻止燕太后的話，可她完全聽不進去，自顧自說著：「那時晉朝的大長公主沒了，雖說那時是她祖母的孝期，可皇家的孝期和百姓守孝時間不同，所以她勾著你用蕭容衍的身分成親，又懷了你的孩子！分明是想要用孩子來逼迫你威脅你……打動你，從而占據大燕！」

「嫂嫂！事情並非嫂嫂揣測這般，阿寶也不是這樣的人。」

「我看你是被那個白卿言迷的昏頭了！」燕太后眼淚掉的越發厲害，她極力克制著自己的聲音，不想讓外面的人聽到，「白卿言不能有孕的事情，是人盡皆知，可為何同你成親之後便有了身孕？這分明就是她算計的！」

「嫂嫂……我知道你是怕我會因為這個孩子，將阿瀝從皇位上拉下來，可嫂嫂不能如此侮辱卿言，阿衍行走列國多年，自詡看人的本事還是有幾分的，白家人各個品性高潔，甚至……勝出我們慕容皇室不知幾籌，阿衍一直自愧不如！」

慕容衍定定望著燕太后，「所以，還請嫂嫂不要侮辱她！不要用……我們燕國皇室的心，去揣度白家人的心！即便是白家人真的想要燕國，也一定是用最光明正大的方式，而非如此齷齪的陰謀詭計。」

「也請嫂嫂不要懷疑阿衍的承諾，若是阿衍真的會為自己的孩子就將阿瀝拉下皇位，早在兄長留下聖旨傳位於我的時候，我便登基了。」

燕太后聽到這話，頓時淚流滿面，她哽咽，拎著裙擺在慕容衍對面跪下，緊緊攥著他的手：「阿衍！嫂嫂並非懷疑你！你是我的弟弟，我信你！可我不信大周皇帝！或許如你說的……大周皇帝是個心胸磊落之人，可阿衍……我的經歷告訴我，人心隔肚皮！就連親生父親都會為了權利和皇位對自己的兒子下毒，更何況是……敵國的皇帝?!」

嫂嫂說的是父皇對兄長下毒的事情。那時，兄長受百官擁戴，都說兄長賢明，眼見兄長在官員和百姓間的聲望日漸高漲，父皇便對兄長下了毒。

可……有一件事嫂嫂並不知道，父皇之所以對兄長下毒，除了兄長的聲望太高之外，更是因為老早便懷疑兄長並非是他親生骨肉，不想讓燕國江山被他人骨血得到。

見慕容衍面色陰沉，沉默不語，燕太后又戚戚然道：「即便是，大周皇帝和你都是正人君子，可……阿衍，你兄長原本是要將皇位傳給你的這件事，在阿瀝心中一直都是個疙瘩。」

聽到這裡，慕容衍抬頭望著燕太后，剛才著急辯解的神色逐漸平靜下來，心底微微發寒，醇厚深沉的嗓音響起：「嫂嫂想讓阿衍如何做？」

燕太后搖了搖頭，語氣帶著期盼和懇求：「不是嫂嫂想讓你如何做，是……若有朝一日那白卿言用腹中孩子逼迫你，你要怎麼做？若有朝一日阿瀝想要將皇位讓給你的孩子，你還會不會和今天這般……只堅定的擁護阿瀝坐穩皇位？啊？」

慕容衍抿唇不語，只定定看著自己的嫂子，看到嫂子如此反應，兩國合併之事……他反倒不能坦然直言。

「阿娘！」慕容瀝掀開棉氈簾子從外面進來，他在外面支著耳朵聽見不少，見阿娘和九叔相對而跪，不想讓自家九叔為難，又怕九叔將兩國來日以國策定輸贏合併之事毫無隱瞞對阿娘說出來，便上前在自家阿娘和九叔身邊跪下。

「阿娘說錯了，九叔讓位給阿瀝，在阿瀝心中並非是疙瘩，九叔當初將皇位讓給阿瀝時，告訴阿瀝……如此做是為了同阿瀝分工，讓大燕更好！阿瀝明白……九叔想讓阿瀝做一個至少外人看來是正直善良和仁慈的皇帝，九叔承擔了陰暗被人唾罵的那一面，只有如此……才能在推動大燕發展和變革的同時穩固阿瀝的皇權！」

慕容瀝目光認真堅定望著自家母親，替慕容衍心痛，語聲止不住上揚：「九叔所做的一切，全都是為了燕國……全都是為了阿瀝坐穩這個皇位，為此……九叔連自己身後罵名都不顧了，阿娘怎麼能如此揣度懷疑九叔？」

燕太后聽了慕容瀝的話，瞳仁顫抖……

若是慕容衍和大周皇帝沒有孩子，燕太后自然是全心全意相信慕容衍，願意將一切都託付給慕容衍！可……慕容衍有了孩子，她也是一個有孩子的人，怎麼能不理解為人父母的心思，誰家的父母不想將世上最好的東西送到自家孩子面前。

慕容衍沒有孩子，就會將阿瀝當做自己的孩子疼愛，自然是願意為阿瀝付出的，可以後呢？等他的孩子出生，阿瀝該怎麼辦？燕太后不是不相信慕容衍，她是不相信人性，不相信白卿言。

她搖了搖頭，思緒在心中千迴百轉之後開口：「阿娘怎麼會不信你九叔？阿娘是怕……那大周女帝會用你九叔的孩子要脅你九叔！」

燕太后望著慕容衍：「到時候，一頭是自己的骨肉，一頭……是嫂子、侄子，你九叔……難免動搖對燕國的忠心，動搖對你的疼愛。」

慕容衍想起之前說起兩國合併，阿瀝曾言讓慕容衍反對，讓他在燕太后面前演一場戲之事，原本慕容衍心中還有愧疚，覺得欺騙了自家人，心裡過意不去。

現在看來，還是阿瀝瞭解自己的母親。

「阿娘！」慕容瀝覺得母親這話誅心了，「白家……大周女帝的人品貴重！絕不會用孩子做什麼要脅！

白家人的品格阿瀝深為敬佩，阿娘不能如此懷疑大周女帝，更不應該憑藉自己的臆想來懷疑九叔！難不成……九叔為了燕國需要終身不娶，終身不能有自己的孩子才算是忠心大燕？才算是疼愛阿瀝？阿娘……這是哪裡的歪理？」

「嫂嫂，阿衍自問對燕國無愧，反而是為了燕國……數次對不住卿言！」慕容衍身側拳頭收緊，鄭重開口，「阿衍以前未曾做過對不住燕國百姓和阿瀝的事情，也願起誓日後……也絕不會做對不住燕國百姓和阿瀝之事，如此嫂嫂可算安心？」

燕太后聽到這話，喉頭翻滾，道：「嫂嫂不是說忠心燕國和阿瀝，阿衍便必須終身不娶，終身不能有自己的骨血！只是……你的妻不能是敵國人，更不能是敵國的皇帝！你兄長在世之時……曾有意將孟尚書之女孟昭容指給你，阿衍娶了孟昭容為妃，成親生子……這也是你兄長想要看到的！如此嫂嫂也能安心……」

「阿娘！」慕容瀝睜著圓圓的眼睛，「九叔為燕國付出的還不夠多嗎？為何還要九叔犧牲終身幸福來換阿娘一個安心？阿娘我們是九叔的親人……並非那些朝臣和敵國要在合作之中相互制約，何以如此逼迫九叔？阿娘你是怎麼了？白家姐姐和九叔兩情相悅，彼此……」

慕容衍抬手制止慕容瀝再說下去，只望著自家嫂子：「我以為……嫂嫂和兄長鶼鰈情深，自是明白若真心相愛，中間是容不下他人的。」

大燕太后緊緊揪著帕子：「你和大周皇帝，竟然已經到了這一步！」

「當初，母親一心撲在一個男人身上，落得那樣的下場，之後……兄長同我便發誓，只要是自己認定的妻，便一世只求一心人，絕不負自己的妻！」

慕容衍眉目平靜，「否則兄長身為燕國皇帝，後宮……不會只有嫂嫂和貴妃兩人！兄長之所以有庶出的二皇子，也是因嫂嫂聽從母家兄長的話……認為作為皇后就有替皇帝開枝散葉之責，騙了兄長，給了嫂嫂自家庶妹機會。」

後來，慕容彧不留情面，將燕太后的庶妹趕出宮去，直到二皇子慕容平落地，為了不讓二皇子難堪，這才將孩子和燕太后的庶妹一同接回宮中，可這麼多年……慕容彧給了二皇子生母尊榮，卻從未踏入過二皇子生母的寢宮半步。

聽到這些話，燕太后想起已離世的丈夫，心如刀絞，用力攥住胸口的衣裳，哭出聲來。

「阿衍這輩子，只要白卿言為妻，也只會有這麼一個妻，絕不再娶，更不會納妾侍，還請嫂嫂不要難為阿衍。」慕容衍對著嫂子叩首，「該說的話，阿衍都說了，還請嫂嫂如同兄長和阿瀝這般……信阿衍，若是嫂嫂還是不能信阿衍，阿衍也無能為力！只有死後去向兄長謝罪……」說完，慕容衍站起身來，又朝燕太后長揖一拜。

「阿衍！」

「九叔！」慕容瀝眼眶發紅瞧著自家九叔，目送九叔轉身離開，他差點兒忍不住眼淚，只回頭瞧著自己母親，「阿娘，你這是真傷了九叔的心。」

「阿娘不是不信你九叔！阿娘只是不信那大周皇帝！如今你九叔對大周皇帝情根深種，誰知道將來會不會……」燕太后欲言又止，滿目含淚望著慕容瀝，「阿娘……阿娘怕守不住你父皇留下來的江山啊！」

「阿娘！且不說原本父皇就是要傳位給九叔的！父皇和九叔的志向……從來都不是守住燕國，而是天下一統！」慕容瀝握住自己母親的雙手，「阿娘，你應當信我，應當信九叔的，因為我們是一家人，在九叔的心裡……家人才是最重要的。」

燕太后看著兒子的模樣，沒有再說讓兒子為難的話，可心裡……卻還是擔憂，畢竟……如今的大周皇帝也是慕容衍的家人，腹中更是有了他的骨肉。

燕太后抱著兒子哀傷地哭了一會兒，連日來旅途奔波勞累，加上身子本就不好，便由貼身婢女伺候著睡了。

慕容瀝坐在床邊，瞧著母親睡著了還眼角含淚的模樣，想起父皇還未離去前說起打算將皇位傳給九叔時，曾言……母親性子軟弱耳根子又軟，若是他不在了，遇到母親撐不住局面……大哥又指望不上的時候，就只能指望他幫著九叔。

然而，沒想到後來……九叔燒了父皇的傳位聖旨，將皇位給了他，甚至不在乎身後罵名史書記載，將一切黑暗和齷齪用身軀擋住，只為給他這個燕國皇帝留一身清白。

九叔為燕國，為慕容家……為他這個燕帝鞠躬盡瘁，他絕不能寒了九叔的心。

也幸而，當初同九叔商議大周和大燕兩國合併之事，他勸住了九叔，未讓母親知道，否則……母親還不知道要將九叔誤會成什麼樣子。

此時，慕容衍面色冷清坐在書房內，吩咐王九州派人回去查，為什麼太后已經到了蒙城，而他們的人卻一點兒消息都不知道。

不多時，安頓好燕太后的慕容瀝便來了慕容衍的書房。他想進去卻不知道應當如何同九叔致歉，立在廊廡之下，看著屋頂青瓦上白茫茫的積雪，低垂著腦袋，未曾進去。

馮耀端著濃茶過來，正要給慕容衍送進去，就瞧見了阿瀝，忙行禮：「老奴見過陛下……」

「馮爺爺！」慕容瀝如同父親還在世時那般朝著馮耀長揖行禮，並未拿帝王架子。

馮耀忙側身避開了慕容瀝的禮，笑著道：「陛下來了怎麼不進去？」

慕容瀝朝書房內看了眼，又低下頭：「我……」

「阿瀝進來吧……」

聽到自家九叔的聲音，慕容瀝這才應了一聲：「來了！」

馮耀一手端著熱茶，一手替慕容瀝打起棉氈簾子，跟在慕容瀝身後走了進去。

慕容瀝進門，隔著紗屏瞧見自家九叔坐在几案之後，手裡握著紫毫筆寫信，瞧了馮耀一眼，從馮耀手中接過熱茶走到案桌旁，將熱茶放在慕容衍面前：「九叔，今日的事情……阿瀝替阿娘來向九叔陪個不是！」

慕容瀝也未曾避諱馮耀，對慕容衍長揖一拜。

「都是自家人，不必如此……」慕容衍將給白卿言的信寫好，吹乾之後裝進信封裡封好，遞給馮耀，「馮叔，你親自走一趟，將信送到大周皇帝手中，她若是問你關於玉蟬之事，馮叔切勿隱藏，全然告訴她，她能信得過。」

馮耀雙手接信，白卿言馮耀自然能信得過，她不但是先帝認可的弟媳，更是小主子的心上人，如今還有了小主子的骨肉：「小主子放心，老奴對周帝必然知無不言言無不盡。」

「辛苦馮叔了！」慕容衍頷首。

馮耀應聲離去。

慕容衍並未因剛才的事情遷怒慕容瀝，只道：「太后出宮到這裡，我們卻全然沒有接到消息，此事九叔會嚴查，你不要有什麼動作。」

「嗯！」慕容瀝點頭。

慕容衍將筆掛回筆架之上，用帕子擦了擦手才端起茶杯：「明日大燕和大周同時發兵，大燕的將士們還需要你親自前往鼓舞士氣，去換身衣裳我們一同去！」

「是！」慕容瀝應聲。

李天馥和天鳳國那位將領從平陽城外的戰場逃回來後，當夜，薩爾可汗便砍了那還未來得及醒來的將領頭顱，以此震懾那些急於立功的將領們，絕不允許再有違抗他命令的事情發生。

雖然天鳳國是以戰功論爵位，可不聽從他命令的將領……薩爾可汗不要，更別說……此次因為這將領的貪功，使他一次就損失了十二頭巨象，要知道天鳳國最寶貴的財富便是這巨象，巨象的命在薩爾可汗看來，可要比這將領珍貴多了！

更別說，因這將領的莽撞，將他想要先占大周和燕國土地……再蠶食他們國土的計畫全部打亂。早知道，他絕不會為了抓李之節，派象軍跟隨李天馥那個瘋子去要人。

可不派人去大周要人也不行，薩克可汗擔心李之節對大周皇帝說出……玉蟬的秘密。

薩爾可汗滿心煩躁。

如今，大周和大燕見識了象軍的厲害，必然不會再將土地租給天鳳國，說不定……還會合力將天鳳國鎖在西涼境內，甚至是趕回雪山那一側，而後再在天鳳國通往西涼本就狹小的通到之處建立關卡……

那個時候，天鳳國再想來到這片土地，怕就不會那麼容易了。

若是大周和燕國更聰明一些，或許便已經開始準備對天鳳國動手了。

都是這個該死的蠢貨聽了李天馥的煽動，想要搶功……卻打亂了天鳳國的計畫和步伐，這將領就是死一萬次也難消薩爾可汗的心頭之恨。

更重要的，還有玉蟬……

玉蟬曾經是大周皇夫的所有物，所以玉蟬一定還在大周，他不論如何都要得到玉蟬。

薩爾可汗坐在火盆前，拿出玉蟬在手中摩挲著，玉蟬在紅彤彤炭火的映襯下，泛著暖融融的光澤。

天鳳國《天書》之中記載，這玉蟬曾經是活生生的蟬，因為能說會道又會唱歌……給天神沒有盡頭的寂寞生命中帶來了些許樂趣，從而成為了天神的寵物，深受天神喜愛，可蟬的生命終究是有盡頭的，從幼蟲成長為能說會道的成蟲後，便只剩下短短三個月的壽命。

蟬知道自己深得天神的喜愛，便祈求天神贈予它永恆的生命，天神說……即便賜給蟬永恆的生命，蟬也挨不過寒冬。

蟬又祈求天神贈予他永恆生命的同時，讓季節永遠留在夏季，天神說……無法賜予蟬永恆的生命的同時又讓季節永遠留在夏季，但他可以賦予蟬時光回溯的能力，可時光回溯是要付出代價的。

蟬未曾追問清楚付出什麼樣的代價，便欣然懇求天神賜予它這樣的能力，它願意永遠侍奉神，為神歌唱。

此後……蟬得到了時光回溯的能力，因此天鳳國才會沒有寒冬，常年處於適合蟬生存的溫暖氣候。

而蟬這種時光回溯的能力，並非蟬自身能夠控制，只是每每在蟬的生命即將要進入倒數之時，時光便會回溯回到蟬剛剛成為成蟲之時。

起初，蟬擁有了這樣的能力很是高興，它會利用時光回溯自己對未來已知這一點，在蟬群中得到任何它想得到的東西，改變任何它想改變的事情。

可蟬的每一次時光回溯……都並非是沒有代價，時光每回溯一次它都會失去對它來說格外珍貴的東西，比如它喜歡的大樹、它的朋友、甚至兄弟姐妹……

直到它遇到了它心愛的母蟬，它害怕下一次的時光回溯會讓它失去它的伴侶，它去求天神賜予母蟬同樣回溯的能力，可天神拒絕了。

蟬又祈求神收回它時光回溯的神力，天神又拒絕了，因為最開始……天神就告誡過蟬，時光回溯是要付出代價的，即便是天神心愛的寵物蟬，也要為自己的選擇而負責。

蟬擁有沒有盡頭的生命，可不願眼睜睜看著自己的妻因它永生而永遠消失，若是沒有母蟬的陪伴，生命越長……它只會越孤單。

從此蟬鬱鬱寡歡，再也沒有唱過歌曲……

後來，天神答應蟬，在它生命快要走向盡頭之時，會將蟬與它的母蟬變作玉蟬，讓它們永遠在一起。

再後來，天神將這對玉蟬交給他忠誠的信徒天鳳國國君保管，偶然的一次機會，天鳳國國君的王后不小心將國君供奉的一對玉蟬打翻，撿起握在手中之時發生了時光回溯之事。

天鳳國王后也因此幫天鳳國國君避開了幾次刺殺，且最早天鳳國滅悍鷹國大戰之時，王后就是利用玉蟬時光回溯的能力，提前預知了悍鷹國的幾次布置，使得天鳳國大敗悍鷹國。

王后稱，為此……她失去了她的三個孩子、父母和兄弟姐妹，後來又早早失去了她的夫君，她以為這玉蟬是詛咒，所以派人將玉蟬一東一西，送得遠遠的，不允許天鳳國皇室再碰玉蟬。

就在所有人都以為這玉蟬只是天鳳國古老的傳說時，天鳳國的大巫卻找到了其中一枚玉蟬。

薩爾可汗的祖父和大巫一直在研究，卻都沒有能成功讓時光回溯，大巫便猜想……或許是需要集齊兩枚玉蟬才能使時光回溯。

若是天鳳國有這兩枚玉蟬，哪怕是打輸了仗……只要能夠時光回溯，便能戰無不勝，而且國君還可以得到永恆的生命，這如何能不使人動心？

自從另一枚玉蟬丟失之後，三代天鳳國的君主都在天鳳國範圍內尋找……

也是因為歷代天鳳國君主都不知道這天神居住的雪山之後，竟然還有這麼一片土地。

現在既然知道另一枚玉蟬曾經在大周出現過，大周皇帝亡夫曾經有一枚一模一樣的，那麼即便是沒有在大周皇帝亡夫的墓穴之中陪葬，應當也還在大周才是。

所以眼下對薩爾可汗來說，找到另外一枚玉蟬……和拿下大周、燕國的國土，在這片土地上站穩腳跟，是一樣重要的。也因為這個，在知道李天馥他們對大周動手又慘敗而歸之後，薩爾可汗即刻遣使前往大周，又派使臣前往大燕……

畢竟大周和大燕兩國已經定盟，昨夜燕國也出兵了，所以兩國都要走一趟。

這會兒兩位使臣都還未回來，薩爾可汗心中有事坐立不安。

不論大燕如何，一定要將大周穩住，能同大周定盟，才好進一步打探玉蟬的下落。

否則若真的打起來，想要找到這玉蟬的難度必然會增大。

薩爾可汗將玉蟬攥在手中，伸出一隻手烤了烤火，聽到外面傳來腳步聲，抬頭就見兵卒進門稟報，說大巫的弟子來了。

「讓大巫弟子進來吧！」薩爾可汗將玉蟬藏進袖口裡，抬眸朝著掀開棉氈帳簾的大巫弟子看去，調整了坐姿，用帕子隔著，拎起火盆之上架著的茶壺，給大巫的弟子倒了一碗茶，示意他坐，「去致歉的人都回來了嗎？」

大巫弟子搖了搖頭行禮後在薩爾可汗對面坐下：「昨夜我們損失慘重，丟了四頭巨象不說，我去看了眼逃回來的巨象身上有燒傷，想來大周和燕國已經找到了對付我們巨象的方法，冬季……我們巨象都需要皮毛禦寒，這一次大周和燕國人準備不充分，我們巨象燒傷不是很嚴重，可經歷過這一戰，想來大周和大燕心中已明白可以用火油對付身著皮毛的巨象！」

「要是大周和燕國人不惜一切代價，用足夠量的火油……」大巫弟子滿目擔憂，「冬季我們巨象行動起來本就相對緩慢，且一旦下雪地面十分滑，根據逃回來的將士所言，巨象體重龐大身著重甲摔倒再起來也很艱難。」

薩爾可汗聽到這些話，垂眸看著被燒得劈噼作響的通紅炭火，問大巫的弟子：「若是真的開戰，能打的過大周和大燕嗎？」

「回陛下，我不是大巫，沒有與天神溝通的能力，所以……我不敢確定。」大巫的弟子看向薩爾可汗，「但陛下，通過將士們的話，我覺得……若是真的開戰，在適宜巨象活動的天氣下，我們可以戰無不勝，可冬季……不好說。」

「你索性直言，若是冬季……我們贏不了！」薩爾可汗語聲冷硬。

大巫的弟子垂首，以拳捶胸：「我天鳳國有天神護佑，是天神的寵兒，天神賜予我天鳳國巨象……天鳳國必定是戰無不勝的，只是……天神為這片土地選擇了主人，且主人並非我天鳳國，所以我才斗膽說冬季或許不好說。」

薩爾可汗伸出手烤火，半晌之後閉上眼：「有沒有可能破壞大燕和大周的盟約，和大周定盟，或者和大燕定盟，只攻打一國？」

「西涼的皇帝李天馥，和大周……勢不兩立。」大巫的弟子開口道。

薩爾可汗抬眼：「既然如此，等前往大周和大燕致歉的使臣回來，若是兩國決意開戰，那就讓李天馥親自去大燕，讓她不論用什麼辦法一定要同大燕定盟，還有昨日……那個西涼炎王李之節，到現在都沒有找到嗎？」

大巫的弟子頷首：「是的，到現在都沒有找到，要麼就是死在了戰場，或是被他逃走了。」

「李天驕活著是個隱患，西涼幾大家族表面上畏懼天鳳國而臣服，可背地裡還有支持李天驕，想要李天驕重掌帝位的！」薩爾可汗咬了咬牙，眸色越發深冷，「所以到現在李天驕、雲破行等人在哪裡我們全然不知！」薩爾可汗拿起裹銅的碳夾撥了撥火盆：「只要能抓住李之節，我們便能順藤摸瓜找到李天驕和雲破行……還有那支火雲軍。」

「陛下放心，已經派出將士們出去找了，只要李之節沒有被大周和燕國的人藏起來，我們就一定能找得到！」大巫的弟子道。

而大巫的弟子最不願意看到的，就是李之節被大周和燕國的人藏起來，因為……李之節和李天驕已經知道了天鳳國玉蟬的傳說，萬一要是告訴大周皇帝，大周皇帝也開始搜尋玉蟬，這對天鳳國來說極為不利。

天鳳國在大周搜尋一枚玉蟬，定然不如大周皇帝更為方便。

甚至，若是那玉蟬在大周皇夫的墓穴之中，大周皇帝很容易便會得到。

大巫的弟子只希望，派往大周去探尋大周皇夫墓穴的人儘快查明玉蟬是否在，若是不在……也能儘快找到丟失的玉蟬。

天鳳國的國君薩爾可汗和大巫的弟子，最擔心的事情已經發生了，此時……在平陽城被巨象踩廢了一條腿，勉強撿回一條命的李之節，在白卿言的逼問之下……已經準備要將玉蟬的故事，告訴白卿言了。

白卿言正坐在臨窗軟榻之上，擱在黑漆小方几上的琉璃燈盞，映著白卿言神容淡漠的半張臉，她垂眸正用甜瓷描梅的茶杯蓋子有一下沒一下壓著清亮茶湯裡漂浮的茶葉。

昨日大戰之時，白卿言就疑惑……一個李之節而已！

若說李天馥鬧這麼大陣仗來要人，是故意如此，想要挑起大周和天鳳國的戰火替陸天卓報仇。那天鳳國呢？

天鳳國的原本意圖是先占地，然後再蠶食，應當和大周和大燕打好關係的同時……讓大周和燕國看到天鳳國的實力，但……絕不是一邊想要打好關係，一邊派兵攻打大周的城池。

再者，白卿言不相信在四國會盟之時，天鳳國的國君薩爾可汗蠢到沒有看出來李天馥是想挑撥天鳳國和大周打起來，以此來為她復仇。

在這樣的情況之下，薩爾可汗還讓人帶著象軍同李天馥一同來要人，那便是……天鳳國也不願意看到李之節留在大周，有必須幫李天馥要回李之節的緣由。

天鳳國派來致歉的使臣，此刻就在院子外面候著，李之節抬眼透過窗櫺便能隱隱約約看到立在院中，身著天鳳國服飾，靜靜等候的天鳳國使臣。

李之節又看向白卿言……

「炎王給我大周帶來這場災禍，我大周將士沒有將炎王留在雪地裡自生自滅，已經是大度！若是炎王再不識好歹，不將話說明白了……我只能將你交給天鳳國使臣！」白卿言依舊垂著眸子未看李之節，慢吞吞端起茶杯抿了一口，「這場無妄之災是炎王帶來的，而平陽城大門也被巨象撞壞，若是再來幾頭大象，大周可吃不消！」

「陛下這是要對天鳳國服軟了？」李之節不甘心，故作諷刺問。

臉上毫無血色的李之節靠坐在簡陋的廂房軟床上，額頭上和脊背全都是汗，臉上青紫帶傷，頸脖處的傷口也被細棉布包裹著，而他雲紋錦緞被子下的右腿已經沒了，疼得簡直讓人無法忍受。

「炎王這挑撥激將的功夫，真的不如李天馥到家！大周從來不懼怕和他國打，只是覺得……」

她將茶杯擱在黑漆小几上，抬起清冷淡漠的眸子望著李之節，「為一個敵國王爺，不值得！」

李之節藏在錦被之中的手緊緊攥著，白卿言這話說得沒錯……

他醒來之後，聽說大周之所以和天鳳國打了起來，是因為李天馥要殺他們白家護衛，所以白卿言出手了。白家人一向護短，但不會護他一個敵國王爺。

「若是，外臣說了對陛下來說有用的事，陛下……願意頂住天鳳國的壓力，護住外臣？」

「這要看你說的是什麼，又是否真老實交代了。」白卿言回頭往窗櫺外看了眼，「天鳳國使臣還在等著，炎王還是快些做決斷，不要在這裡同我討價還價了。」

李之節順著白卿言的目光朝外看了眼，他閉了閉眼，終於還是慢條斯理將聽到玉蟬的傳聞說與白卿言聽。

白卿言半垂著的眸子，不著痕跡看了眼掛在自己腰間……裝著玉蟬的香囊。

時光回溯……

她的心猛然快了一拍。

上一世，阿衍將這枚象徵著大燕攝政王身分的玉佩給了她，讓她去逃命，可她在去找小七的途中被梁王抓住，梁王又以小七的性命要脅，她只能束手就縛。

她死的時候，這枚玉蟬還在身上……

後來，她便重生了，重生回錦繡出嫁前一天。

她散漫理了理衣袖，轉頭定定望著李之節：「這些傳說，你是從何處聽說的？」

「陛下以為，天鳳國冒著這麼大的風險，將我們西涼女帝換下去，找一個……一心只想為一個死了的太監報仇的瘋子上臺，難道就是因為我們西涼女帝不好掌控嗎？」李之節說這話時，咬牙切齒，「是因為我們女帝知道了這個秘密，天鳳國的國君害怕我們女帝想要打玉蟬的主意，所以想要將我們女帝趕盡殺絕。」

李之節見白卿言似乎沒有什麼表情，又道：「看起來，陛下並不信玉蟬的傳說。」

「這個神話故事漏洞百出，若是當年的玉蟬真有時光回溯的能力，天鳳國也是因此四季才都處於夏季，那麼……一年時光回溯四次，天鳳國人又何以繁衍至今？天鳳國人也應當是在不斷回溯之中茫然無知往復過著數百年……甚至數千年前的生活才對。」

白卿言手指在小黑几上點了點，笑道：「還有你口中那個天鳳國王后，她稱……是她利用玉蟬時光回溯之能得知了悍鷹國的布置，帶著天鳳國大勝，為此失去了她的孩子……親人甚至最後連丈夫也失去了，可天鳳國的臣民們卻因為時光回溯全無記憶，然否？」

李之節不知白卿言要說什麼，疑惑地點了點頭。

白卿言唇角勾起，神色淡然：「那麼，這個故事，為何不能是……天鳳國的王后在死了丈夫之後，卻沒有能同自己的丈夫留下子嗣，怕被心存異心之人奪了皇位失去對天鳳國的控制，所以為了延續她統治天鳳國的權利，天鳳國王后才憑藉玉蟬，編造出這麼一個故事，讓她成為天鳳國百姓的信仰，也為接下來要迎戰猛蛇國的將士們鼓舞士氣呢？」

拋開這故事之中的神話色彩，只站在一個當權者的政治角度來看，白卿言的分析……可以說十分具有政治說服力。

李之節錯愕片刻，自嘲似的輕笑：「大周不信奉天神，自然也不會相信這個故事，可我們西涼……是信奉天神的，對天神的神力深信不疑！天鳳國……更是對天神的信奉到達了狂熱的程度。」

李之節說到這裡，抬頭瞅向白卿言：「想必……陛下早早安排到西涼的細作崔鳳年，都已經告訴陛下了吧！」

李之節回去之後，已經從李天驕那裡聽說了，那位晉國商人崔鳳年是個女子，她若非是白卿言提前派來的細作，便是晉國派來西涼的細作，但不管崔鳳年是晉國的人還是大周的人……如今的崔鳳年已經投入大周女帝三弟白卿琦門下，算來……也是大周的人了。

白卿言手指輕輕敲擊著黑漆桌几，李之節這話也有威脅的意思……

若是她將李之節交給天鳳國，那麼李之節便會將崔鳳年是大周細作的事情告訴天鳳國國君，廢掉崔鳳年在天鳳國的布置。

「陛下……」魏忠在外面低聲說，「肖若海回來了，請見陛下！」

「知道了。」白卿言應聲。

李之節身體緊繃著，定定望著白卿言等著白卿言的回答。

「我向來不喜歡被人威脅……」她黑白分明的眸子看向李之節，「更何況，炎王說的這個關於玉蟬的故事我並不相信，更不信天鳳國的國君就為了炎王知道一個傳說，便要放棄占地蠶食我大周和燕國的盤算，不惜對我大周出手要抓炎王，炎王未免……將這神話傳說看的太重要了。」

說著，白卿言站起身來。

見白卿言抬腳走下踏腳轉身離去，李之節睜大了眼，焦心朝外面的天鳳國使臣看了眼，轉而又看向白卿言的背影，高聲道：「若是陛下見過天鳳國的國君應當知道，天鳳國國君手中有一枚玉蟬，陛下是否覺得那玉蟬眼熟？那玉蟬……陛下的皇夫蕭容衍也有一枚一模一樣的！」

聞言，她停下步子，微微側頭，用餘光睨著李之節：「那又如何？」

「陛下定然是見到了，那枚玉蟬薩爾可汗從不離身，時時拿出來把玩，可見薩爾可汗是對玉蟬的傳說深信不疑的，若是薩爾可汗知道陛下的皇夫也有這樣一枚玉蟬，會不會去翻皇夫的墓穴？會不會將大周翻過尋找？」

「陛下……」李之節焦心不已掀開錦被扶著床邊，卻因為太過虛弱力道還未恢復跌落床榻，可他顧不上那麼多，拖著單腿向前爬著，「陛下和天鳳國一戰絕不可免，若是現在將外臣交給天鳳國，以求和平相處，夏季一到……那就是天鳳國屠戮大周的時候了！外臣所言句句肺腑！」

「明日……大周和燕國便要合兵攻打西涼和天鳳國了，所以炎王不必再在設法讓大周與天鳳國對上費工夫，而應該好好想想能提供什麼消息讓我留下你，比如……李天驕和雲破行帶著火雲軍藏在了哪兒？比如……西涼是否有在燕國和大周安排細作。」

李之節拳頭收緊，聽到白卿言說明日就要出兵，提到嗓子眼兒的心終於能放下去了，他……李之節死而無憾，只要大周、大燕和天鳳國對上，他們西涼女帝和雲將軍一定會卷土重來。

「外臣雖然愛惜自己的命，可卻不能因為愛惜自己的命而背叛我西涼陛下，恕外臣不能將我西涼女帝所在之地告訴陛下！至於陛下所言是否在大周和燕國安排有細作，李之節實在是不知！」

李之節垂下頭。

「敢對你們西涼人信奉的天神起誓嗎？」白卿言又問。

李之節拳頭一緊，瞳仁驟然緊縮，還不等他開口，就見白卿言望著他燦然一笑，抬腳朝著門外走去。

風雪已停歇，小院子裡，僕從將積雪掃的乾乾淨淨，樹上的落雪也一併清走，連屋簷下青石地板滴水穿石的凹點裡都是乾乾淨淨的。

見白卿言打簾從小屋子內出來，天鳳國使臣忙上前行禮：「外臣見過陛下……」

今兒個天鳳國使臣一到，便被帶到這個小院子裡，在冷風裡站了半晌，偶有風過，青瓦屋頂的碎雪花就落他一臉，天鳳國使臣自小在天鳳國那樣溫暖的地方長大，何曾受過這樣的天氣，凍得直哆嗦。

「讓貴使久候了……」白卿言立在廊廡之下，從魏忠手中接過準備好的手爐揣著，看著那天鳳國使臣問，「昨夜貴國剛剛派象軍襲擊我平陽城，今日突然遣使上門，這……天鳳國的習俗是先打然後再遞戰書嗎？」

白卿言話音一落，一排小太監抬椅子的抬椅子，抬小桌几的抬小桌几，拎火盆的拎火盆，端熱茶的端熱茶，捧點心的捧點心，一溜煙上前準備妥當，魏忠便上前請白卿言坐。

天鳳國使臣抬眸瞧了眼廊廡下看起來極為暖和舒適的白卿言，再次行禮後道：「昨日原本是西涼女帝求了我們天鳳國君主，前來大周討要西涼叛臣李之節，來之前我國君專程叮囑了，一定要同陛下好好說……」

「天鳳國使臣的雅言說得也極好，話聽著也讓人舒坦。」白卿言將手中手爐遞給立在一旁的春枝，端起茶杯抿了一口，再抬眼眸中殺氣凜然，「可天鳳國已對我四妹出手，以為就幾句漂亮話就能糊弄過嗎？」

「陛下息怒！」天鳳國使臣將姿態放的極低，「對貴國高義君出手之事，我們天鳳國的將軍也是受了西涼女帝的蠱惑，還有攻打平陽城之事，都是這將領自作主張，我天鳳國國君聽聞此事大為震怒，已經將那將領頭顱斬下，讓外臣親自送來！」說著，天鳳國使臣看向身後，身後的護衛捧著一個木盒子上前，將盒子打開……裡面正是那位天鳳國將軍的頭顱。

「外臣來之前，陛下交代了，對於致高義君受傷……還有讓貴國將士受損一事，該給大周的賠償，天鳳國絕不會少！還請陛下看在我天鳳國國君如此誠意之上息怒，考慮租借土地城池予我天鳳國土一事，我天鳳國願意與大周通商，兩國互利友好。」

天鳳國使臣抬頭，瞧見白卿言眉目含笑的模樣，以為白卿言很滿意這樣的賠償，緊跟著道：「自然了，平陽城若是也在租借城池之中的話，平陽城修葺也由我們天鳳國全部承擔！」

白卿言端著茶杯瞅著想要得寸進尺的天鳳國使臣，低笑一聲。

這冷風之中，白卿言冷不丁發出笑聲，著實讓天鳳國使臣頭皮繃緊。

她將手中的茶杯一放，站起身來從春枝手中接過手爐，向前走了兩步，定定望著天鳳國使臣：「大周高義君的傷你們能用銀錢賠，我白家護衛的命……你們天鳳國用什麼賠？我大周昨夜戰死的銳士你們天鳳國用什麼賠？用你們天鳳國區區一個將領的頭顱？用銀錢？」

「朕來告訴你……我們大周將士的命，無價！」

天鳳國使臣低垂著頭，不知應該如何是好，全然沒有了剛才輕鬆的心態，忙道：「陛下若是不滿意，我們可以再商量！」

「商量?!好啊……」白卿言聲音冷若冰棱，「那便先將你們天鳳國所有象軍的頭顱送來，我們再來商量！」

天鳳國使臣明白，這就是沒有談的餘地了。

「怎麼？輪到你們天鳳國象軍的性命就捨不得了？」

白卿言眉目冷清，「天鳳國沒有打算付出代價便想將此事輕輕揭過去，還恬不知恥來和朕談什麼租借城池，回去告訴你們天鳳國的君主薩爾可汗，既然敢對大周出手，就要能承受大周的憤怒。」

天鳳國使臣聽明白了這句話，卻又不是很明白，抬頭朝著白卿言望去。

「魏忠，送客……」白卿言冷聲說完，抬腳沿著廊廡朝外走去。

天鳳國使臣抬頭朝著白卿言看了眼，面子上掛不住，不等魏忠請便轉身朝外走去，他從白卿言的話裡隱約聽出了要開戰的意思，他得快些回去告知自家陛下做準備。

屋內，跌落床下被僕從扶起來，重新安置在床上的李之節心裡鬆了一口氣，到底……白卿言還是沒有將他交給天鳳國。可他心裡又不免擔憂，白卿言的每一個動作都絕不是無意義的，她將自己的命留下……是否還有什麼別的打算？

在院子外面聽了半天的沈敬中、沈天之和肖若海，見白卿言率先從院子內出來連忙行禮，跟隨在白卿言之後，說起今日送來需要白卿言決斷的奏報。

沈天之回頭瞧了眼天鳳國使臣，剛跟上白卿言的腳步，就聽沈敬中同白卿言說：「陛下，天鳳國真的會同我們大周開戰嗎？他們天鳳國遠在雪山那頭，即便是有西涼幫襯，可西涼的糧食也不多，否則也不會高價在我們大周和燕國收糧食了，或許……打不起來呢？」

「正是因為沒有糧食，所以天鳳國才更會打……打下來一座城池，糧食就有了！我們從天鳳國的歷史便可以得知，天鳳國人信奉……以戰養戰，曾經與天鳳國相鄰的悍鷹國和猛蛇國哪一國又都不是強國呢？」

白卿言腳下步子站定，轉而定定望著沈敬中：「沈司空……我們堅決不能抱有僥倖心理！明者遠見於未萌，智者避危於無形，我們不能拿大周的百姓性命去賭天鳳國真的只求和平！畢竟冬季一過……我們就再也無法占據主動了！」

白卿言出生於將門之家，對戰爭的敏感程度非常高，更十分清楚這個世上為何會有戰爭，不過就是因為兩點……一是為了搶奪土地，二是為了搶奪人口。

如今天鳳國的土地逐漸消減被沙漠吞噬，是天鳳國急缺的。

天鳳國的人口少，且有奴隸他國百姓的前例，現在天鳳國各家都有奴隸……奴隸便是天鳳國的生產力！所以，天鳳國的象軍越過雪山來到這片土地為的是什麼？不過就是……奪得大周、燕國的土地，奴隸大周和燕國的百姓！

沈司空退後一步對白卿言一拜：「陛下所言甚是，是臣心氣兒老了。」

「沈司空也是心疼大周將士，我懂！如此……就請沈司空和沈尚書即刻啟程趕回大都城，和魏大人一同負責糧草調度之事。」白卿言視線落在沈天之的身上，「只記住一點，前方打仗的將士們不能餓肚子！」

「還有一事微臣得在臨行前請示陛下！」沈天之望著白卿言說，「關於天鳳國和西涼高價向大周和燕國購買糧食之事，微臣以為……或許還需要適度以極為高昂的價格賣給天鳳國，如此……才不會逼得沒有糧食的天鳳國狗急跳牆，攻打我大周防守薄弱的城池，讓邊塞百姓遭殃。」

白卿言頷首：「此事你來負責。」

「是！」沈天之長揖行禮。

「事到如今，我大周便要舉全國之力，發兵攻打天鳳國，沈司空和沈尚書帶話回朝中，舉國上下務必戮力同心，共克強敵，護我大周疆土百姓！」

「老臣領命！」

「微臣領命！」

「兩位大人先去準備吧！」白卿言同沈司空和沈天之頷首。

兩人離開之後，白卿言才問一直跟在他身後的肖若海：「找到了嗎？」

肖若海從衣裳裡拿出繪製好的輿圖，雙手遞給白卿言：「正如大姑娘所料，火雲軍在距離平陽城和平渡城不遠來鞍山。」

白卿言接過輿圖看了眼，唇角勾起：「果然，這就是雲破行的作風。」

肖若海立在白卿言身旁低聲道：「我這就傳令沈良玉……」

白卿言頷首：「去吧！」

天鳳國使臣從白卿言居住的太守府出城的路上，撩開了馬車簾子，見城中百姓和將士們一同修復城門，瞧見他這掛著天鳳國象旗的馬車，紛紛露出仇視的目光，大戰在即的感覺越發強烈。

剛出城門，天鳳國使臣就看到了掛著燕國旗幟的馬車與他的馬車疾馳擦肩，心情越發凝重。

馮耀到的時候，白卿言與白卿瑜、白錦稚、沈昆陽、程遠志、謝羽長、楊武策等一眾武將立在巨大的輿圖前，商議大周出戰路線。

魏忠讓人將馮耀請去前廳喝茶，拿了慕容衍的信進門遞給白卿言。

白卿言剛看完慕容衍的信，就聽程遠志說：「從昨夜的情況來看，我老程以為……用火油對付巨象是可行的！天鳳國的人給巨象的鎧甲之下穿著極為厚實的皮毛，只要火油的量足夠，一定能夠燒起來！就算是不行……只要有足夠多的火油總能在巨象的鎧甲上面燒上一燒，到時候還不得將那些巨象變成烤象！」

「用火油對付象軍的確可行，但……必須要占據高地優勢！」白卿言將慕容衍的信疊好，放在一旁，起身朝輿圖旁走來，語聲平穩，「昨日火油起到作用，是因我們在城牆之上，占據高地，火箭齊發自然占據優勢！」

楊武策上前手指點了點來鞍山：「可以提前在來鞍山設伏，設法將象軍引到來鞍山，或者逼入來鞍山，用火油攻擊，可能不能堵住來鞍山兩側的出口是個問題！」

「堵住出口也還好說……」白卿瑜立在白卿言身旁，望著輿圖道，「提前將巨石和被火油浸泡過的拒馬安置在山谷兩側，難的……是如何將象軍引入來鞍山，或者逼入來鞍山峽谷。」

「我更贊成引進來！巨象龐大，讓巨象將我們逼入峽谷才會顯得更真實些！」沈昆陽道。

白卿言搖頭，表示不贊同：「來鞍山距離平渡城雖然不遠，可同樣的……距離平陽城也並不遠，即便是天鳳國的將領未曾看出我軍故意將人往來鞍山峽谷引，也會直接來攻平陽城，引前往來鞍山『潰逃』的大軍回撤防守，如此更能一舉拿下大周軍隊！」

「若是，真的非要將天鳳國的象軍引到來鞍山，首先我們攻打平渡城的一定要是主力，且一定要損失慘重，才能讓天鳳國窮追不捨！」

白卿言望著輿圖，沉聲道，「而今不是在萬不得已之時，且在這來鞍山設伏變數太多！」

她走至巨型輿圖前，視線落在平渡城以南，丹水河以北的韓文山。

「真的要設伏……也不應該在鞍山峽谷！應該在……這裡！」白卿言點了點平渡城後面的韓文山。

如今大周和大燕急於開戰，除了是要搶在春季到來之前將天鳳國趕出這片土地之外，更是為了不讓戰爭和危險在他們各自的國土上發生，以此來避免本國百姓受苦。

所以要打……就要將戰線往南拉，離大周和大燕越遠越好。

「阿姐心中已有成算？」白卿瑜轉眸看向白卿言，眸子裡已經有了笑意。

祖父曾言……阿姐是天生的將帥之才，其意……便是阿姐既能為帥統籌戰局，又能為將……血戰沙場！

「可由兩位將軍各率領兩萬將士，在平渡城北門和東門擺開陣勢，天鳳國想要解除危機自然是要派出巨象來迎戰！在開戰之前，讓將士們將積雪踩實磨滑，只要他們派巨象出城……便要他們的巨象有來無回！」

白卿瑜大致看了眼地形，手指在平渡城的南門和西門，道，「燕國，會在南門和西門圍城！」

「圍城！困死他們！」程遠志擼起袖子，「這西涼缺糧，想必用不了多久，他們就得投降！等他們投降看我不打死那個狗娘養的天鳳國皇帝。」

白卿言瞧著程遠志咬牙切齒的模樣，笑著道：「屆時，讓燕國在南門讓開一缺口，給天鳳國突圍的機會，讓天鳳國往南走……」

「往南走……便是韓文山，韓文山兩側高山，中間峽谷，並不適合安營，而過了韓文山，就是丹水河，背水紮營兵家大忌！」白卿言點了點丹水河南側，「而渡河之後紮營，丹水河便會成為天鳳國的第一道天險，所以……天鳳國若是潰逃出平陽城，必要過丹水河在丹水河南紮營！」

楊武策攥著腰間佩劍劍柄，連連點頭，望著白卿言的眼神發亮。

程遠志朝白卿言抱拳：「我老程必定聽從小白帥調遣，小白帥請下令！」

聞言，沈昆陽、白卿瑜、白錦稚和謝羽長、楊武策紛紛抱拳請命。

「白錦稚和楊武策將軍，即刻各率兩萬將士在平渡城北門和東門擺開陣勢！攻城前讓將士們將積雪踩實磨滑以防巨象出城，明早卯時開始攻城！」她手指點了點平渡城。

「陛下，我們不是和燕國約定了……明日對天鳳國和西涼發兵嗎？現在我們先一步發兵，明日一早攻城，那我們今夜圍城之時……天鳳國和西涼不就有所準備了？」楊武策不解。

白錦稚也不解：「是啊長姐，難不成長姐不打算和燕國合作了？」

白卿瑜看了眼白錦稚，開口：「阿姐讓你們提前圍城的意思，是要給天鳳國一種……我大周重兵圍困平渡城，只是因昨日西涼和天鳳國攻城面子上過不去，並不是想真的打！做出圍而不攻的姿態，不過是為了洩憤，也是為了逼著天鳳國給我們更大的好處！」

白卿瑜見自家阿姐頷首，才繼續道：「是大周在向天鳳國展示我們實力的同時，也告訴天鳳國我們大周並不懼怕天鳳國，可實際上大周還是因天鳳國有象軍……多少有些懼怕，給他們一種大周色厲內荏的錯覺。」

「天鳳國依仗象軍本就自傲，我們圍而不攻，也是迷惑天鳳國的一種方式！」沈昆陽道。

聽完白卿瑜和沈昆陽的話，楊武策和白錦稚茅塞頓開。

白卿言笑著說：「所以，天鳳國若是要遣使前來面見我，你們儘管放他們過來，不必攔著！怎麼談……能將他們穩住，又能找到合適明日攻城的藉口打他們一個措手不及，就要看柳如士的了。」

「楊武策領命！」

「白錦稚領命！」

白錦稚咬緊了牙關，仗還沒有開始打，已然激動不已。

白卿言視線落在白錦稚的身上：「白錦稚，你帶紀庭瑜訓練出來的朔陽軍精銳攻城，明日攻城務必要在一個時辰之內攻上城牆！這個時候的天鳳國應當還未反應過來，定會以為是因昨日他們天鳳國突然發難，大周才予以還擊，必然還心存想要租借大周和燕國城池之心，不會頑抗，而會潰逃！逼他們出城……是你的首要任務，能做到嗎？」

白卿言就是要在天鳳國還未反應過來之時，便搶先下手！

「長姐放心！」白錦稚望著白卿言的目光灼灼，「做不到白錦稚提頭來見！」

白卿言頷首，視線又落在白卿瑜和謝羽長的身上：「白卿瑜、謝羽長！你二人各率五千將士帶火油，今夜出發……直奔韓文山北口設伏，切記明日卯時開始攻城，一個時辰，只要北門攻破……甚至不等北門攻破，四面被圍的天鳳國必定會往西涼撤退，你們把握好時間，務必在辰時之前做好埋伏準備！」

「白卿瑜領命！」

「謝羽長領命！」

「沈昆陽將軍……」白卿言踱著步子走到沈昆陽面前，「命你率一萬五千將士即刻出發，在韓文山南出口，丹水河以北處設伏，阻擊天鳳國從謝將軍和阿瑜手中逃走的潰兵！」

沈昆陽錯愕，為何要讓他帶如此多的兵力，但也未曾提出質疑。

「沈昆陽領命！」沈昆陽抱拳應聲。

「阿瑜和沈叔留一下，小四……謝將軍、楊將軍你們先去做準備！」白卿言說完，又對魏忠道，「去前廳將那位馮公公請進來。」

「是！」魏忠應聲離開。

「那我呢？」程遠志睜大了眼問。

「你放心我另有安排……」白卿言笑著同程遠志道。

程遠志這才抱拳行禮離開。

屋子內，就剩下白卿言、白卿瑜和沈昆陽之時，沈昆陽忙同白卿言說：「我們都走了，平陽城內只剩下陛下，若真有意外，恐有不妥，陛下如今有孕在身，不如先行後撤？」

「沈叔……難道沈叔以為若真有意外，我連平陽城都守不住？」白卿言知道沈昆陽是關心她，輕聲道，「沈叔放心，我有分寸！」

負手而立的白卿瑜知道內情，便同沈昆陽說：「沈叔，你要相信阿姐！」

沈昆陽見白卿言堅持，抿了抿唇，思慮了片刻，抬頭道：末將只是帶兵去韓文山南口和丹水河以北阻擊潰軍，用不了一萬五千人，帶五千人足夠！」

「讓沈叔帶一萬五千人，自然有我的意圖，沈叔或許會在這裡有意外收穫，有備無患！」白卿言唇角淺淺勾起。

沈昆陽將軍所帶之兵將，在這裡……可不僅僅只是為了截殺天鳳國和西涼潰逃的兵力。

「意外收穫？」沈昆陽看了眼白卿瑜，一臉茫然。

白卿言清亮的目光看向沈昆陽，道：「沈叔，我之所以讓你帶一萬五千人走，為的是讓西涼以為大周要拼盡全力對付天鳳國，平陽城沒有兵力了。」

「西涼？」沈昆陽錯愕。

白卿瑜聞言視線轉而落在輿圖之上，看了一圈最終落在來鞍山的方向：「阿姐？」

她點了點頭，不緊不慢開口：「西涼的火雲軍去哪兒了？李天驕和雲破行去哪兒了？這段日子我一直在想，西涼女帝李天驕在國政上從來不瞞著李天馥，如今李天馥被天鳳國扶持上位，為何到現在天鳳國都沒有找到李天驕，後來我想到雲破行……覺著以雲破行的性子，應該在知道天鳳國象軍之後就有所防備開始準備。」

「如今天鳳國和李天馥都急於抓住李天驕，和西涼這股反叛力量，但國內大肆搜捕而不得，四國聯盟回來的路上，便想到了地處於大周和西涼兩國交界，實則是無人看管的來鞍山！雲破行與我們交戰多年，之前一直要麼主攻平陽城，要麼主攻豐縣，對這兩地的地形比較熟悉。」

白卿言將肖若海繪製的輿圖拿出來，攤開在小几上，白卿瑜和沈昆陽圍了上去查看，兩人對肖若海和肖若江兩兄弟十分清楚，一看就知道這輿圖出自肖若海之手。

「所以，我讓乳兄去查探一番，沒想到……雲破行竟然真將火雲軍，和西涼八大家族裡不願意臣服天鳳國的家族將士，藏在這來鞍山。」她手指在輿圖上點了點。

「小白帥的意思，讓我謊稱帶著一萬五千人去韓文山和丹水河中間堵截天鳳國潰兵，實際上是要我去來鞍山剿滅火雲軍？」沈昆陽問。

白卿言搖了搖頭：「沈叔就帶著一萬五千白家軍前往韓文山和丹水河方向，一會兒我會放李之節回去，讓李之節告訴李天驕和雲破行，若是誠心想要合作，那就讓火雲軍入韓文山山道，在這裡等著天鳳國，斬殺阿瑜和謝將軍這邊兒沒有完全剿滅的天鳳國潰兵，要是他們去了……沈叔在這裡就帶著我們的將士看一場熱鬧，但……務必要讓火雲軍損失超過大半，要確保火雲軍不會成為大周的威脅！若是火雲軍未去，就要靠沈叔將這些天鳳國殘兵消滅……」

「若火雲軍未去韓文山山道，怕就要來平陽城了！」白卿瑜從開始就不信任西涼，更不信任李之節。李之節說是來與大周合作，甘願稱臣，背地裡卻將天鳳國引到了平陽城，其心當誅！

她淺淺頷首。

「那可不行！」沈昆陽臉色一變，「火雲軍是闞將軍按照虎鷹營的法子訓練出來的，若是來了平陽城，平陽城危矣！小白帥還在平陽城！這絕不行！」

見白卿言正要開口，沈昆陽面色難堪，抬手制止白卿言：「恕末將大膽，若是小白帥未懷孕之時，小白帥如此安排，我沈昆陽絕對沒有異議，可……如今小白帥有孕在身，本就行動多有不便！若火雲軍來攻城……後果不堪設想！」

沈昆陽一副恭恭敬敬的模樣，道：「沈昆陽是看著小白帥參軍，小白帥曾經更是我的麾下，小白帥您喚我一聲沈叔，今日沈昆陽托大，拒絕領命，一萬五千人，末將帶兩千人走，否則末將就是領軍棍，也絕不從命！」

白卿言聽到沈昆陽的話，酸澀而溫暖的熱流衝擊了她的心房，她低聲道：「沈叔，李之節是一個極為狡猾聰明之人，西涼女帝和雲破行也都非泛泛之輩，必須讓他們看到平陽城兵力是真的空了，才能試出他們是真想合作，還是另有所圖！」

沈昆陽聽完這話更著急了：「那也不能拿小白帥來做誘餌！拿你和孩子的安危來冒險！」

「沈叔，您別擔心……」白卿言低聲安撫情緒激動的沈昆陽，「沈良玉已經帶著虎鷹軍，在距平陽城外不足三里的地方候著了，肖若海……此刻已前去傳令。」

如今的虎鷹營早已不是營，而是虎鷹軍，壯大不少……

既然要收拾那冒牌的所謂火雲軍，自然要讓正牌的虎鷹軍上。

沈昆陽一怔，看向白卿瑜。

白卿瑜淺笑頷首，不止沈良玉……遠在韓城的白家二姑娘白錦繡也已經動身前往平陽城了。

在白卿言動身從大都城來平陽城之前，更是派人給遠在南疆秋山關的白家三子白卿琦，和登州的舅舅董清嶽，分別送去了密信，將他們所知道大象畏寒等消息送了過去，要他們不要被天鳳國的示好所痲痲痺，說不準平陽城這邊會開戰，讓他們務必要提前做好準備！

當白卿言到達平陽城，下定決心要同天鳳國開戰之時，又派人往南疆和登州再次送信，告訴白卿琦和舅舅董清嶽臘月二十九要與天鳳國開戰，讓他們準備給天鳳國東部象軍來一個措手不及。

在重創天鳳國象軍，將天鳳國趕走之後，下一步就是全面進攻西涼。

白家人和白家軍的仇，他們白家諸子和白家軍，一個……都不能少！

遠在平陽城三里之外的營地裡，沈良玉嘴裡咬著根乾枯的稻草，帶著幾個人騎馬在山坡之上，如鷹隼的眸子正遙遙望著平陽城的方向，只等小白帥一聲令下，宰了那群冒牌虎鷹軍……火雲軍，讓他們見識見識，白家軍虎鷹軍……絕非他們西涼所能複製。

白卿言看著肖若海所繪製的詳細輿圖，看似平淡的眸底，殺意翻湧：「這是我給西涼的最後一次機會！若是不想好好合作……敢先動手，那就新仇舊恨一起算，他們不想等到三年之約到期，我大周自然不能掃興，必當奉陪！」

沈昆陽此刻才恍然，明白白卿言這麼排兵布陣是為了什麼……

白卿言這是在做兩手準備！虎鷹軍就是白卿言安排的後手。

白卿言可以先放下仇恨，與西涼共同抵禦天鳳國，前提是西涼真的能夠臣服大周，而不是背後耍陰招。若是西涼背後耍陰招，那麼白卿言就在此役，與大燕合力攻打天鳳國使大周有能力分兵的同時，用虎鷹軍將西涼的火雲軍滅了。

要是西涼配合願意歸順臣服，那麼她這一戰，不但要將天鳳國的象軍和精銳盡數折損於韓文山，還要讓沈昆陽所率一部……確保西涼的火雲軍折損至再也沒有威脅大周的能力。收拾掉火雲軍，是為西涼沒有能力反抗，乖乖臣服。

宰殺天鳳國象軍，是為天鳳沒有能力再戰，只能滾回天鳳國。

畢竟培養一頭戰象可並非一朝一夕能夠成事的！且所耗費的財力物力更是無法計算，沒了象軍的天鳳國，就如同被拔了齒牙的老虎，不足為懼。

白卿瑜目光沉著：「要是西涼到如今還看不清自家實力，妄圖趁著大周與天鳳國開戰，在背後搞小動作，我們大周就先斬盡天鳳國戰象，將天鳳國趕回去，再滅西涼，而後……再舉全力對付天鳳國。」

「我還有一點不放心！」沈昆陽眉頭緊皺，「萬一天鳳國沒有如同小白帥預料那般，還妄圖與大周打好關係，而是打算魚死網破，轉而從平渡城南門出，往平陽城殺來呢？」

沈昆陽想起昨夜那巨象只撞了一下，便搖搖欲墜的城門，心中頗為忌憚：「象軍只來了三十頭，我們大周的將士和燕國一同合力，也是損失慘重！那巨象只是撞了一下城門，城門便成了那副模樣！我們將兵都帶走了，平陽城就算是有虎鷹軍，末將也怕守不住啊！」

「沈叔，首先……乾椒和花椒、胡椒等燃燒之後，可以對付巨象我們實踐過！再者……我已經交代了小四，這一路過去務必要將積雪踩實抹滑，刺鼻的氣味和打滑的雪地，是如今我們摸索出來對抗象軍最見效的方式！」

見沈昆陽還要說什麼，白卿言不得不將有些本不想說的事情直言相告：「最重要……我敢賭天鳳國不敢與我們魚死網破的原因，是我曾收到一封從天鳳國送來的密信！」

白錦桐的人以商人的身分在天鳳國設立商社，白家那些老道的掌櫃都被白錦桐留在了天鳳國，打探消息，這一次果然打探到了十分有用的消息，他們冒著巨大的危險將信送到了陳慶生的手裡，陳慶生又轉交給了白卿言……

信中說，天鳳國的大巫接到神諭，說天神已經為這片土地選擇了主人，這片土地的主人還在時天鳳國若是在這邊土地上主動開戰，會被天神懲罰，隨後便吐血昏迷了過去。

後來，大巫的大弟子趕往天鳳國國君薩爾可汗身邊，想要幫薩爾可汗找到天神為這邊土地選擇的主人，殺了這片土地的主人，再開始掠奪土地。

天鳳國對天神十分信奉，要比西涼更為狂熱。

這點，曾善如從白錦桐最早送回朔陽那位……會製作使用墨粉的天鳳國人那裡，已經得知。學習了天鳳國語言的曾善如，甚至早在天鳳國進入西涼之前，便知道……天鳳國土地逐年被沙漠吞噬，是因為受到了天神懲罰之事。

所以，白卿言敢相信密信中的內容。

四國會盟之時，白卿言帶了那麼多將士前往，就是在防薩爾可汗出手。

而後，四國會盟有會無盟，薩爾可汗卻未曾動手，而對大周的態度越發軟和，她心裡便清楚……薩爾可汗這是沒有找到天神為這片土地選定的主人，所以還是忌憚天神發怒，只能用租借土地之法先站住腳跟，再慢慢尋找。

沈昆陽聽完白卿言的話，十分詫異白卿言竟然早早就已經在天鳳國安插了細作，更是對天鳳國如此狂熱的信仰感覺到不可思議：「可……僅憑他們大巫的一個預言，天鳳國當真不會轉而攻打平陽城？」

「沈叔，戰場上從來沒有萬全之策，戰場和賭場沒有什麼區別！我們只能利用所掌握的消息布局謀劃。」白卿言望著那巨大的輿圖，「天鳳國的信仰，天鳳國缺糧怕大周或燕國斷其糧路，西涼百姓對天鳳國的暗潮洶湧的抵抗，不知所終卻在西涼有著號召力的西涼女帝李天驕，還有天鳳國想要的玉蟬在大周，他們一旦和大周開戰天鳳國的商隊就無法進入大周搜尋……這些種種加起來！我賭天鳳國沒有那個膽量攻打平陽城！」

白卿言一口氣說了這麼多根據，沈昆陽總算是想通了，有虎鷹軍沈良玉在，他也不用太過擔心白卿言的安危，不過一個仿冒虎鷹營的火雲軍，虎鷹軍收拾這些冒牌貨不在話下！

他抱拳朝著白卿言一拜，笑道：「鎮國王在的時候，曾言……小白帥能察人於心，觀事於微，而面面俱到總攬全域，沈昆陽信小白帥斷言，敬佩嘆服。」

白卿瑜唇角勾起笑意，與有榮焉：「沒想到，沈叔也會拍馬屁了。」

沈昆陽和白卿言被白卿瑜逗笑，察覺到胎動，她輕輕撫著自己的腹部開口：「我們的戰法布置，自然我也會告知燕國，合兩國之力，若是沒有辦法將天鳳國的象軍折損於韓文山，那燕國和大周成笑話了不說，還會在兩國將士的心中埋下恐懼的禍根，認為象軍的確不可戰勝，所以此戰堅決不能敗！」

沈昆陽應聲：「小白帥放心！」

很快魏忠便將馮耀請了進來，馮耀與白卿言之前見過，算是熟人了，他知道如今白卿言身分不一樣，又是小主子的妻室，正兒八經的朝白卿言行了大禮：「老奴，見過陛下！」

「馮公公起來吧！」白卿言望著馮耀道，「九王爺送來的信，我已經看過了，還需要馮公公即刻派人回去給燕九王爺送個信。」

「陛下請說……」馮耀道。

白卿言將大周布局同馮耀說了後，道：「勞煩公公轉告九王爺，燕國需在不影響大周布局的情況下，竭力阻殺天鳳國，合兩國之力若是還不能將天鳳國拿下，那便成了笑話了。」

「老奴一定將話帶到！」馮耀直起身，想起自家小主子說要將玉蟬之事告知於白卿言，又問，「九王爺讓老奴將玉蟬之事轉告陛下，不知道……」

「公公先回去將此事傳達，而後等戰事結束，我們再細細慢說……」白卿言笑著同馮耀道，「如今大戰在即，馮公公身手卓絕，自然是應當護在燕帝和九王爺身邊才是。」

慕容衍在信中說，讓白卿言將馮耀留在身邊，馮耀身手奇高，萬一有什麼不測馮耀必定會拼死護住白卿言，且叮囑白卿言不要憂心他……他身邊有月拾。

可白卿言還不知道慕容衍嗎？他一定會讓月拾護著慕容瀝，如今……大燕可用的將領不過就是一個謝荀，今日或許慕容衍會親自帶兵上陣，而她在城內不用面對巨象，身邊有魏忠……有沈良玉就夠了。

白卿言打算讓青竹跟著小四，乳兄肖若海在傳令回來後，便讓他去追阿瑜，如此她才放心。

馮耀恍然，他陡然反應過來，這個時候……小主子將他派到白卿言身邊，是為了讓他護著白卿言，可同樣的……白卿言也擔心他們家小主子的安全，便連忙領命告退。

畢竟白卿言是在平陽城內還算安全，可他們家小主子是要上戰場的。

目送馮耀離開，白卿言才對沈昆陽和白卿瑜道：「你們先去準備點兵，我見過李之節就來……」

「是！」沈昆陽和白卿瑜應聲離開。

第九章 全力攻擊

白卿言就在書房見了李之節，也未曾將掛在書房內的巨大輿圖收起來，只端著茶杯看著被人抬過來的李之節，將大周此次對天鳳國開戰的詳情安排告知李之節，但隱去了沈良玉所率的虎鷹軍，也隱去了沈昆陽所率一萬五千將士設伏之事。

李之節連連點頭，他看著輿圖大致想了想之後，望著韓文山以北丹水河以南的山谷位置，道：「天鳳國的象軍並非那麼容易對付，為了徹底將象軍消滅，讓天鳳國再無還手之力，應當在韓文山以北丹水河以南再派兵設伏，以保證徹底剿滅。」

白卿言朝著李之節所說的位置看了眼，裝作思索了片刻，才道：「如此的確最好，可大周已騰不出兵力了……」

「如今大燕和大周定盟，可以請大燕派人在此設伏！」李之節眼睛發亮，幾乎要看到天鳳國象軍被滅的慘狀。

白卿言笑著將茶杯一放，似笑非笑瞅著李之節：「且不說燕國此次來的得力將領只有一個謝荀，我們大周和燕國替你們西涼打天鳳國，怎麼……你們西涼倒想要保存兵力看熱鬧？」

李之節微怔，抿了抿唇道：「西涼的兵力幾乎全歸於李天馥，我們的確是沒有兵力了！」

他似是想到了什麼，抬頭看向白卿言：「再者……大周和大燕選擇此時開戰，也是擔心等到春夏一到，天鳳國將戰場推到你們兩國國界，使周、燕兩國百姓遭殃，所以才決定在此時出兵，也並非全然為了西涼！唇亡齒寒……西涼亡了，大周和燕國的百姓也是要倒楣的！」

「唇亡齒寒？」白卿言眉目笑意越發深了些，「不如我們大周和大燕先暫且不與天鳳國開戰，將火雲軍藏於來鞍山之事告知天鳳國，想必……天鳳國會很高興能在來鞍山抓到西涼皇帝和輔國大將軍雲破行！李天馥更高興……能滅了火雲軍這個對她帝位最大的威脅力量。」

李之節臉色陡變，卻也沒有立刻否認，畢竟……白卿言能拿到明面上來說，就是她已經掌握了他們的動向，此時否認已經沒有任何意義。

見李之節薄唇緊抿的模樣，白卿言理了理衣袖接著道：「所以……還請炎王即刻返回，轉告你們西涼皇帝和輔國大將軍雲破行，即刻出兵……在韓文山以北丹水河以南的山谷出口設伏，以保證徹底剿滅天鳳國象軍。」

李之節仰頭看向白卿言，這才明白……白卿言擺了一個明顯的破綻讓他看出來，就是給他挖坑讓他跳，為的就是讓如今他們手上僅有的火雲軍在這裡設伏。

「若是周、燕兩國弄出這麼大的動靜，卻因火雲軍未到，讓天鳳國剩餘的象軍逃了……」白卿言唇角勾起，笑意不達眼底，淡漠凝視著李之節，「一切後果，西涼自行承擔。」

白卿言話音一落，白家護衛就將隨李之節一同來平陽城的幾個使臣和護衛，帶了上來。

「馬車已經備好，炎王還是速速回去告知西涼女帝李天驕一聲！」白卿言說完，起身示意護衛將李之節抬走，便帶著魏忠朝外走去。

李之節的面色凝重，他不知道是他們內部出了叛徒將火雲軍和西涼女帝李天驕所在位置告訴了大周，還是白卿言真的這麼厲害，能精準無誤的猜到火雲軍藏在來鞍山。

天空中又零星飄起雪花來。

大周將士們已經準備妥當，整裝待發，身著帝服的白卿言拎著衣裳下擺走上點將台。

她看著一張張或堅定，或帶著害怕的年輕面孔，開口道：「天鳳國的象軍，昨夜一部分將士已經見識過了，或許……心中還有恐懼，還在懷疑我們是否可以戰勝那身披戰甲，武裝到無堅不摧的巨獸！但……我們沒有退路！」

白卿言語聲鏗鏘而鄭重：「因為我們的背後是無數大周生民！是我們的親人！我們的父母妻兒！若是此時我們不將那些象軍消滅在西涼的國土上，來日……這些象軍踏入我們大周的國土，便會肆意屠殺、奴役我們大周的百姓！」

「所以，今日大周與燕國合兵，共同抵禦天鳳國象軍，誓要將天鳳國所依仗的象軍消滅在大周國界之外！」白卿言抬手做出抱拳的姿勢，高聲道，「大周的銳士們！此役……白卿言將所有大周百姓的安危託付諸位了！」

將士們被白卿言一番話說得熱血沸騰，呂元鵬率先舉起自己手中的紅纓銀槍，聲嘶力竭高呼：「殺敵！」

將士們紛紛高舉手中刀戟，齊聲高呼……

「殺敵！殺敵！殺敵！」將士們聲裂九霄，其雄渾之聲，震撼人心。

坐於馬車正要出城的李之節隱約聽到從軍營方向傳來的高亢喊聲，抬手撩開馬車車簾，隔著細碎的雪花望去，心情十分沉重。放下馬車車簾，李之節心中擔憂不已，他讓人將馬車停在一旁，吩咐護衛：「你悄悄去看看，此次大周將士是否傾巢而出！而後速速回來鞍山稟報！」

「是！」那護衛抱拳應聲，快馬離去。

很快，李之節便回到了他們在來鞍山安營紮寨之地，見到了李天驕和雲破行。

李天驕和雲破行看到李之節沒了一條腿，大驚。

李之節卻未曾太過在意，被雲淩志和雲天傲扶進山洞中，將李之節安置在軟榻上，給李之節的腿上蓋上厚厚的狐皮，將火盆放在李之節的跟前。

「這是白卿言做的？」雲破行問。

李之節搖頭：「這是大周和天鳳國打起來，巨象踩的，也算是……大周的人救了我！」

李天驕望著臉上沒有什麼血色的李之節問：「大周放你回來，是答應出兵天鳳國了！」

李之節點頭，將白卿言今日所言悉數轉告李天驕，包括大周已經知道他們藏身在來鞍山，若是此次不聽從白卿言的調遣，等大戰過後，白卿言必定會找西涼清算之事。

「白卿言即便是發現我們在來鞍山也沒什麼！」李天驕美豔的五官被跳躍的火苗映得發紅，「我們又不是打算一輩子窩在這裡占山為王，總要瞅準了時機重新奪回西涼的。」

「火雲軍……可是我們全部的家底了。」雲破行拳頭收緊，皺眉用火鉗子撥了撥炭火，「要是白卿言只是將天鳳國逼出平渡城，故意讓我們西涼火雲軍與天鳳國的象軍在峽谷決戰，我們怕是連火雲軍都保不住！以後就再也沒有同大周和燕國抗衡的資本了。」

「可是白卿言已知我們帶著火雲軍藏身在來鞍山，等他們趕走了天鳳國，怕回過頭就要來對付我們了！」李之節本就蒼白的臉色越發不好看，「我們只有不到八千火雲軍，很多都還是訓練的半吊子，真要同大周硬碰硬怕是不行，藏也肯定藏不住，若不想同天鳳國打，偷偷離開來鞍山……就只能回我們西涼的城池固守，或許大周和天鳳國互相糾纏住，便無力來攻打我們！」

雲破行的孫子雲天傲不贊同：「可纏住只是暫時的，此戰不論是大周占據優勢，還是天鳳國占據優勢，只要我們出現在城池之中，便必定會有一國前來攻打我們！大周還好，天鳳國那巨象若是攻城，城門根本挨不住！」

「這一次，大周和燕國兩國聯軍合力攻打天鳳國，若是大周真的敢傾巢而出，想來燕國必然也是！大周和燕國既然見識了象軍的厲害，也就明白……一旦真的開戰，就必須一戰將天鳳國的象軍剿滅大半，否則後患無窮！」雲破行將手中的火鉗子放下，抬眸看向李天驕，「所以我賭，此次大周和大燕必定會傾盡全力絞殺天鳳國巨象，平陽城內肯定是空的！」

「那麼，父親的意思……是我們西涼軍聽從白卿言的調遣，去韓文山南丹水河北設伏嗎？」雲淩志問。

不等雲破行回答，李天驕便道：「我們能選擇的，難不成就只有臣服嗎？要麼大周……要麼燕國，要麼就是被天鳳國欺淩？為什麼要如此窩囊？」

雲淩志看了眼雲破行，恭敬問：「陛下的意思是？」

「若是大周和燕國真的傾巢而出，我們與其聽從大周的調遣，從此臣服被動，為什麼不能攻打平陽城，活捉白卿言？」

雲天傲也一臉意外看向自己的祖父。

「大周和燕國要打贏象軍可不是那麼容易……即便是打贏了，也必是慘勝！」李天驕垂眸盯著跳躍的火苗，「就讓天鳳國和大周去打，讓他們兩敗俱傷！而李天馥沒有了天鳳國的象軍做依仗，我們又活捉了大周女帝白卿言，西涼本就因天鳳國威懾而選擇臣服李天馥的勢力……必定會轉而重新回到我們麾下！本就在暗中支持我們的西涼勢力，更能光明正大回來。」

雲破行直起腰身，李天驕的話不無道理！沒有了天鳳國象軍的威懾，李天馥不成氣候，那些曾經被迫或自願臣服於李天馥的西涼家族，看到李天驕帶著火雲軍活捉白卿言，必然會重新臣服在李天驕的腳下，因為西涼人都不願意西涼成為別國的附屬國。

「但這一切的前提，是大周真的傾巢而出，平陽城真的沒有留守多少兵力。」雲凌志說。

雲淩志還有擔憂，卻也不得不承認，李天驕的法子是解除目前困境……且能讓火雲軍損失降到最小的法子。

之前，在李天驕派李之節前往平陽城面見白卿言的時候，雲破行就已經想好了，等到大周打退了天鳳國，西涼恢復平靜之後，若他的陛下真的要臣服於大周，他必然以身殉國，來維護國之尊嚴。所以今日李天驕的法子他雖然擔憂，但很是願意支持。

「我已經派人去打探了，人應該很快便會回來！」李之節道。

李天驕轉而看向李之節，眸色中有難見的柔情，視線掃過皮毛之下李之節腿空了的地方，眼眶發紅：「炎王為了西涼，著實是受苦了！」

李之節搖了搖頭：「李之節身為西涼皇室，為了先皇，為了太后……為了陛下，做什麼都是在為家族盡忠，都是應該的！」

「都是西涼皇室，朕的胞妹……卻要為了一個太監將整個西涼致於萬劫不復之地！」李天驕想起自己的妹妹李天馥，眼中霧氣深重，她長長呼出一口氣，道，「這一次，只要能重新奪回西涼，朕絕不會再對李天馥心軟，就當……從來沒有過這個妹妹！」

雖然關於李天馥的事，是國事……也是李天驕的家事，李之節也好，雲破行也好，都不能插嘴置喙。「等吧！」李之節先開口，「等派去查探大周是否派出全部兵力的護衛回來，陛下就知道下一步應當如何安排了！」

李天驕頷首，吩咐李之節好好休息，便先行離開李之節的山洞，又派人去盯著燕國的軍營，若是燕軍有前往平陽城的軍隊，一定要來報……

疼痛讓李之節的背後已經全部汗濕，更別提心理上……接受不了失去一條腿的難受，失血過多帶來的疲憊虛弱之感，和陣陣眩暈讓他想要躺下，可他強迫自己撐住，他明白去打探大周是否傾巢而出的將士回來之時，便是決定西涼未來……到底是臣服大周，還是拼搏一把之時。

李之節不敢倒下，也沒有多餘的心思難受。

時間一分一秒的過去，在天即將要黑下來時，李之節派去探查大周兵力的將士終於快馬而回。

李之節聽聞那將士直接被人帶去了李天驕那裡，立刻命人將自己也抬了過去。

李之節到的時候，正聽那將士同李天驕說：「屬下在雪地裡窩了很久，看著軍營裡走空了，只剩下了看守營地的將士，又折返平陽城，謊稱炎王落下了東西讓屬下去取，看了一圈，平陽城內除了守城的那幾百將士之外，一點兒多餘的兵力都沒有了。」

山洞內燭火搖曳，火盆中炭火發出爆破聲。

李天驕拳頭緊緊攥著：「白卿言也知道，戰事不能拖過冬季，所以這一次要全力一戰，將天鳳國趕回雪山那頭！」

說完，李天驕抬頭，一雙眸子明亮而堅韌：「此次大周和燕國全力將天鳳國趕走之後，下一步應當就是瓜分西涼了，我們西涼絕對不能坐以待斃！派人去盯著平渡城的動靜，一旦大周和燕國攻城，我們西涼便要趁著大周和燕國軍隊陷於與天鳳國糾纏時，一舉拿下平陽城，活捉白卿言！由雲將軍領兵！」

雲破行聽了李天驕的話咬了咬牙，決定捨命為西涼前程一搏，高聲道：「讓將士們準備！」

「祖父，只要我們能活捉白卿言，向著叛賊李天馥的將士們一定會支持陛下的吧！」雲天傲緊緊攥住自己腰間佩劍。

雲破行頷首：「自然！」

雲天傲抱拳單膝跪地，望著雲破行：「孫兒敢為先鋒，為陛下活捉白卿言，為大伯報仇！」

雲破行聽到孫兒提起自己的嫡長子，眼眶發紅，將雲天傲扶了起來：「好孩子！」

薩爾可汗立在城牆之上，見大周將士已經將平渡城圍住，卻沒有要攻打的架勢，便派遣天鳳國雅言說的不錯的將士騎著巨象出城，請見大周主將。他咬緊了後槽牙，瞧著烏壓壓高舉黑帆白蟒旗的大周將士，冷笑：「圍而不攻，不過是沒有膽子攻城，但卻忍不下之前我們天鳳國帶著象軍圍了平陽城開戰之事，死要面子，強行在我們天鳳國面前擺出並不懼怕的模樣！」

大巫的弟子跟在薩爾可汗身邊，不知道為何，看著那黑帆白蟒旗，心中升騰起一種極為不詳的預感，他道：「陛下，不如我們先撤出平渡城？向大周服軟，放低姿態……賠上金銀財寶和笑臉，迷惑大周……讓大周以為我們天鳳國不是他們的對手，或許大周和燕國便願意租借土地和城池給我們！」

放低姿態迷惑大周，是薩爾可汗的對周策略，可此時在被大周圍城的當下，聽大巫的弟子提出來，心中不知為何竟極為不痛快。

「服軟撤出平渡城，是一定要的，但……需要大周和大燕提出來，我們才能將撤出平渡城也當做條件之一，設法讓大周租借給我們城池！」薩爾可汗視線落在大周將士們身上，「哪怕逼著李天馥將這平渡城和丹水河全部都給大周，我們就在丹水河對面犬牙城扎根！」

只要能和大周通商，讓天鳳國的商隊入大周去尋找玉蟬，薩爾可汗甚至也可以將他們落腳的犬牙城都當做向大周借的，以此來同大周打好關係！薩爾可汗想的很清楚，犬牙城前面就是天險丹水河，退到丹水河之後對他們天鳳國來說反倒有好處。

大巫的弟子看向遠處平陽城的方向，視線又落在從黑壓壓的重甲騎兵之中騎著白馬走出來的白錦稚身上，說：「據我們掌握的情況來看，大周並非一個好戰的種族，我們只要將誠意擺出來，竭力展示我們的友好和善意，想來……大周也是願意同我們和平共處的！」

薩爾可汗搖了搖頭，他想到四國會盟之時他以為女人心軟，上前同白卿言套近乎，卻被白卿言毫不留情戳穿天鳳國盤算時的情景，說：「不一定啊，那位大周皇帝可聰明的厲害，很是明白我們天鳳國的謀劃，就怕她……是軟硬不吃啊！」

偏偏啊，這玉蟬在大周，實在是讓人為難。

「讓將士們準備，將石頭火油全部運上來，以防大周攻城！」薩爾可汗咬著牙，想了想又道，「讓西涼兵上城牆來防守！告訴他們我們天鳳國是為了給他們打仗，要是丟了平渡城，天鳳國可不管！」

「是！」天鳳國小將應聲領命。

白錦稚騎著白馬上前，抬起手臂，用紅纓銀槍指著騎在巨象上的天鳳國將領，態度散漫喊道：「要談？可以！先從這大象身上滾下來，姑奶奶我不喜歡仰著脖子說話！」

騎在大象背上的天鳳國將領被白錦稚傲慢的模樣激怒，可想起自家君上囑咐，想起之前帶三十頭象軍就攻打大周平陽城……被他們家君上砍了腦袋的象軍將軍，他忍著怒火拍了拍大象的腦袋。

巨象長鳴一聲，前蹄緩緩跪下。

等巨象臥於雪地，天鳳國將領這才站起身，踩著巨象的頭顱，扶著巨象的鼻子從巨象身上下來，又解下自己身上的佩刀遞給跟隨而來的將士，這才上前，行禮：「還請將軍下馬一敘。」

白錦稚看著這天鳳國將領走下巨象的方式，眉頭挑了挑，只覺這樣從巨象身上走下來還蠻唬人的，等打贏了回去，她也想要一頭巨象作為坐騎，打仗時還是很出風頭的。

騎馬跟在白錦稚身旁的沈青竹，視線來回打量著那天鳳國將領，確定那天鳳國將領身上已經沒有其他武器，對白錦稚頷首。

白錦稚將手中握著的紅纓銀槍用力釘在腳下，借助紅纓銀槍的力道一個側翻下馬，穩穩落地朝著那天鳳國將領走去。

沈青竹也跟著下馬，護在白錦稚的身邊。

「不知今日大周高義君帶大周將士前來圍城，可是因昨日……我天鳳國將領陪同西涼女帝前往平陽城要回叛臣李之節時，莽撞攻城之事？」

「我大周女帝的話，你們天鳳國的使臣沒有帶回來嗎？你們天鳳國的人敢對我出手……敢殺我白家護衛，這件事想要輕飄飄揭過去，也不問問我白錦稚答不答應！」白錦稚目光朝著平渡城城牆上看去，「我白錦稚今日，就是來報仇的！大樑我都滅了，還怕滅不了一個小小天鳳國？」

按照率兵離開之前自家五哥的囑咐，白錦稚面對天鳳國要張狂一些。她得拖延足夠多的時間，讓五哥和沈昆陽將軍他們做準備！也得拖延到燕軍來！還得拖延到火雲軍前往平陽城。

天鳳國將領卻笑了笑道：「高義君少年英雄，自然是不怕的！不過我們天鳳國的象軍的確也不是那麼容易能被滅的！三十頭象軍……面對大周和燕國的圍追堵截，尚且能回來十幾頭，可想而知巨象的威力！」

見白錦稚抬手指他似乎惱羞成怒，天鳳國將領連忙行禮，接著道：「但……我們天鳳國受西涼相邀而來，原本就是為了替西涼解除戎狄之患，而如今戎狄已經不復存在，我們天鳳國本著友好的態度，想與大周通商……以利兩國百姓，並不想同大周發生戰事！萬事都有解決的方法，不如我們兩國先坐下來談談？」

白錦稚要的就是天鳳國說坐下來談談。「好啊！可以談，不過……這事兒我做不了主！不如讓你們天鳳國國君親自去一趟平陽城同我長姐和我們大周柳尚書談一談！」白錦稚唇角勾起。

「高義君這又是說笑了，即便是我天鳳國國君願與大周友好共處，可大周如今重兵圍城，又要我王入平陽城，我們天鳳國實在是害怕啊！」天鳳國的將軍說。

「那你說怎麼談！」白錦稚一臉煩躁問，「我們打進去再談？」

「大周陛下如今身懷有孕，這又下雪了，不如請柳大人前來，我們就在平渡城下談……」

天鳳國將領朝著白錦稚和沈青竹身後看了眼，接著道：「大周重兵圍城，想來談不到滿意不會撤軍，也不必擔心我們耍什麼花招！而我們的使臣也在平渡城下，背後靠著我們天鳳國象軍，心裡也有底氣一些，對雙方也更公平一些，高義君您說是不是？」

白錦稚裝作思考的模樣，半晌之後，道：「你……就在這裡等著別動！我也就在這裡不動！我派人回去問問我大周女帝和柳大人，這一來一回要耗費一些時間！你動了我就當你反悔！」

「好，不過……外臣得派人同我王說一聲！」天鳳國將軍說。

「行！去吧！」白錦稚大度的擺了擺手。

很快，便有天鳳國的將士回去同薩爾可汗說了自家將軍與大周高義君商議出來的結果。

雙手撐著城牆的薩爾可汗低笑一聲，直起身來，摩挲著手中的玉蟬。

「能談……就說明，大周本來的目的就是要談，不過出動這麼大的陣仗，想必要的代價也不低！」大巫的弟子道。

「大周要什麼就給什麼！除了我們的象軍……務必要與大周打好關係就是了！反正給的土地也不是我們天鳳國的！」薩爾可汗說完，轉身朝城牆之下走去，已經不將大周圍城放在眼裡。

大巫的弟子跟上薩爾可汗，「可若是大燕聞訊趕來也圍城要好處，我們給是不給……」

「若是想要西涼的土地和城池，就告訴他們……只要他們自己能拿下，我們天鳳國不干涉，我們天鳳國只想租借大周和大燕適合耕種的沃土之地！」薩爾可汗說完又道，「不過，為了以防萬一，我們還是先從北門撤出一部分，先去丹水河北側的犬牙城！萬一大周真的開戰，大燕也來攪和於我們不利！吩咐將士們準備，先帶一批象軍撤離！」

「是！」大巫的弟子應聲，又道，「我心中不安，不如……陛下先走！」

薩爾可汗搖了搖頭，手中攥著玉蟬來回摩挲著：「我不著急，我得留在這平渡城，才能讓大周看到我們天鳳國的誠意，先讓馱著物資的象軍先走！」

薩爾可汗想了想，瞇著眼道：「就先走……三分之一先行渡河去犬牙城準備，動靜小些，別被大周知道了，算是以防萬一！對了……監視燕國動向的探子，有沒有回來稟報燕軍異動？」

大巫的弟子搖了搖頭。「雖然燕軍目下沒有動靜，可屬下以為陛下還是先走吧！」大巫的弟子不放心，「我留下便是了！」

薩爾可汗擺了擺手：「既然燕軍沒有動作，我賭大周不敢開戰，不過是要好處！要土地……讓李天馥蓋章給就是了！反正……西涼沃土不多，對於我們天鳳國來說，給了也無妨，最重要的是要大周和燕國的那些沃土之地。」

李天馥得到大周圍城的消息，先是興奮不已，後來見天鳳國的將軍集結了部分象軍，要從平渡城北門撤走。李天馥焦急去尋薩爾可汗，薩爾可汗卻未見李天馥，反而擔心李天馥這個瘋子生事，乾脆將人軟禁了起來。

白卿瑜和謝羽長剛剛帶人埋伏在了韓文山南入口，還未準備妥當，哨兵便遠遠看到有火把靠近，立刻稟報，白卿瑜命大周將士放下手中準備，即刻隱蔽。

不多時天鳳國舉著火把的探子從韓文山南口進入韓文山峽谷，白卿瑜和謝羽長命將士們按兵不動……

那幾個天鳳國探子穿過韓文山峽谷，又疾馳了回去。

作戰經驗豐富的白卿瑜知道，這是探子來探路……說明天鳳國的象軍就要來了！

但，這個時辰分明就還未到白錦稚攻城之時，難道天鳳國要提前撤了？

一會兒若天鳳國真的撤軍，打與不打成了一個大問題。

白卿瑜吩咐暫時按兵不動，先看來多少象軍再做決定，亦是派肖若海去同沈昆陽通氣兒……

若是天鳳國大部隊撤退，等天鳳國的象軍入了峽谷，他們便即刻封死兩頭出口，堅決不能讓天鳳國的象軍全須全尾從峽谷裡逃出去。

若是小範圍撤退，甚至是試探性撤退……為了不影響大局，只能先放他們過去。

同時，白卿瑜派人將消息送到平陽城，和白錦稚的手中，又派人前往大燕，將天鳳國派人前來探路的消息告訴大燕，催促燕國出兵，不能等到明早行事。

然而，白卿瑜派去給燕國報信的將士還未到蒙城，就已遇到慕容衍和謝荀所率燕國大軍。

慕容衍在帶著燕軍出發之前，早已經派人設伏在從蒙城前往平渡城最快的那條路上，將天鳳國準備去報信的探子全部殺了個乾淨。此時聽白卿瑜的下屬來報，天鳳國有動靜，慕容衍即刻派人給白錦稚和白卿瑜送信，半個時辰之內一定堵住平渡城北門和西門。

謝荀和慕容衍兵分兩路，慕容衍帶著三萬將士冒雪疾馳去圍平渡城北門，謝荀帶著五萬將士直奔西門。

燕國大軍前來的速度快到天鳳國措手不及，就在天鳳國將士和三分之一的象軍整裝準備撤離還未來得及走，薩爾可汗就接到了燕國大軍已經快要到達西門的消息。

天鳳國監視燕國動向的探子沒有提前來報，想來已經死了。

大巫弟子心中不安的情緒更加明顯：「我們的探子可能提前被解決了，燕國是有備而來！」

大巫弟子轉頭看向坐在火盆前面色冷清的薩爾可汗：「或許大燕和大周是知道了我們象軍的厲害，所以聯合起來要對付我們象軍了！陛下……趁現在大周沒有攻城，我們從南門殺出去渡過丹水河，前去與阿克謝將軍匯合！」

「大周和燕國敢嗎？」薩爾可汗緊咬著牙，眼裡露出不屑神色，「阿克謝所帶的象軍才是我們天鳳國的主力，他們為了對付我們這一點象軍便要傾盡兩國之力，難道就不怕阿克謝報復，不怕我們天鳳國與他們魚死網破？」

薩爾可汗緊緊攥著手中的玉蟬，半晌之後轉過身來，冷聲說：「不過是燕國見大周圍而不攻，看出大周是想要好處，所以也想來分一杯羹罷了！」

大周還願意談，就表示不願意打，燕國湊上來……能為了什麼？不就是為了分杯羹麼！

薩爾可汗面色難看，他們天鳳國何時如此憋屈過？即便是冬季，他們象軍並非不能打，如今被螻蟻一般的賤種騎在頭上，是因必須為了神諭而忍耐。

天神降下的懲罰，讓沙子吞噬他們的土地，這在天鳳國每一個人心中都是極大的恐懼，身為天鳳國的君主薩爾可汗除了恐懼之外，更多的還有焦慮，他是天鳳國的王，有讓天鳳國百姓擺脫恐懼的責任。他來這片土地，也是為了替天鳳國的百姓尋找到合適的居住地，不讓他們每日沉浸在不知道什麼時候，種的糧食和家園會被沙子吞噬的恐懼之中。

大巫弟子知道薩爾可汗現在十分憋屈，好言好語說：「陛下所言也有道理，可還是要防備才是，陛下先走，我來同大周皇帝派來的使臣談，再將李天馥留下，不論大周要哪塊土地哪個城池我們都讓李天馥給！」

「報……」天鳳國的將士衝進來，「大周開始攻城了！」

戰場上情況瞬息萬變，最是考驗為將者的應變能力，白錦稚收到燕國送來要圍城的消息，便不再耽擱即刻開戰，並讓人給白卿瑜送去了消息。

「他們怎麼敢！」薩爾可汗目眥欲裂。

大巫弟子轉而看向薩爾可汗：「陛下，您若是還想要和大周留有餘地搜尋玉蟬，現在就撤吧，讓西涼人留下來打！」

雖然為了玉蟬……為了能在這片土地上站穩腳跟，薩爾可汗可以忍大周，可現在大周簡直是騎在他的脖子上撒野，他拳頭緊緊攥著，真想直接同大周開戰，打的大周爬不起來……打的大周皇帝在他面前跪地求饒為止！

此時大周的皇帝就在平陽城內，只要活捉大周皇帝，看大周還怎麼張狂！

瞧出薩爾可汗逐漸高漲的戰意，大巫弟子忙道：「陛下，您不要忘了玉蟬還在大周，更不要忘了……神諭啊！」

薩爾可汗閉了閉眼，神諭不可違抗！

再想到還在大周的玉蟬，想到他們天鳳國畢竟是拉長了站線，越過雪山來這片土地上作戰的，若是真的不顧一切打起來，他們被切斷了糧草，這些巨象可沒有辦法養活。

這也是天意吧，之前他們天鳳國急切的需要各種皮毛為巨象縫製禦寒冬衣，以便方便巨象抵禦寒冷，讓崔鳳年想方設法的搞來大量動物皮毛……結果天鳳國沒想到西涼這個本就耕種土地面積不廣闊的國度，百姓竟然放棄了農耕，都將心思用在了動物皮毛和大周皇室喜歡的翡翠錦上，徹底將本就少的耕地荒廢，用賺的銀子買糧食。

等天鳳國來到西涼，還沒來得及大展拳腳，就發現……西涼比他們天鳳國還缺糧食。

加之大巫說天神神諭為這片土地選的主人還在，不能強行侵奪土地，故而天鳳國只能想出一個租借的法子，先站穩腳跟，有了糧食……殺了這片土地的主人，再以戰養戰。

然，大巫的弟子到現在都不知道這片土地的主人到底是誰，對於一向信奉天神的天鳳國國君薩爾可汗來說，實在是不敢冒然違背神諭。

薩爾可汗便閉了閉眼，之前天鳳國引得天神發怒，天神便讓沙漠吞噬天鳳國的土地作為懲罰，如今他若是再違背神諭，在這片土地的主人還在時，對這片土地發起戰爭占地，天神又會降下什麼懲罰，而天鳳國又能否承受，他不敢肯定！

想到此處，薩爾可汗洩氣一般靠坐在椅子上，滿臉疲憊：「留下西涼軍守城！天鳳國象軍和將士都撤，留下一頭巨象和天鳳國的使臣，等到我們安全渡過丹水河之後，讓使臣騎著巨象親自開門迎大周高義君入城，向他們展示我們想要和平共處，通商互利的誠意，讓象軍即刻收拾準備，先派人喊話同燕國交涉，若是燕國不讓……那就殺出去！」

薩爾可汗說得咬牙切齒。

「是！」前來報信的將士立刻出去傳令。

但，出乎天鳳國意料之外的，大周並非如同他們曾經遇到的那些攻城部隊，只是憑藉雲梯攀爬城牆。大周重盾護著大部隊逼近之後，便從重盾兩側接連不斷竄出六人一隊的輕盾隊伍，只有四人帶著輕盾，四盾相扣，將其中兩個後背包囊的將士護在其後，迅速朝城牆兩角逼近。

朔陽牛角山訓練出來的這批將士們，手裡拿著的盾牌都是曾善如添加了墨粉打造出來了，那些箭矢根本穿不透。再加上經過青西山關口之戰後，紀庭瑜和趙冉商議著改良的戰法，大大增加爬城牆將士們的安全。

身上繫著防護繩，舉著箕田盾的三位將士配合默契，踩著鉚釘巨盾向上，兩個鉚嵌鉚釘的將士緊隨其後，穩紮穩打向上一步，便往城牆裡鉚嵌入一根鉚釘……

天鳳國人從來沒有見過那樣奇怪的盾牌，眼見箭矢無法奈何城牆之下……密密麻麻不緊不慢從城牆底有序爬上來的大周將士，天鳳國的兵和西涼兵難免驚慌了起來。

「快！石頭！石頭！火油！快！」西涼兵高聲叫嚷著。所幸薩爾可汗還算是有先見之明，在被圍城之時，讓人做了準備，將抵禦攻城的可用之物都搬了上來。

然，盾牌斜著擋在幾人頭頂之上，不但擋住上方射來的箭矢，就連城牆上投擲的石頭都無法奈何他們分毫，只能砸得盾牌往下滑兩三寸的距離，便卡在嵌入城牆縫隙中的鉚釘上，石頭也從盾牌斜面滾落下去。朔陽軍牛角山的將士們配合默契，向上的勢頭不猛，但穩。

西涼兵將點著的火油倒下，點著的火油順著盾牌縫隙跌落在將士們的身上，有的將士還來不及撲滅身上的火，或是被火燒斷了防護繩便從高空墜落，可這卻都沒能阻止大周將士們攀爬城牆的速度，反而讓將士們緊咬著牙關加快速度，嘶吼著要衝上去和這些敵軍決一死戰。

騎馬立在最前的白錦稚，瞧見如雨後春筍一般從城牆底竄起，越爬越高的將士們已經密密麻麻占據了半面城牆，咬緊了牙，高高舉起手中的紅纓槍，雙眼發紅，語聲高昂，振聾發聵：「大周的將士們！朔陽軍的兄弟們已經為我們開道，此戰我等必須在半個時辰內拿下平渡城！殺！」

白錦稚語聲一落，率先衝了出去。

將士們高舉刀劍殺聲震天。朔陽軍牛角山的將士們最先一批已經衝到城牆之上，與西涼軍和天鳳軍展開廝殺，又將軟梯抛了下來，供衝殺過來的將士們登城。

雲梯亦是被推到了城牆之前，大周將士們殺入城中的越來越多。

白錦稚驍勇當仁不讓，甘做先鋒衝向城牆之上的舉動，極大鼓舞了將士們。

白錦稚清楚她這裡將那些巨象殺的越多，到後面五哥就更容易打，她下令，將士們殺入城中占據城牆高地，打開城門！在被將士們踩實打磨成滑得立不住的地方，她可是準備了大禮給天鳳國的象軍，所以他們殺上城牆要做的，是占領高地，將那些巨象分散逼出城外。

薩爾可汗沒有料到大周攻城的速度竟然如此之快，快到他們連準備的時間都沒有。

朔陽軍將士們登上城牆的速度和詭異的方式，是天鳳國和西涼從未見過的，受到了極大的震撼，難免心中萌生退意。

而看到朔陽軍穩紮穩打，以極為迅速又能將傷亡降到最小的方式登城，再看到他們大周高義君的驍勇，大周將士們各個如同飲了雞血一般英勇異常，他們殺上城牆，不惜一切代價與天鳳國和西涼兵血拼，殺的滿身血漿……殺紅了眼！

正如他們的陛下所言，他們所有人……都沒有退路，他們的背後是大周的數萬生民！是他們的親人妻兒！若是不想讓戰火延續到大周國土之上，他們便必須將敵軍消滅在西涼的國土之上！

身邊的同袍倒下了，他們撿起同袍的刀劍弓弩繼續拼殺，連帶著同袍的那一份，只求死前多殺幾個敵軍，如此來日……大周便能少死幾個百姓！

他們是大周的銳士，遇險便應當勇敢的站在大周百姓最前面，用生命來護衛大周百姓的安全，不論他們面對的是怎麼樣的強敵，怎麼樣的巨獸！

他們將天鳳國準備的火油點燃朝著那巨象身上潑去，弓弩手拼命用火箭射殺象軍，全身被點燃的巨象嘶鳴尖叫聲在周圍胡亂碰撞，撞塌房屋和長街上的篷子，將火苗引得到處都是，天鳳國和西涼的將士被波及，四處打滾，火苗碰到哪裡……那裡便被點燃，平渡城內火勢越發大了。

有身上帶火的巨象瘋了死死朝著城門方向撞去，一下子就將平渡城厚重的城門撞開，全身帶火嘶吼衝出城門，滑倒後在雪地中滿地打滾。

平渡城雖然大，可因為大象畏寒的緣故，天鳳國將這些寶貝象軍全都帶進了城內躲避風雪，因此讓城內顯得極為擁擠。

也是天鳳國百年來未曾有過敵手，在他們天鳳國所在的那片土地，沒有冬季……也從未有人敢主動攻打有象軍在的城池，所以從未考慮過將象軍悉數帶入城中，若是遇到攻城時，象軍一窩蜂往城門處擠，反倒會一個都出不去，就連城牆都跟著被撞得晃動。

能夠號令這些象軍的骨哨聲響起，可身上大面積被火苗包裹燒得劈啪作響的大象根本不受控制，只有身上還未染上火油，或是……火苗已經撲滅的象軍聽從骨哨聲的指揮，跟著骨哨聲列隊前往平渡城南門。

大周將士們只搶占城牆，並不衝下城池拼殺，他們瘋狂用箭弩射擊象軍，之前薩爾可汗讓人運送上城牆抵禦的石頭、火油……反倒成為已經占據城牆的大周將士們用來對付被逼下城牆的西涼軍和天鳳軍。

薩爾可汗大感意外，這是天鳳國從來未曾遇到過的敵人，他聽說大周有奇兵，可以攀著城牆而上且速度極快，不怕石頭和箭弩的攻擊，他本想要去看看，卻被大巫的弟子拉著坐上了巨象……

天鳳國的退路在丹水河南面，所以如今天鳳國只能從南門衝出去。

北門……已經被大周攻破！

南門，天鳳國派出之象軍已經同守著平渡城南門的燕軍展開搏殺，誓要殺出一條血路。

坐在巨象之上，隨時準備南門打通殺出去的薩爾可汗拳頭緊緊攥著，憋屈……憤怒，從來沒有這麼強烈過。他抬頭看向飄著細碎雪花的黑暗夜空，很想問問天神為何要如此對待天鳳國，天鳳國可是他最忠誠的信徒。他真的很想此刻就下令，轉而攻打平陽城，活捉白卿言，逼問她玉蟬的下落，再當著白卿言的面殺光所有大周賤民！

可他不敢……天鳳國人對天神的畏懼和尊敬，自古深入骨髓，尤其是……天神降下懲罰讓沙漠吞噬天鳳國土地開始，天鳳國人對天神的敬畏和恐懼達到了最高。

經過平陽城一戰，燕國也知道……體型巨大的巨象無法奈何雪地滑道，軍隊一到便先將積雪踩實做成冰道。打仗經驗豐富的將軍也都明白，所有對抗的辦法在頭幾次用是最為管用的，一旦多用幾次對方就會找到破解之法，所以慕容衍的命令是……此一戰必須盡全力將天鳳國象軍斬殺，能斬殺多少就是多少。

「陛下！不能等了，讓象軍衝出去吧！」大巫的弟子焦急喊道。

薩爾可汗緊緊扶著象背上的座椅扶手，閉著眼道：「衝出去？」

如今天鳳國的象軍被堵在城內，狡詐的大周軍不下城牆，燕軍在城外不進來……象軍衝出去就會在他們提前踩實抹平的積雪冰道滑倒，而後被蜂擁而上不懼生死的大周和燕國兵卒用刀劍插入象軍甲冑間隙，或者直接往巨象身上潑倒火油點火。

這簡直是大周和燕國將士們，針對巨象的一場捨生忘死的屠殺。

體重巨大的巨象，又穿著極為沉重的鎧甲，一旦倒地將士們就會如同螞蟻一般撲上去，刀劍齊用，在這濕滑的地面上巨象想要再次站起身，十分困難。

薩爾可汗咬緊了牙關：「殺出去！」

一聲令下，號令巨象的骨哨聲此起彼伏在平渡城上空響起。

銀甲染血的白錦稚立在平渡城北門城牆之上，用力將旗幟插上，一瞬黑帆白蟒旗便迎風獵獵，她抬手擦去臉上的鮮血，束在頭頂的長髮和紅色的髮帶被寒風吹得飛舞。

見慌不擇路從北門逃竄出來又滑倒的幾頭巨象，已經被不怕死的大周將士們用十幾條鐵鍊困住，上百人攥著鐵鍊嘶吼著將鐵鍊拉緊，非要制服這巨獸，她又轉頭看向城內……

城內幾乎淪為火海，到處都是慘叫聲。

也幸而，因為天鳳國要給這些巨象騰地方，所以將平渡城的百姓早早趕出了平渡城，只留下了伺候這些巨象的人，否則這巨象胡亂衝撞還不知道要死多少普通百姓。

平渡城東門。

因白錦稚率先奪下北門，將士們也已經殺了過來，楊武策所率一部登上城門的動作也加快，很順利占據了東門。

巨象撞得城牆顫抖，向下掉落碎石牆灰，城門以一種極為扭曲的姿態還頑強橫在東門城門洞內，城門內傳來巨象淒厲的長鳴聲，下一撞蓄勢待發。

騎馬立在平渡城東門之外的楊武策，高聲喊道：「準備！」

隊伍南北兩側拎著鐵鍊的騎兵，立刻狂奔朝著城門兩側出發，鐵鍊與已經被打磨的極為順滑的冰道摩擦著，只等巨象衝出來滑倒便將巨象控制起來。

平渡城西門。

燕國最先一批將士已經攻上城門，他用的同樣是之前白卿瑜用過的法子，要用繩索絆倒可能衝出來的巨象，但他將平陽城小試牛刀之戰中……戎狄軍用的普通麻繩，換成了鐵索，若是有巨象從北門出來，他要活捉這些巨象，帶回去查探這些象軍的弱點。

平渡城南門。

南門廝殺格外慘烈。象軍正不惜一切代價，從南門殺出血路，渡過丹水河在犬牙城紮寨。

薩爾可汗將大部分西涼將士全部調到南門，逼著那些西涼兵衝出城去與燕軍廝殺，讓天鳳國將士緊隨其後，用馬匹拖著點著了火的可燃物在雪地上騁馳，企圖融化積雪，好給象軍拼殺出一條可走之路。

巨象在骨哨的指揮之下，有序從南門急速奔跑而出，而用馬拖著可燃物品以火融化被踩實積雪的法子好像起到了作用，隨後出來的巨象在奔跑之中很少再有打滑的意外發生。

戴著面具的慕容衍騎馬站在遠處，只覺地面顫抖的厲害。

他轉頭高聲喊道：「騎兵準備！」

騎兵們立刻用濕面巾圍住口鼻，立在騎兵馬尾後舉著火把的將士們，往騎兵馬尾後拖著濕花椒和濕乾椒的細鐵網澆上火油，用火把點燃，不過片刻，濃煙四起。

「殺！」隨著慕容衍一聲令下，騎兵將士們一個個彷彿拖著冒著煙霧的火爐，正面朝著象軍的方向衝去。

戰馬靈活，來回在戰象之間穿梭，別說是嗅覺靈敏的巨象，就連坐在象背上的馴象師都被嗆得眼淚直流，巨象們跟瘋了般，甩動著長鼻子胡亂碰撞，在濃烈的煙霧中不知應該往何處逃竄。有的巨象踩到積雪滑倒，有的巨象在煙霧中互相撞倒，還有的難受的一頭撞在城牆之上，嘶鳴倒地，只要這些巨象倒下……很快便被將士們一擁而上齊心協力斬殺。

平渡城南門嗆人的濃霧之下，鮮血漫延，腳下全都是泥濘的紅色，血腥氣和辛辣氣息攪和在一起，讓人作嘔。

薩爾可汗險些被受了刺激的巨象從象背上甩下來，他用帕子捂著口鼻，看向南面方向，拿出脖子上掛著的骨哨吹響。薩爾可汗所坐這頭巨象的馴象師控制巨象不要命似的往南方衝，那些瘋狂嘶鳴的巨象緊隨其後衝刺。

與此同時，得到大周和燕國已經開始攻打平渡城消息的李天驕，命令雲破行即刻率領火雲軍攻打平陽城。

雲破行認為雖然平陽城的南門經過巨象的撞擊，如今定然是最薄弱的位置，可是……今日大周正在攻打平渡城，白卿言需要防著平渡城的象軍衝向平陽城，所以必然會將平陽城餘下的那麼一點點兵力全部署在南門。

若是帶著火雲軍繞一大圈從北門開始攻擊，倒是可以拖延平陽城守兵來援的速度，可長途奔襲之後再戰是兵家大忌不說，也影響他們掌握大周是否已經攻打平渡城消息的快慢。

火雲軍人數又不多，不適合分兵，所以雲破行決定將平陽城東門當做火雲軍的突破點。

雲破行和雲淩志、雲天傲還有幾個西涼將領，坐在火堆旁，手中拿著平陽城的地圖，在商議如何進攻。現在的西涼已經有了自己的「虎鷹軍」打仗便不能再用那種拿人硬上的法子，畢竟火雲軍的將士們都是千里挑一，寶貴著呢！

「之前雲嵐說過白家軍虎鷹營的用法，如今我們有這麼多火雲軍鋭士，此次必能旗開得勝！」雲淩志道。

「淩志命你帶著精鋭，悄然從東門設法進入城內，兵分兩路，一路潛入太守府活捉白卿言，一路將城門打開……」雲破行對自己兒子道。

「是！」雲凌志領命。

雲天傲已按捺不住：「祖父，我可先帶第一批火雲軍出發，在南門擺開陣勢，吸引大周的注意力！等到平陽城東城門悄悄一開，祖父帶火雲軍衝進城，我帶火雲軍登城吸引他們主力。」

雲破行搖了搖頭：「打仗之上白卿言很是厲害，若是你帶人從南門吸引注意力，說不定弄巧成拙反而會讓白卿言防備起來！甚至會派人前往平渡城命令將士回援！對我們來說得不償失！我們應當讓火雲軍潛入城內，等城門大開……再殺入城內。」

雲凌志也跟著點頭：「我們手中兵力不多，分兵對我們西涼來說並無好處！」

大事剛剛商定，探子便送來了大周開始攻打平渡城的消息。

「祖父！」雲天傲神情激動，「我們大軍已經準備妥當！」

雲破行拳頭緊緊的攥著，半晌沒有吭聲，也不知道是不是自己老了，最近他總能想起當初和白卿言南疆一戰，如今還心有餘悸。白卿言用兵，往往出乎人意料之外。

「祖父！」雲天傲喚了雲破行一聲，道，「不能再等了！平渡城已經打起來了，等他們的仗打完，我們這邊兒攻打平陽城還沒結束，或者是有人跑出去通風報信，到時候兩面夾擊，我們再打就難了。」

雲破行抬頭往山外的方向看了眼：「再等等……」

「祖父我們大事已經商定，再等等什麼啊？」雲天傲已經沉不住氣。

「白卿言最喜用伏兵，我們出山入山……兩側地勢高，我擔心會有埋伏！」雲破行用手中木棍挑了挑火堆道，「我已派出一營人出去查探，等他們回來，確認沒有伏兵，或者探子，我們再動身不遲！」

「祖父，炎王不是已經派人去探過了！」雲天傲少年氣盛，只覺自己祖父這是甕山、荊河，被白卿言給打怕了。

「行軍打仗謹慎一點沒有錯處！你不要太著急了！」雲淩志同雲天傲道，「等你祖父派出去的人回來，我們再出發不晚。」

雲天傲聽到這話，摔了手中的棍子坐在石頭上，滿心憤懣。

不多時雲破行派出去四處搜查的一營人回來，稟報雲破行，並未發現伏兵，也未曾發現探子。

雲破行將手中的木棍擲在地上，一躍翻身上馬，疾行至軍隊最前方。

白雪紛飛之中，雲破行調轉馬頭，看著背上背著包囊的火雲軍開口：「西涼的勇士們！我們曾經在甕山敗得慘烈！知道為什麼嗎？因為我們沒有虎鷹營那樣悍勇的將士！所以我們十萬西涼勇士全部被白卿言斬殺在那山谷之中，那燃燒著我們西涼勇士的大火，將那片天都燒得通紅，燒得滾燙！如同我們沸騰的仇恨和熱血！我們的父親、我們的兄弟、全都投降卻全部死在了那場大火之中！這樣的仇恨！我們能忍嗎？」

「不能！」

「不能！」

「不能！」

火雲軍年輕的將士們，高聲嘶吼。

雲破行坐下戰馬踢踏著馬蹄，在火雲軍前來回巡視：「白卿言讓我們西涼臣服他們大周！讓我們為大周去用我們西涼勇士的性命與象軍搏殺，來證明我們願意臣服他們大周的決心，可我們西涼勇士從來都是寧願站著死，不願意跪著活的！」

「今日……我們更是有了火雲軍這樣無堅不摧的銳士！火雲軍的每一個勇士都是我們西涼插入敵人心臟最鋒利的彎刀！我們的仇人現在就在那平陽城內，誰是西涼最英勇的將士，誰便與我一同殺入平陽城，斬下白卿言的頭顱來祭奠我們西涼死去的勇士！用他們周人的鮮血……來洗刷我們甕山一戰的恥辱！」

雲破行看著各個躍躍欲試的年輕將士們，勒馬拔出腰間佩刀，高聲道：「出發！」

「殺！」

雲破行一聲令下，火雲軍一個一個嘶吼著跟在西涼將軍身後朝平陽城方向而去，他們誓要將大周皇帝的頭顱摘下，來洗刷他們甕山一戰的恥辱。

白卿言立在東門城牆上，望著遠處白茫茫飄雪後寂靜無瀾的黑夜，轉頭問：「百姓都已經走了嗎？」

「陛下放心，已經全都安置在了虎鷹軍駐紮的營地之中，只告訴百姓們今夜大周和燕國合力攻打平渡城，讓他們先出城安頓不過是為了以防萬一，明日一早還要回來的。」魏忠淺淺笑著同白卿言說，「剛開始還有百姓鬧，後來聽說陛下要在城中坐鎮，就真的沒有帶任何家當，趁著夜色悄悄隨將士們走了。」

魏忠沒說，有不願意走的百姓，都是沈良玉拔了劍逼著走的。

白卿言點了點頭，她對於今日西涼來襲平陽城的把握雖然只有八成，可她不能拿百姓的性命冒險，所以哪怕冒著被雲破行發現的危險，她也得先將百姓送出城去。

且，即便是被發現了，以雲破行對白家人的瞭解，或許會明白她是怕平陽城起戰火連累百姓，可那位膽子大到敢請擁有象軍的天鳳國入西涼的李天驕，作為西涼的皇帝……她已經沒有多少選擇的餘地了。

大周、燕國一起同天鳳國開戰，贏了……瓜分西涼，敗了……天鳳國占據西涼。

別說李天驕不知道白卿言手中有虎鷹軍這一支蟄伏未曾露面的奇兵，就算是知道……也只有放手一搏，只有活捉她這個曾經斬殺了西涼十萬降俘的所謂「殺神」，才能重振李天驕的聲威，才能凝聚西涼渙散的人心！

若是大周和燕國此時再打敗了天鳳國，那麼……曾經跟隨李天馥的西涼家族，轉而支持李天驕，重聚李天驕的麾下，她才能重新坐穩西涼皇帝的位置。

所以攻打平陽城，對李天驕來說……是她目前能做，且困難程度最小的。

他們西涼人，將火雲軍當做同白家虎鷹營一般的存在，可火雲軍從來都沒有對上過真正的虎鷹營將士，憑藉闕章寧掌握的那些訓練方式，在這麼短的時間內，真的能如同白家五爺一般訓練出真正的虎鷹營銳士嗎？

虎鷹營的銳士哪一個不是經過多年訓練，哪一個不是在白家軍中效力多年，頂尖中的頂尖？

為什麼虎鷹營只有一個營？那是因為虎鷹營的銳士極難培養，哪怕虎鷹營因為當初晉國太子的要求和支持，已經訓練成為虎鷹軍，可真正能上戰場當成曾經虎鷹營將士用的，除了之前的白家軍虎鷹營之外……人數並不多。

很快，身著戰甲的沈良玉走上城牆，他拍去自己身上的雪，帶兵疾步走至白卿言的面前，單膝跪下行禮：「陛下，果然如同陛下所料，雲破行果真派人來回尋找試探，想要看我們是否設伏！屬下已經按照吩咐準備妥當，我們的將士已經到達來鞍山，就在雪地裡窩著不動，只等西涼火雲軍出發一個時辰後，殺過去，活捉西涼女帝李天驕！」

從來鞍山到平陽城不過二十公里，火雲軍出發一個時辰之後……他們捉拿西涼女帝，等李天驕派人將消息送到雲破行手中時，要麼……雲破行已經快到平陽城，要麼就已經到了平陽城甚至已經開始行動。

有了之前白卿言知道他們藏身於來鞍山，又逼迫他們前往韓文山和丹水河之地設伏在先……這個時候，雲破行必然會堅信這是白卿言以為他們火雲軍已經盡數前往丹水河方向，也存了和他們一樣要活捉對方皇帝的心思，用僅剩的兵力前來捉李天驕，卻讓平陽城空無兵力。

越是如此，以雲破行的性子就越是不會放棄攻打平陽城的機會，甚至會破釜沉舟分出多半兵力入城活捉她這位大周皇帝，用她來為西涼換取好處。

再者，雲破行可沒有行軍打仗衝在最前的習慣，必然會派別的將領先入城拼殺，等火雲軍一半入城，他們將城門一關，將火雲軍分裂開來。

雲破行必能回過味兒來，以雲破行對李天驕的忠心不二，哪怕懷疑有伏兵，他也只有一個選擇，丟棄城內的火雲軍，折返去救李天驕。

「別將李天驕圍的太死了，也別打得太猛，控制好了分寸，一定要給他們留出一條路來給雲破行報信，讓雲破行分兵回去救駕。」白卿言道。

「陛下放心，屬下已經交代過了！」沈良玉說完後又道，「陛下，您還是先行出城，這裡交給我們就是了！」

「是啊！小白帥你先走！」程遠志說。

耳邊是呼嘯的風聲，她望著這黑夜中的茫茫飛雪，低聲開口……

「曾經，我們白家軍圍住了雲破行，可那個時候，為了白家能存，為了白家軍能存，不得已放走了雲破行。那時我對程將軍和程將軍所率的白家軍起誓，三年後必定帶著你們報仇雪恨！所以今日我不能走！」白卿言轉而看向程遠志，「程將軍，我未曾將你派出城，將你留下……為的就是將雲破行交給你！」

程遠志緊緊握著腰間佩刀的刀柄，眼眶陡然被酸澀的熱流襲擊，他睜圓了眼睛，不讓自己眼中的濕意漫出來，他全身的血液都沸騰了起來，整個人發燙發麻，這一日他不知道等了多久！

她沒有忘記，程遠志曾言，他苟且偷生至今，不是貪生，只想斬雲破行頭顱復仇，才有顏面去見她的父親！

她也沒忘記，曾經程遠志將他的刀舉到面前，說……他不怕雲破行的血髒了他的刀，洗洗還能用的話。

當日，她放走了雲破行，對著白家軍眾將士立誓，會帶著他們復仇，讓他們信她。

她忍辱含恨如此之久，也辛苦那些甕山陪她一戰的白家軍將士……這些曾經跟隨祖父和父親、叔父們的將軍，陪著她忍辱含恨了如此之久，所以雲破行的腦袋，當由他們取下才是！

她視線落在程遠志腰間佩戴的大刀上，濕紅的眸子含笑望著程遠志：「程將軍不怕雲破行的血汙了你的寶刀，可以洗洗再用，所以……就辛苦程將軍此刻帶一千將士在山中設伏，斬下雲破行的頭顱！為了白家軍死去的弟兄，為了白家的諸位將軍，為了……被雲破行侮辱的小十七！」

程遠志聽到這話，終於明白白卿言將他留在平陽城的意圖，想到當初他帶著白家軍將士們抱著逼死的決心奔赴甕山峽谷，只想同雲破行同歸於盡之時，白卿言剛到的場景，他喉嚨脹痛忙撇臉去用手搓了搓臉，單膝跪下，語聲鏗鏘，聲嘶力竭高聲喊道：「小白帥放心，拿不下雲破行的頭顱，我老程用這寶刀割了自己的腦袋向副帥謝罪！向白家英靈謝罪！向十七公子謝罪！」

白卿言將程遠志扶了起來：「去吧！」

程遠志應聲疾步衝下城樓帶兵離去……

白卿言之所以沒有提前派程遠志過去設伏，是因知道雲破行經過南疆一戰，面對她會更為謹慎，甚至會分析她的打法，所以定然能發現她甕山一戰幾乎都是在用伏兵，從而心存忌憚，派人出去查探，只有確定沒有伏兵，雲破行怕是才敢出兵。

所以，他們要動，就要在雲破行查探結束之後再動。

此次，白卿言打算用分割兩段而食的法子，將雲破行手中這點火雲軍徹底消滅……

雲破行手中只有火雲軍，所以要進攻被他們探明並沒有多少兵力的平陽城，必然會挑選精銳，按照正常虎鷹營的法子，精銳小隊長先入城，分頭行事，一路捉她這個大周皇帝，一路……打開城門！

從平陽城南門進攻，若是消息傳出去很容易會讓火雲軍落入兩面夾擊的被動狀態，而繞行北門又太耗費時間不說，會讓將士們處於疲憊狀態。

而從來鞍山而來，平陽城東門距離是最近的。她篤定，平陽城東門大開之前，雲破行是絕不會讓他的火雲軍露頭出現在大周軍隊的視線和防備中。

畢竟……火雲軍要是入平陽城前就被發現，大周便可以即刻派人前往平渡城調兵回援，那個時候他們要是還沒有進入平陽城，大周援軍又回來了，西涼火雲軍才會真正陷入被動。

故而，白卿言會讓他們火雲軍的精銳入城，也會讓他們打開城門……

第十章 完美復仇

風雪黑夜之中，平陽城樓上亮著搖曳的燈籠，將城門樓映照的暖色融融，宛若這冷風大雪之夜最溫暖所在。

雲破行所率火雲軍猶如匍匐在黑夜之中的巨獸，將自己的身形藏在陰暗之地，卻如同盯著獵物一般緊盯著這平陽城門樓。

很快，火雲軍精銳小隊已全部到了城牆之下，脊背緊貼著牆底，三十多個後背背著行囊的火雲軍，率先借助工具動作靈巧的向城牆上攀爬，如同黑暗之中的壁虎，步調穩健，幾乎保持一致。就在他們已經爬到城牆頂端，準備一躍翻入城牆內時，大周巡邏的將士高舉著火把踩著齊整的步伐而過，爬上城牆的火雲軍全部屏息讓自己的身體緊貼在城牆上，被凍得青紫的手緊緊攥著攀爬工具，咬牙屏息，還怕呼吸間的白霧會讓敵軍發現端倪。

他們人數太少，不能和大周的巡邏兵發生正面衝突，否則還在城牆之下等候的一百多火雲軍兄弟上不來不說，城門都打不開！來之前他們的主帥交代了，此戰成敗的關鍵，就在他們了！

可……三十多個火雲軍精銳不知道的，與他們一牆之隔的城牆之內，虎鷹軍的銳士們埋伏蹲跪在城牆之內，巡邏兵舉著火把而過就是給虎鷹軍將士們準備的信號，他們各個手中握著寒光熠熠的匕首，肌肉緊繃，屏息不讓自己呼吸的白霧顯露，只等那些個冒牌貨從城牆外翻進來。

等到巡邏軍搖曳的火把走遠，那三十多個火雲軍精銳動作齊整從城牆外一躍進來，可還不等他們有所反應，就被埋伏在城牆內的虎鷹軍銳士一把捂住嘴，乾淨俐落抹了脖子，好似這個動作虎鷹軍的將士們做過無數次，即便是閉著眼睛也能精準無誤，毫不給對方反應的餘地結束，並將三十多具屍體迅速拖入城樓中。

三十多個火雲軍的精銳，在風雪中死的一點聲息都沒有。還蹲在城樓之下等待的火雲軍抬頭朝著城樓之上望去，卻只能看到飄雪和寂靜的風聲。

在城樓中的虎鷹軍銳士們果真在這三十多個人的背囊中翻出了軟梯等，虎鷹軍銳士蹬城牆時必帶的物件兒。

「他奶奶的！還真是學的像啊！傢伙兒跟咱們一樣，帶的挺齊全的！」有虎鷹營銳士拿出抓鉤掂了掂，壓低了聲音說，「奶奶的，瞧著比我們用的要好啊！」

「你！你……你！就你們的三個小隊！」虎鷹軍小隊長下令，「就……橫七豎八倒在這血堆裡裝死人！」

「乾脆把衣裳給那些火雲軍的屍體穿上，咱們就別裝屍體了，太晦氣！」

「哪裡來的時間？少廢話！快點兒！」

說完，隊長命令將士們將剛才那些火雲軍背上來行囊中的軟梯子拋下去。

見軟梯被拋了下來，火雲軍幾乎沒有猶豫，一個接一個小心翼翼順著梯子向上爬。

最早順著軟梯爬上來的火雲軍看了眼倒在血泊中，穿著大周服飾的將士，卻不見他們最先爬上來的火雲軍銳士。想著他們可能是去解決巡邏兵了，帶隊的小將軍低聲吩咐負責去活捉白卿言的小將，道：「不論如何，一定要不惜一切代價活捉大周皇帝！」

「是！」那小將應聲，帶著將士們貓著腰走至城牆另一側，用抓鉤勾住城牆，順著繩索滑下去，避開了城牆樓梯這種有兵力把手的地方。

而任務是要打開城門的將士們，也緊跟其後順著繩索滑了下去，卻是隱蔽到黑暗之中，靜靜等著去活捉白卿言的幾十個將士走遠，再開城門。

正在火雲軍屏息等待之時，帶領他們的將軍忽然頭皮一緊，轉過頭來……就見黑暗中一道寒光帶風呼嘯而來，還不等他出聲，箭矢便猛然穿透了他的喉嚨，羽箭洞穿他的喉嚨而過，直直插入地面，帶血的箭羽顫動不止。

他睜大了眼睛，幾乎還沒有來得及反應過來，人就已經倒下……

「將軍?!」火雲軍將士回頭低喚了一聲。

那西涼將軍恐懼還未消散的黑色眼仁裡，映著比雪還密集的箭雨，他還來不及出聲提醒自己的同袍，就被密密麻麻撲來的箭雨遮擋住了視線。慘叫聲在這距城牆最近的黑暗小巷短促響起，又很快被冬季狂風吹散，只留下讓人膽戰心驚的血腥味。

身著銀甲的白卿言就立在城牆之上，如同看著螻蟻一般，睨視著那些被射成刺蝟的火雲軍，眸低盡是冷意。

與虎鷹營相媲美的火雲軍？呵……

西涼人太高看自己了。

沈良玉就守在白卿言身邊寸步不離，如今白卿言有孕在身不同於平日裡，沈良玉難免擔心，可見如今白卿言摘下鐵砂袋，還是那般的箭無虛發，沈良玉放心不少。

「讓將士們做好準備！開城門！進來的……一個都不能放出去！」白卿言下令。

帶著大軍藏在黑暗之中的雲破行遠遠看到燈籠搖晃的城門之下，那兩扇沉重而滄桑的城門緩緩打開……

雲淩志頓時血氣沖上頭頂，拔刀正要下令將士們衝進去，卻被雲破行按住了手。

「阿耶？」雲淩志不解看向自己的父親，「城門已經開了！」

「先等等，我們的人……速度如此之快進入平陽城，幾乎可以說是不費吹灰之力。」雲破行搖了搖頭，「我心裡不安啊，那可是他們大周皇帝白卿言所在的城池，防守薄弱至此，我總覺得透著些許詭異之感。」

雲天傲著急攻城，忙道：「他們為了防著象軍過來，所以將兵力都重點布防在了南門，這也是祖父選擇攻打東門的原因之一啊！」

雲破行還是搖頭，心中惴惴不安：「可……還是太快了！連廝殺都沒有，城門就打開了……這恐怕是陷阱！」

雲天傲盯著已經敞開的城門，焦心的不行，只覺自己的祖父是真的被白卿言給打怕了。他說：「祖父要是怕！我先帶人殺進去！沒有危險祖父再進來！不能再猶豫了！」

雲淩志聽到這話，正要訓斥雲天傲，就見一位西涼將軍快馬上前。

「大將軍！大將軍出事了！」西涼將軍快馬上前，同雲破行行禮後道，「將軍，奸詐的大周人去了來鞍山，正在攻打我們的駐地，說要活捉陛下！」

「人呢？」雲破行攥緊了韁繩問。

「人全身是血，消息送到就沒了氣息！」那西涼將軍道。

「阿耶！」雲淩志的心提了起來，他看了眼可以算是近在咫尺的平陽城城門，生怕雲破行轉而放棄攻城直接回去救女帝，「城門已經打開了，我們這個時候要是走的話，入城的火雲軍精銳小隊怎麼辦？」

「可不回去的話，陛下怎麼辦?!」雲天傲聽到李天驕遇險，臉色都白了，「祖父！」

「此時我們只有破釜沉舟，殺入城中去，只要活捉了白卿言，還怕換不回我們的陛下？」雲淩志高聲道。

「話怎麼能這麼說呢！那可是我們西涼的陛下，我們的女帝！倘若女帝都被人抓了！我們西涼就完了！」雲天傲抱拳同雲破行請命，「祖父，讓我帶人回去救陛下！」

身邊吵吵嚷嚷的兒子和孫子，雲破行沒有在意，他腦子飛快的盤算著，半晌之後，他抬頭，目光堅韌：「雲淩志和雲天傲留下帶半數兵力攻城！我帶半數兵力回去救陛下！」

雲破行看向自己的兒子和孫子：「剛才我們的人那麼迅速進入城內打開大門，我便覺得有蹊蹺，白卿言一定是自大到以為我們西涼真的懼怕大周，乖乖去丹水河以北去對抗象軍了，想要趁此機會抓住陛下，來進一步控制西涼！城內定然防守空虛！」

「城門已開，我命你二人不論如何都要活捉白卿言！這關乎我西涼未來！」雲破行高聲道。

「阿耶放心，兒子不能活捉白卿言，自刎謝罪！」雲淩志雙眸發紅，只覺洗刷西涼恥辱就在今日。

「去吧！給你兄長報仇！」雲破行到現在也沒有忘記過自己兒子頭顱被白家軍斬下的事情，他提韁上前，抬手扣住雲淩志的肩膀道，「但，你記住……戰場上殺人歸殺人，要對我們的對手心存敬意，不要再做侮辱對手洩憤之事！那樣雖然激勵了我們的士氣，同樣的會讓對方破釜沉舟視死如歸！明白嗎?!」

雲淩志將不甘和憤怒藏在心底，應聲：「知道了阿耶！阿耶放心回去救陛下！這裡交給我了！」

雲破行交代了兒子之後，實在是焦心李天驕那邊的情況，調轉馬頭，帶了半數火雲軍奔赴來鞍山救駕。

城牆之上，身影全然藏在黑暗之中的白卿言看到火雲軍一分為二，一路向東來鞍山的方向，一路朝著城內的方向衝來，靜悄悄的沒有發出任何嘶吼聲，看起來……是想要殺大周一個措手不及。

立在白卿言身邊的沈良玉緊緊握住腰間佩劍，正好，他們進來後，就是關門打狗！希望程遠志那邊一切順利。

雲淩志已想好，要先悄無聲息衝入城內，然後大軍直逼太守府，接應先入城的火雲軍活捉白卿言。火雲軍跟隨雲淩志的腳步一入城，幾支小隊就先從隊伍脫離，從左右兩側登上城牆戒備。

黑暗之中，屏住呼吸埋伏的虎鷹軍蓄勢待發，盯著那些手持弓弩的火雲軍，如同盯著自己的獵物。

雲淩志入城後放慢了腳步，提韁緩緩向前而行，他聞到了冰冷空氣中的血腥味，卻沒有看到屍體，已然察覺出些許不同尋常。

可還沒有等他反應過來到底不同尋常在哪裡……

平陽城的東城門突然關上。雲淩志正要讓人去傳令不要關城門，就聽到城牆之上又傳來一聲極為短促的慘叫聲。緊接著，城樓上的火雲軍突然尖叫了一聲：「將軍！」

雲淩志抬頭就見在城牆之上防備的火雲軍小隊消失的乾乾淨淨。

道路兩側的城牆和重簷青瓦的屋舍上頭陡然冒出弓箭手，連招呼都不打，絲毫沒有給火雲軍反應的時間，齊齊放箭。

「保護將軍！」雲天傲反應極快一把將雲淩志從馬上扯下來，盾牌兵立刻上前，盾牌組合相扣，嚴嚴實實護住了雲淩志和雲天傲。

入城的騎兵坐下駿馬被箭矢射中，揚蹄長嘶，有得瘋了似的狂奔想往城門之外跑，瞧見城門已經緊閉，又撒開蹄子往能躲箭雨的方向狂奔，踩死不知道多少毫無防備的火雲軍。

無數利箭撞擊盾牌，那劈里啪啦如同大雨砸下來的身影讓人心生寒意。

此時的雲淩志終於明白……中計了！

他父親雲破行最開始的自覺是對的，火雲軍進來的太容易，城門打開的太快！

此時的虎鷹軍占據高地，用弓弩射殺火雲軍，是最好不過的選擇。

慘叫聲在平陽城上空此起彼伏。箭雨一波接著一波，根本就不給火雲軍喘息的機會。

「衝上城牆！搶奪高地！快！」雲淩志高聲下令。

白卿言手握射日弓，與沈良玉就站在城牆之上，神色清冷望著躲在盾牌軍之下，正下令讓火雲軍強奪城牆和屋舍的雲淩志。她微微偏著頭，沉靜深沉的目光緊緊鎖定將雲淩志和雲天傲護衛其中，被羽箭射成了刺蝟的盾牌，尋找空隙……

這還真是雲家人的作風，躲在重盾之後……不肯露出頭來。

不過火雲軍按照虎鷹營的法子來訓練，到底算得上是訓練有素，很快便組織重盾護住周遭，用弩箭攻擊站在高牆之上的虎鷹軍。但，火雲軍手中的弓箭也好，弩也好……處於低位，根本無法發揮出作用來，即便是能，效果也是大打折扣。

火雲軍也算是英勇，奮不顧身捨生忘死地不斷向城牆衝擊，屍體堆積在登上城牆的樓梯口處，他們用自己的身體為後來的同袍擋下箭雨，哪怕讓他們再向前一步，哪怕只有一個人衝到大周虎鷹軍的面前，哪怕……只能殺掉大周將士的一人。

但虎鷹軍的將士們如何能讓他們這些冒牌貨進一步，他們大周的皇帝……他們的陛下可就在城牆之上！雖然如今白卿言有孕在身，不能同以前一樣拼殺在最前，可這戰場的第一線，他們的皇帝與他們同在！若是他們死了，危險便要到他們大周皇帝那裡去。

「這火雲軍將士們的勇氣……也算是可嘉了！」沈良玉對這些陷於困境還在不斷拼殺的火雲軍心存敬意，此時已經全然沒有了當初因為這群火雲軍是仿冒虎鷹營而生的怒氣，反而激起了鬥志，「陛下讓虎鷹軍和他們正面拼殺！」

「我們的將士們都很寶貴！已經占據了優勢，是壓倒性的勝利，沒有必要耗費我們將士的性命！不過……我也會盡力留下這些你敬佩的火雲軍將士性命！」

白卿言抽出羽箭，瞄準那如同龜殼一般的盾牌，只要讓她找到間隙，射殺雲淩志，這場殺戮便能結束！天下歸一，西涼軍也就是大周軍，白卿言亦是不想讓他們損失太過慘重。

也正是因此，白卿言未曾讓虎鷹軍用火，若是用上火油這場戰爭會結束的很快，可人……還有平陽城內百姓的房屋怕都要跟著倒楣。

只要一點點間隙，讓她看到……

風聲在白卿言耳邊呼嘯著，她鷹隼般的盯著那幾乎毫無間隙相互連接在一起的盾牌，靜候機會。

平陽城東門的亂戰還在持續，而太守府此時已經是血流成河，虎鷹軍將火雲軍的屍體處理乾淨，有人問隊長，要不要前往這會兒殺聲震天的東城門支援。

「我們還是聽從命令，結束這場戰鬥原地待命！」虎鷹軍隊長道。

很快，在箭雨猛烈的襲擊之下，裡面撐著最上面盾牌的盾牌兵顯然已經體力不支，腳下全是滑膩的鮮血，走一步滑一步，他整個人咬牙硬撐，可已經開始搖搖欲墜，幾次三番露出破綻和空隙。

白卿言輕輕呼出一口白霧，凝視白霧被風吹散的方向，隱隱瞧見盾牌晃動的間隙，穩住，放箭，抽箭搭弓又是一箭……

身為戰將，天生對危險的感知要比普通的將士更為敏銳，雲凌志猛然回頭一把扶住那火雲軍將士撐不住的手臂，他剛將縫隙合上……一箭直直從縫隙穿了進來，一箭又穿透縫隙，一箭緊接著直直插入雲凌志的右眼中，又一箭穿破插入雲凌志右眼羽箭的箭尾，貫穿了雲凌志的右眼，直插入一個盾牌兵腿骨的箭雨上，還帶著一顆駭人的血淋淋的眼珠子。

剛還完整如龜殼的盾牌陣頓時亂了……

戰場之上，只要露出破綻，便是必死！

箭雨齊發，火雲軍的盾兵幾乎是用自己的身體將雲破行的孫子雲天傲護住，將雲凌志護住……可誰都沒有發現，此刻軟綿綿倒在血泊之中的雲凌志，早已經沒有了氣息。

沈良玉心中熱血翻騰，他從將士手中拿過火把，一躍踏上城牆，渾厚如鐘的嗓音響起：「箭雨停！西涼主將已死！火雲軍繳械者不殺！」

雲天傲懷中抱著已死透了的雲凌志，抬頭便看到了白卿言，頓時睜大了眼：「白卿言！」

原本，雲天傲還寄希望在火雲軍精銳的身上，希望他們能活捉白卿言來解除如今的困境，可是看到白卿言出現在這裡，雲天傲什麼希望都沒有了！

是了，一開始這就是一個局，白卿言引他們入甕，又怎麼可能還乖乖待在太守府等著他們的精銳去抓！可白卿言這些兵到底是哪裡來的？明明炎王打探到的消息是平陽城已經傾巢出動！

而且，大周還派了人去突襲他們在來鞍山的駐地，想要抓住他們的陛下李天驕啊！

雲天傲想到李天驕，立時想到了回援救駕的祖父雲破行，他臉色大變……所以陛下遇襲會不會也只是白卿言的詭計，為的就是誘祖父回援在半途對祖父設伏？

不！不會的……

祖父生性謹慎，在率兵出發之前，已經派人搜查過了，根本就沒有伏兵！

至少，祖父可以帶著半數火雲軍回去護著陛下逃走，只要陛下還在，西涼就沒有亡！

沈良玉聽到雲天傲直呼白卿言的姓名，乾脆再次高聲喊道：「大周女帝在此！繳械不殺，頑抗者死！」

高低亂竄的火把將白卿言的五官映得忽明忽暗，極為清豔的五官冷漠，尤其是那雙眼，看著這屍山血海，竟然無半點波瀾。

曾經她拿到行軍記錄的時候，知道雲破行夥同劉煥章利用了信王那個蠢貨，將白家軍逼到峽谷之中，雲破行就是用這樣的方法占據高地，用一波又一波的箭雨來射殺白家軍，圍困白家軍和祖父、叔父和她的弟弟們。

若是白卿言的心再狠些，必要將曾經白家軍兄弟們和祖父他們所承受的，數百倍還給西涼。

但……她想要復仇，不願殺戮。

沈良玉這話一出，原本就知道中計受困的火雲軍紛紛生出怯戰之心，加之剛聽到雲天傲悲傷不已歇斯底里呼喊雲淩志的聲音，再看到大周皇帝在城牆之上，火雲軍的戰心和士氣就都散了。

沈良玉看著紛紛停下抵抗，丟下手中兵器投降的火雲軍，轉而看向白卿言……

「留下人收拾殘局，先將這些降俘關押起來，帶著雲淩志和雲天傲，我們去看看程將軍是否已經拿下雲破行的人頭！」白卿言說完，轉身朝著城牆之下走去。

雲破行的死亡，她也要見證！

哪怕不為了戰死沙場的祖父他們，也要為了小十七……親眼看到雲破行的死亡。

沈良玉應聲跟在白卿言身邊，他餘光看見白卿言已經空了的箭筒，心中生出難以抑制的澎湃敬意。他一直貼身跟在白卿言身邊，離得如此之近，竟然連白卿言抽箭射箭的殘影都看不到……白卿言腰間箭筒就空了。

沈良玉心中極為震撼，哪怕是當初的副帥白岐山，怕是也達不到如今小白帥這樣的程度！

他忍不住攥了攥拳頭，想起白卿言解開纏繞在臂彎的鐵砂袋墜地時腳下傳來的震動，沈良玉已想著回頭將小白帥平日裡訓練的竅門用在虎鷹軍將士身上，說不定也會有奇效。

來鞍山。黑影幢幢，飄雪紛紛的深林之中，火光忽隱忽現。

遠遠便能聽到谷道中金戈碰撞之聲，和慘叫喊殺聲。一輪又一輪箭雨過後，火雲軍已經所剩無幾，虎鷹軍的將士們從高坡之上衝下來，與火雲軍血戰肉搏。

雲破行已經被射下馬，他緊捂著心口，鮮血不斷從他指縫冒出來，火雲軍拖著重傷的雲破行不斷向後躲閃，吃力的用刀劍砍斷朝他們射來的箭矢。

雲破行緊咬著牙，口腔裡全都是血腥味，心頭顫動，這到底是哪裡冒出來的白家軍?!

剛剛他察覺埋伏之後，想著或許這是平陽城的守軍，戰鬥力定然比不上他的火雲軍，便以自己做誘餌，讓一部分火雲軍先行殺回去救他們的西涼皇帝李天驕。可誰能想到，這突然帶兵殺出來的竟然是白家軍程遠志，他分兵之後反而讓他們西涼陷入困境中。

這程遠志所率的白家軍，戰鬥力……要比火雲軍更厲害。

他們都是埋伏在山谷兩側，埋伏在樹上，悄無聲息，連個呼吸聲都沒有……以致於他都已經走入了包圍圈沒有退路了，才反應過來自己中計了！

而此時，雲破行更擔心的，是自己的兒子和孫子！

若是程遠志在此處埋伏，想來平陽城的大門打開的那麼容易也是白卿言設下的陷阱。

甕山之戰他僅剩幾人被白卿言困住的恐懼，再次襲來，這一次……要比之前更強烈！

如今，雲破行沒有退路了，向前繼續往來鞍山深處去救李天驕，不但會碰上白卿言派去活捉李天驕的大周軍，還會被程遠志所率的白家軍追著打。

而轉向朝平陽城方向，結果也是一樣！身為西涼輔國大將軍，他不能不去救西涼皇帝。雲破行緊咬著牙，高聲道：「將士們，殺回去救陛下！我西涼皇帝堅決不能被大周活捉！我們沒有退路，不惜一切代價殺出一條血路！殺啊！」

程遠志從一個火雲軍將軍的身體裡拔出自己的寶刀，頓時鮮血飛濺，他已經分不清楚身上的血，到底是自己的還是火雲軍的。

「還不投降嗎?!」程遠志本就聲音粗獷，拼盡全力的一喊，讓人只覺樹木都在顫抖，積雪簌簌往下掉落，「雲破行，今日你們西涼敗局已定，你若投降……捨你一命保全你的將士們！」

可雲破行不是白家將軍，更不願意將自己將士們的性命寄託在敵方將軍的承諾之上，他甩開攙扶著他的火雲軍，掰斷心口上的羽箭，拔出彎刀，他知道自己不能再退了！他咬緊牙關，不顧箭傷傷口簌簌往外冒血，帶著將士們向前衝殺，似乎有意要與程遠志正面對上。

程遠志瞧見頭髮散亂渾身是血的雲破行朝他的方向正面殺來，戰意越發逼人，手中握著白卿雲改良後削鐵如泥吹毛斷髮的大刀，一刀一個火雲軍。他體內沸騰著仇恨，想起自家副帥被雲破行掛在西涼軍營之中的頭顱，想起被剖腹的白家小十七……

程遠志雙眸血紅，今天他要用雲破行的血，來祭奠副帥……祭奠白家十七少，祭奠死去的白家軍兄弟們！他雙手緊握大刀，發出駭人的大吼聲，拼盡全力朝著雲破行殺去。

雙刀碰撞，金戈摩擦的聲音伴隨著火花，雲破行手中的彎刀已經斷成兩截，他拼死握住刀柄抵擋程遠志，眼看不敵匆忙向後退了一步，一把扯過一個火雲軍將士替他擋住了程遠志捨命攻來的殺招。喘息劇烈的雲破行向後退了兩步，丟下手中的斷刀，從身旁火雲軍的屍體上拔出一把，做出迎戰程遠志的姿態。

程遠志最厭惡的就是雲破行這種用自己同袍擋刀的行為，曾經在戰場之上，雲破行已經不止一次將自己手下的將士當做擋箭牌！

白家的將軍都是護著他手下的兵的，程遠志就被他們白家軍副帥救過。

程遠志承認一軍主帥很重要，將士們身為下屬應當也都會捨命去保護主將主帥，這和雲破行一遇險就將自己的下屬扯過來擋刀擋箭結果雖然一樣，可就是讓人厭惡！

西涼有這樣的主帥，敗……完全在情理之中。

程遠志越發不留餘地對雲破行，幾乎是拼盡全力，招招都是捨命的殺招，凶狠的那股子勁頭讓人心頭生畏，他完全不懼周圍火雲軍兵卒會給他帶來什麼樣的傷害，他的目標就只有雲破行。

虎鷹軍的將士將程遠志護在其中，為程遠志清理障礙……

程遠志目標明確，他看著因為失血過多身形搖搖欲墜的雲破行，一躍而起，踩著火雲軍的肩膀和頭顱拼盡全力朝著雲破行撲去。

雲破行看著雙手握刀從天而降……直直朝他砍來的程遠志，連連後退……

「噹——」兩刀碰撞，雲破行手中的刀再次斷成兩截，程遠志手中的利刃穿透了雲破行的鎧甲，死死卡在雲破行的肩膀上，若非雲破行用最堅硬的手肘鎧甲擋住……他的手臂都要被削掉。

雲破行瞳仁顫抖著，他沒有想到這才多久未見，程遠志手中的刀竟然銳利至此，甚至比天鳳國的刀刃還要鋒利！這到底是怎麼回事兒？

程遠志發紅的雙眼死死盯著雲破行，用盡全身的蠻力將雲破行壓得跪倒在地。

雲破行拼盡全力嘶吼著抵抗著，卻也無法將程遠志的刀從肩膀上挪開分毫。

他抬頭，看到程遠志發紅的眸子，那架勢像是必要將他置於死地才能泄心頭之恨。

到底是雲破行年紀大了，在甕山一戰時，又被白卿言兩箭射傷膝蓋，至今都沒有完全痊癒，他又如何能抵擋程遠志這飽含著仇恨的奮力一擊？

等今天這一日，程遠志等了太久，他以為報仇真的要等到三年之後，沒有想到……這個雲破行這麼著急投胎，既然他這麼趕時間，程遠志不成全他都對不起小白帥未雨綢繆之安排。

「雲破行，我們小白帥給你了三年時間，可你偏偏不識好歹要在我們大周和大燕合力為你們西涼對抗天鳳國的時候上趕著來送死，那今日……我程遠志便要取下在你肩膀上寄放了兩年多的人頭，來告慰我們副帥……十七少爺和白家軍的兄弟們！」

程遠志雙手按住刀柄，咬緊了牙關，拼盡全力將刀刃往下按，雲破行顯然已經撐不住，他抬眼看了眼與他拼命的程遠志，眼中帶著破釜沉舟和視死如歸的決絕，猛然鬆開擋著程遠志刀刃的手……

程遠志的大刀整整齊齊將雲破行的手臂削下來的那一瞬，雲破行左手從腿間抽出匕首，以捨棄了一條手臂的代價，換得片刻空隙，用泛著幽森綠光的匕首朝著程遠志的心口刺去。

耳畔盡是怒吼和廝殺之聲，程遠志餘光看到了朝他襲去的寒光利刃，可他今日是抱著必死的決心，哪怕和雲破行同歸於盡也再所不惜，根本顧不上防備……

就在那鋒利無比的匕首距離程遠志的心口只剩下半寸的距離時，雲破行只覺一股罡風從他耳根處飛過……

「噹——」銳利的箭矢毫不留餘地射在墨粉打造的利刃上，雲破行連同他拼盡全力握緊的匕首，同時被射來箭矢的力量撞倒倒在一側，也讓程遠志朝著雲破行頭顱的一刀砍歪了。

雲破行的手連同腦袋都被震得發麻，他猛然轉頭，正好看到那一身銀甲騎在白馬之上，五官冷清冰涼的白卿言！

白卿言這個時候出現在這裡，是因為有孕在身怕危險讓程遠志當了先鋒，還是……已經解決了他兒子和孫子所率的火雲軍？

不可能是解決了雲淩志和雲天傲帶的火雲軍，那可是火雲軍……仿照白家軍虎鷹營訓練的火雲軍！怎麼可能這麼快就被解決?!

那麼大周意圖活捉西涼女帝李天驕的消息，是不是本來就是一個局，是假的？就如同當初他們聯繫上了劉煥章，利用劉煥章將白威霆困住一樣，白卿言如法炮製就是為了將他也困住，好給她的祖父和叔父兄弟報仇！

不過一息的時間，雲破行腦子已經百轉千迴，亂成一團。

「白卿言！」雲破行前一刻淒厲地喊出白卿言的名字，後一瞬程遠志便一腳踩住雲破行的心口，泛著森森然寒光的大刀架在了他的脖子上。

「我兒子呢？我的孫子呢?!」

「你派人活捉西涼皇帝是不是假的！你是要為你的祖父和叔父、兄弟們報仇，所以故意設了圈套？叛徒是誰？你讓我死個明白！」

渾身是血的雲破行目眥欲裂，他之前心中那隱隱不好的預感如今已經成為現實，他知道自己今日必死無疑，但……只求死個明白！至少，當初他也讓白威霆死了一個明白啊！

這一次的雲破行，要比白卿言之前見到的任何一次都要狼狽。她不知道當初自己祖父下令拼死為她的弟弟殺出血路，送行軍記錄的時候，是不是也是如此狼狽絕望。

騎在馬背上的白卿言，一手攥著射日弓，一手提韁，神色淡漠望著雲破行，側頭看了眼沈良玉：「帶上來……」

沈良玉頷首，命人將雲破行的孫子雲天傲帶了上來，還有……雲淩志的屍體。

「祖父！」雲天傲高聲喊道。

雲破行斷肢不斷在往外流血，他只覺自己已經瀕臨死亡邊緣，可在看到兒子的屍體，和孫子的時候，他的心再次被撕裂，就如同幾年前親眼看到自己兒子被斬下頭顱，站在他身邊的孫子被一箭射穿。

「白卿言我殺了你！」雲破行掙扎，他因急速失血而蒼白的面色，又因悲憤和暴怒漲的通紅，「我要殺了你！」

此時雲破行已深信，他們西涼火雲軍中出了叛徒，白卿言派人活捉陛下，本就是個圈套！

他心中惶恐不安，想到他曾對付白威霆的法子，若如法炮製……她殺了他的兒子雲凌志，留下他的孫子雲天傲定然是想要當著他的面剖腹！就如同他當初對白家十七子所做的事一模一樣。

光是想到那樣的情景，雲破行就已經覺得承受不住，甚至毛骨悚然，恨不能現在就死，即便是當初他派孫子去大周，想要孫子以死來償還當初他剖殺白家十七子的罪孽，可那也是在他看不見的地方……

他的心就不會那麼痛，如今白卿言分明是要他和當初的白家人一般，看著自己的孫子被剖腹，他怎麼能忍心？這還不如即刻就讓他去死！

「不過一報還一報而已，你當初對白家軍下手的時候，可要比這個重多了。」白卿言冷肅的眸子凝視著雲破行已經混濁的眸子，「我給過你機會，你今日若是乖乖的去丹水河以南同天鳳國逃竄象軍交戰，今日也就不是你的死期，可你非要著急去投胎，我只能成全你。」

「程遠志！你殺了我！」雲破行掙扎著起身，死死盯著程遠志高聲喊道，「你還在等什麼！你不是要為被我斬殺的白威霆，被我摘了頭顱掛在我們西涼軍營中的白岐山，還有那個死前還在唱白家軍軍歌的十歲娃娃報仇嗎？來啊！殺了我啊！」

「祖父！」雲天傲看到祖父的模樣，歇斯底里哭喊出聲來，「祖父！祖父你不能死！」

白卿言目光沉靜看著一心求死的雲破行，聽到他故意激怒程遠志所說的話，心中恨意沸反盈天，叫囂著讓她用千百箭……將這雲破行折磨致死，叫囂著讓她當著雲破行的面……將雲破行曾經加在小十七身上的痛苦，全部算在孫子雲天傲的身上。

可白卿言，不是雲破行……她不會這麼做。

程遠志聽到主帥的名字和副帥的名字從雲破行的嘴裡說出來，聽到小十七公子的遭遇，那雙眸子充血，仇恨簡直要將他理智全部摧毀，彷彿從地獄歸來滿身殺氣的羅剎，高高舉起利刃，乾淨俐落的一刀斬斷了雲破行的脖子。

雲破行狼狽帶血的人頭，滾落了出去……

人頭已斷，他視線還在，他看到了從黑暗的天際白茫茫飄散下來的雪花，看到自己的血霧在白茫茫飛雪中噴濺，彷彿染紅了即將落地的晶瑩潔白。

一瞬一息瞳仁裡的光華消散之前，雲破行的思緒彷彿重播了他的一生。

他生在西涼八大家族之首的雲家嫡支，當初如果沒有從軍……而接受家族安排入朝為官，必然會接替父親的衣缽，成為把控西涼朝臣與西涼皇帝對抗的領軍人物。

早在先帝還沒有出生的時候，他已經是內定的皇子陪讀，說白了……就是未來皇帝的陪讀，即便是他的年紀要比當時的所有皇子年紀都大。

先帝是嫡子，出生那年他十歲，先帝自幼聰慧且深受大臣和他父皇的喜愛，可以說是內定的儲君，天之驕子……偏偏很是黏他，不是那種想收服或者是討好的黏，而是將他當成親人和兄長一般。那時父親對他教導極為嚴厲，因為他是雲家的未來，父親要求太過高他達不到，經常被父親用鞭子懲罰，他好面子不願意讓人知道，可先帝每每都會察覺……

他記得那也是西涼難見的一個大雪天，他從太醫院偷了藥，在他進宮後偷偷塞給他，用一雙黑亮黑亮的眼睛仰望他說：「哥哥你放心，我可聰明了，都沒有讓人發現，偷偷給你帶來的！絕對不會讓人知道哥哥又被罰啦！」

那時，先帝三歲，偌大的雪花落在他極長的睫毛上化成水珠，讓他眼睛濕漉漉的，那眼底是雲破行見過的……世界上最純淨所在。

十七歲那年，是比他小了整整十歲的先帝，更是不顧自己安危，捨身在獵場上為他擋了棕熊一掌，才給了他餘地將棕熊斬殺，而先帝也是因此……險些喪命。

先帝昏迷了三日，雲破行在宮門口跪了三日，先帝醒來後第一件事竟然是央求他的父皇不要責罰他。再後來，先帝的身子便大不如前，小小年紀便需要藥湯吊命，可先帝絲毫沒有因此而後悔救過他，反而總是在他在的時候忍住不咳嗽，小臉憋得漲紅還安慰他說自己沒事。

時間過的很快，先帝到了二十歲弱冠之年，但因為身體的緣故……遲遲沒有辦法同當時的太子妃圓房，沒有辦法為皇室開枝散葉，沒有辦法誕下皇嗣，朝中曾經支持先帝這位嫡支的臣子和家族轉了風向支持大皇子和二皇子，他們以為……先帝這位嫡支身體如今成了這副模樣，不知道什麼時候怕就會一命嗚呼。

就好似，先帝身上曾經被他們稱讚的仁慈和善良，都變得不重要，重要的是皇帝只要有一個健康的體魄，能長時間在位穩定西涼朝局，受八大家族和臣子而擺布。

因此，雲破行為此下定決心要護著先帝登位！他依仗雲家和岳丈……兩大家族的勢力，在朝堂站穩腳跟，又把控西涼軍權，誓要將八大家族和朝臣們都不看好的陛下推上皇位。

後來，他成功了，他不負眾望將西涼的政權和軍權牢牢把控在手中，他殺了大皇子和二皇子，將被八大家族和眾朝臣遺忘的皇室嫡子扶上皇位。

他發誓要守護他的陛下和西涼，發誓要成為陛下手中的一把刀刃，對於陛下所有的命令他都無條件執行，他臣服者先皇，壓制著八大家族，讓陛下成為西涼真正的掌權者，但他同八大家族的矛盾也日益增大。

所以，先帝遇刺身亡，他陷於戰場之時，八大家族才會以先皇沒有嫡子只有嫡女為爆發點，才會發生雲京之亂，才會有八大家族奪權之事。

他回到雲京，看到李天驕，聽李天驕說……她的父皇臨去之前，曾經和她叮囑過，這個世界上如果任何人都不能相信了，也可以放心的相信雲破行，也只有雲破行能夠護住西涼。

雲破行聽到這話忍不住落淚，所以他堅定不移的扶著李天驕登基，他還想同以前一樣八大家族哪個不服他就打服，可這一次他發現，八大家族已經不是以前的八大家族，但好在先帝的骨血李天驕也是個有手腕兒的，她提拔寒庶以此來對抗八大家族。

然而，即便是李天驕再有才能，天賦再好，即便是他再不顧一切，內有……如同西涼附骨之疽的八大家族，外……強敵環伺，內憂外患，他們已經沒有回天之力了。

是他對不住陛下，沒有替陛下守好西涼……

紛紛落雪之中，他好像又看到了陛下幼年時那雙純淨而清亮如同黑寶石的眼睛。

雲破行的視線逐漸渙散，最終身體挺直了抽搐，一切都結束了。

「祖父！」雲天傲淒慘的哭聲響徹了來鞍山山谷，可他的祖父聽不到了。

西涼一代名將雲破行，最終死在了來鞍山。

程遠志在斬下雲破行頭顱之後，大口大口的喘息著……

他眼淚險些都要湧出來，似乎那一刀用盡了他全身的力氣，還滴答著鮮血的鋒利刀刃落地，

程遠志邁著虛浮的步子走到了雲破行的頭顱前，彎腰將雲破行的頭顱撿起，轉而面向甕山的方向跪下，高高將雲破行的頭顱舉起，已經是老淚縱橫，他哽咽著高聲喊道：「副帥……我老程，為您報仇了！十七少……白家軍的兄弟們！老程……老程為你們報仇了！」

程遠志高聲喊完，已經是忍不住痛哭出聲，終於……報仇了！

白卿言強壓著自己翻湧的情緒，忍著眼眶中酸澀的淚水，她望著曾經南疆戰場的方向，拉緊了韁繩，私仇報了……

祖父和父親還有叔父和弟弟們，可以安息了。

接下來，她將要完成白家先輩的宏願，完成一統大業。讓這世上，有兵……無戰！

白卿言用力拽了一把韁繩，道：「沈良玉，即刻前往來鞍山深處活捉李天驕！」

「沈良玉領命！」沈良玉應聲，率兵狂奔而去。

遠處，韓文山峽谷。薩爾可汗沒有想到大周竟然在這個地方預先埋伏了伏兵，無數的火箭和火油從兩側撲下來，巨象們被烈火纏繞，胡亂碰撞，撞得山體都在顫抖。

空氣中充滿了松油和火油，還有乾椒焚燒後沖鼻嗆人的味道，大周軍像是將能點燃的油都運到了這裡一般，不惜一切代價用火攻擊他們。

大周軍占據優勢在山上不下來，只是用箭和火猛攻，這讓一直以來只依仗巨象的天鳳國頓時也亂了章法。到處都是燒焦的味道，哪怕隔著他們天鳳國最堅硬的鎧甲，大象的皮肉也被覆在鎧甲上同火油一起燃燒，那嗆人的氣息……讓本就嗅覺敏銳的大象發瘋似的亂撞嚎叫。

薩爾可汗被嗆的眼淚直流，一身白衣被燃燒的煙灰弄得狼狽不堪，臉上、頭上全都是汗水、淚水和灰燼，不斷竄高的火苗將他猙獰的面目映成黃澄澄的顏色，彷彿也在燃燒一般。

到處都是天鳳國將士撕心裂肺的哀嚎，和象軍嚎啕仰鼻嘶鳴的聲音。

他天鳳國的國君何曾如此狼狽過?!

退回平渡城的路已經被封死，那裡拒馬燃燒著熊熊烈火，即便是損失巨象讓巨象撞過去，平渡城也已經淪陷，此時能做的就是去渡丹水河！

巨象可以游過去丹水河，但這些大周軍不行！

箭矢鋪天蓋地一波又一波密密麻麻而來，留給薩爾可汗的時間已經不多。

打定了注意，薩爾可汗不再遲疑，高聲喊道：「即刻衝向丹水河渡河！快……」

骨哨聲再次吹響，還沒有被烈火燃燒的全然失去心智的巨象馱著物資和天鳳國將士瘋狂的向前衝，好似那黑暗蜿蜒的山谷前頭，便是它們的生路。

呂元鵬用力眨巴著眼睛，淚水不斷從他眼眶中流出，太辣了……

他見到白家五郎白卿瑜高興的和什麼似的，知道白卿瑜要出戰主動來找白卿瑜，讓白卿瑜將最危險的任務交給他，於是……白卿瑜那個混帳小子，一本正經說一定將最重要的任務交給他！

結果……他竟然將此次伏擊戰中，負責帶著將士們焚燒乾椒和花椒的任務給了他！

就連司馬平都能帶著弓弩手在最前方襲擊巨象，他只能在這裡帶人對著火堆撒乾椒等辛辣香料玩兒！這個騙子白家五郎……也太欺負人了！

一轉念，他又覺得白家五郎恐怕還將他當成大都城裡那個紈褲廢物看待，可他明明已經得到了白家姐姐送的紅纓銀槍啊！得到了白家姐姐的認可啊！為什麼白家五郎要讓他來幹這種活兒！

「主要，太他娘的辣了啊……」呂元鵬用衣袖擦了把眼淚，又吸了吸鼻子。

在白卿瑜所率大周軍的襲擊之下，原本從平渡城出來時還頗為壯觀的象軍隊伍，折損了一大半，此刻正往沈昆陽伏擊的地點跑去。

呂元鵬命人停下了撒乾椒等辛辣香料的動作，伸長脖子往遠處看了眼，瞧見司馬平率隊拼盡全力終於將最後一頭還在垂死掙扎的巨象宰殺。

見他們小隊的隊員還在不停的將濕乾椒和花椒等嗆鼻辛辣香料往火堆上倒，呂元鵬眼睛被辣的已經給睜不開了。「結束了啊！都別他娘的燒了……」呂元鵬如同哭過一般，聲音裡帶著濃重的鼻音，這都是眼淚流得太多了的緣故。

第一階段任務完成，白卿瑜收兵，命令將士們抬著物資前進，他要在韓文山峽谷中段繼續設伏！

一會兒象軍就要遇上沈昆陽將軍了，屆時若是象軍眼看著出不了韓文山谷口，要調轉回來，正好再讓他殺一波。

白卿瑜立在峽谷之上，垂眸看著峽谷之中堆積的巨象屍體，巨象有的是被冰道滑倒，有的是被花椒和乾椒氣息刺激的胡亂碰撞，倒了之後又被同伴踩死的。可以說，目前來說……火、花椒和乾椒還有積雪壓實打滑做成的冰道，是對付天鳳國巨象的利器！

在大周的西南邊界，他們此時已經折損了象軍大半，而在大周東南邊界還有一大批象軍，希望三哥白卿琦能夠妥善應對。

白卿瑜半張銀色面具被山谷之中沖天火光映得發亮，他心裡清楚……若是前面沈昆陽和他能將象軍盡數殺完，天鳳國的實力便會大大減弱，或許不出冬日，就能將這些天鳳國的人趕回雪山那頭去！沒有了象軍，至少十年內，天鳳國可就再也沒有能力來這片土地了。

司馬平拽著繩索而上，上了山坡之後，氣喘吁吁解開覆在臉上的濕面巾，擦了擦黑的只能看到眼睛的半張臉，回頭瞧見眼睛已經腫成核桃，正在吸鼻涕的呂元鵬腋下夾著自己的銀槍，在幫忙將那些花椒等嗆鼻的香料往馬背上放，吩咐自己的下屬去幫呂元鵬他們小隊抬東西。

司馬平走到眼睛腫成核桃的呂元鵬身旁，瞧著呂元鵬鼻音濃重指揮下屬快點兒搬東西，他握著腰間佩劍，倚靠樹幹休息，笑著開口：「哭成這個樣子，難不成是以為我衝下去死了？」

呂元鵬回頭：「啊？你衝下去了？」

司馬平：「……」

「那你哭什麼？」

「你是有病嗎？小爺我什麼時候哭過！我翁翁請家法把我打個半死小爺都沒哭過！」呂元鵬將腋下夾著的銀槍用力釘在腳下，握著銀槍一臉驕傲的模樣，「是這些花椒等辛辣香料太他娘的辣眼睛了！也難怪那些大象會瘋……」

司馬平直起身拍了怕身上的灰，忍不住對呂元鵬翻了個白眼，便跟隨大部隊往前走：「你還挺驕傲啊。」

呂元鵬嘿嘿一笑追上司馬平，可眼睛還是被辣的一陣一陣發酸：「你有帕子嗎？借我用一下，我這眼睛辣的不行！可我出門沒帶帕子！」

司馬平原本想問呂元鵬是個姑娘嗎？出門還要帶帕子？突然想起剛入平陽城時，有個五六歲的小姑娘知道他們是白家軍，專門用帕子包了點心給他們分著吃，帕子他隨身帶著，原本還想還給那姑娘來著。他摸索了半天從衣袖中找到了那條帕子，隨手塞到呂元鵬懷裡：「我先走！」

呂元鵬用帕子包了點路邊的雪，擦了擦紅腫非常的眼睛，舒服歎息：「啊……舒服多了！」

王棟快馬而來，原本是督促後面的隊伍加快速度，冷不丁就瞧見呂元鵬正用帕子擦眼淚，他沒認出呂元鵬，高聲道：「大男人哭哭啼啼像什麼樣子！」

呂元鵬挪開按在眼睛上的帕子抬頭，鼻音濃重喊道：「老子沒哭！老子是被辣了眼睛！」

已經走到前面的司馬平忍住笑聲。

王棟見是呂元鵬，一怔，裝作呂元鵬即便是鼻音也極有説服力，頷首道：「白將軍傳令，先不必打掃戰場，讓隊伍速度加快，以防天鳳國象軍回撤。」傳令之後，王棟調轉馬頭，一路朝著前方狂奔而去，心裡不免盤算，等這場仗結束還是要和自家主子説一聲，還是別讓呂太尉的孫子上前線了，讓當個火頭軍頭頭吧！上個戰場瞧把孩子嚇得……都哭成那個樣子了。

帶著巨象一路狂奔的薩爾可汗咳嗽了一陣之後，察覺空氣中辛辣嗆鼻的味道已經消散，在疾馳狂奔的巨象背上大口大口喘息著，巨象的速度也緩緩慢了下來。

有的巨象向前沒走多久就已經倒下，呼吸起伏劇烈，不論他們怎麼吹骨哨，巨象都沒有再站起來。可薩爾可汗他們的腳步不敢停下來，停下來就怕追兵趕來。

大巫的弟子被熏的滿臉淚水，用衣袖擦去臉上的淚水，先回頭清點他們的損失，道：「損失大半！我們的戰象……大半部分都死在了剛才的伏擊中，燕人和周人實在是太無恥了！不敢正面對抗，只能玩這種陰招數。」

「戰場上哪有什麼陰招陽招，能贏才是硬招！」薩爾可汗眼底燃燒著熊熊烈火，「衝過丹水河，派人傳令讓阿克謝帶象軍來匯合！」

天時地利人和，他們天鳳國沒有占據一樣，是他太自負了，以為對付這種寒冷的天氣只要給巨象穿上皮毛，巨象照樣可以在這片土地橫行，可他從未見過雪……也不知道這雪地會如此滑。

巨象身形巨大，又穿著鎧甲，滑倒之後還想要在滑溜溜的地面上站起身還是頗為艱難的。

再加上周人和燕人奸詐，選擇占據高地用火攻，又用這樣毒辣的煙氣攻擊，象軍不但沒有用武之地，還會成為累贅。

此時薩爾可汗心中多少有些後悔，當初天鳳國不應該殺了那麼多奴隸，若是沒有殺掉那麼多的奴隸，現在他們不但有象軍，還有可以與周人和燕人肉搏的軍隊。

而到這個時候，薩爾可汗也總算是明白，想要擺低姿態同大周和大燕和談肯定是不可能了，燕國和周國這是存了滅了他們象軍的心思……

是他把周國和燕國國君想的太過簡單了，也是因為這些年天鳳國依仗象軍從來沒有遇見過敵手的緣故。不過這些都不要緊，犧牲多少象軍都不要緊，要緊的是找到玉蟬……只要能時光回溯，他的象軍就都能回來。

只要時光回溯，他一定不再心急，一定先讓大巫來這片土地找天神選定的主人，殺了這片土地的主人，再讓西涼百姓好好的給他們天鳳國種糧食，等到寒冬過去，等到這片土地回暖開春，再帶領象軍一口氣滅了大周和燕國，將這片土地變成他天鳳國的糧倉。

薩爾可汗沒有一刻，比現在更想要找到那枚遺落在大周的玉蟬。

埋伏在韓文山山谷兩側的沈昆陽，已經感覺到他腳下土地的顫動，這是大象奔跑帶來的震動。

不止沈昆陽，大周所有埋伏在兩側的將士都感覺到了山體的震動。

一萬多人埋伏在這山谷兩側，而山谷出口早就被澆了松油的拒馬和巨石擋住，就等著巨象一到動手。松油、火油，但凡能夠起火的油，包括平陽城在內的其他幾個臨縣全都送了過來，為的就是對付巨象。

沈昆陽眸色沉著，只等象軍全部進入他們攻擊的範圍，便一聲令下。

「快點兒！快出去了！」薩爾可汗高聲道，「快速跨過丹水河！快！」

不知道是不是因為剛才在入韓文山谷口時被伏擊留下的錯覺，風中好像飄散著松油和火油的味道，大巫的弟子緊緊扶著巨象身上的座椅，轉頭看向面色深沉的薩爾可汗：「前面……」

「停！」薩爾可汗比大巫的弟子反應更快，不等大巫的弟子開口，便高聲喊停，薩爾可汗周圍將士忙吹響骨哨。

急衝的象軍隊伍緩緩停了下來，薩爾可汗抬起濕紅的眸子，來回看著山谷上方，大周在前面已經埋伏過了，不會……又在這裡設伏吧？

沈昆陽沉住氣，看著緩緩停下來的象軍沒有著急動手，現在天鳳國的象軍一半在他們的攻擊範圍，一半還在外面，現在要是一動手，後面的可能會折返，萬一五公子正帶人打掃戰場，這些象軍殺回去，難免會讓他們損兵折將。

沈昆陽要一次將這些象軍都消滅在這裡。

「或許……」大巫的弟子耳邊只能聽到風聲，和大象與他們的喘息、腳步聲，他以為是自己多心了，便望著薩爾可汗道，「或許是剛才聞到的味道，被風帶過來了！」

「陛下！後面追兵來了！」在最後面斷後的將軍騎著大象趕來，高聲對薩爾可汗喊道。

聽到這話，薩爾可汗電光石火之間便盤算妥當，後有追兵……且平渡城已經被攻破，沒有退路了。前面或許有埋伏，但過了丹水河就是犬牙城，他們有巨象渡河簡單，可伏兵卻不見得能過河，所以他決意衝出去，即便是這裡有人設伏，他們衝的快一些，想來也能保全不少！而認命留在這裡停滯不前便會被一鍋端了！

想到這裡，薩爾可汗下令，讓象軍急速渡丹水河到對岸。骨哨聲再次響起，巨象一個個仰鼻長鳴，將載著薩爾可汗的巨象包圍在中間，齊齊朝著韓文山的出口狂奔而去。

沈昆陽腳下的震動越發劇烈，眼見薩爾可汗的象軍已經全部進入他們的攻擊範圍，沈昆陽猛地站起身：「攻擊！」

一瞬，韓文山山谷兩側火把陡然亮起，身上落滿了積雪的將士們紛紛起身，對著山谷下象軍的方向瘋狂射出弩箭，火油松油齊齊往下潑倒，帶火的箭矢密密麻麻朝著山谷下落去。

帶火的箭矢插入被倒了火油的地面，箭矢上幽藍的火苗一暗，如同熄滅一般……不多時那幽藍的低焰又如同鬼魅一般迅速從箭矢周圍漫延四散開來，在與同樣擴散的藍焰碰撞後，轟然拔地而起，將人和象的腿部全部吞噬，讓處於山谷之中的所有活物處於炙烤之中。

火舌亂舞，隨風高低亂竄尋找著獵物，好似餓極了的猛獸稍不留神就會撲上。

大周將士們見大火已起，將和雪包裹好的乾椒花椒等辛辣香料一股腦丟了下去。

烈火將這些辛辣香料燒得劈里啪啦作響，嗆鼻的濃煙拔地而起，有直沖九霄之勢……

到處都是巨象的慘叫，和人的慘叫，比剛才還要猛烈淒厲。

薩爾可汗睜大了眼，他實在是沒有想到，這裡竟然埋伏了如此多的兵力！

「衝過去！」薩爾可汗當機立斷，忍住強烈的咳嗽聲，用帕子捂住口鼻，「立刻衝過去！」

不衝過去，等到追兵一到……他們就更沒有希望了！

火一起，腳下的冰道倒是化了，巨象不必如同冰上行走那麼戰戰兢兢，巨象在哨聲的指引之下撒開蹄子狂奔。

天鳳國象軍全力衝刺，沈昆陽搭箭拉弓，瞄準了黑暗谷口的方向，將帶火的箭矢射出，撞在距馬上，火苗好似偃旗息鼓消散在這黑暗的風雪夜中一般。

可就在天鳳國象軍都要衝到谷口之時……

「轟……」被澆了火油和松油的拒馬猛然燃起沖天大火，火舌直沖天際，將周遭一切全都照亮。沒有給薩爾可汗留下思考的時間，他明白大周在這裡設下帶火的拒馬，為的就是將他們攔截在谷道內，要是真的衝不出去就全完了，所有人和巨象都要死在這裡，他也不例外！

他不能死，他是天鳳國的王！

巨象珍貴不能全死在這，該以一部分巨象的死亡來換取大部分巨象的存活。

薩爾可汗坐下巨象猛然停下，他用盾牌擋著自己的身子抵擋火箭，高聲喊道：「衝過去！讓巨象先衝開一條路！」

隨著骨哨聲響起，那些身上帶火的巨象不怕死一般，嘶鳴著朝著拒馬衝去。

一頭巨象……兩頭……三頭……身上帶火的無數頭巨象如同著了魔一般，衝進火光熱烈的拒馬之中，將拒馬的包圍圈撞碎，好讓後面的象軍能夠活著衝出來。

「不能讓他們跑了！射！快射！砸！火油上！用乾椒和花椒堵住出口！快！」

將士們聽到沈昆陽的喊聲，反應迅速，搬運著裝運乾椒花椒的袋子一股腦往拒馬的方向丟。

濃烈嗆鼻，簡直要摧毀人心肺的辛辣味逼得人無法呼吸，人好歹能控制自己屏住呼吸，可是本就嗅覺靈敏的大象，即便是裹上了鎖子甲，可經過一次又一次的辛辣氣息襲擊，此刻已經被刺激瘋了。

大周帶火的箭雨射在薩爾可汗所坐的巨象身上，又都跌落，只能在鐵甲之上燃燒一小會兒，將箭矢上帶來的一點點火油燃盡便滅了，薩爾可汗已經拋棄了可燃的座椅，就坐在巨象頸脖處，一手死死拽著巨象的繩索，一手舉著盾牌阻擋箭雨，聲嘶力竭讓巨象加快衝擊拒馬的速度。

眼看著巨象一頭一頭倒下，眼看著護在他身邊的巨象瘋了似的撞向身旁的巨象，撞向山體……在敵軍占據高地的情況下，甚至都不用他們的人衝下來拼殺，巨象便已自亂陣腳。

「快啊！快！」在薩爾可汗的催促下，一頭又一頭巨象衝進著火的拒馬之中，發出淒厲而刺耳的嘶鳴，用自己的生命撞開了拒馬。

箭雨攻勢越來越猛烈，薩爾可汗一聲令下，不管不顧帶著象軍往外衝……

他們衝出帶火的拒馬，幾十頭身上帶著火的巨象有的剛從山谷之中衝出去，就被燒得再也承受不住躺在地上打滾，絆倒了後面衝出來的巨象。

就連薩爾可汗身上的衣裳也被點燃，他感覺到了自己皮肉綻開的疼痛，感覺到了自己的眼淚流過面頰帶來的刺痛感，他死死盯著丹水河，只要到了丹水河一切都結束了！

就在薩爾可汗坐下巨象快要到達丹水河之時，他坐下的巨象終於支撐不住，被前面摔倒的巨象絆倒，薩爾可汗也跟著摔了下去。

「陛下！」大巫的弟子睜大了眼，幾乎是不管不顧拽緊了巨象身上的繩索滑了下來，鬆開狂奔而去的巨象，摔在地上打了一個滾，忍著頭暈眼花這才一把扶起被摔的眼前一黑的薩爾可汗，對著後面而來的將士喊道，「帶陛下走！」

跟隨其後而來控制巨象的將士降低了巨象行進的速度，拽著繩索滑下來，一把抱住暈過去的薩爾可汗，回頭卻看向大巫的弟子：「巫師……」

後面已經沒有他們天鳳國的巨象了！大巫的弟子怎麼辦?!

「帶陛下走！不要管我！」大巫的弟子高聲喊著。只有陛下活著，他們天鳳國才有希望！

很快巨象已渡丹水河，或許是因為被烈火攻擊受了燒傷，又被炙烤太久，乍然一碰到水，讓這些巨象感覺活過來一般，立在水中不想出去。可不多時身上的熱度就被奔騰的河水帶走，又冷得它們不得不上岸，跟隨著骨哨聲，朝犬牙城而去。

沈昆陽帶人追殺下來，消滅了留在尾部的天鳳國將士，活捉了不少俘虜之後，看向丹水河對面，瞧見僅剩十幾頭大象狼狽從河裡出來狼狽逃竄的身影，讓人鳴金收兵。

至此，這一戰……天鳳國薩爾可汗所率的巨象大軍只剩十幾頭了，這一仗他們損失的將士極少，也算是大獲全勝了！

沈昆陽讓人停下，不止是因為窮寇莫追，更是因為他們本就沒有準備渡丹水河去對面。

「清掃戰場！」沈昆陽調轉馬頭高聲道。

白卿瑜一路過來，知道戰事已經結束，便收兵先行回城，留下了半數將士打掃戰場，吩咐將沒有被燒完的象肉帶回去，看看能不能變成軍糧。

「除夕夜，讓火頭軍試試這象肉能不能包餃子！」白卿瑜說完調轉馬頭，帶兵回城。

元和初年臘月二十九，周燕聯軍合力攻打占據平渡城的天鳳國象軍，天鳳國慘敗逃竄。

一夜神經緊繃的大戰之後，將士們沉浸在打贏了巨象的喜悅之中，畢竟這些巨象之前在他們眼中是不可戰勝的，沒想到一夜之間……這些巨象全都死在了平渡城和韓文山。

天亮之後，滅了火，下去收割象肉，和大象身上鎧甲的，興奮的嚷嚷著除夕夜能吃上巨象包的餃子，那就像是吃到了自己親手打得獵物一樣。

臘月三十，除夕夜，將士們難免會想到家人，看到正在收割的象肉，眼中有濕意……要是自家的爹娘妻兒也能嘗到這象肉該多好。

就在兩軍將士忙著清理戰場，白錦稚看著被將士們運回來的巨象鎧甲，想著這些能夠打造多少兵器時，就聽說大周將士和燕軍在城外已經快要打起來了。

白錦稚一股子怒火就沖到了頭頂，後來一想將來兩國就是一家了，硬是將怒火壓了下去，派了個人去給正在平渡城內，與燕國九王爺和燕國大將謝荀議事的長姐和五哥說一聲，便一躍上馬道：「在哪兒帶我去瞧瞧！」

聽白卿言說完這一次關於象軍身上鎧甲，兩國如何分配的方法，沈昆陽欲言又止，看向戴著銀色面具的大燕九王爺。

慕容衍靜思了片刻之後道：「雖然說，此次是兩國合力，可燕國出兵的數目並沒有大周多，且在韓文山設伏的也是大周，我們燕國比大周分得的巨象還多，這對大周不公，所以大燕拿從城北門外到韓文山前的象軍即可！」

謝荀拳頭收緊，心中又覺不滿：「王爺，若是如此……怕是下面的將士們不答應。」雖說大燕出兵少，可若是沒有大燕出兵，也沒法在象軍到韓文山前，就讓天鳳國損失如此慘重不是？

而且，不論是大周高義君和楊武策率兵奪城也好，還是韓文山設伏也好，大周的將士都是居高臨下，也就在高義君和楊武策率兵奪城的時候損失大一些，在韓文山設伏的大周軍居高臨下根本就沒有多少兵力損失。

但燕國不一樣啊，燕國的將士們都是正面迎擊衝出來的象軍，損失可謂是慘重！

城池是大周攻下來的給了大周謝荀沒有怨言，可巨象不說多拿，總得平分才是。

白卿言不是不知道燕國的情況，燕國的地理位置緣故，他們出產的礦石並沒有大周多，而如今晉朝改換為大周，自然之前蕭容衍在晉國買下的山，也就回到了大周的手裡。

即便是如今可以從魏國開採，但是做成兵器也還是需要時日的，可這一次從這巨象身上扒下來的天鳳國鎧甲，可以做成尖銳的兵器不說，象肉也可以做成肉乾成為軍糧，雖然是杯水車薪緩解不了大燕也缺糧的現狀，但也是作為大周的一點心意。

「此次燕軍在北門沒有能依靠高地，正面對抗天鳳國象軍，可以說是損失重大！況且……本就是兩國合作，大周率先攻下城池，得了平渡城，在象軍上……燕國還是多拿一些的好。」白卿言想的比較長遠，「畢竟我們兩國接下來還要合作，這次我讓一點，下次你讓一點，如此我們才能走得更長遠，否則分這些戰利所得時都死守自家利益，時間久了都會覺得自家吃虧，怕會內訌。」

謝荀聽完白卿言的話，轉而朝著白卿言看去，心底很是佩服白卿言的氣度，生怕自己王爺拒絕，謝荀率先挺直腰脊，朝著白卿言一拜：「周帝心胸，謝荀敬佩！謝荀銘感於心！」

謝荀覺得這白卿言的心胸寬廣或許和大周的底氣有關，大周前身晉國本就富裕，後來白卿言打下大樑又因給百姓提供了治療疫病的藥方和藥，可以說降的多，戰的少，沒有損多少元氣。

而燕國是實打實打下來的。

可以說，大周有底氣這麼大方，可燕國沒有這樣的底氣。

STORY 081

女帝 卷十

作者　千樺盡落
主編　汪婷婷
編輯協力　謝翠鈺
企劃　鄭家謙
美術設計　卷里工作室　季曉彤
董事長　趙政岷
出版者　時報文化出版企業股份有限公司
108019 台北市和平西路三段二四〇號七樓
發行專線——(〇二)二三〇六六八四二
讀者服務專線——〇八〇〇二三一七〇五
(〇二)二三〇四七一〇三
讀者服務傳真——(〇二)二三〇四六八五八
郵撥——一九三四四七二四時報文化出版公司
信箱——一〇八九九 台北華江橋郵局第九九信箱
時報悅讀網　http://www.readingtimes.com.tw
法律顧問　理律法律事務所　陳長文律師、李念祖律師
印刷　勁達印刷有限公司
一版一刷　二〇二四年七月二十六日
定價　新台幣三八〇元
缺頁或破損的書，請寄回更換

時報文化出版公司成立於一九七五年，
並於一九九九年股票上櫃公開發行，於二〇〇八年脫離中時集團非屬旺中，
以「尊重智慧與創意的文化事業」為信念。

女帝 / 千樺盡落作 . -- 一版 . -- 臺北市 : 時報文化出版企業股份有限公司 , 2024.07-
冊 ;　14.8×21 公分 . -- (Story ; 81-)
ISBN 978-626-396-499-0 (卷 10 : 平裝). --

857.7　　113009177

ISBN 978-626-396-499-0
Printed in Taiwan